CB070071

A gula do beija-flor

Juan Claudio Lechín

A gula do beija-flor

Tradução
Ernani Ssó

BERTRAND BRASIL

Copyright © 2004, Juan Claudio Lechín Weise

Título original: *La gula del picaflor*

Capa: Rodrigo Rodrigues

Foto do autor: Antonio Suarez

Editoração: DFL

2006
Impresso no Brasil
Printed in Brazil

CIP-Brasil. Catalogação na fonte
Sindicato Nacional dos Editores de Livros, RJ

L494g	Lechín Weise, Juan Claudio, 1956- A gula do beija-flor/Juan Claudio Lechín; tradução Ernani Ssó. – Rio de Janeiro: Bertrand Brasil, 2006. 322p. Tradução de: La gula del picaflor ISBN 85-286-1214-7 1. Romance boliviano. I. Ssó, Ernani, 1953-. II. Título.
06-3481	CDD – 868.99343 CDU – 821.134.2 (84)-3

Todos os direitos reservados pela:
EDITORA BERTRAND BRASIL LTDA.
Rua Argentina, 171 – 1º andar – São Cristóvão
20921-380 – Rio de Janeiro – RJ
Tel.: (0xx21) 2585-2070 – Fax: (0xx21) 2585-2087

Não é permitida a reprodução total ou parcial desta obra, por quaisquer meios, sem a prévia autorização por escrito da Editora.

Atendemos pelo Reembolso Postal.

Você me criou como a um filho desde os doze anos, pagou meus estudos universitários e minhas vagabundagens e me ajudou com empréstimos que nunca devolvi. Você me deu muitas lições todo esse tempo, desde a análise psicológica com seus instrumentos empíricos, a idéia de família que tenho hoje, até seu ácido senso de humor, que foi seu retrato quando, a ponto de partir definitivamente, uns fios de barba o mantinham resmungando. Com você fui testemunha, pela primeira vez, agarrado à sua mão inchada pela retenção de líquido, da passagem da vida à morte. E poucas horas depois assisti à sua última queima de navios, outra dessas suas decisões sensacionais e épicas, só que desta vez o navio era você. À noite, seu corpo no ataúde, e, no dia seguinte, transformado num saquinho de cinzas que minhas primas, Mariela e Gaby, deviam entregar ao mar e ao vento para você se reincorporar a seu verdadeiro tamanho: a imensidão. Em sua última tarde no mundo, lhe falei deste romance e lhe prometi que seria para você, enquanto me olhava de um lugar a que o tempo, a seu tempo, me levará para conhecer. Lamento apenas não ter podido honrá-lo em vida, como você merecia. Para você, tio Nacib querido, e para seu grande e imenso amor, minha tia Elba.

Agradecimentos

A Blanca Aranda, Fernando Baptista G., Gabriel Mariaca e ao Oki Vega, que me corrigiram com verdadeira dedicação; à Moquita, meu anjo da guarda; a meus três maravilhosos filhos, que me esperam com impaciência; a meu papai, meu Crudo, que – mesmo não estando mais – ainda me inspira; à minha mamãe, que se foi sem que pudéssemos nos despedir; à minha extraordinária mami Ursula Beck; *ao Pato Lafuente, por sua solidariedade cotidiana, e à talentosa e incansável contribuição de Luis Bredow. E ao Gordo Méndez? Ah, ao Gordo também.*

Primeira exposição:
    Galho Florido   21

Segunda exposição:
    Capitão Mario   61

Terceira exposição:
    Armandito   99

Quarta exposição:
    Ricauter   151

Quinta exposição:
    O Duque   189

Sexta exposição:
    Maurício, o Garoto   247

Sétima exposlção:
    Fayalán   297

Oh rose thou art sick
The invisible worm
That flies in the night
In the howling storm
Has found out thy bed
Of crimson joy
And his dark secret love
Does thy life destroy

WILLIAM BLAKE

Nota da tradução

Juan Claudio Lechín brinca com a língua – as gírias, os sotaques e expressões de várias regiões da Bolívia, mais Venezuela, Peru, Chile e Argentina. Há ainda uma pontinha de Cuba e Brasil. Assim, por exemplo, uma mulher pode ser chamada de *mina, pelada, chana, niña, imilla*. Para acompanhar as brincadeiras e o coloquialismo, o tradutor foi obrigado às vezes a submeter a última flor do Lácio a servilismos que deixarão mais de um gramático com os cabelos em pé. Outra coisa são os inúmeros termos indígenas, aimará ou quéchua. Foram preservados não só porque dão colorido ao texto, mas porque eles são parte da definição dos personagens. As palavras que aparecem apenas uma vez têm a tradução em nota de pé de página. As que aparecem várias vezes podem ser consultadas no final, num pequeno glossário. *E. S.*

Apesar da obscuridade de sua mente, dom Juan sabia que a intensa aclamação que lhe dedicavam não era por estar presidindo algo tão excêntrico como um congresso de sedutores ou por sua bem merecida condição de prócer da nação, mas principalmente pela maneira amável com que as pessoas honram aqueles que deixaram de ser perigosos.

Concentrou-se em nada para não chorar de emoção. Do ambiente pareciam se desprender salvas e serpentinas. Havia envelhecido até o absurdo, ele que costumava manter o país em suspenso, que com sua presença imantava as massas para derrotar ditaduras militares, guerreiro mitológico que capitaneou o triunfo dos *k'estis*, os pintados, como chamavam os mineiros, mistura de fuligem e glória, cholos, mestiços de índio, que tinham resolvido a insurreição de abril com o arrebatamento mortal da dinamite, disputando, desde então e para sempre, o poder centenário com uma oligarquia brancóide e excludente, e entregando à história um país vestido com a cor de suas raças. Pigarreou. Mas nem sequer essa divina inspiração do triunfo revolucionário, a mesma adrenalina que fez com que as hostes cruzadas arrasassem Constantinopla, evitou que abandonasse louros, cerimônias e aduladores para correr por entre o barulho esporádico dos obuses, últimos focos de uma resistência inútil, para se render diante de uma bela dama com quem tinha um encontro marcado. Depois que ela o repreendeu amargamente por acabar com a existência de sua classe, tirou o sutiã e permitiu que ele bebesse suas lágrimas.

A mão se moveu sozinha dando ritmo à papada. Quis deter essa demonstração de precariedade desconcentrando a vontade. A velhice lhe doía, e a quietude é sempre o melhor remédio contra a dor. Claro que se não fosse por essa dor profunda da decrepitude – que, na realidade, mais que uma dor é uma impossibilidade flagrante –, jamais teria se realizado o evento que se inaugurava neste preciso momento, tão significativo para ele. Mas este congresso, apesar de sua pompa, não era uma dessas maluquices com que os anciãos ridicularizam a si mesmos? Uma paródia feita com retalhos de glória que se desculpa entre risos?

Um mês atrás, durante as chuvas que precedem o carnaval – e que atemorizavam muito dom Juan porque ele sabia que, se passasse essa estação sem contrair uma pneumonia fulminante, teria ganho mais um ano –, se apresentou em seu pequeno apartamento uma jovem estudante. Como tantas outras, vinha entrevistá-lo e levar na fita gravada o autógrafo indelével de sua voz. Escoltado por Elmer, seu escudeiro, como ele se autodenominava, estava vendo um filme chinês de decapitações e caratezaços, anestesia para sua decadência, quando soou a campainha. Ouviu uma voz melodiosa pedindo o encontro e Elmer indagando e criando obstáculos. De maneira trêmula, dom Juan ordenou que ele não fosse tão "grosso" e a deixasse entrar.

Tratava-se de uma garota cuja idade não pôde calcular. Usava mariachiquinha e tinha rosto de colegial, corpo de mulher em botão, uma ligeira vulgaridade no perfil que aumentava sua atração, mas antes de tudo tinha frescor. Entrou com um passo que a aprumava graciosamente e o saudou com o manjado protocolo: "Que honra, dom Juan" e "Não imagina o quanto lhe agradeço". A flor que essa boca fez lembrou-lhe alguma boca amada, os gestos, os do otimismo que desejava, e a pele corada lhe contou que tinha mamilos de maçapão: o lugar exato onde queria colocar a face e repousar. Essa moça, surgida com a água, era o elo rompido na parte mais tenra de sua vida. Ela explicava o enigma de sua existência. Seu sangue se animou, lhe destapou as varizes e fluiu galante de cima a baixo. Dom Juan sorriu longamente, exibindo sua dentadura – fez como os cavalos, revolvendo o lábio. Estava apaixonado. Jamais havia sentido tamanha comoção. Ergueu o corpo de faquir e começou a gesticular com o índice, essa técnica oratória clássica que decidiu na assembléia de Catavi a libertação dos reféns norte-americanos. Garantiu para ela que seu estado de prostração era passageiro e que, uma vez recuperado, voltaria à arena dos acontecimentos políticos, pois estava farto de tanta corrupção e de tanto desprezo para com o povo trabalhador – falou com veemência para convencê-la de que ainda podia vencer. Não parou de falar diante de um Elmer espantado de vê-lo ressuscitar. Temia que o Mestre, como seus companheiros costumavam chamá-lo, se descadeirasse com tanta veemência ou tivesse um faniquito. Mesmo comovida com suas palavras de avô, a moça não deixou de folhear seu caderno, uma vez, outra vez. Por um bom tempo procurou impressioná-la com uma avalancha de anedotas que sua memória entremesclava. Inclusive recusou atender ao telefonema do embaixador francês, que o convidava para um banquete para exibi-lo como a um leão de circo: o reconhecimento que a glória lhe proporcionava. Também descartou a visita de uma comissão da mina Chumaceiro, na verdade o golpe de algum sujeito sabido para lhe arrancar uns pesos. Uma repentina tosse asmática obrigou-o a parar. Só então a jovem pôde se apresentar. Chamava-se Maya e estudava jornalismo. Devia fazer um trabalho acadêmico e, sendo dom Juan seu "personagem favorito", queria fazê-lo sobre ele – falou com essa abundância de movimentos com que as jovens agradam. Concluiu girando graciosamente a cabeça, as madeixas como hélices.

– Pra você dou dez entrevistas, senhorita.

– Uma vai ser mais do que suficiente – assegurou ela, juntando as mãos.

A resposta acertou dom Juan, que retrocedeu até se encolher no espaldar. Enviesou os olhos e puxou pelo bestunto, em busca de algum recurso elétrico para apanhá-la, agora que finalmente a tinha encontrado. Não lhe ocorreu nada. Pediu a ela que voltasse no dia seguinte.

O tempo e não a morte o tinha ali, quieto como um caroço, recebendo honrarias de um grupo absolutamente heterogêneo – sedutores de todo o país e comentaristas latino-americanos com reflexões profundas –, congregado não para o discurso político ou para peças de oratória sindical, mas para celebrar uma paixão, talvez uma fraqueza: a sedução da mulher. Em suas épocas, muitos dos que assistiam teriam sido seus correligionários políticos e outros tantos seus inimigos, mas tratando-se de mulheres todos o teriam desafiado em qualquer tempo e lugar, porque nenhum sedutor aceita a superioridade de outro, porque um sedutor é, antes de mais nada, um ser vaidoso, e em matéria de vaidade não há pares. Dom Juan, porém, estava no franco ocaso de sua vida, e esse é o único momento em que a vaidade e até a inveja se tornam condescendentes. Esse sentimento de nobre piedade aumentou a intensidade da brilhante luz da sala, fazendo o teto parecer um céu que se abria para recolher a voz de seus filhos desgarrados.

— Agradeço a todos vocês, companheiros — limitou-se a dizer com voz embargada ao se sentar.

Alguns compreenderam que o mote "companheiros" era porque, com a transposição da memória, dom Juan acreditava estar num congresso operário de anos atrás. Mas a maioria se sentiu lisonjeada. O termo dava a eles um senso de corpo, de confabulação, de pertencer a uma fraternidade onde normalmente o sedutor é um solitário, quando não um proscrito.

A sessão começou com uma discussão bizantina sobre se o evento devia se chamar "congresso de sedutores" ou "encontro de sedutores". Dom Juan se acomodou em sua cadeira. Contemplou distraído a agitação do pequeno círculo de assentos e ouviu chover.

Na visita seguinte, Maya encontrou a casa arrumadíssima e dom Juan elegante. Nessa mesma manhã ele tinha perguntado, à penca de médicos que o atendia, sobre a recuperação da virilidade. Mandou Elmer comprar uns comprimidos de ginseng e repassou livros para lembrar sua própria história.

— Que idade tem, dom Juan? — perguntou ela, olhando seu questionário.

Maya tinha se embonecado para parecer mais velha.

— Os médicos dizem que tenho um coração de trinta, e você?

— Vinte e um — respondeu ela com um sorriso de professora subitamente interrompida.

— Tem namorado? — indagou ele.

A malandra olhou-o de esguelha. E, com a sabedoria milenar de todas as fêmeas, respondeu que às vezes sim, mas que na maioria das vezes não, porque os rapazes da sua idade a chateavam.

— E você, tem namorada? – retrucou Maya.

O ancião sentiu a ebulição de seus anos de juventude e arremeteu com os olhos acesos no rosto imóvel de lagartixa:

— Você é minha namorada!

Ela riu muito, fez gracejos que lhe relaxaram o corpo e depois quis botar na linha a fera que havia se soltado, mas ele, que há tempo estava no pedestal da perpetuidade, não se deixou amedrontar por suas objeções e insistiu em arrancar dessa boca de cigana o consentimento de que ele também era seu namorado. Finalmente, ela lhe rendeu a disputada declaração depois de uma fingida resistência. Mas foi uma conquista efêmera. Junto com a declaração, a jovem comunicou que queria realizar a entrevista de imediato, pois no dia seguinte partiria de viagem – falou com voz doce, digna e comovida por ser depositária das simpáticas atenções do vetusto prócer. Dom Juan soube que se dava a entrevista não a veria mais. Alegando cansaço, lhe garantiu que quando regressasse a atenderia adequadamente. Voltou a dormir mal, a sentir a dispnéia noturna e a se levantar vinte vezes para, depois de puxar e espremer seu membro flácido, extrair uma gota dourada de urina que caía na água como um grão de chumbo.

De maneira simples, o sedutor Galho Florido, um dos representantes do Estado de Tarija, propôs uma fórmula diferente e menos aparatosa que "congresso" ou "encontro", cuja discussão tinha enguiçado a reunião:

— Algo como "O encanto do amor" – e juntou os dedos.

Uma súbita mudança se produziu na reunião. O ar se perfumou de lavanda, jasmim e madeira. Onde havia deliberado a alma política de cada um, começou a diversão da alma poética: "filosofia da concupiscência", "costureiros da luxúria", "o tao da cama", "a virtude zombada", e muitas frases mais. Cada uma com uma intenção e muitos significados. Dom Juan dormitava.

— "A gula do beija-flor" – disse de maneira conclusiva a venezuelana Elizabeth.

Cinco "delegados internacionais" tinham sido convidados para o acontecimento. Não eram uns abilolados, como poderia se pensar. Eram pessoas de classe e talento que vertiam palavras esclarecedoras, analíticas ou belas depois de cada intervenção, para elevar o debate. Elizabeth era a única mulher entre eles. Viera de Paris, curiosa para testemunhar essa novidade sobre a sedução. Ao convidá-la por telefone, Cocolo a tinha advertido de que se tratava de um evento singular que poderia ferir sua sensibilidade feminina:

— Não — ela havia respondido com uma risada profunda —, não acho que se deva temer nenhum sedutor, a não ser o que esgrime seu falo como dom Juan de Tirso de Molina para prejudicar a honra de uma mulher. Mesmo assim, nós, mulheres que caminhamos pela vida e suas fragrâncias, não temos uma honra para perder, mas uma sabedoria para completar. Além disso, historicamente apenas a presença da mulher fez o homem gaguejar, desviar o olhar e estremecer. Para responder a esses medos interiores e, ao mesmo tempo, para nos assustar, desde tempos imemoriais o homem vem fabricando armas: máquinas, lógicas e outras formas de tortura, perseguição e morte. Agora, se em dado momento minha presença incomodar algum dos participantes, não vejo problema nenhum em me retirar.

Dessa maneira Elizabeth chegou ao evento para batizá-lo: "A gula do beija-flor". Respaldados por um nome, fizeram um duplo sorteio. No primeiro escolheram um representante para cada Estado do país; assim tudo estaria dentro de um contexto democrático e pluralista. Depois voltaram a sortear os escolhidos, pois destes apenas sete poderiam falar, dadas as sete tardes que disporiam desse moderno salão do Hotel Plaza cedido gentilmente por Mario Mercado, o proprietário. Elizabeth remexeu as bolinhas decisivas e cantou os nomes que o acaso havia escolhido:

— Galho Florido, do Estado de Tarija; o capitão Mario, de Pando; Armandito, de Cochabamba; Ricauter, de Potosí; o Duque por Chuquisaca; Mauricio, o Garoto, de La Paz; e finalmente Fayalán, pelo Estado de Santa Cruz.

Fayalán levantou a mão enluvada para confirmar sua presença. Usava uma fantasia bizarra: gorro, peruca, barba postiça talibã, óculos escuros e um sobretudo vários números maior. Os que o conheciam sabiam de suas extravagâncias e souberam que com esse aparato preparava uma surpresa.

— É Fayalán — disse o escudeiro ao letárgico presidente.
— Conheço bem esse, é louco! — exclamou despertando. — E quem mais conheço aqui?
— O capitão Mario, Mestre, que foi escolhido, e Cocolo, que não foi sorteado.
— Que pena! Cocolo merecia falar. Esse era um mulherengo de primeira! — exclamou, e lembrou os desregramentos que cometeram juntos em Buenos Aires. *Te acordás, hermano, qué tiempos aquellos...**, veio-lhe o tango à memória.

Os não escolhidos aprovaram a lista com um aplauso protocolar e, como misses perdedoras, sorriram e felicitaram os escolhidos. Elmer, que havia sido designado como mestre-de-cerimônias para que pudesse acompanhar dom Juan, soube que havia chegado o momento de dar a partida e, fazendo ostentação com as palavras, disse:

— Quero lembrar aos presentes a condição secreta desta reunião: está proibido, agora e sempre, comentar sua existência. Peço a vocês que mantenham desligados seus celulares durante as exposições. E agora, diletos amigos, rogo que vos ponhais de pé, pois soarão as sagradas notas do hino deste encontro. Atenção, maestro! — e os microfones deixaram sair o "Solo de Leporello" da ópera *Don Giovanni*, de Mozart, onde o criado do sedutor canta as façanhas de seu senhor.

Madamina, il catalogo è questo
delle belle che amò il padron mio;
un catalogo egli è che ho fatt'io;
osservatte, leggete con me.
In Italia seicento e quaranta,
in Allemagna duecento e trentuna,
cento in Francia, in Turchia novantuna,
ma in Ispagna son già mille e tre.
V'han fra queste contadine,

---

* *Tiempos viejos 1926*, letra de Manuel Romero e música de Francisco Canaro. (N.T.)

camariere, cittadine,
v'han contesse, baronesse,
marchesine, principesse,
e v'ha donne d'ogni grado,
d'ogni forma, d'ogni età.

(Querida dama, o catálogo é este
das belas que meu patrão amou;
um catálogo eu fiz;
observe, leia comigo.
Na Itália, seiscentas e quarenta,
na Alemanha, duzentas e vinte e uma,
cem na França, na Turquia noventa e uma;
mas na Espanha já são mil e três.
Entre elas, camponesas,
camareiras, cidadãs;
entre elas, baronesas,
marquesas, princesas,
mulheres de toda classe,
toda forma e toda idade.)

— Considere-se aberta oficialmente "A gula do beija-flor"! — gritou Elmer, emocionado, sua voz cavalgando os últimos acordes, enquanto irrompiam torrentes de aplausos. Consultou suas notas e, com a majestade de um elefante, anunciou: — Senhoras e senhores, a primeira intervenção, que versará sobre a palpitante sedução de uma mulher mais velha, cheia de incertezas e artimanhas próprias deste ofício, empreendida pelo ilustre Galho Florido de Tarija. Vamos recebê-lo com um aplauso!

Um suspense cúmplice de cor vermelha, como o arremate de um entardecer, começou a envolver a sala. Dom Juan levantou os olhos e se esforçou para escutar com a maior atenção.

Primeira exposição:

Galho Florido

O evento inicia com a edípica narração de Galho Florido sobre como uma mulher mais velha é cativada pelas artes da juventude do representante de Tarija.

❖

Galho Florido tinha uns trinta e cinco anos e compleição e traços regulares, fora seu estranho nariz, parecido com o de Cyrano de Bergerac, embora menos esplêndido e potente que o do espadachim-poeta. Seus olhos de ternura fugidia e seu tímido sorriso convidavam à proteção. Vestia terno e gravata, *démodé* clássico, como bom provinciano em um evento nacional. Agradeceu o aplauso e falou com o sotaque lento e declamado dos tarijenhos, alternando a leitura de suas anotações com o improviso.

"De algum recesso de minha memória, trouxe para vocês esta história, para que a curtam como se deve.

"Há tempo, dedicava-me com um cupincha de Tarija a recolher pêssegos pelo vale central do Estado. Nesse ano, no entanto, primeiro o granizo, depois uma praga de borboletinhas acabaram virtualmente com a fruta. Mas, como tínhamos de procurar de qualquer jeito, procuramos e só encontramos pêssegos esquálidos, desses que só servem para suco e pessegada. Tivemos, então, que ir muito mais longe, na caminhonete dele. Em meados de janeiro, chegamos a Las Carreras, uma cidadezinha da cordilheira, nas margens do rio San Juan del Oro. Ali, um *chapaco* nos informou que antes de chegar à próxima cidadezinha, chamada Tomayapo, havia uma chácara, Penélope. – Vão achar fácil porque tem uma tartaruga dourada desenhada na tabuleta da entrada – nos disse. – Nessa chácara não chegou nem a praga nem o granizo – concluiu.

"Entusiasmados com a notícia, nos mandamos para lá, esperando que fosse verdade, e era verdade. Os pêssegos eram aveludados e brancos, ligeiramente bronzeados, muito cheirosos, doces e com esse toque ácido que os torna tão deliciosos. Estávamos perguntando ao capataz as condições e o preço, quando nos alcançou um suave perfume de flor de violeta. Era da dona. A senhora me surpreendeu, porque apesar de seus sessenta anos, mais ou menos, era muito bonita, com uma postura orgulhosa...

"– Sou Carola – disse com a firmeza calma das pessoas do campo. – Em que posso servir, meus jovens?

"Enquanto meu cupincha se explicou e começou a negociar, eu fiquei de olho nela. Era como uma virgem madura. Bela de rosto, pele nacarada e com rugas que em vez de enfeá-la davam distinção, a distinção de quem deixou há muito tempo a futilidade mundana em troca da 'serenidade imperativa de uma rainha', como dizia Steve Reeves em *Maciste*. Agora, isso é certo, mostrou seu caráter. Falava igual Dona Bárbara*, dando ordens como se todos tivessem que obedecê-la: 'No mínimo duzentas caixas, trinta por cento adiantado, o saldo amanhã às três com a entrega.' Essa mistura de dureza e pureza me mantinha hipnotizado como ao sultão das *Mil e uma noites*, tão pateta que nem me dei conta de que meu cupincha tinha fechado o negócio. Ela foi a casa trazer um recibo. Driblando a espera, caminhei pelos arredores para observar um pouco. Começava a escurecer. Era uma chácara bem cuidada, limpa e com a terra tratada. Ao fundo, ao lado de um mato e diante de uns morros bem delineados e túrgidos, como os que as crianças desenham, estavam os pessegueiros. A primeira brisa da noite nos trouxe o aroma das frutas. Mas então voltou o perfume de flor de violeta, só que em vez da senhora chegou até nós outra linda aparição. Era uma mulher jovem. Um tesão. Vestia luto fechado, saia longa, blusa de rendas, cabelo preso e rosto lavado, sem pintura. Parecia uma dessas viúvas dos revolucionários mexicanos nos filmes em preto-e-branco do Indio Fernández.

---

* Personagem temível, com fama de bruxa, do romance homônimo do venezuelano Rómulo Gallegos. (N.T.)

"– Aqui está – disse, e nos alcançou o recibo.

"– Desculpe, a senhorita é...? – perguntou o bobo do meu cupincha, quando bastava ver o olhar dela, os gestos cuidados e a soberba, para a gente se dar conta de que era filha da patroa.

"– Sou Penélope, a filha da dona Carola.

"Meu cupincha quis puxar conversa. Na mesma hora associou seu nome ao da chácara, e estava elogiando os pêssegos, quando ela o cortou suavemente com um 'bem, até amanhã então' e nos despachou. De volta a Las Carreras, onde íamos passar a noite, meu cupincha não deixou de falar dela, que a senhorita Penélope aqui, que a senhorita Penélope ali, você viu, meu irmão, que mulher decidida?

"– Que decidida, que nada, cara! Deixa de papo. O que acontece é que você gosta da mina e ponto – eu disse.

"– Claro que gosto – respondeu furioso –, mas gosto decentemente. E olha lá, Galho, nem pense em se meter. Eu conheço você, é metido a gostoso, a namorador. Ainda bem que lá você esteve mais calado que na missa. Eu até penso em me casar.

"– Com ela?

"– Mas claro, sua besta, não ia ser com você – me respondeu.

"– Mas mude o nome dela, tá?

"– Por quê? Se tem um belo nome bíblico! É de uma mina que cortou a língua do marido porque era mentiroso. Eu nem penso em mentir pra ela.

"– Penélope cortou a língua de quem? – desconfiei da citação.

"– Ora – disse alvoroçado –, antes já tinha cortado a cabeça, que que você acha? E ainda a botou numa bandeja. Penélope, que belo nome!

"– Mas você vai chamá-la de 'Pepi' ou 'Guggy', porque vai sofrer o diabo, não por sua cabeça ou sua língua, mas porque em Tarija vão abreviar um nome tão comprido. Em vez de Penélope, vão chamá-la de 'Pene'*.

---

* Pênis. (N.T.)

26

"— Eu não disse? Você é foda, e com essa cara de retardado... Claro, como estudou um ano de psicologia em La Plata, se acha um analista. Que é o tal, não?!

"Mesmo pegando no pé do meu amigo, não deixei de pensar na mãe. Lembrei as ruguinhas em forma de forquilha que se formavam na comissura do decote onde meus olhos tinham ido descansar, adivinhando frescor. E assim, sem mais nem menos, sem pensar, decidi ficar para tentar a sorte com a senhora. Ainda não sabia com que desculpa nem como, mas ia ficar e pronto. E com a força de minha decisão até me ocorreu a letra de um sambinha, com música e tudo, dedicada a ela.

"*Lua consagrada, maré alta,*
provocante majestade de tempos antigos.
Se o areal do outono nos separa
me dê uma chance, senhora,
de atrasar o relógio, voltas e mais voltas,
e que nos junte atrás dos espinilhos,
no pomar de pessegueiros.
Vou abrir a corola que a aprisiona,
com meu ferrão de inseto no néctar,
estame no pistilo,
banhados de pólen,
lua consagrada, maré alta,
provocante majestade de tempos antigos,
rirá outra vez.

"— De onde tira essas letras, Galho?

"Não confessei nada. Não fosse o ciúmento pensar que eu queria alguma coisa com sua Penélope. Nessa noite dormi fazendo planos, imaginando conversas com a senhora e preparando respostas que a impressionassem, mas, como sempre, no outro dia não me lembrei de nada. O bobo do meu cupincha, para impressionar Penélope, tinha se enfeitado e posto uns óculos escuros que comprou numa loja de Las Carreras e, feito um ator de Hollywood, quando chegamos, mandou o *chapaco* que nos ajudava no carregamento que a chamasse.

"– Foi a Las Carreras passar um telegrama – ele respondeu. – Na certa vocês se cruzaram no caminho, porque...

"Não o deixou terminar. Meu cupincha se tornou um Lúcifer.

"– E pagamos pra quem? É muita grana. Precisamos de um recibo. Vamos esperar aqui a senhorita, demore o que demorar.

"Enquanto ele se ouriçava, me chegou nítido o perfume de violeta, e soube que vinha a domadora.

"– Pague pra mim! – soou a voz seca de dona Carola, deixando mansinho o xucro.

"Uma das caixas também se assustou e saltou das mãos de um carregador, fez uma cabriola e caiu no chão. Os pêssegos, livres do abraço das tábuas, rolaram na poeira.

"– Porra, Rengifo! Seu inútil! É retardado ou o quê?! – dona Carola repreendeu o peão.

"– Puta merda! – eu disse para mim mesmo.

"– Me desculpe, dona Carola – o peão se abaixou para pegar os pêssegos a toda velocidade e os esfregava e soprava muitas vezes para limpar, o coitado. – Já vou recolher, senhora – parecia um cachorro corrido.

"– Esses senhores pagam o dobro pelos pêssegos e você quer dar os do chão. Não seja imbecil, Rengifo.

"Em péssima hora meu bobo resolveu intervir.

"– Tudo bem, senhora. Vou levar assim mesmo. Não tem importância – falou todo pintoso com seus óculos escuros, muito do conciliador.

"– Mas é claro que importa – ela afiou suas palavras. – Estes são os melhores pêssegos do mundo, não se espreme como cana, nem se carrega como batata. Faça outra caixa, Rengifo.

"Não voou nem uma mosca. Meu cupincha não disse nem a nem b. Muito menos os peões. Eu, em troca, estava com meu sorriso guardado, sabedor de que esse mau humor era por ela ter murchado antes do tempo.

Era a trabalheira com a terra, marido ido ou morto, abandonada, anos sem beijos. Quem não murcharia? Gostei mais ainda. Eu traria à flor da pele a pulsação presa por seus poros.

"– Rápido! – ordenou. – Não fiquem como múmias. Vamos, vamos, carreguem, cambada de frouxos!

"E foi como quando acabam as cenas congeladas no cinema, todos voltaram a se mover e eu também, mas para me jogar dobrado em dois no chão, como uma parturiente, com um grito de dor silenciado em minha boca calcinada, de carbonizado, quieto como em comunhão. Na verdade, petrificado para que não notassem o teatro. Não, eu não podia esperar até a próxima colheita para vê-la de novo. Nessa idade as pessoas, mesmo que pareçam saudáveis, morrem de uma hora para outra. Uma gripe ou um susto e zás!, já era. Sem me dar conta, com a queda a camisa tinha levantado e mostrava minha barriga. Me envergonhei. Todos correram para me ver – eu olhando o ar como um cordeiro e ofegando como um touro excitado. Um *chapaco* achou que tinham que me massagear com esterco de gado para me desinchar, meu cupincha quis me levar ao posto médico de Las Carreras, outro *chapaco* disse que eram vermes do tipo tênia, e outro, um camponês evangélico, espantado e temeroso, disse: 'Está se transformando em sal.' Dona Carola pôs fim às superstições e ordenou que me levassem para a casa. Meu cupincha também ajudou. Lá dentro, com um 'vamos ver, jovem, o que dói, onde dói', ela foi me auscultando. Com voz de Lázaro-ressuscitado, eu disse que na certa tinha sido algo que comi, e ela, que entendia dessas coisas, ordenou à empregada:

"– Traga um copo d'água. E você vai tomar estes comprimidos – e me estendeu sua palma branca com dois comprimidos amarelos.

"Como meu cupincha insistia em me levar com ele, tratei de ter outro espasmo e um desmaio. Não me recuperei nem quando me fizeram cheirar cânfora. Dona Carola despachou meu cupincha, mas o bobo, que às vezes não é tão bobo, se aproximou e me falou ao ouvido:

"– Se está se fazendo de louco pra esperar Penélope e enrolá-la com seus truques sujos, eu mato você amanhã, seu merda!

29

"Agüentei com os olhos fechados, como quando em criança fingia dormir para escutar os segredos de meus pais. Ele se foi. Deixei passar bastante tempo. Ouvi murmúrios, portas se fechando e se abrindo, passos. Ouvi ao longe um burro pontual que anunciava o anoitecer. Me cobriram com um cobertor, e depois escutei o som do ar expulso pela almofada de couro do sofá ao lado. Suspirei profundamente, fazendo de conta que voltava a mim, e despertei.

"– Como se sente? – dona Carola me perguntou com voz suave. Ela me velava.

"Sorri como um desenganado.

"– Melhor, obrigado. Mas não queria lhe causar nenhum incômodo.

"Quis me levantar, mas a fraqueza me fez deitar de novo.

"– Não é incômodo, e fique quieto – disse com firmeza de mãe. – Trouxe também estas gotas. Têm um gosto desgraçado, mas você, macho como é, vai tomá-las.

"– Sim – eu disse.

"– O que você tem certamente é cólica. Não se preocupe – me disse sapiente.

"Um doente sempre comove as mulheres. Cada uma delas tem uma enfermeira por dentro. Dona Carola se acomodou no folgado sofá para contar as gotas, mas isso fez subir a saia, deixando a descoberto suas belíssimas pernas, torneadas e firmes como as de uma miss adolescente. Seus brilhantes joelhos, suavizados nas rótulas, se separaram com um movimento e descobriram as coxas, que a luz da lâmpada Coleman refletia com reverberações peroladas. Era a posta anterior à sombra triangular de seus segredos finais. Partindo das curvas, as panturrilhas cresciam perfeitas como o arco de Ulisses, para em seguida ir-se afinando, afinando, até chegar a um tendão delgado e elástico que lhe fortalecia os elegantes tornozelos. Com olhar de punguista procurei as varizes tão normais nessa idade, mas não encontrei nenhuma. Era uma mulher que valia todo o esforço. Engoli as gotas misturadas com água e fiz várias caretas de nojo por causa do gosto amargo. Foi a primeira vez que a vi sorrir.

"– Qual é o seu sobrenome? – perguntou, e quando lhe disse descobriu que conhecia meu tio Raúl, que é médico em Tupiza.

"Apenas então começou a falar sem seus gestos de capataz.

"– Quer dizer que é tupicenho?

"– Meio tupicenho, meio tarijenho.

"Daí pra frente me chamou de 'Tupicenho'. Eu também lhe contei alguma coisa de minha vida, tratando de ter pontadas de vez em quando, mas me empenhei principalmente em saber dos gostos dela.

"– Se na Bolívia todos trabalhássemos a terra, que temos tanta (e o faríamos como Deus manda), não haveria pobreza – afirmou convencida.

"Falou da chácara com orgulho e de como eram difíceis os trabalhadores, os bichos que atacavam os pêssegos e o clima que os regulava, mas das coisas normais da vida – esperança, frustração, tristeza ou sonho – não disse nada. Eu, entre suas coxas, que continuavam expostas e que eu não deixava de espiar de quando em quando, e suas palavras mais calmas, estava como o macho da aranha quando sente a resina que a fêmea esparge para atraí-lo a um amor fatal.

"A empregada entrou:

"– A janta já está pronta.

"– Ótimo! – exclamou dona Carola, recebendo a notícia como uma recompensa pelas canseiras do dia. – Eu comerei na cozinha, Tupicenho, e você aqui. Vamos evitar tentações. – E, simulando uma objeção, continuou: – Porque você fará uma dieta e depois vai descansar. Espero que esteja cômodo dormindo neste sofá, porque não quero mexer com você hoje, não vá ter outro ataque de cólica – disse, e se perdeu nos cantos escuros da sala.

"Fiquei sozinho. Ouvi o cricrilar dos grilos e o pêndulo de um relógio de parede que não pude ver. No entanto, tive a sensação de estar sendo vigiado. Espiei de esguelha e descobri três imagens sagradas – um coração de Jesus com oratório, uma Virgem de Lourdes e um São Miguel – que, entre curiosas e ameaçadoras, me olhavam com diferentes atitudes. Não dei bola para elas. Comecei a pensar no que dizer à dona Carola para poder ficar mais tempo. E como a verdade ou a meia verdade é sempre a melhor mentira, pensei em lhe dizer que compartilhava sua visão do trabalho e da terra e que, por favor, me empregasse em troca da comida, se não era abusar muito, para poder aprender com ela. As mulheres mais velhas gostam bastante de ensinar e também que a gente tente se superar.

"Estava pensando assim, quando se abriu a porta da cozinha, mas em vez da mãe apareceu a filha com sua indumentária de *E o vento levou...*, me trazendo uma gelatina sem açúcar, que 'mamãe mandou fazer especialmente pra você', disse muito séria, como ela era.

"– Já está melhor, Tupicenho? – perguntou.

"Por causa do apelido soube que falaram de mim.

"– Sim, um pouco.

"– Ótimo. Me diga uma coisa, Tupicenho: você é casado?

"– Não, senhorita, não sou.

"Comprovei sempre que muito poucas mulheres se atrevem a cruzar essa linha do homem casado que é como a fronteira para o vazio. 'Elas não correm o risco de uma decepção anunciada', dizia David Niven a Cantinflas em *A volta ao mundo em oitenta dias*. Pior se são do campo: mais conservadoras, e pior ainda se são crentes, como elas eram. Falo por causa das imagens sagradas que havia ali. Se eu dissesse a verdade, ela contaria à mãe, e aí tudo iria pro inferno. Penélope me olhou demorado, talvez falando para si mesma. Com discrição saiu da cadeira para o sofá de couro, onde antes havia estado sua mãe.

"– Você mente mal – me enfrentou.

"Eu lembrei do que meu cupincha tinha me contado sobre as Penélopes e estremeci. Imagina se essa mina quisesse me cortar a língua? Mexi com ela dentro de minha boca para ver se estava bem grudada. Então, por sorte, lembrei de *Ulisses* com Kirk Douglas, em que sua esposa, uma que tecia de dia e desfazia de noite, era quem se chamava Penélope e não cortava a língua de ninguém. Pelo contrário, era gente boa, esperava o marido por anos. Aliviado, lhe respondi:

"– Não minto, senhorita. Aliás, quem iria me querer como marido?

"Ela se sobressaltou.

"– Por quê? Por acaso você tem alguma esquisitice?

"– Não, nada. Apenas não sou um bom partido. Não tenho grana, nem casa. Inclusive queria pedir a sua mãe se podia ficar aqui pra trabalhar. Eu gostaria de aprender um pouco o ofício, em troca do almoço apenas. Me serviria muito para o futuro.

"Eu que me fizesse de inocente, porque, se mostrasse as unhas, a coisa dava em merda. Tinha de passar por bobo, por retardado, de me fazer de filho para criar ternura e atrair a mulher mais velha. Essa era a minha idéia, a minha estratégia.

"Ela sorriu.

"– Algum dia você será um bom marido.

"Fez outra pausa, e, de seus debates interiores, veio outra pergunta:

"– Vamos, me diga: você mente?

"– Claro, quando é necessário.

"– Eu odeio a mentira.

"– Todas as mulheres odeiam a mentira, mas se a gente não mente pra elas, elas começam a odiar a gente.

"– Parece que o senhor sabe muito de mulheres.

"– Nem tão 'senhor', senhorita. Isso quem diz é o Humphrey Bogart num filme: *O falcão maltês**.

"– Pode ser verdade o que diz seu filme, mas dói menos se falam com franqueza com a gente. É mais duro, sim, mas no final dói menos.

"Franziu o cenho, mas quase imediatamente, como a esses engraçadinhos que fazem caretas nas praças por umas moedas, lhe apareceu um sorriso malandro.

"– E você, sempre fala como nos filmes? Não tem opiniões próprias?

"– Não muitas, senhorita – respondi baixando a cabeça.

"Penélope se sentiu abusada e ficou séria.

"– Desculpe. É que às vezes sou meio assim. Boa-noite. Descanse.

"Levantou-se e se internou na escuridão da cozinha. Sua figura de anjo grande se deteve um instante como se tivesse deixado algo pendente.

---

* Primeiro filme de John Huston, que se chamou *Relíquia macabra* no Brasil. (N.T.)

33

"— Sobre esse negócio de ficar, consulte minha mãe. Acho que não vai haver nenhum problema.

"Em seguida desapareceu. Ao contrário da mãe, Penélope era um pouco obscura.

"Amanheci no sofá, sonhando que era um leão que rugia de felicidade enquanto deslizava por um escorregador, sendo festejado por um grupo de crianças. Cantarolei *zambas* e *chacareras** enquanto botava os sapatos e saí para procurar dona Carola para lhe propor o trato, mas aí — como é a sorte! —, sem mais nem menos, apareceu meu bobo em sua caminhonete, rodeado de poeira e chamando a atenção com a buzina.

"— Galho, meu irmão! Já está caminhando e tudo! Vamos.

"— Tenho que me despedir, pelo menos.

"— Ora, se despedir, Galho! Diga pra empregada falar com a dona. Suba, se era só isso — e insistiu mil vezes.

"Não tive outro jeito senão embarcar. Que desculpa podia dar a ele? Minha aventura tinha terminado. Arrancou a caminhonete e então me perguntou por Penélope. Disse que não a tinha visto e fiquei olhando a paisagem com tristeza. Paramos na porteira de entrada e desci para abri-la.

"— Que faz de pé, Tupicenho?! — soou atrás de mim a voz da senhora.

"— Chama você de 'Tupicenho', meu irmão? — perguntou meu cupincha.

"— Sim — eu disse.

"Ele riu e depois desceu, dando uma de magistrado, para dizer que eu estava bem, que muito obrigado e que já íamos embora. Ela não entendeu as razões.

"— Que bem, que nada — disse com olhar de pantera. — Este menino precisa melhorar, não vá ter uma recaída, e depois a culpa é minha. Aliás, Penélope foi pra Salta e fiquei sozinha, e já combinamos com o Tupicenho que vou lhe pagar para que me ajude com o trabalho. Será coisa de uns dias, não é mesmo, Tupicenho?

---

* Músicas populares argentinas. (N.T.)

"– É isso aí, senhora – respondi.

"Deu pena ver meu pobre cupincha murchar. Partiu furioso, quase sem se despedir. Apenas levantou as sobrancelhas.

"– Vamos – disse ela quando a caminhonete se foi. – Temos de ganhar tempo, quero que conheça o campo.

"– Sim, senhora – respondi, fazendo uma reverência.

"– Olha, Tupicenho, deixe de se comportar como um peão. Por favor. Gostaria que fosse o mesmo que conheci ontem.

"– Sim, senhora – disse e a segui.

"O que tinha visto de longe no primeiro dia se comprovava. Havia uns quarenta hectares muito bem cultivados com pessegueiros.

"– Essas são as mudas jovens. Está vendo? São de pêssegos pequenos, que colhemos na quaresma. É preciso sombreá-los um pouco quando novos, assim vão nascer brancos como a lua. E aqueles pessegueiros com o tapete de palha, o *mulch*, que serve para manter a umidade, são do tipo Saavedra. – Acariciou vários. – Depois é preciso enxertá-los: os jovens com os velhos, os velhos com os jovens e umas espécies com outras. Assim se conseguem variedades novas e melhores, se dá energia aos velhos e experiência aos mais novos. É meio cruel, porque temos que cortá-los, feri-los, e eles sentem. Mas eu os torno melhores e logo me perdoam. Os pessegueiros são gente. Santo Deus! Quanto chupim e sabiá! Tem que botar mais espantalhos! – disse e atirou umas pedras nos predadores, fazendo-os levantar vôo.

"Depois ordenou a uns peões que lavassem com calda bordalesa, folha por folha, uma árvore infestada de fungos. E entre uma coisa e outra e comer pêssegos, se foi o dia. Com o crepúsculo regressamos pelo bosquezinho de salgueiros, para cortar caminho. As matas são um manto atemorizante. Se existem duendes e outras surpresas, com certeza vivem ali. Ela afastou um espinilho para abrir caminho, mas, para me dar passagem, fez um giro e o ramo lhe escapou das mãos. Voltou elástico e, com força, lhe chicoteou a curva da perna direita. Gritou e se abaixou, querendo tirar o pedaço de ramo, mas aprofundou mais os espinhos.

"– Deixe comigo – disse a ela.

35

"De cócoras vi o pedaço de ramo espinhoso e seco que a feria atrás do joelho. Tive medo de tocá-la. Era como transgredir um templo sagrado. Mas há momentos em que as casualidades levam a gente de maneira inesperada a enfrentar nossos desejos. Agarrei o ramo.

"– Dê um puxão – me ordenou.

"Com o coração batendo apressado, como os graves quando lutam para sair dos alto-falantes, passei minha mão esquerda por entre suas pernas e lhe peguei o joelho. Ela abriu-as ligeiramente. Agarrei o ramo com as unhas. Estava cravado firmemente.

"– Dê um puxão. Vamos lá!

"Respirei profundamente e, ao mesmo tempo em que o puxei, subi rapidamente minha outra mão até lhe segurar a coxa. Perfeita e carnuda. Ela gritou, não sei se pela ferida ou por meu atrevimento. Joguei fora os espinhos e, ainda agarrando sua coxa com firmeza, apertei meu polegar contra as incisões para anestesiar o machucado. Com dois passos curtos para a frente, dona Carola se libertou.

"– Já deu, não? – perguntou sem se voltar.

"– Ficaram os espinhos menores. Deixe eu ver – e avancei de joelhos.

"– Não precisa, não. Em casa tiro com uma pinça.

"– Está sujo. Pode inflamar. Venha, eu limpo, pelo menos um pouco.

"– Tudo bem, não precisa – disse com um tom menos seguro.

"– Deixe de birra, senhora – me encorajei.

"Desdobrei meu lenço e me aproximei com cautela para lhe limpar a pele. Dona Carola era uma gazela encurralada. Cheguei meu rosto ao nível de sua cintura e a cheirei. Meu olfato foi como um vento destapando suas intimidades de onde emergiu um suave perfume de nozes moídas, em vez da violeta. Minha respiração se alterou e ela ficou tensa. Com meu nariz rocei o vestido na altura da bunda. A adrenalina me deixou trêmulo. Enquanto limpava a ferida com o lenço, me atrevi a esticar o indicador, que começou a se mover como um limpador de pára-brisa sobre a pele entre as coxas. Me dispus a abraçá-la, mas ela escapou dizendo um 'obrigado' engolido.

"– Vai inflamar – insisti.

36

"– Uma infecção tem cura.

"Ela se foi. Eu fiquei ajoelhado no meio da folhagem como um buda.

"Nessa noite jantei sozinho e sem afagos prévios. Depois, a empregada me conduziu ao que ia ser meu quarto. Era espaçoso, embora o mais afastado da casa. Me acomodei, contente com as conquistas do dia. Chegar ao amor é mais fácil quando se começou mostrando desejos de amor. Me deitei. Estava muito cansado. Apaguei a lâmpada Coleman e, caminhando para o sono, comecei a imaginar uma história diferente. Dona Carola não foge e eu abraço os quadris dela. Deito-a sob a arvorezinha misteriosa, sobre as folhas macias. Vou ajeitando-a pouco a pouco. Ela me olha desde um fundo cinematográfico. Os lábios pintados se oferecem a mim e eu sinto que ao entrar em sua luz vamos derreter.

"De repente me sobressaltei porque alguém, de verdade e aproveitando que eu estava no cinema da minha cabeça, se meteu em minha cama. Eu quis me virar mas ela me abraçou por trás para me acalmar. Com toda certeza era a senhora que, convocada por meus desejos, tinha vindo se entregar, madura, sem preconceitos, sem os melindres das jovens. Ela havia sentido o mesmo que eu. Só que ela não pôde se conter. O calor da sua perna roçou a minha. Ela me beijou a nuca e os ombros e eu me abandonei. Lentamente minhas mãos foram acariciá-la, mas ao tocar seus braços... Magros. De quem eram?! Da esquálida e desajeitada empregada? Não, era Penélope. Me tapou os olhos com seus dedos longos. E o que eu ia fazer, se ela me escolhia? Como me negar? Me tocava como se acariciasse farinha, enquanto pelo ventre lhe latejava um coração cheio de dúvidas. Sua respiração curta de fino cavalo peruano deixou escapar o gorjeio da voz.

"– Tenha cuidado, por favor. Não me machuque, Tupicenho.

"Eu tive de me portar bem à tarijenha, quer dizer, lentamente. Abri a bata de Penélope – e me chegou o perfume de nozes que caracterizava essa estirpe de damas. Acariciei os seios dela, jovens, durinhos. Chocamos dentes e línguas, sem pressa, como os filhotes quando brincam de morder, e comecei a mexer embaixo, abrindo caminho. Ela se contorceu como uma anêmona. Mas subitamente se deteve e me agarrou as mãos, evitando que continuasse.

37

"— Desculpe-me, Tupicenho, mas não posso. Estou despertando depois de muito tempo, mas ainda não amanhece. Me perdoe.

"Tomou-me o rosto entre as mãos e me beijou a testa.

"— Pensei que você estava em Salta — eu disse.

"— Já voltei — me disse enquanto prendia a bata.

"— Não vá — pedi. — Gosto muito de você.

"Acariciou-me de novo e me fez um estranho pedido:

"— Cante pra mim, Tupicenho.

"Sorri. A mina era meio doida da cabeça.

"— Canta alguma coisa, por favor — insistiu.

"Obedeci. Cantei baixinho: 'Quem é essa pomba, que vai voando, anunciando sua retirada, deixando o ninho...'

"Com passos de nuvem ela se foi. Ao abrir a porta, uma luz lhe desenhou os contornos. Era um vaga-lume que lhe fazia a corte ao partir. O bichinho ficou no meu quarto com seu vôo imprevisível, iluminando com seus flashes Liliput o marco da janela, minha calça sobre a cadeira, a parede pintada com cal, o teto alto com vigas antigas. Banhou tudo com brancos e azuis. Uma brisa entrou, trazendo o campo e seu frescor, e a ressaca levou a magia. Voltou a escuridão. Dormi quase em seguida, sem pensar mais.

"Despertei cantando: 'Recline, menina, seu rosto sobre mim... recline, menina cativa, cândida e sensível nos braços de Alboreví...' O que queriam essas mulheres? Eu estava destinado a Penélope ou ela, de pura audácia, tinha se metido no meu quarto?

"Dona Carola estava entre os pessegueiros, fazendo um enxerto. Como se as carícias e os espinhos do dia anterior nunca tivessem existido, começou a me educar.

"— Está vendo? — disse, mostrando a profunda ferida que tinha feito no tronco. — Coitado, está sofrendo, mas logo vai me agradecer. Agora se coloca o enxerto e se veda, pra que sare bem. Vamos, me ajude, Tupicenho. — Entregou-me um lenço. — Enrole, enrole — e eu o enrolei. — Chega, chega — repetiu enquanto que, com maestria, apesar de suas unhas longas e bem cuidadas, ia fixando o lugar preciso das amarras.

"Fizemos vários enxertos nessa manhã. Também me ensinou a abrir os troncos – 'mais fundo, Galho, até o sangue', me dizia.

"Pelo meio-dia, voltamos para casa, e, durante o almoço, me deu trela.

"– Faz anos que não vou ao cinema. O mexicano Mauricio Garcés, Libertad Lamarque, Marcelo Mastroianni, um belíssimo ator italiano. Sim, desde então não vou a um cinema. E você, vai ao cinema? – me perguntou.

"– Senhora, acaba de falar de água ao sedento. Adoro o cinema. E claro que conheço Garcés com sua sobrancelha levantada e a mecha branca no cabelo, a bela Libertad Lamarque, e vi *Casamento à italiana* com Mastroianni, claro.

"– Olha você, um cinéfilo! Vamos, me conte, como sobremesa, um filme que seja divertido. Me conte, Tupicenho.

"Contei *A classe governante*, com Peter O'Toole. Tinha visto, como quase tudo o que vi, no cineclube de Tupiza. Ela se comoveu bastante quando aplicaram choques elétricos no aristocrata herdeiro, um louco manso que pensava ser Jesus Cristo. Com isso, parece que ele está curado de suas maluquices e, em sua condição de duque, vai ao parlamento na Câmara dos Lordes e sem mais nem menos se lança num discurso a favor da pena de morte. A platéia, transformada em esqueletos, aplaude-o pra valer. Orgulhoso e lânguido, volta a seu castelo. Sua tia, bonitona mas uma bandida, se mete com ele como prostituta, e ele a assassina. Tinha se transformado em Jack, o Estripador.

"Dona Carola ficou impressionada com o final. Me fez prometer que lhe contaria um filme em cada sobremesa. E assim foi transcorrendo minha aventura. De dia ia ao campo ajudar no serviço, almoçava com dona Carola e lhe contava algum filme; de noite aparecia Penélope (que continuava em Salta, conforme todos), com seus conflitos de despertares que não amanheciam e seus amanheceres que não despertavam, e, como era do seu feitio, ia embora sem entregar o essencial, e eu ficava que nem cachorro em vitrine de açougue.

"Ela parecia sofrer uma decepção profunda que não queria me relevar. A minha era não poder me aproximar de novo de dona Carola. E por essa contenção interior, uma noite de lua cheia tomei coragem de lobo e, na ponta dos pés, fui a seu quarto espiá-la. Depois de uma longa espera, enquanto ela lavava o rosto, passava cremes e se penteava frente ao espelho, a porta entreaberta me deixou vê-la se despir. A luz dourada da lâmpada Coleman tornava de bronze seus grandes mamilos negros e misteriosa sua pele. Vi suas pernas provocantes, sua bunda bem armada, seus quadris como uma garupa e, como as crinas de um selvagem, seus espessos crespos sob o ventre. Essa visão, no entanto, em vez de me reconfortar, aumentou meu fogo, de tal maneira que, quando mais tarde Penélope chegou para fazer sua ginástica rítmica comigo, não suportei seus compassos de *yaraví** e me lancei a ela com meus vulcões em erupção. Beijei-a com fome e me meti entre suas pernas para possuí-la de imediato, sem preliminares, mas um 'não' longo e lamentoso, dolorido e queixoso me deteve. Penélope tinha os olhos apertados e a testa enrugada – 'não, por favor, Tupicenho', se queixou devagar, 'ainda não estou preparada, por favor'. O que fazer? Tive que parar. Quando comecei a acariciá-la para me desculpar por minha falta de jeito, explodiu o choro. Eu lhe tapei a boca e ela começou a sufocar.

"– Tudo bem, tudo bem – consolei-a –, mas não grite – pedi, abraçando-a. Ela se acalmou.

"Ainda soluçando se levantou e me disse:

"– Me desculpe se o faço sofrer.

"E se foi. Eu fiquei sem tesão mas com uma cruz de culpas que mal me deixou dormir. Prometi a mim mesmo ser mais terno na próxima vez – não fosse a senhora nos descobrir, por um mau jeito desses. Mas as coisas nem sempre acontecem como a gente quer e, como dizia meu amigo Eliecer Llavaneras, 'as oportunidades são pintadas carecas'. Durante o café-da-manhã apareceu dona Carola para me dizer em tom de comando:

"– Quero agradecer sua ajuda, Tupicenho, mas minha filha vai voltar de Salta e não vou mais precisar de você. O jeep está esperando aí fora. Vai levar você a Las Carreras. E aqui está sua passagem para Tarija. Não tenho

---

* Canto triste dos índios do Peru e das planícies da Venezuela. (N.T.)

o dinheiro que deveria lhe dar pelo seu trabalho, mas já arranjei para que entreguem lá, em Tarija.

"Deu-me um papel com um endereço e disse para que pegasse o dinheiro na próxima segunda-feira. Para mim foi uma cacetada na moleira. Será que Penélope tinha contado o que acontecera? Não, porque dona Carola continuava fingindo que sua filha estava em Salta. Ou, pior ainda, tinha se enchido de que a procurasse sem rodeios com os olhos e com os pés descalços sob a mesa? Talvez. Mas a única coisa que ficava clara era que estava me botando na rua.

"Uns minutos mais tarde, eu tinha a poeira às minhas costas, indo-me dali, latindo para as sombras, com as idéias desencontradas e dividido como o Panamá. E se fosse correndo declarar meu amor? Iria morrer de rir e fazer em pedaços o meu jeito ridículo. Mas então por que teria aceitado que a tocasse, para que quis que eu ficasse? Qual era meu crime, que agora merecia tanto desprezo? Quando a água se evapora no limite da selva com o deserto, os patos pequenos caminham abandonados, em êxodo, pelas areias, procurando proteção nas miragens. Vão felizes, sem temer a morte porque não sabem que existe, e esta os vai deixando plantados nas dunas, como uma fileira de arbustos secos. Eu pensava nisso e assim me sentia, um pato pequeno, seco, abandonado. O réptil se orgulha de negar leite a seus filhos. Por isso as cobras se criam vingativas, independentes e venenosas. Outra separação cruel. Eu teria preferido a fúria de dona Carola, não o banimento.

"O zumbido incessante e incômodo do bate-papo do motorista começou a turvar meus monólogos interiores. Gostaria de cortar o ar e pôr uma cortina de silêncio para não escutá-lo. Mas quando ela disse 'e assim a menina Penélope enviuvou', prestei atenção.

"– Penélope é viúva? – perguntei.

"– É um jeito de dizer, meu jovem – esclareceu. – Não é que o marido era bicha? É como enviuvar. Até o pegou aqui na chácara, em sua própria cama, com o namorado dele ou sei lá como se chamam entre eles. - Dona Carola veio de Tarija, deixando suas coisas para consolar a menina, e depois se encarregou do trabalho. No fim das contas, a propriedade sempre foi delas.

"Senti pena por Penélope, pelos cristais dos contos de fadas que se quebram nas almas das jovens, ainda meninas. Com razão havia a encrenca de não poder despertar e tudo o mais.

"Mal cheguei em casa, em Tarija, minha mulher me recebeu com um escândalo tremendo: 'Garanto que tem um rabicho, porque por lá não vivem mulheres decentes. E *imilla*, aposto.' Tentei convencê-la de que estivera trabalhando: 'Onde está a grana do trabalho? Onde, Galho? Você mente com uma facilidade que... Santo Deus!' 'Vou cobrar na segunda', acalmei-a, e em boa hora porque nessa noite, pelo menos com ela, fiz as pazes e o amor. Na segunda-feira indicada, fui procurar o número 21 da rua Ancha, passando a casa do doutor Fanor Romero em San Roque – assim dizia no papel que dona Carola tinha me dado. A empregada me recebeu, uma *chapaca* ruiva, certamente de San Lorenzo.

"– Não, a senhora está em Tomayapo – me respondeu quando perguntei por ela.

"– E quando volta?

"– Logo, logo, porque tem uma consulta com o médico, aqui na cidade. Mas não sei bem quando. Não é você que tem uma grana pra receber? – perguntou com voz travessa.

"– Não, não sou eu – respondi.

"Fui embora pior ainda: sem grana. Minha mulher me faria outro escândalo e, nessas circunstâncias, a solução são os amigos. Procurei meu cupincha, aquele com quem fui buscar os pêssegos, para ver se podia me dar um adiantamento. No que me viu, ficou contente e me perguntou por Penélope, e depois ameaçou não pagar minha parte se não lhe contasse sobre ela. Tranqüilizei-o dizendo que sua dulcinéia nunca tinha voltado de Salta. Felizmente havia vendido grande parte da carga e me deu o dinheiro. Isso acalmou minha mulher, mas não a mim. Todos os dias passei pela casa de San Roque para ver se dona Carola tinha chegado. De dia a casa parecia um sepulcro, e de noite, com a fraca vela que a iluminava, um esconderijo. Meu humor foi mudando. Me tornei azedo e meio insociável.

O que vai se fazer?! A gente é assim mesmo, muda a toda hora. Ao fim de duas semanas de campana, uma noite vi que as janelas do segundo andar estavam estranhamente abertas e as luzes, acesas.

"Na manhã seguinte, cheio de hesitações e temores como o menino de *Houve uma vez um verão*, toquei a campainha. Me atendeu a *chapaca* das tranças vermelhas. Dona Carola, por favor? Ah, sim, me reconheceu. Da parte de? Do Tupicenho. Um momento, disse, e fechou a porta. Passado um tempo, voltou a abrir e me fez entrar por um jardim de giestas murchas que me encheram de preocupações. Minhas mãos suavam.

"— Entre, já vem — me disse, e sua voz se confundiu com o rangido, tipo Boris Karlof, das dobradiças da porta.

"Ao entrar na sala, a moça deixou a porta aberta para que iluminasse, pois as janelas estavam cobertas com cortinas que tinham uma textura de papelão, seca. Mal deixavam passar uma luz café. Ao fundo havia um velho sofá com cheiro de mofo que disputava o vazio com um tapete enrolado e também mofento. Recostada contra a parede, havia uma reprodução de um pintor, van-alguma-coisa. Eram umas cebolas ao redor do pescoço mole e morto de um veado. De repente, e como tinha me acontecido antes, os cheiros de ambiente fechado foram substituídos pela inconfundível fragrância de violeta. Meu sangue se agitou.

"A senhora entrou com toda a majestade:

"— Você nunca pegou o dinheiro, Tupicenho.

"— Dona Carola! Que prazer em vê-la! — gaguejei.

"— Sente-se. Vou fazer um cheque.

"Caminhou para o sofá, e vi que a bandagem branca continuava em sua perna. Apontei-a:

"— Não sarou ainda.

"— Não. Infeccionou, afinal. Devia ter deixado que você limpasse bem — disse e se sentou pudicamente, juntando os joelhos. Botou os óculos de grau e começou a preencher o cheque.

"— Perdão, posso ver... a ferida?

"O coração me soou no gogó. Ela talvez tenha ouvido esses tambores porque tirou os óculos e me olhou fixo. Muito comedida, se recostou, me dando as costas. Tocou a bainha do vestido para se assegurar de que não mostrava nada demais. Talvez – quem sabe? – instigado pelos demônios, o vento fechou a porta de entrada, nos deixando tingidos de sépia. Me sentei a seu lado e peguei meu lenço para usar como luva cirúrgica, mas, ao vê-lo tão falso, deixei-o cair. Minha mão, com tremor dipsomaníaco, começou a vencer a distância. Meu anular chegou primeiro à venda branca como uma vanguarda e, a seguir, os demais. Entre eles, resolveram obedecer sua própria curiosidade e avançaram como lagartas o limite do esparadrapo. Sem se deter nessa aduana, foram aterrissando sobre a polida pele branca que, pelo seu tremor, já os esperava. Apalpando, comecei a dobrar o vestido, deixando a descoberto a frouxa anágua de cetim. Recostei minha orelha nua sobre sua coxa trêmula. Com a ponta de meu nariz fui subindo até atracar na grande comissura que a perna faz com a bunda. Aproximei meu corpo e a cobri pelas costas. Estiquei o pescoço, e de trás a beijei nos lábios que se mantiveram selados. Degluti o batom de seus lábios numa expressão animal. Uma de minhas mãos flutuou para render os botões do vestido, mas como estavam imprensados entre seu corpo e as almofadas do sofá, se meteu, sob essa trincheira, até o sutiã. Atravessou a pele fresca do peito e depois pegou o seio. Seu mamilo se afundou em minha palma. De repente, igualzinho a Penélope, atalhou consternada:

"– Não brinque comigo, Tupicenho, por favor.

"Não era uma ordem, era uma súplica. Soube que nesse limite qualquer ondulação lhe provocaria uma inflamada defesa. Olhei as paredes para desconcentrar minha afobação. Acalmados meus desejos, ela se acalmaria. Vi na parede retângulos mais pálidos de quadros que alguma vez estiveram pendurados. As tomadas onde estiveram ligados rádios, ferros de passar e televisores. Emergiam resplandecentes pequenos Caspers, por cima do pedestal. Sim, ali também tinha havido festas, bordados em grupo e chás; natais, declarações e decepções, e talvez até a infância de Penélope – 'coma, menina, senão vai ficar anã' –, joelhos esfolados que mamãe curava – 'um beijinho e, quando casar, sara' – e talvez um marido ou a foto de um marido. Era evidente que toda essa caligrafia do passado a chamava à compostura. A ossamenta desse passado ganhava vida para lembrar a ela a decência. Como podia eu vencer esses espectros em sua própria morada? E enquanto perdia tempo nessas reflexões urgentes, ela ouviu o chamado desses fantasmas.

"– Não posso – disse, se desprendendo. – Na verdade não posso – se sentou. – Sou velha. Velha há tanto tempo que nem penso nisso, Santo Deus. Olhe pra mim. O que sou? Apenas uma sombra ou uma piada? Deitada aqui com você, Tupicenho, tenho pena de mim.

"– Senhora, desde o primeiro dia em que a vi não pude deixar de...

"Selou minha boca com seus dedos.

"– É melhor deixarmos assim, como uma linda lembrança.

"Deu-me um beijo na testa e se levantou.

"– Desculpe-me se semeei em você esperanças que não sei cumprir.

"Começou a se afastar e tudo ficou por um fiapo.

"– Senhora – eu disse, me pondo de pé, firme como um soldado –, quem deve se desculpar sou eu. Nunca foi minha intenção incomodá-la e, muito menos, ofendê-la. Com sua permissão, me retiro, não apenas porque me envergonha tê-la posto nessa situação, mas porque eu mesmo não me suporto – repeti automaticamente a fala de algum filme que não lembro, e continuei com meus próprios recursos: – Agradeço o pagamento que me faz – dobrei o cheque –, mas se vim a esta casa todos os dias, desde que cheguei de Tomayapo, não foi por isto – atirei-o ao assoalho. – Se alguma coisa me levou a ir tão longe, e com uma mulher tão respeitável, foi um... – hesitei longamente. – Desculpe, não sei qual é o nome para este sentimento que me tem encurralado. Obrigado por ter me permitido tocar seus lábios, esse altar. Nunca me esquecerei. Obrigado – fiz uma pausa e caminhei para a porta.

"Ela teve a alma perturbada.

"– Se você até poderia ser meu filho – disse em tom de queixa. – Não está certo, não está nada certo. Não brinque comigo, por favor.

"Ao escutar a última frase, parei súbito no meio da sala e por um momento me senti exposto e desamparado, como quando no colégio a gente sobe no palco para recitar uma poesia no Dia das Mães. Tal como então, baixei a cabeça – e olhar para o chão foi minha muleta.

"– Por que estranha que um jovem feio e narigudo como eu olhe uma mulher bonita como você, mesmo que seja mais velha?

"– Não diga isso. Você é muito bonito – quis me consolar.

"– Há anos, a senhora só recebe obediência ou respeito das pessoas. Essa é a homenagem que ganhou com sua dureza e com sua idade. O que se há de fazer? E você e eu e todos achamos que as coisas devem ser assim. Desde que fingi a dor de estômago para ficar e poder conhecer você... sim, fingi, tenho que confessar, e o desmaio também... não deixou de me estranhar esse sentimento proibido que você me provoca. No dia seguinte, no mato, seu sangue deixou um encantamento em meus dedos. Por quê?, me perguntei muitas vezes e continuo perguntando. Pode ser que você tenha razão, e que tudo isso seja impossível e até não seja bom, mas não é uma brincadeira. Por favor, não me humilhe dessa maneira, que eu quis apenas fazer um bem para nós dois, uma alegria.

"Caminhei para a porta evitando que os saltos de meus sapatos ressoassem. Às minhas costas, os dela voltaram ao sofá. Toquei teatralmente o trinco da porta.

"– Desde minha volta não deixei de pensar em você e vigiei esta casa todos os dias, esperando sua chegada. E agora que finalmente posso vê-la, eu a ofendo. Sinto muito, senhora, mesmo que sinta mais por mim.

"Parecia que tinha se entregado às minhas palavras. Mas ainda havia que caminhar sobre papel de seda – e o fiz bem agarrado no trinco.

"– Você não se dá conta de sua beleza e olha seu corpo como se apenas na cintura ou na idade estivesse a possibilidade de amar. Você se condenou a um exílio que a meus olhos a torna mais nobre. Não, senhora, não brinco, apenas tremo quando a sinto por perto.

"Girei o trinco para ir embora.

"– Não é certo! – sua voz me deteve. – Não é natural! É pecado – fez uma pausa esperando minha resposta. – Ou não pensa assim?

"Ajeitou o cabelo, ergueu o corpo e alisou o vestido, num só gesto. Depois de um longo sono, as dúvidas, junto à vaidade, começavam a despertar, derrubando as trincheiras.

"— Diga: por acaso não acha que tudo isso está errado? Que você deve ter uma esposa, uma namorada, talvez filhos? Que não está certo? Que eu tenho uma filha que poderia ser minha rival? Me diga, não tenho razão?

"O espaço que me separava dela era uma imensidão. Não poderia vencê-lo sem espantá-la. A única possibilidade era flutuar. Me concentrei em meu nariz e cheguei sem que ela notasse. Me sentei cerimoniosamente a seu lado.

"— Não tenho razão? — insistiu.

"Respirei lírios profundos para me dar ânimo e me apliquei profundamente para tocar seus lábios com os meus.

"— Ai, Tupicenho — sussurrou, temendo despertar as pessoas da casa, e eu soube que essa trégua era de porcelana.

"Devia possuí-la de imediato. Qualquer tom dissonante romperia o feitiço e, pior, todo prelúdio amoroso lhe daria tempo de se arrepender. Somente com a penetração ela aceitaria o abismo. Deitei-a com suavidade. Tossi para cobrir o som do meu zíper baixando. Ergui o vestido dela e a anágua sem lhe tocar as pernas para não alertá-la. Não quis nem olhá-las — não fossem elas me hipnotizarem, como na primeira vez que as vi, e assim eu perdesse o pulso. Uma espiada, porém, me contou que estavam palpitantes. Mas nunca faltam obstáculos. Deitada como estava, eu não poderia lhe tirar a calcinha. Então, com o polegar, peguei a parte debaixo, entre as coxas, e a estiquei e descobri o cofre. Rocei meus dedos nos seus pêlos. Ela girou a cabeça como bicho aprisionado. Retesou as pernas para me fechar o acesso mas eu abri passagem com a lateral de meu quadril. Girei, fazendo uma alavanca que lhe abriu as pernas, e fui aproximando meu vértice até tocar sua vegetação.

"— Não, Tupicenho, pare, por favor — me implorou com as unhas vermelhas e longas cravadas em meus ombros.

"Mas aonde ia me deter? Se meu instinto já havia percebido suas umidades, e suas umidades, ao perceberem meu instinto, começaram a exalar seu perfume de nozes. Quando entrei, avançando milímetro por milímetro por esse botão fechado pelo tempo e pela vergonha, tornou a girar a cabeça e aspirou o ar aos bocados. Meus óleos abriram sua secura e eu me afundei nesse porto, nessa bondade onde adormecem todas as frustrações, todas as durezas e as discordâncias da vida. Quando cheguei aos seus confins:

"– Não, não! – soluçou, virando os olhos para o céu.

"Eu aproveitei a cavidade que sua súplica deixou para envolvê-la com minha boca até lhe tomar a língua com meus lábios de ventosa. O inferno já lhe ocupava a alma. Como mártir da fatalidade, abriu seus braços em cruz para a unção.

"– É pecado – gemeu –, é pecado. Não me machuque, Tupicenho, por favor. Não me machuque, sou velha. Deus meu, me ajude.

"Detive-me para não me derramar antes do tempo com seus deliciosos lamentos de contrição. Somente então, atados pelas entranhas, comecei pelo princípio, pela ternura: acariciei-a, desabotoei-lhe o vestido e aos poucos libertei um de seus seios de nácar, onde afaguei minha face. Depois minha língua buscou a amora central, alerta frente à catástrofe, e a lambeu com dedicação. Suas carnes ruborizadas lhe aconselharam cobrir os seios:

"– Não me olhe, por favor, não me olhe – clamou, mas eu os descobri e os contemplei. Ela voltou a se negar e eu voltei a insistir, medição de força que trouxe dos recessos de minha memória a enorme excitação que devem ter sentido os bárbaros frente a uma presa semelhante.

"Finalmente cedeu, mas tapou o rosto para não ver que eu a olhava. Para mim não importava seu corpo transformado pela velhice, era a opalescência de sua pele e suas pernas sensuais, suas queixas reprimidas, seus seios lactáveis e magníficos, mas, principalmente, era sua abstinência virginal que me comovia. Eram suas invocações a Deus em busca de socorro o que me deleitava com um prazer desaparecido, o prazer de violar um mandamento religioso. Com o ritmo de um noturno comecei a preenchê-la com espuma contra o sofá e ela continuou dizendo que 'não', mas seu corpo começou a florescer com meus cuidados. Descobri-lhe o rosto que as mãos sitiavam e a beijei molhadamente. Quando dona Carola sentiu que seus fogos internos a abrasavam anunciando a explosão, mexeu a cabeça de um lado para o outro. A alma dela se desfazia. Voltou-se para o céu com os olhos virados, suplicando, novamente, por uma ajuda que também não chegou. Apressei meus movimentos, e se apressaram os fragores. Ela começou a cantar arquejos, curtos e sucessivos. Eu me crispei frente a meu próprio anúncio. Ela me abraçou e seus quadris seguiram a atávica sabedoria. Movia-se como uma possessa, depois do estertor mais prolongado.

"– Não, por favor! – continuava gritando, enquanto seu corpo sem freio se agitava contrário a suas súplicas.

"Essas súplicas deliciosas resolveram meu desenlace, e meu desenlace o dela. Ficamos feito estátuas, como os cremados do Vesúvio, deixando que nossas linfas, como a dos siameses, se unissem sozinhas. Buscamos ar para nossos sufocamentos, e aí ela começou a chorar como uma abandonada. Mas eu já não a consolei. Tinha deixado de sentir pena. Como sempre me acontece depois de coroar um impossível apogeu, me chegou essa mescla de aversões que sente o guerreiro diante do corpo inerte do temido inimigo a que a morte exauriu toda possibilidade de ameaça. Nos confrontos trágicos da vida, o desejado triunfo acaba sendo o último despojo da batalha, o mais desprezível. E eu, ao ver dona Carola ali, meio despida e queixosa, a desprezei. Depois de tanta trabalheira, agora me repugnava. Beijei-a para fingir ternura, para fazê-la pensar que ainda mantinha meus sentimentos e meus desejos. Dali a pouco não pude representar mais.

"– Voltarei amanhã – menti.

"Ela continuava na desordem. Me olhou sem me ver e deixou cair a cabeça para um lado como expirando. Me vesti e saí para não voltar. A ansiedade, a espera, a incerteza e principalmente o mistério tinham se acabado. Sem esses pesos na alma, o ar do meio-dia me fez respirar com amplitude. Meus músculos, como purificados por um banho de mirra, estavam em forma, e minhas idéias, pela primeira vez desde que voltara de Tomayapo, em repouso. Já não era um pária em minha cidade. Nessa noite dei um tapinha numa trouxa de maconha, depois de muito tempo, para celebrar e para esquecer.

"Mas voltei no dia seguinte, sei lá por quê. Talvez pela curiosidade dos delinqüentes que sempre voltam à cena do crime ou talvez porque o amor com a roupa posta me deixou um sabor de falta. Foi dona Carola em pessoa que me abriu a porta. Me cumprimentou com uma cara um tanto feia, e seus olhos fugiram aos meus. Gostei de vê-la assim, humanizada, com a couraça amassada.

"– Por favor, vamos falar sobre o que aconteceu ontem. Quero que você me explique bem por que fez o que fez.

"Tinha a sofrida distinção de Penélope nas noites da chácara. Caminhamos pela sala, e a luz sépia e escassa foi nos listrando como tigres. Ela se sentou num extremo do sofá e me indicou o outro, mas eu me sentei a seu lado, e de frente comecei a lhe desabotoar o vestido.

"– Comporte-se, Tupicenho. Chega! Agora vamos falar – usou a voz de comando para me deter, mas era um timbre a que eu já tinha perdido o respeito. – Você não entende o que lhe falo?

"Beijei-a para acalmá-la e ela voltou aos 'nãos', mas me devolveu os beijos. Tirei o vestido dela, mas não quis que lhe tirasse a anágua. Fez uma resistência encarniçada.

"– Vamos falar, Tupicenho. Vamos falar, por favor.

"Fiz surgir meu fininho de maconha. Eu a faria fumar também. Já que queria falar, ia falar, mas com os planetas. Devo contar que, com esse regresso, uma outra personalidade me apareceu. Uma personalidade que costuma aparecer quando o desejo minguou, quando o corpo da mulher deixou de ser um desejo impossível. Essa personalidade mais fria, mais racional, mais cruel, aparece como em *O médico e o monstro*... Acendi o fininho, aspirei e lhe passei a fumaça num beijo. Ela se afogou e tossiu.

"– Eu não sei fumar, Tupicenho, e não gosto.

"Voltei a lhe passar a fumaça.

"– Você vai gostar. Segure – expliquei.

"Tossiu de novo.

"– Me sinto esquisita – disse, entrecerrando os olhos.

"– É o que acontece sempre com a maconha, na primeira vez.

"Quando soube que se tratava de maconha, fez o maior banzé.

"– Você é louco, Tupicenho! E se me vicio?!

"Eu a acalmei dizendo que não ia acontecer nada, que apenas ia se sentir bem. Ela ficou triste, como que decepcionada. Seus olhos se inundaram e cresceram como os de Betty Boop. Suguei os olhos dela e engoli sua garoa. Isso a comoveu. Deixou-se deitar e, depois que me despi, me esfreguei contra ela para sentir o suave cetim da anágua. Estivemos assim por longo tempo, esfrega que esfrega. Ela se deixava levar pelas sensações. A erva a estava desinibindo. Não fez oposição quando lhe baixei as alças da anágua. Tirei seus dois grandes melões escuros, sovei massas e as saboreei. Tudo foi sentido e demorado. Penetrei-a, e ela me acariciou. Buscou meus beijos e me abraçou com força. Terminamos lentamente, muito lentamente, com ritmos de galápagos. Saí de seus confins, deslizei por seu corpo e recostei minha cabeça sobre seu ventre. Ela fez anéis com meu cabelo.

"– Tenho muito medo, Tupicenho. Agora mesmo gostaria que você não se fosse. Gostaria que essa porta ficasse fechada para sempre e que você fosse apenas quando eu morresse. Que vergonha! Nem sei o que digo. Pareço uma boboca adolescente.

"Foi para o espaço minha tranqüilidade. Essas declarações bregas que as mulheres fazem mal sentem prazer são decepcionantes. Estão tão longe do porte orgulhoso e inalcançável, brincalhão e provocante que nos prendeu. Tinha me apaixonado por uma mulher e ali me aparecia outra. Teria preferido que dona Carola se conservasse altaneira. Mas não, havia desembocado na bobice comum que é, por si mesma, aviltante.

"– Não seria lindo? – insistiu.

"Resmunguei em vez de responder.

"– Qual é seu verdadeiro nome, Tupicenho?

"– Galho Florido.

"– Vamos, não seja assim. Me diga a verdade.

"Desfez-me o cabelo, riu e voltou a insistir, mas eu não lhe respondi nada. Temerosa de que suas palavras tivessem me distanciado, não deixou de falar e falar, esperando que alguma de suas frases, como um abracadabra, conseguisse me desarmar até seu nível, me emparelhar com sua desvalida vivência do amor.

"– Você é mau, você é bonito, você é forte, quanto tempo isso vai durar?, você me sufoca, me liberta, me sinto jovem, obrigada, que fizemos?, espero que Deus não esteja olhando, me ama ou só me deseja?, me vê como a sua mãe, me acha muito velha, me diz coisas lindas, por que amo você?, me faz sentir mulher, me sinto suja.

"Mas, mesmo que eu lhe repudiasse a grandiosidade perdida para uma precariedade de freirinha que se entregou, que acha que se diminuindo vai conseguir o amor do outro, tive que reconhecer, considerando sua idade, sua valente entrega ao caos dos sentimentos. Quanto mais baixo chegaria? Até onde? Senti vivos impulsos de averiguar, de feri-la para averiguar, de remexer em seu interior até encontrar o ponto mais baixo de sua humilhação. Saí da casa com esses pensamentos.

"Com boas e eficazes idéias cheguei no dia seguinte para lhe dizer que estava confuso e que era hora de me justificar com ela. Inventei que tinha um par de amantes jovens, a quem eu visitava ao mesmo tempo que a ela. Descrevi as duas como mulheres de seios firmes e dentes brancos, de cintura compacta e tipo mignon. Enquanto contava como eram apetitosas essas ninfas míticas, pegava os pneuzinhos da barriga dela e os seios grandes e caídos, ainda envolvidos pela anágua, último bastião de seu pudor.

"– Então vá com elas, ora! Por que vem comigo? – me respondeu, furiosa e ferida.

"– Bem, vou indo. Você não compreendeu nada. – Fiz que ia me levantar. – Eu só queria compartilhar minhas dúvidas com você.

"Vi que desmoronava. Teve gestos inseguros e desajeitados.

"– Não, não é isso – me agarrou a mão.

"Pestanejou várias vezes e voltou a falar e a falar como uma caturrita. Eu não a deixei continuar muito: tornei a esporear, elogiando a silhueta esbelta de sua filha, e também lhe confessei o quanto a desejava, e lhe contei a maneira provocante com que me olhava na chácara, embora todos dissessem que ela não estava lá, mas em Salta. Porém, em vez de se enfurecer, me disse que compreendia perfeitamente, pois ambos éramos jovens, e era normal que a coisa 'esquentasse'.

"— Coitada da Penélope, minha filhinha. Como eu gostaria que tivesse um homem como você. Não, não tenho direito de reclamar nada, nem fidelidade nem nada. E menos ainda de me pôr no caminho da sua felicidade. Na verdade estou tão agradecida por toda essa alegria que você me dá. Isso é mais do que eu teria pedido na vida – argumentou com sua falsa resignação.

"Fazendo-se de boazinha, de compreensiva, queria fugir de minhas ofensas. Castiguei-a fazendo amor, como um tártaro, com fúria, mas ela o curtiu com apaixonado entusiasmo. Me senti logrado. Minhas técnicas para aviltá-la não surtiam o efeito desejado.

"— Ai! – exclamou, tocando-me o quadril quando me levantei de cima dela. – Não, não é nada. Deve ser o ciático – e quis me mostrar sua dor.

"— Não me fale de doenças, senhora, que não me interessam. Vou me preocupar com elas quando chegar minha hora. O que esperava: vitalidade e saúde? Assim é a idade, não há pra quem se queixar.

"— Tem razão – disse, e me beijou a mão.

"Saí. Fui até Tomatas. Queria pensar rodeado pela tranqüilidade da natureza. Devia encontrar uma maneira de machucá-la.

"No dia seguinte, com cara de ingênuo, falei para ela dos filósofos existencialistas e da corrente que diz que o homem busca na vida realização e felicidade e que, como não as alcançamos nunca, somente a morte nos premia, acabando essa busca inútil, essa ansiedade sem sentido. Com esses argumentos, pouco a pouco, fui gerando vazios. Descrevi, com detalhes, a morte e sua criação: o nada. Falei para ela do silêncio total, da total inconsciência e do fim. E como ela estava muito mais próxima dele que eu, foi empalidecendo até que se pôs a chorar como uma menina. Chorou tudo. Seu medo era um medo profundo. Primordial. Eu me regozijei e, pretendendo reconfortá-la, disse que não levasse a mal, que era a iniludível natureza da vida, e continuei falando do verdadeiro inferno: a suspeita que temos do abismo eterno e escuro da morte. Sem retorno. Queria deixá-la louca. Mas não aconteceu nada disso. Dali a pouco, ela engoliu as últimas lágrimas, pestanejou e se recompôs. Me pediu desculpas por ter agido infantilmente e deu às minhas palavras a atenção de um aluno interessado. Eu me chateei muito e quase perdi as estribeiras. Disse que não ia lhe contar mais nada.

"– Então, filmes! Me conte filmes como na chácara – me pediu com um sorriso.

"Não contei patavina.

"No dia seguinte, dediquei-me a lhe criar novas dúvidas, dessa vez psicológicas, mas, pior ainda, também não tive grande sucesso. E assim foram acabando meu repertório, minha imaginação e, principalmente, minha vontade. Minha maldade não estava sendo eficaz; em troca a resignação dela a fazia crescer dia a dia. Como último recurso para sujeitá-la, decidi executar um plano de mestre que vinha craniando.

"Nessa manhã nem mesmo a cumprimentei. Me sentei no meio do sofá com os braços estendidos como um paxá e lhe ordenei que tirasse tudo, principalmente a anágua, e que desfilasse nua como uma modelo na passarela. Não apenas lhe ordenei como a convenci de que ela já não me excitava muito e que talvez o desfile ajudasse. Não se atreveu a me pedir trégua. Simplesmente, e como sempre, se pôs a chorar porque não queria fazer isso. Mas acabou fazendo. Durante seu desfile de animal domesticado, apontei as deformidades de seu corpo, e ela me escutou mansamente. No estilo dos instrutores de golfinhos, lhe dei minha língua como recompensa, na realidade para humilhá-la mais, mas ela achou que era ternura e floresceu rapidamente, passando da desonra à plenitude. Fazia isso: passar de uma sensação profunda para outra mais profunda ainda. De qualquer escuridão conseguia cruzar o espectro e ia visitar a luz em seu centro. Não se importava o quanto eu a agredia ou quanta dor, medo ou vergonha eu lhe infligia. Não se importava. Confundida sob sua monumental desordem de feridas feitas a ácido, de sentidos exacerbados e sentimentos em carne viva, me utilizava como instrumento para alcançar o maior prazer espiritual entre todos os que existem: a dor do amor. E para encarnar essa santa que era na realidade, e para crescer com cada laceração, havia me atribuído o papel de verdugo. Ela, a mártir; eu, o verdugo.

"Por isso, minhas torturas, em vez de surtirem efeito, em vez de envilecê-la, a elevavam cada vez mais para o pináculo onde o beato se transforma no próprio deus que adora. Eis por que ela manejava o caos dos sentimentos com tanta desenvoltura, e nada a atingia e tudo a levava a um estado de graça, que a foi tornando mais bela a cada dia, tanto que parecia ter dado vida a uma foto de sua juventude. Seu corpo ganhou cintura, seus seios se empinaram e seu cabelo ficou mais sedoso.

"Na manhã seguinte, exausto e derrotado, sem mais idéias e sem mais esforços, chegou minha mudança como a de Saulo: repentina. Minhas invejas, minha maldade e meus desprezos se transformaram em admiração. Ser súdito de tamanha mulher começou a me encher de orgulho, embora a palavra orgulho, na realidade, escondesse meu verdadeiro sentimento: o amor. Tinha me apaixonado. Saber disso me encheu de plenitude, mas também de terror, porque eu não tinha têmpera para ser um farrapo do amor com pose de herói. Mal começamos a nos despir, massageei seu grãozinho íntimo, que se ergueu como uma cobra diminuta. Aproveitei o momento para lhe fazer minha confissão, embora a tenha feito de maneira mascarada.

"– Gosto muito de você, senhora. Tanto que nem sabe.

"– Eu também amo você – pegou-me na mão.

"Surpreendeu-me que lesse meus pensamentos. Eu lhe dizia 'gosto' e ela sabia que a amava. Desejei poder fugir desse repentino sentimento, mas só se pode fugir antes de cair. Uma vez enredado, não só não se pode fazer nada, como se chega a pensar que se trata do sentimento mais nobre, mais vital e mais necessário.

"– Fui muito cruel com você? – perguntei.

"Atraiu-me para seu peito, negando com a cabeça. Me beijou o rosto e me acariciou enquanto ria como a criança que pensava ver em mim.

"– Às vezes, como com os pessegueiros, a crueldade nos melhora. A gente se corta, se fere e no fim renasce.

"Eu continuei em seu peito.

"– Ah – disse-me, lembrando –, gostaria de pedir que amanhã venha depois das sete da noite. Tenho que resolver uns negócios e ver o médico.

"– Algo sério? – me ergui, verdadeiramente preocupado.

"– Não – respondeu. – São as rotinas da idade.

55

"Sentir-me apaixonado me deu segurança e audácia. E em tais circunstâncias não podia ser mesquinho sobre o que sentia. Nesse encontro noturno revelaria que tinha inventado a história das mulheres jovens, contaria que tinha esposa e que estava disposto a me divorciar para ir viver na chácara: desta vez para aprender de verdade com ela. Diria que não me importava sua idade, nem seus achaques, e que adorava seu corpo. Queria ficar com ela todo o tempo que Deus dispusesse.

"Entusiasmado com minha decisão juvenil, cheguei no dia seguinte pontualmente às sete da noite. Bati na porta. A *chapaca* ruiva atendeu. Como sempre, me levou pelo jardim de giestas, a essa hora iluminado pelas luzes da rua. Chegando na casa, pegou no chão o candelabro com a vela acesa e me indicou que eu entrasse.

"– A senhora já vem – disse, e partiu levando a luz.

"Se a sala era penumbrosa de dia, de noite era a escuridão absoluta. Caminhei tateando até o sofá. Despi-me para recebê-la com a surpresa do amor. Ao me deitar, senti-me numa cripta. Nem mesmo via minhas mãos. De repente, me assustou uma respiração demasiado próxima. As mãos da senhora me roçaram frias. Tinha se escondido, brincalhona, para me assustar.

"– Vem. Relaxe. Eu vou fazer amor com você – sussurrou.

"Baixei as mãos e deixei que me beijasse o corpo todo. Depois se esfregou contra mim. Lambeu e chupou todas minhas protuberâncias a seu gosto. Quando lhe acariciei a cabeça, me tomou as mãos e baixou-as, freando toda iniciativa. Desta vez, ela queria ser a protagonista. Entendi. Expeliu seu perfume de nozes enquanto cavalgava minha perna, um toque entre lixa e veludo. Quando se lubrificou, tratou de me lambuzar todo com seu caracol pegajoso. Depois o entregou à minha boca. Por um longo momento estive me asfixiando com a delícia de suas entranhas perfumadas.

"– Hi, hi – guinchava ela com suavidade.

"Era maravilhosa a total escuridão. Era como fazer amor com um fantasma.

"Uma vez satisfeita, voltou a me percorrer, mas dessa vez para baixo. Me umedeceu o peito, e a cavalo e com muita suavidade foi se penetrando,

penetrando até o fundo. Firmou suas mãos em mim e, enquanto roçava nossas pélvis, começou a falar baixinho coisas que não pude entender, mas que pronunciava com fúria. Terminou primeiro, porque estava muito excitada, e depois se empenhou comigo. Quando a erupção me ameaçou o eixo, libertei minhas mãos encarceradas por sua proibição e lhe agarrei a cintura para não nos separarmos. Mas essa cintura tão delgada e tão fina não era a cintura de dona Carola, mesmo que tivesse rejuvenescido. Peguei os braços dela, e também eram magros. A visão de Penélope me passou como um relâmpago pela memória, mas eu já me diluía com vozes roucas de prazer. Antes que se acalmassem minhas taquicardias, ela se pôs de pé.

"– Obrigado – falou baixinho e se foi, levando seu perfume.

"– Venha – chamei-a. – Não se vá. Quero que me explique...

"Estava certo de que era Penélope. E eu merecia pelo menos uma explicação.

"– Não vou, estou aqui – sussurrou ao meu lado.

"Movi a mão como um cego e a toquei. Estava sentada no chão. Levantou-se e pôs a cabeça sobre meu ventre. Seu perfume tinha mudado, cheirava a violeta. Apalpei-a e comprovei o engano. Dona Carola estava ali, também nua, mas era Penélope que tinha feito amor comigo.

"– Pegue, Tupicenho – buscou minha mão e entregou uma caixinha. – É pra você.

"– O que está acontecendo? Não entendo nada, mas estou suspeitando de coisas nada boas – eu disse incomodado.

"– Quer saber o que há na caixinha?

"– Não. Não se trata da caixinha. Não é a caixinha.

"– Olhe, é uma surpresa que você vai adorar.

"– Me diga, não estamos sozinhos, não? – me atrevi.

"– Estou com frio. Vou buscar um cobertor pra nos tapar. – Se levantou e, a caminho, continuou falando: – Na volta vou contar tudo o que você quiser.

"Sua voz soou com ecos.

"Fiquei enterrado nessa escuridão. Esperei longamente, mas dona Carola não voltou. Chamei várias vezes e nada. Senti medo por ter sido abandonado, e justo quando por fim me entregava honestamente ao amor. Me vesti de qualquer jeito e percorri toda a casa, chamando. No segundo andar, liguei os interruptores, mas também não havia luz. Gritei, maldisse e ameacei. Acabei suplicando. Ninguém respondeu.

"Saí e, à luz da lâmpada da rua, abri a caixinha. Havia dentro uma tartaruguinha de ouro como a da tabuleta da chácara. Foi esse o *souvenir* que me deixou. Não me consolei com isso. Voltei no dia seguinte e muitas outras vezes, mas nada. Perguntei por onde pude. Nunca ninguém me deu notícias de dona Carola nem de Penélope. Esperando uma oportunidade, que não chegou, de ir a Salta para averiguar ou de regressar a Tomayapo, nasceram meus filhos, tive muitas outras aventuras amorosas, sempre com mulheres mais velhas que hoje são a minha especialidade, e me tornei químico, profissão que exerço até hoje. No entanto, essa ciência não pôde me explicar a alquimia dos perfumes de violeta que se transformam em perfumes de nozes, fragrâncias que às vezes invadem o ambiente ao meu redor, me fazendo pensar, por instantes fugazes, que ela voltou.

"Muito obrigado."

Com os braços no alto, Galho Florido recebeu a aprovação da sala. O ar parecia ter se cortado numa mistura de cores, e também festejava. Dom Juan se juntou aos aplausos. Estivera muito atento. No entanto, as têmporas lhe palpitavam de cansaço. Decidiu partir sem escutar os comentários que os delegados internacionais, doutos na análise e na filosofia, e os sedutores, pragmáticos executores, iriam fazer, quando foi retido pela direta alusão de Alfredo, o escritor peruano, que falou com a lúcida embriaguez a que o bom conhaque o tinha acostumado:

— Primeiro senhor, dom Juan, presidente, comandante, timoneiro, também conhecido como o Mestre, não é? Ah, eu sei, ilustre guia. Agora, se você e a platéia me permitem, ou mesmo Calderón, vou recitar meu intróito:

Nessa cidade Tarija,
achando-se sedutor,
buscou a mãe e a filha
para lhes fazer amor.

Quis a malograda sorte
dar-lhe um drible, um confronto,
sem o prudente temor
que todos sentem à morte.

Mas um pêssego maduro
e outro que brotava em flor
ao galho lhe deram duro,
deixando-o ferido de amor.

A platéia se divertiu. Alfredo agradeceu como donzela da corte e acabou dando essa risada alta de negro de que os peruanos tanto gostam. Elmer delegou a Cocolo a função de mestre-de-cerimônias e partiu com dom Juan.

— Que horas são? — indagou o velho.
— Não se apresse, há tempo — Elmer o tranqüilizou no táxi. — Muito bom o relato de Galho, não é mesmo, Mestre? Que achou?
— Não quero falar, Elmer — replicou chateado.

Tinha medo de que, abrindo a boca, lhe fugissem as imagens da narração. Concentrou-se no painel do carro.

No dia seguinte ao da viagem de Maya, dom Juan começou a esquecê-la graças aos achaques, à agenda (que fazia Elmer ler obsessivamente) e às visitas dos médicos. No entanto, teve orgulho de saber que esquecia outras coisas muito antes dela. Dali a três dias, porém, já não a lembrava. Sua vida voltou a transcorrer com a prostração de antes de conhecê-la: ciscando como galinha os farelos das bolachas e deixando escapar dos lábios umas gotas de baba branca por causa do queijo frito que mastigava sem convicção. Apenas terminara o frugal desjejum, ela ligou anunciando sua volta. Sua voz melodiosa invocou-lhe o sentimento matriz que o unia a ela e lembrou seu rosto como se nunca o tivesse esquecido.

— E a jornalista? — perguntou a Elmer, durante sua higiene pessoal. — Me disse que vinha esta noite, e nada.

— É que ainda é de manhã, dom Juan.

— Ainda? — perguntou, secando os olhos.

— Ainda — respondeu o escudeiro, empenhando-se em enxugar os sovacos dele.

— O tempo já não passa — cochichou o ancião. — Claro que não vai vir — comentou desalentado. — Claro que não... — Tirou o relógio-pulseira e o deixou cair.

Recusou o multivitamínico prescrito pelo médico e, pela primeira vez, para horror de Elmer, que o considerava imortal, falou de sua morte. Pela tarde, quando chegou um visitante ocasional, o escudeiro o despachou dizendo que dom Juan tinha decaído muito.

— Temo o pior — afirmou compungido.

Com ouvido de tísico, o velho escutou o diagnóstico como uma afronta e decidiu desprezar a banalidade do ciclo natural e optar pela eternidade com o maná nutritivo da presença permanente de Maya, com essa bateria que o entregava de novo à vida. Rejuvenesceria com a luz que seu corpo emanava, com o oxigênio de seu tato, com a seiva de suas palavras delicadas. Mas isso apenas seria possível amarrando-a a seu lado para sempre. Não encontrou melhor recurso que lhe revelar o que não tinha revelado a ninguém, seu único segredo, a verdade de sua vida, a que estava escrita e rubricada em sua vergonhosa certidão de nascimento.

O táxi parou em frente ao edifício. A noite estava tão límpida que podia se ver passar esporádicos querubins. Apesar da expressa proibição, Elmer não tinha deixado de falar e de lembrar a história de Galho Florido. Dom Juan o desprezava. Tão mediano e tão pacato. Se não fosse um homem tão leal...

Quando Maya chegou, com ligeira impontualidade aceitável em toda dama e com uma bela meia trança que lhe repuxava a testa, dom Juan tratou-a com displicência para lhe mostrar quem mandava.

— Tome nota, mas não grave! – ordenou. – Gravaremos outro dia. Quando eu disser.

Maya sentiu isso como uma reprimenda injustificada. Primeiro ficou triste, depois se rebelou. Tinha tido muita paciência vindo vezes e vezes sem conseguir resultados, a não ser a permanente postergação da entrevista por algum motivo inócuo. Certamente era um trabalho importante de fim de semestre, mas poderia terminá-lo na biblioteca, em duas tardes, com menos súplicas e menos vexames. Fingiu se preparar para tomar notas, decidida a partir em dez minutos. Daria alguma desculpa e não voltaria mais.

— Há alguns anos, quando eu era mais jovem – dom Juan começou –, nós do sindicato estávamos fugindo da região de Chorolque, a cinco mil metros de altura (que pulmões tinha que se ter!), rumo aos vales. Ao atingir o rio San Juan del Oro, nos separamos. Cada um pro seu lado. Eu cheguei a uma chácara e me fiz passar por comprador de pêssegos, porque por lá há muitos pêssegos. Quem me atendeu foi uma bela senhora, já velha, mas muito distinta. Se chamava dona Carola...

Dom Juan hesitou um instante e olhou para Elmer, que confirmou o nome. Assim, contou a história de Galho Florido, salpicada com os poucos adereços próprios que sua brumosa razão lhe permitia, recorrendo a Elmer quando esquecia algum detalhe.

Ao terminar, passou a mão pela testa e franziu os olhos. Estava exausto.

Maya não saía de seu espanto. Tinha sentido calor, tontura, e até pensado em sua mãe como rival. A narração havia revelado um mundo desconhecido. Sentiu-se amadurecer, sentiu que já era tempo de abandonar os modos de menina. Olhou o velho. Sua eloqüência e sua memória o haviam transformado, a seus olhos, num homem mais jovem. Demorou a voltar à realidade. O lápis não tinha se mexido. Levantou-se com pudor, como que escondendo uma nudez, e pousou sua mão sobre a dele. Ela o teria abraçado como mostra de agradecimento, mas temeu que outras interpretações se entreverassem. Viu que estava ansiosa para sair dali. Quando chegou à porta, virou a cabeça e perguntou:

— Quando volto, dom Juan?

Segunda exposição:

Capitão Mario

Começa de novo a sessão para dar passagem à voz singular do capitão Mario, representante de Pando, que, apesar dos anos, com suas malandragens e outras técnicas consegue prostrar uma estagiária de medicina. Não se recomenda o final para melindrosas nem românticos babões.

◆

Dom Juan dormiu sem despertar muitas vezes. Durante a manhã, esteve bastante ativo. Recebeu umas pessoas e falou por telefone. Almoçou uma sopa reforçada com um suplemento alimentício e depois descansou um pouco. Às duas despertou sozinho. Chamou Elmer para que o ajudasse a se vestir. Queria chegar cedo ao congresso.

No dia em que dom Juan decidiu entregar a Maya sua certidão de nascimento, despachou o escudeiro com uma falsa encomenda. Escurecia. Faltava pouco para que ela chegasse. Mal partiu o indesejável, não sem lhe fazer as mais variadas recomendações e de providenciar um vídeo para mantê-lo tranqüilo, o apartamento se tornou uma enormidade que dom Juan cruzou com passos de segundeiro até a biblioteca. Demorou a encontrar a chave. Abriu o velho cofre parecido com um forno metálico e pegou seu único e central habitante: um saco plástico. Estava grudado, mas as mãos ansiosas do velho o desprenderam. Aí estava o vergonhoso documento que havia conservado apesar de tantos contratempos. Conhecia-o muito bem. Não tinha esquecido jamais a letra cursiva do tabelião, nem a cor da tinta, nem o lugar exato do lacre que o encabeçava. Não tinha conservado nem bens nem família, mas tinha conservado, com zelo de águia-mãe, esse papel que atestava que finalmente seu pai concordava em reconhecê-lo, pois era filho natural. Ficou sentimental. Os olhos se encheram de lágrimas ao lembrar o dia em que partiu para o internato portando, no bolso interior do casaquinho, esse tutor infame como requisito indispensável para sua inscrição. A mãe o esperou no pedágio da estrada. Pela janela do ônibus lhe entregou um saco de algodão com guloseimas e lhe deu a bênção de Deus. Ele não abriu a boca para agradecer. Não queria mostrar a porteira de seu primeiro dente de leite caído. Iria detonar na mãe ternuras e prantos, convocando os dele. Assentiu com a cabeça e se despediu, agitando sua mãozinha de massa de pastel.

— Agora que você conhece meu segredo, não me traia – diria a Maya, e ela, sensível como a adivinhava, ficaria cativa. E ele voltaria à vida.

O taxista levou dom Juan e Elmer ao hotel por umas ruas sinuosas para evitar o trânsito. O sol era uma boca aberta que ria às gargalhadas. No saguão, depararam com Norman, o sociólogo mexicano, que de cara o elogiou, comparando-o com Emiliano Zapata.

— Não mereço tanta honra – respondeu dom Juan, envaidecido, e manifestou sua admiração por "esse grande revolucionário".

Em criança havia escutado – pela boca do tio Miguel, o guerreiro libanês que para demonstrar sua agilidade pulava corda, mas com uma vassoura – sobre as peripécias de Zapata e sobre o mito que não tinha morrido, e que surgia para fazer justiça toda vez que o povo dele necessitava.

Os sedutores de Beni se congregaram, como uma tribo, a seu redor.

— E você, dom Juan? Não vai contar uma história? – lhe perguntaram.

— Não – respondeu seco, olhando o infinito.

— Mas por quê? – insistiram.

Dom Juan mobilizou um fino sorriso de malícia:

— Não quero deixar vocês mal.

Elmer, como vagabundo em frente à vitrine de confeitaria, nas palavras de Andrés Eloy, festejou comprimido no tumulto. Absorvia comentários e piadas, imitava poses e gestos, fazendo-se passar por mais um integrante. Mas as brincadeiras têm seu lugar, e trabalho-é-trabalho. Subiu ao pódio, pegou o microfone e convocou a todos para iniciar:

— A sessão deste preclaro evento, seeeenhoooras e senhores, com a história entre um homem velho e uma mulher jovem. Convidamos o capitão Mario, representante de Pando, a tomar a palavra. Em frente, meu capitão!

65

Mario tinha sido capitão da aviação comercial. Apesar de exceder facilmente os sessenta anos, sua corpulência, seus bigodes e sua calvície, com uma coroa de cabelos que alguma vez foram ruivos, lhe davam uma aparência vigorosa e varonil. Via-se um homem sem cerimônias: explodia em constantes risinhos festejando suas próprias piadas. Acavalou os óculos, para ajudar sua alocução com apontamentos escritos, e, com sotaque tropical, influência andaluza de "ss" comidos e torneios locais, começou sua participação.

"Agradeço o convite que me fizeram. E, modéstia à parte, devo dizer que não se enganaram, porque todo mundo em Cobija sabe que sou um garanhão (gargalhou), o maioral no pedaço (riu). A intervenção de Galho foi realmente muito boa, mas o melhor é que aqui me pagam o hotel e a comida é grátis (gargalhou). Bem, o certo – não que o resto não o seja – é que é uma honra estar aqui e sempre é um enorme prazer conversar com Juanito, que até voou no meu avião – não é mesmo, Juan? – e não vai me deixar mentir. Sou *camba* de Cobija, capital do Estado de Pando, como todos sabem. Terra bela e rica, embora esquecida pelos governos, apesar de fazermos fronteira com o Brasil e com o Peru. Eu tenho lá uma grande fazenda com gado e com o que vocês quiserem, água potável, calçamento e até esgotos. Ora se não estou convidando vocês. Chegando em Cobija é só perguntar por mim. Todo mundo me conhece. Aí vocês mandam como se fossem eu, como chefes, mesmo que eu não esteja (riu). Na propriedade podem pescar tucunarés, pintados, palometas, e, enquanto passeiam, os *cambas* os fritam. Ou mandam matar uma novilha para fazer um churrasco e andam a cavalo. E tem também muito trago, e do mulherio nem se fala, brasileiras ou bolivianas, a escolher. Eu as chamo e elas vêm. Como já fiz fama, chamo-as da cama (gargalhou), hem, Juanito?

"Mas, entrando no assunto, quero dizer a vocês que em matéria de mulheres poderia falar durante semanas ou até meses, mas me disseram que devo contar apenas uma história muito específica, como se diz, e isso é o que vou fazer. Mas, me garantiram aqui – Juanito, você sabe – o máximo segredo. Não só porque tenho mulher e filhos. Mesmo que me conheçam e saibam como sou, pra que chateá-los, não? E além disso há coisas nesta vida que é melhor que continuem onde estão."

— Perdão, Mario — interrompeu-o Cocolo. — Peço vênia ao nosso presidente, e, para segurança de todos os participantes, gostaria que Elmer, como mestre-de-cerimônias, nos tomasse um estrito juramento de silêncio, que imploro a todos respeitar. Avante, Elmer.

Elmer levantou absolutamente cívico e falou como um tabelião.

— Rogo que vos ponhais de pé e que façais com os dedos indicador e anular o sinal-da-cruz, pois vou tomar o vosso juramento. Jurais por Deus e pela pátria jamais julgar, nem revelar, qualquer que seja a circunstância e o lugar, nem parcial, nem totalmente, o que neste Primeiro Congresso Nacional de Sedutores e ex-Sedutores se diga, se narre e/ou se leia?

Todos responderam em coro a sagrada promessa.

— Se assim o fazeis, que Deus e a pátria vos premiem, se não, que vos julguem.

— Ótimo, já pode continuar, Mario, não é mesmo, dom Juan? – disse Cocolo.

"Obrigado. Não é que desconfie de ninguém, mas como dizia minha falecida mãe: é bom confiar, mas melhor é desconfiar (riu). Bem, vamos lá.

"Ao sul de Cobija, baixando o rio Manuripi, na confluência com o rio Tahuamanu, há uma cidadezinha que Juan, aqui presente, conhece muito bem – porque você esteve preso lá, Juanito, na época do doutor Paz, lembra, não? –, chamada Puerto Rico. Não é bem uma cidade, é um povoado. Fora do destacamento militar, da igreja e de umas freirinhas missionárias, só há um posto médico e as pessoas nascidas na região. Bem, por lá chegou uma garota, estudante de medicina, para passar um ano no interior. Estagiária, como dizem. Eu já tinha cruzado com ela antes, no hotel da prefeitura de Cobija, onde ela tinha ido receber doações de medicamentos de um médico visitante, chegado de La Paz. Eu tinha então uns cinqüenta e cinco anos e ela, uns vinte e três ou vinte e quatro. Magrinha, com corpo de colegial, mas carnudinha atrás e na frente também. A pele era da cor de cem luas e o longo cabelo castanho lhe caía encaracolado sobre os ombros, como os cachos de uma dama antiga. E tinha o rosto mais belo que vi na minha vida. Seus olhos eram verdes, de gata, ainda que não tivesse a falta de consideração dos gatos, porque se dedicava a atender o pessoal pobre. 'Lena Luna', me disse, se inclinando, quando lhe perguntei o nome. Sua voz era finíssima, mas firme também, profissional no fim das contas. Era meio reservada. Sim. Até mais que meio reservada. Botei o olho nela desde esse momento. Então, quando a vi em Puerto Rico – que é um povoado abandonado, sem estradas, com acesso apenas pelo rio –, entrando no posto médico, enquanto eu esticava um pouco as pernas e o motorista carregava o diesel para o barco, onde levávamos as castanhas que tínhamos colhido, fui procurá-la. Como eu passaria toda a manhã nesse porto, teria tempo e calma para passar a conversa nela. Eu a teria como amante por um tempo e depois lhe pagaria o aluguel de uma casinha pra que a arrumasse do jeito que quisesses, ou lhe daria uma boa televisão, para acalmá-la. Dessa maneira, poderia me afastar tranqüilamente. Sempre fiz assim, porque não se deve ter uma amante por muito tempo (gargalhou). Eu a abordei no consultório, uma boa sala, recém-pintada e tudo. Vestia guarda-pó e calça brancos de médico, o que lhe dava um ar de autoridade. Estava atendendo um velhinho magríssimo. Lembrou de mim. Eu quis puxar conversa, mas ela pediu que a desculpasse.

"– Agora estou muito ocupada – me disse.

"Reparei no velho.

"– Desnutrição? – perguntei.

"– E vermes – completou ela.

"– Pegue – meti a mão no bolso e ofereci a ele um envelope com sais reidratantes.

"O velho me agradeceu e ela também.

"– Vai ajudar muito – ela me disse a sério. – Aqui não há medicamentos.

"– Nem me fale – comentei. – Conheço sua profissão. Agora, se quiser, eu mando de Cobija pra você todos os remédios que queira. E na quantidade que deseja.

"– Hmmmm, quem dera... – ela refletiu com sua voz de menina, ficando vermelha como um tomate e escondendo seu olhar verde com a abertura de um sorriso, enquanto batia o envelope de sais num copo d'água.

"– O quê? Não acredita?

"– Todos os que chegam aqui prometem de tudo ao nos ver tão pobres. Mas quando vão embora, se esquecem – cuidou para que o velho bebesse todo o medicamento.

"– Mas eu não sou 'todos', doutorinha. Eu sou um homem de palavra, não se nota?

"– Nota-se. Mas quando os remédios chegarem vou acreditar duplamente. Agora, com licença, tenho que atender.

"– Doutora, o que vai fazer quando terminar seu turno?

"– Dormir.

"– Ao meio-dia?

"– Sim, dormir. Passo a noite em claro, atendendo o pessoal.

"– E não quer sair um pouco?

"– Não há onde.

"– Eu mando pescar e fritar um pintado para nós, e tomamos uma cervejinha no ponto, para acompanhar.

"– Outra vez, quando voltar.

"– Puxa vida, parece freira no convento!

"– Isso mesmo, sou uma freirinha no convento. Bem, vou indo. Muito prazer.

"Quando saiu, a contraluz tornou transparente sua roupa. Eu a vi inteira: uma cinturinha de vespa, a marca do sutiã, e inclusive vi a calcinha, tipo tanga, de cor lilás. Inspirado por essa visão, disse a meu motorista que íamos atrasar a partida. De tarde voltei. A doutorinha estava mais descansada. Espantava o calor se abanando com um leque de palha e, com o indicador, tocava acima do lábio para tirar a linha de suor. Falamos mais.

Me contou que era de Santa Ana, em Beni, que queria fazer o bem ao próximo e por isso tinha estudado medicina em Sucre, que tinha um irmão que vivia em Riberalta, que tinha um paciente que fora picado por uma jararaca e estava à beira da morte, outro que tinha caído no rio e estava sendo eletrocutado pelas enguias quando o tiraram da água. Me contou também que havia muita criança que morria por desnutrição e vermes, como o velhinho da manhã. E também por picadas e infecções. Tanta mata, tanto calor e tantos bichos, queria o quê? Eu lhe contei — exagerando um pouco pra impressioná-la, como se faz com as mulheres — que tinha três fazendas com gado, e convidei-a pra que fosse conhecê-las e dar uma volta no meu aviãozinho.

"– E sua esposa, o que vai dizer? – me fuzilou.

"– E quem disse pra você que eu tenho esposa?

"A garota riu.

"– Ahhh, capitão! Peguei você. Confesse, vamos, confesse – me acusou.

"– Olha, menina, você é coisa séria.

"Não pude continuar mais porque, olhando o relógio, ela ficou ansiosa e já quis ir.

"– E de quais remédios vai precisar, doutora?

"– A sério? – perguntou, muito alegre.

"– A sério. Eu nunca minto.

"– Sulfa, qualquer sulfa, álcool, algodão, antibióticos, qualquer antibiótico, e se puder, sais reidratantes, como os que nos deu, mas aos montes.

"– Tudo o que quiser e um pouco mais. Sou muito amigo do dono da fábrica Inti de medicamentos, em La Paz, e ele me dá o que pedir. Senão, que diabos!, pago do meu bolso e pronto.

"Mas o peixe morre pela boca. Ao voltar a Cobija, tive que meter a mão na grana, porque o cara da fábrica Inti nunca vi nem em fotografia. Mandei a ela a encomenda, mas a mal-agradecida nunca me respondeu. Nem uma linha. Nada. Passou o tempo e um domingo, em que fazia um calor pegajoso desses que fazem por lá e que derretem até o ar, fui ao bilhar da praça para tomar um refresco de caju. Me sentei, para suportar a umidade, que torna tudo lento. Os pássaros arquejam, escondidos na sombra, as palavras se calam e o rio avança gorduroso. A poeira demora a se levantar e fica suspensa por longo tempo. Até os lagartos respiram pedaços sólidos de ar, e é preciso passar a língua, várias vezes, para umedecer a boca. Nos fundos das casas alguém dorme esparramado e sonhando com pingüins. Apenas as moscas trabalham com um barulho zombeteiro. Epa! Para minha surpresa, a doutora Lena Luna entrou, acalorada pela tarde, para pedir um suco gelado de tamarindo.

"– Mas não é que é a doutorinha ingrata? – lhe disse à maneira de cumprimento.

"Ela se envergonhou.

"– Capitão! Tem toda razão de estar furioso. Fui uma mal-agradecida.

"E se desfez em explicações, mas dali a pouquinho começou de novo com suas pressas.

"– Olhe, me devorou uma hora. Tenho que pegar um informe em Porvenir.

"Como não podia me exibir com ela em meu jipe – porque cidade pequena, inferno grande –, me ofereci para acompanhá-la numa dessas lotações que vão e vêm até Porvenir, que fica a meia hora de Cobija. No caminho, falamos de tudo um pouco. Ao voltar, como o veículo estava vazio, aproveitei para galanteá-la: 'Você é muito bonita.' Ficou olhando a estrada, mas gostou. Sua mão pendia no espaldar do banco, como uma samambaia. Quando ia vê-la de novo? Talvez nunca, por isso peguei na mão dela suplicando que correspondesse. É verdade que a pressa é o pior conselheiro numa conquista, mas nessas horas quem fala é o medo de perder. A garota ficou vermelha como uma buganvília e abriu um pouco mais a janela, para se arejar. Me aproximei para beijá-la e ela virou a cara. Achei que era a resistência que as mulheres fazem para que não pensemos que são fáceis. Insisti com o beijo e seus olhos se tornaram os de uma cobra.

"– Por isso prefiro não ter amigos, capitão. Todos os homens pensam que a gente só existe pra isso.

"– Vi sua mão tão perto que não agüentei.

"– Você age sempre por impulsos, capitão?

"– Bem, nem sempre.

"– E então? Poderia me soltar a mão?

"Porra, me senti um imbecil!

"– Me desculpe, doutora. Normalmente não sou assim. Não gostaria de perder sua amizade por causa deste acidente.

"– Já a perdeu, capitão.

"– O que é isso, criatura?! Não seja durona assim. Qualquer um comete um erro. Além disso, já estou me desculpando.

"– E eu aceito suas desculpas, mas não posso mais confiar em você.

"– O que tenho de fazer pra que confie de novo?

"– Nada, deixe pra lá. Faça de conta que já esqueci.

"– Quer que me ajoelhe?

"– Bem... – disse com suavidade.

"A boquinha, a boquinha! A boquinha sempre metendo a gente em encrenca. Não me restou outra coisa senão dizer ao motorista:

"– Olha aí, cara, pare onde estão pastando essas vacas escuras.

"Desci em plena estrada e, suplicando que não passasse ninguém conhecido, me ajoelhei no asfalto. Estava fervendo e mole. Juntei as mãos e implorei.

"– Me desculpe, por favor, doutora Lena Luna.

"Ficou nervosa. Pois não achava que eu ia cumprir o prometido.

"– Não, capitão, não faça isso. Pare, por favor. Alguém vai ver e vai contar pros seus netos.

"Voltei para a lotação com um sorriso.

"– Já não desconfia de mim?

"– Desconfio.

"– Mas você me prometeu, criatura, que se eu me ajoelhasse... e olhe só como ficou minhas calças... uma meleca de asfalto – exibi-a toda preta e pegajosa.

"– Eu não prometi. Você perguntou se eu queria que você se ajoelhasse e eu disse que sim. Mas não prometi nada.

"– Tudo bem. Convido você pra comer um tatu num lugar que conheço, para fazermos as pazes.

"– Vão ver você e vão contar à sua mulher.

"– E daí? Não somos amigos? Sim ou não?
"Ela jogou o corpo para diante e tocou o ombro do motorista.
"– Por favor, desço aí na beneficiadora – pediu.
"– Mas se estamos longe de Cobija...
"– Por isso.
"– Acompanho você.
"– Não.
"– Por favor, deixe que a acompanhe.
"– Capitão, você já fez uma coisa que eu não queria que fizesse e desculpei. Não venha fazer a mesma coisa de novo.
"– Verei você outra vez?
"– Talvez – disse e desceu na Tahuamanu, beneficiadora de castanhas.
"Fiquei como veado ofuscado. Quieto. A verdade é que eu gostava pra chuchu da moça. Eu me disse: acalme-se, Mario. Vamos, homem, me disse, acalme-se e pense. E aí me ocorreu ver meu grande amigo, o doutor Sélum Vaca Diez, pois sendo Cobija tão pequena e ele, médico, na certa sabia alguma coisa de Lena Luna.
"– É uma estudante de medicina que estava em Puerto Rico, fazendo o estágio, e agora foi transferida para o hospital de Guayaramerín. Mas não se meta com ela, Mario. É uma boa menina e... novinha demais pra você.
"– Ora, meu caro – respondi. – Eu pergunto por perguntar. Que é que você acha? Até podia ser minha filha.
"Ele sorriu como se não acreditasse, porque eu, enfim, mereço a fama que tenho.
"Não perdi tempo. Fui ao terminal de ônibus, pois com certeza iria encontrar um conhecido que me servisse de mensageiro e, na mosca, Murciélago Salvatierra estava indo para lá. Dei a ele – dindim – uns pesos e pedi que comprasse um buquê de flores e que o mandasse ao hospital de Guayaramerín, em nome da doutora Lena. Dei também um cartão para que pusesse junto: 'Ajoelhado ou de pé, sempre seu admirador'. Sem assinatura. Esperei uma semana e liguei, para conferir. Me respondeu amabilíssima, mas das flores e do cartão não disse nada até que lhe perguntei. Só aí ela confessou que eram muito bonitas e que muito obrigada.

"– Estou aqui em La Paz, doutora, de passagem para Buenos Aires – menti. – Precisa de alguma coisa de lá? Porque na volta tenho que ir a Guayaramerín pra vender gado pra uns brasileiros.

"– Obrigada, capitão, mas não preciso de nada.

"– Não quer um livro, um romance para se distrair?

"– Se achar alguma coisa... Mas se não, não se canse.

"Dali a uns dias, um gringuinho holandês, gente boa, desses que andam pelo mato recolhendo plantas raras pra mandar para seus laboratórios, precisava voar urgente para La Paz e me alugou o avião. Quando chegamos ao aeroporto de El Alto, deixei o aviãozinho na manutenção e desci até a cidade, para a livraria de Gutentaj, que, amável como sempre, me aconselhou *A gesta do porco* ou do leitão de um tal de Aquinis ou Equinis. Também comprei um livro sobre doenças tropicais e, umas duas semanas depois, cheguei em Guayaramerín.

"– Por que fez isso, capitão? Estes livros são caros, principalmente o de medicina – ligou o ventilador do quarto do hospital, onde tínhamos ido conversar.

"– Como por quê? Porque somos amigos, ou não somos mais?

"– Bem, sim, mas se é por outra coisa, devolvo tudo agora mesmo.

"– Puta merda, criatura, como é xucra! E eu que pensava convidar você pra ir a Miami e depois a Nova York. Não, criatura, não me olhe assim! Como amigos, como amigos. Pra mim sua companhia e sua amizade são um prazer, ou será que não pode haver amizade entre um homem e uma mulher, apenas fuque-fuque?!

"– Ai, capitão, não faça esses gestos tão vulgares. Mas me diz uma coisa, que negócio é esse de fuque-fuque?! – riu-se tapando a boca.

"É fundamentalíssimo fazer uma mulher rir. Nesse dia voltamos a falar como se nada tivesse acontecido. Eu não perdi nenhuma oportunidade de olhar para ela quando se descuidava, não perdi seu andar quando foi pegar água fresca pra aliviar o calorão, olhei-a inteira quando se pôs a folhear os livros e vi a carne nua da parte inferior das costas quando ficou na ponta dos pés, esticando-se para os colocar num lugar mais alto de uma estante de ferro. Mas uma hora depois, quem teve de ir fui eu, porque já era tempo de voltar a Cobija.

"Ali, meio que me esqueci dela. Mas uns dias mais tarde lembrei-me porque um sobrinho meu estava indo para Miami passear e me ocorreu pedir a ele uma filmadora de vídeo, dessas modernas que vêm com tela e tudo, para dar de presente a Lena. Porra, me custou uns oitocentos dólares! O que confirma o dito de Germancito Sandóval, que afirma que a mulher mais barata é a que se paga em *cash*, no tempo de consumi-la.

"— Isso sim não posso aceitar. É demais — me disse olhando a filmadora, os olhos como se fossem gotejar.

"— Olha, Lena Luna, se aperta aqui e pronto... já estou filmando você.

"— Não! Não me filme que estou um horror. Nem mesmo me pintei — gritou, escondendo-se, mas ao mesmo tempo se mostrando.

"Eu a perseguia e ela fugia, mas também não fugia. Depois rebobinei a fita e mostrei o filme para ela. Riu muito com seus gestos e gritos e me pediu que rebobinasse a fita de novo, mas que não voltasse a filmá-la, mas eu a filmei outra vez e outra vez ela gritou e fugiu e se escondeu atrás do biombo branco do consultório e dali a pouco, para ver se a câmera ainda estava em prontidão, assomou o rosto vermelho pela agitação, secando o suor de cima do lábio com o dedo, e como a câmera continuava vendo-a, mostrou a língua e tornou a se esconder.

"— Não vou sair até que desligue essa coisa — disse-me entre risos. Terminou aceitando o presente, mas, como sempre, me fez a advertência: — Se é por outra coisa, eu devolvo, capitão.

"No dia seguinte se deu folga e filmou tudo: as embarcações refrescando a pança na água, os rapazes chapinhando no raso, o hospital por fora e por dentro, as enfermeiras meio de branco e meio do que lhes dava na telha, a mim — 'eu não, Lena, que vai velar o filme' —, os brasileiros que disseram coisas simpáticas para a câmera e ao mesmo tempo a galantearam — 'meu Deus!, que coisa mais bonita, né?' —, os comerciantes *collas*, vestidíssimos e sem suar, que se puseram duros como para uma foto, e até os pernilongos e mosquitos-pólvora que faziam nuvens sobre as águas do rio.

15

"– Você não terá uma chola em Guayaramerín? – perguntou minha mulher quando voltei. – Você é bem capaz disso, Mario – disse, enquanto abanava o sufoco do calor com uma revista de modas. – Depois, você anda com uma alegria meio exagerada.

"– Porra! Que bicho te mordeu, criatura?! Se fui comprar vacinas pro gado e semente pro pasto. Pergunte a quem quiser – respondi chateado.

"Claro, só de me ver com uma 'alegria exagerada', apostara sua ficha na infidelidade. E não lhe faltou razão. É que as mulheres têm seu diabo particular, como diz Pepe Justiniano.

"As visitas tinham sido muito próximas e eu não podia ir a toda hora a Guayaramerín comprar vacinas e sementes. Devia resolver rápido o caso de Lena, para não viver assim. E agora que estava mansa, era a oportunidade.

"Fui a Guayaramerín decidido a vencer ou a morrer, como se diz. Mal vi Lena, disse:

"– Estou apaixonado por você, Lena Luna.

"– E que diz sua esposa? – perguntou-me outra vez, levantando seu escudo, mas cheia de sorrisos.

"– Quer conhecer minha mulher? Ela é boa e acho que vai gostar de você também. Vamos ver.

"– Porra, capitão! Vá ser cínico assim... Não tem um pingo de vergonha na cara.

"– Isso quer dizer que sim ou que não?

"– Capitão, não estrague tudo de novo. Porque agorinha mesmo lhe devolvo todos os presentes. E não nos veremos nunca mais.

"– Talvez estrague, mas já não posso me calar. Vou fazer o que você mandar, mas me calar, não. Inclusive alugar uma casinha aqui para que viva mais cômoda e...

"– Ah, quer me comprar com um aluguel como pensou que me comprava com seus presentes?

"Baixou os livros da prateleira sobre a mesa, atirou a filmadora em cima e empurrou tudo para mim.

16

"– E não devolvo seu aluguel porque ainda não me deu. Não estou à venda.

"Bateu nas pernas e nos braços como o bárbaro que quer demonstrar seu poder, mas era apenas para espantar umas mutucas.

"– Não leve a mal, Lena. Isso do aluguel era simplesmente para poder ver você e falar sem que nos chateiem a cada instante, como acontece aqui no hospital – limpei a testa com o suor duplo, o do calor de fora e o do frio de dentro.

"– Se é tão chato assim, não venha mais. Aqui estão os seus presentes. Um pouco usados, mas inteiros.

"– Você é complicada, hem?

"– Pois sou, e daí?

"– Mas você nunca pensa em ter uma relação?

"– Claro que penso. Mas de vestido branco, véu e tudo a que tenho direito. E olhe lá, capitão, estou avisando: não se meta comigo, porque vai se dar mal. Muito mais do que imagina.

"– Corro o risco, Lena.

"– Mas eu não. Eu sou jovem e você é velho.

"– Mas, criatura, veja: se há borboletas que nascem de manhã e morrem ao anoitecer, tendo vivido toda uma vida, tendo filhos, casa própria e pagando os impostos. Tudo num único dia. Um dia pode ser uma vida. Os elefantes, em troca, vivem duzentos anos e na minha idade são bebês de peito. Não é porque o cara tenha a minha idade que é velho. E, além disso, com a idade não há o que fazer, nem eu posso diminuir, nem você pode aumentar.

"– O pior é que você é um homem casado.

"– Pois me divorcio, Lena, me divorcio.

"Ela lançou um riso ferino de puta.

"– Deixe de babaquice, capitão. Você não vai se divorciar nunca.

"– Olha o palavrão, menina.

"– Desculpe-me, mas continua sendo babaquice, capitão.

"– Eu me divorcio.

11

"— Então se divorcie e depois conversamos.

"— Um divórcio leva tempo, Lena. E o que acontece se, depois, você não quer nada comigo?

"— Esse é o risco, capitão. Bem, agora me desculpe, mas tenho mais o que fazer. Seus presentes, capitão. Leve-os.

"— Lena Luna, não me ofenda assim.

"— Você já me ofendeu, capitão – Lena se levantou. – Até logo – e flap, flap!, se foi batendo nas mutucas.

"Claro que não levei nada. Saí do hospital para o calor e a poeira da rua, totalmente aloprado, numa confusão daquelas. Essa garota era o cúmulo. Fui para Cobija e não telefonei para ela. Agüentei duas semanas. Nessas duas semanas minha mulher se acalmou, mas para mim foi o diabo, não deixei de pensar em Lena – e pensando, pensando, decidi entrar com um pedido de divórcio para convencê-la. Claro que à minha maneira. Aproveitando que meu amigão, o doutor Ambrosio Tacuara, é juiz de família em Trinidad, pedi que pusesse os selos numa papelada que mandei fazer, como se o processo estivesse em curso. Levei para ele três garrafinhas de uísque fino para adoçá-lo. Ele me disse que não podia fazer isso, que era muito perigoso, mas, quando contei que era para conquistar uma moça de vinte anos com uma cinturinha de ampulheta, sorriu cúmplice e botou os selos e assinou com outra assinatura, para se garantir.

"— Espero que não seja um capricho seu essa menina – me disse.

"— Porra, cara! É maior que você. Uma gata de olhos verdes, alta como um ipê, parece sueca. Vou trazê-la para que a veja.

"Com os papéis selados e rubricados em mãos, peguei minha caminhonete em Cobija e fui para Guayaramerín, embora fosse época de chuva e tudo estivesse um pantanal. Já via a cara de surpresa de Lena, ao ver o processo. E agora, o que ia dizer? Que eu era casado? Aí estava o processo do divórcio. Que eu era velho? Puta que pariu, a única coisa que fazia era dar bola pra este velho! Quando cheguei, chovia a cântaros e não pude nem lhe falar. Estava totalmente desesperada. Um menino de quatro anos, com deficiência renal, estava morrendo.

18

"— Só em La Paz para fazer uma diálise. E com esse temporal, nem de avião dá pra ir, capitão. Vai morrer, o coitadinho — disse com profunda tristeza.

"— Bota o menino na caminhonete, agorinha mesmo, que eu levo vocês pra Cobija. Lá a pista é pavimentada, não vai ter problema.

"— Dá na mesma, capitão. Já verifiquei os vôos de Cobija e o próximo é depois de amanhã. Aí vai ser tarde.

"— No meu avião, Lena! Vamos no meu avião!

"Ela me olhou surpreendida.

"— É muito caro?

"— Como vai me perguntar isso, Lena?! Pelo menino, é grátis. Se fosse pra você, cobrava, mas tratando-se da vida do menino, não é nada.

"Abraçou-me forte — 'você é um anjo', me disse ao ouvido — e foi correndo fazer os acertos necessários. Avisados por Lena, os pais do menino, uns camponeses pobres da vila Versalles, que fica na subida do rio Iténez, vieram me beijar a mão em sinal de agradecimento. Fui falar pelo rádio com Cobija para que me preparassem o avião. Meia hora mais tarde estávamos na estrada. O menino, com calmantes para que não se esgotasse demais. Cada vez que os pais se lembravam, me agradeciam de novo, e a cada agradecimento Lena me olhava com orgulho. Chegamos ao aeroporto de Cobija um pouco depois das quatro da tarde. Apresentei o plano de vôo, paguei as taxas de aterrissagem e decolamos de imediato, apesar do mau tempo. Ao alcançar a cordilheira, o tempo abriu e a visibilidade era total. Entramos pelo norte de Illampu. Um espetáculo e tanto. Voávamos abaixo do pico, lado a lado com a neve cor de maracujá pelo entardecer, enquanto à direita o imenso lago Titicaca refletia os caminhos que o sol deixa quando se vai. Abri comunicação com La Paz.

"— Aqui Charly Papa 1701, procedente de Cobija. Estou a cinqüenta milhas fora do radial 3.35. Espero chegar à sua estação às 19h30min. Tenho um menino doente a bordo e solicito uma ambulância.

"Prevenindo-se da altura de La Paz, com amor Lena administrava oxigênio a seu pequeno paciente. Viu-me olhando para ela e sorriu. A torre me respondeu para dar o okay. Pedi que se comunicassem com a doutora

María de los Ángeles Terán, no Hospital Geral, e lhe informassem de nossa chegada. Uma hora mais tarde estavam fazendo a diálise no menino. Eu, mal sentei na sala de espera, dormi. Lena me acordou lá pelas onze da noite, e me dei conta de que estava congelado de frio. Os pais do menino dormiam abraçados mais adiante.

"– A doutora Terán diz que vai tudo às mil maravilhas – sorriu Lena Luna com os olhos cheios de lágrimas. – E tudo graças a você, Mario – me beijou a bochecha.

"– Bem, vou dormir. Aonde você vai se alojar?

"– Dormirei com o menino. Tão pequeninho, e não se sabe se vai ter alguma reação ou...

"No dia seguinte, levei para o menino um *gueimboi*, sei lá como dizem, um jogo eletrônico. Lena me agradeceu mais que o menino e jogou mais que ele. Os pais me beijaram a mão outra vez e a mãe caiu no choro enquanto me agradecia.

"– E este Tarzan, já está bem? – perguntei, vendo o pobrezinho no meio de tantos tubos.

"– Sim – disse Lena –, já está fora de perigo. Vão ter que fazer outra diálise, mas já pode ficar com os pais. E você, Mario, quando volta?

"– O avião está às suas ordens.

"– Sério?! Podemos ir esta tarde mesmo? Tenho montes de coisas pra fazer em Guayaramerín.

"– Podemos – respondi.

"Dei uns bons pesos aos pais do menino pra que voltassem sem dificuldade para casa, e parti com Lena em meu avião com visibilidade total. Tudo o que tinha acontecido nessas últimas horas havia mudado bastante nossa relação. Voando sobre Coroico, informei a estação de São Borja de nossa posição. Depois de cruzar a cordilheira, apareceu a selva imensa. Descemos até estabilizar a altura nuns mil metros. Nessa rota não há promontórios, e a visibilidade continuava boa.

"Então mostrei a papelada do divórcio.

"– Mas, Mario, você tá louco?! – me disse quando terminou de ler.

"Encolhi os ombros e continuei olhando a rota. Ela releu o documento e olhou as assinaturas e os selos umas cem vezes.

"– Eu... – balbuciou. – Eu não achei que você faria isso.

"– Pois é. Você nunca acredita em nada. Não acreditou que eu mandaria os remédios, não acreditou que me ajoelharia, nem que me divorciaria.

"Estava comovida. Essa era a hora de atacá-la, mas, a um quilômetro do chão, o que eu podia fazer? E não haveria melhor oportunidade que essa. Sem ter premeditado, sem ter calculado nada, comecei a bater nos instrumentos.

"– O que que há? – perguntou alarmada.

"– Baixou muito a pressão do óleo. Deveria estar aqui – mostrei a agulha. – E olhe onde está.

"– E daí?

"– Daí nada, só que se fica assim vai trancar primeiro o manche, depois os flapes e então o avião inteiro.

"– Vamos cair?

"– Ou arrebentar.

"– Não me assuste, Mario.

"Botei um pouco de nervosismo nas minhas palavras:

"– Vamos ter que descer onde der, como der, enquanto a máquina me obedece.

"Ela olhou o tapete verde da selva, estendido por todo lado. Um rio café, que eu sabia que era o Mamoré, avançava como uma jibóia gigantesca.

"– Mas é puro mato. Mato pra tudo quanto é canto.

"– Em vez de falar, procure uma clareira, Lena. Um pedaço de terra, uma pista. Qualquer coisa.

"– Vamos aterrissar aí?

"– A menos que você queira se meter no mato.

"Olhou o instrumento do óleo e viu a agulha no mesmo lugar.

"– Ai, meu Deus, vamos morrer!

"Gostei de vê-la desesperada. O pânico une as pessoas.

"– Lena, você é médica. Sabe o que é a morte. Não fique assim.

"– Não me fale da morte, que me assusta.

"– Procure uma clareira, criatura! Converse depois.

"– Sim, sim – disse, com um sorriso congelado na boca, e começou a olhar para todos os lados.

"– Cacete! – eu disse, movendo o manche.

"– Que foi?

"– Já está entalando.

"– Ai, capitão! Ai, meu Deus! Pai Nosso que estais no céu... – começou a rezar.

"– Ache a clareira, Lena. Não fique histérica, porra!

"– Sim, sim – se engasgou.

"Eu havia dirigido o avião para uma pista usada antes pelos fazendeiros daquela zona, depois pelos narcotraficantes, e que agora estava abandonada, mas em boas condições apesar das ervas daninhas.

"– Perdemos altura! – gritou ela.

"– *Mayday, mayday!* – fingi monitorar. – É uma emergência! Perdendo altura rapidamente. Norte de São Borja. Estimo 60 milhas. Me ouve, São Borja? – o rádio fez um silêncio cheio de grilos. – São Borja, me ouve? – soltei o *patch* e nada, outra vez. Silêncio.

"Eu estava numa freqüência não usada.

"– Ninguém? – perguntou. Estava pálida, a garota.

"– Estamos longe e com pouca altura. Não vão nos ouvir. Estamos sozinhos, Lena.

"– Ai, Virgem Santíssima! ...faça sua vontade assim no céu como na terra... Ali, ali! – gritou emocionada, vendo a pista que a altura de um mato de *mapajos** havia impedido de ver a distância.

"– O manche está emperrado – eu disse nervoso. – Tomara que o trem de aterrissagem funcione. Tire os sapatos e prenda bem o cinto.

"– Ai, meu Deus!... o pão nosso de cada dia... já estamos perto... dai-nos hoje...

---

* Árvore gigantesca da Amazônia boliviana. Sua sombra permite o crescimento de muitas outras variedades de árvores. (N.T.)

"O avião rabeou para um lado e para outro, e com cada vaivém os gritos de Lena: aiiii, vamos morrer, aiiii! Minha última posição na descida era muito alta, de modo que tocamos a terra bruscamente. O avião corcoveou.

"– Os freios! Os freios não funcionam! – gritei.

"Ela sentiu que nos deslocávamos desabalados, como numa montanha-russa. Gritou com todas suas forças, abafando os motores. As árvores do final da pista se aproximavam a toda velocidade. Tapou o rosto para agüentar a batida. Mas, com tudo calculado, fui freando aos poucos e, para dar a Lena o espetáculo final, zás!, fiz o avião embicar. Levantou poeira como na entrada no inferno. Desliguei o motor e o silêncio tornou tudo mais dramático. Lena se apalpou para se descobrir inteira e apenas então desafogou todo o seu pânico num choro incontrolável – ai, ai, ai, gemia abraçada nos joelhos. Mal me levantei, ela soltou o cinto e se grudou em mim como um carrapato.

"Eu a afastei um pouco e lhe beijei os lábios, molhados e salgados. Ela deixou. Então comecei a despi-la. Ela quis reagir:

"– O que é isso? Essa não, capitão!

"Mas essa voz de agulha foi se quebrando com um choro duplo, o do medo de antes e o do medo de agora.

"Fiquei furioso.

"– Que há, sua bestinha mimada?! Que diabo de tanto 'não'?! Já esteve de bom tamanho, porra! Deixe de tanta frescura! Se acalme, sim?

"– Não, Mario, por favor, me deixe – moveu a boca desarticulada como marionete.

"– À puta que pariu com 'me deixe'!

"E, em vez de leão, ficou com cara de palhaço e se calou. O prazer máximo, o maior de todos quantos há, é baixar as calças de uma mulher pela primeira vez. Tirei as dela, trêmulo. Lena deixou. Me desvesti rapidamente antes que tudo se perdesse. Lena estava de pé, nua, quieta, meio ressabiada. Bela, magra e branca. Os cabelos cacheados e castanhos sobre o rosto, os braços pendurados soltos. Como acabada de sair de uma piscina de inverno, os dentes castanholavam. Deitei-a sobre o tapetinho do avião e ali mesmo botei nela. Ela gritou, e me doeu essa seda de sua virgindade, que eu não esperava. Me arrependi de minha pressa e comecei a beijá-la e a consolar.

"– Calma, meu amor, calma. É que você... puxa vida, você... – lhe beijei os peitinhos.

"Para livrá-la de meu corpo imenso, me apoiei nos cotovelos para fazer amor. Ela gemeu, dolorida, mas não teve jeito, tive que continuar.

"Ficamos vivendo na casa, ou melhor, choça, ao lado da pista, que um *camba* dali nos alugou.

"– Você foi o único que insistiu tanto, Mario. E não foram poucos os que se candidataram. Mas não brinque comigo. Não sou de brincadeira. Eu quero as coisas completas. Tudo em ordem, tudo perfeito.

"Caminhou nua e descalça sobre o chão de terra, como que desfilando, e depois se deitou para dormir no enxergão. Mal amanheceu, Lena me acordou para que fizéssemos amor, e nem bem começamos a dormir a sesta, voltou a me apalpar. Transamos outra vez. Depois de jantar quis de novo, mas dessa vez fingi que dormia. Primeiro, resistência total, agora queria foder a toda hora. E nem com a experiência de velho pude satisfazê-la, de modo que acabei fugindo dela, com a conversa de arrumar o avião ou porque as costas me doíam ou porque tinha comido muito. Mas, apesar disso tudo, fui feliz.

"Ao fim de três dias, como seus desejos eram demasiados para mim e minhas desculpas tinham acabado, disse que o avião estava pronto. Sorriu, me acariciou o peito cabeludo com ternura, esfregando-o em círculos e, de repente, me arrancou um punhado de pêlos.

"– Ai, merda! – gritei. – O que é isso?!

"– São para mim – respondeu.

"Guardou-os com cuidado numa caixa de fósforos.

"Decolamos com céu aberto. Entrei em contato com a estação de São Borja. Informaram que a pista de Guayaramerín estava em condições. Deixei Lena ali, dizendo que tinha coisas para resolver em Cobija e que, mal terminasse, voltaria. Ao descer a escadinha do avião, me olhou com olhos devotados, e, desde a pista, enquanto os motores vibravam, me atirou muitos beijos.

"Ao chegar à minha casa, tive que inventar uma novela para que minha velha não me matasse. Contei que tive de aterrissar de emergência numa vila e que passei três dias reparando o avião.

"– Só espero que esse avião não tenha seios – me disse, enquanto fritava cebola pra fazer um prato com charque.

"Com Lena Luna as coisas no começo foram bem. Arrumei uma casinha alugada e contratei uma empregadinha pra ajudá-la no trabalho. Mas, é claro, cada vez que a visitava, eu saía feito um trapo, porque... bem, já contei que ela, além de jovem, tinha um grande atraso.

"– Vamos ter um filho, Mario? – me disse com suavidade, numa noite calorenta em que eu arquejava, depois de fazer amor.

"– U i'o? – perguntei cansadíssimo, engolindo as consoantes.

"– Claro, um filho seu e meu, um filho, um menino.

"– Não seria melhor um cachorro, Lena? É mais barato – gargalhei.

"– Mario, não gosto que brinque com isso. Estou falando sério. Já temos nossa casinha, agora quero um filho.

"– Não diga besteira, Lena. Que filho que nada. Olha a idade que tenho. O moleque vai ser órfão antes que o diabo esfregue o olho.

"– Isso não é argumento. Quero um filho seu, isso é tudo, você morra agora ou nunca.

"– Pois bem, filhinha, vamos fazer as coisas direito, porque você tem irmão e pai e mãe e não vai aparecer barriguda e solteira na casa deles. Quando sair meu divórcio, nos casamos e temos um moleque ou uma moleca, o que sair, mas como Deus manda. Aí você pode me apresentar à sua família, e não terá que andar por aí, inchada, dizendo pra todo mundo que engoliu uma bola.

"Não falou mais. Levantou para trazer um escapulário da Virgem de Cotoca, que me pendurou no pescoço.

"– Mandei benzer pra você.

"Fez-me o sinal-da-cruz e dormiu.

65

"Voltei na semana seguinte para descobrir que tinha comprado um cachorro, uma bola peludinha que mijava e cagava por todo lado.

"– E o divórcio, Mario, é de verdade, não? – me intimou sem me cumprimentar, enquanto brincava com o animal.

"– Claro – respondi de cenho franzido.

"Não deu a mínima pra minha resposta. Quis ver o andamento do processo e falar com o advogado, quis falar dos detalhes e sobre nosso futuro, onde viveríamos?, em que hospital trabalharia?, quantos filhos teríamos? Disse a ela que, como o julgamento corria em Trinidad, logo que ela pudesse tirar férias iríamos ver os trâmites. Sua preocupação se amansou e Lena sonhou com uma fazendinha distante, nos povoados da fronteira, 'porque há gente pobre e esquecida que vai precisar de mim'. Enfeitamos a casa com bambu, e ela se empenhou em botar por todo lado conchas marinhas que havia comprado na banda brasileira, de todo tamanho, grudadas na porta, penduradas pelas paredes e sobre a mesa. Me beijou na testa. Essa noite me pediu que lhe fizesse por trás. Sua ousadia me excitou e a fodi sem nem pensar. Ao acabar, suados, fomos à cozinha beber alguma coisa. A louça estava empilhada e suja.

"– Cadê a empregadinha? – perguntei.

"– Proibi de vir quando você vem, porque está na cara que você vai comer ela – me respondeu.

"Por ser macho vingativo e para fazê-la arrebentar, contei de uma freirinha que eu tinha tido em Cochabamba, quando, há quarenta anos, fui estudar pilotagem. Largou o prato que estava lavando e fez uma cena.

"– Você é um porco! Isso é o que é, um porco! Quer comer todas as que passam por você! Não vai se divorciar nunca, seu filho-da-puta! Me enganou, desgraçado – e se fechou no banheiro para chorar aos gritos, como se a estivessem esfolando viva, e continuou com os insultos.

"Deitou na banheira. Com olheiras, insone, saiu de madrugada pra me acordar com um alarido, dizendo que desse o fora.

"– Anda, seu corno! Nunca mais quero ver você!

"Nem bem eu quis responder, me arranhou como uma pantera e me atirou um perfume na cabeça.

"– Desgraçado de merda, vou dar pro primeiro índio que encontrar! – empurrou-me porta afora.

"A verdade é que pra mim a coisa começava a se complicar demais. E assim como é preciso saber começar, também é preciso saber terminar. Eu tinha ido sem a caminhonete, de modo que botei um pé depois do outro até o terminal, para pegar um ônibus, pinga-pinga ou um direto. Estava decidido a não voltar. Mas, no terminal, apareceu a tipa.

"– Volte. Eu perdôo você – agarrou-me e me alisou.

"– Você é muito louca, Lena. Melhor eu ir, assim nos acalmamos os dois. Ligo de Cobija.

"– Volte, eu disse! Se não volta, Mario, já sabe: vou dar pro primeiro que aparecer. Você sabe que não estou brincando.

"Estava completamente fora dos eixos.

"– Faça o que quiser – eu disse e entrei no ônibus.

"– Velho broxa! Imprestável!

"Correu me insultando ao lado do ônibus quando ele arrancou. No que o ônibus fez a volta, Lena parou em frente e não o deixou avançar. Se pôs a caminhar com o vestido ondulante, passos curvilíneos, como presidindo um desfile, enquanto o motorista buzinava e ela se fazia de surda, escutando apenas sua fúria, e eu queria morrer de vergonha. Depois se afastou e cuspiu no vidro da minha janela. Isso acabou de me pirar. Dali a uma meia hora, preocupado e também furioso, desci do ônibus e voltei. Não queria que as coisas terminassem assim. No fim das contas, Lena Luna merecia, como toda mulher, alguém pra casar e pra constituir família. E eu já a estava prejudicando demasiado, porque não ia me divorciar da minha velha. Trataria de pacificá-la e depois iria embora tranqüilo, para não voltar mais.

"Mas, nem bem tinha acabado de entrar na casa, escutei os alaridos de prazer dela. Porra, estava fodendo com o taxista com que topou na estação! E o cachorro Ernesto dando uma de cafetina! Virei bicho. Agarrei o tipo pelos cabelos e assim mesmo, pelado como estava, botei pra rua a pontapés e depois joguei atrás sua roupa. Dei meia-volta e entrei, chutei o cachorro e procurei Lena pra lhe dar uma sova como a um homem. Entrei feito uma matilha, e ela caiu de bruços:

"– Me perdoa, Mario, me perdoa, mas você é o culpado! Você me empurrou pra isso! Me perdoa!

"– Você vai ver perdoar! Sua puta de merda!

"E baixei o sarrafo. Ensangüentada, fugiu pra cozinha, o cachorro latindo atrás, e eu atrás do cachorro. A miserável estava esperando atrás da porta e me acertou um frigideiraço.

"– Velho de merda! Se botar a mão em mim, eu te mato!

"Sacudi-a pelos cabelos contra a pia e abri a torneira pra refrescá-la como aos loucos. Saltaram pratos que se arrebentaram no chão. Lena pegou um garfo e, girando, cravou-o na minha face. Berrei e o tirei com um puxão. Dei uma porrada e fiz Lena rolar pelo chão. Cortou-se nos cacos de vidro. Fui chutá-la, mas, porra, resvalei e caí. Não me deixou levantar. Atirou-se em cima de mim e me mordeu a bochecha ferida.

"– Filho-da-puta! – me cuspiu o sangue na cara.

"Comecei a estrangular Lena, mas ela, firme, começou a esfregar o sexo contra meu joelho. Não deu outra, mordidas se misturaram com beijos, golpes com carícias, xingamentos com súplicas, e terminamos fazendo amor como selvagens. No fim, ficamos estirados no chão. Eu num extremo e ela em outro. Então apareceu o cachorro por trás da vassoura, gemendo – au! au! au! –, quando o estropiado era eu, e com o coração saindo pela boca. Ia parar a qualquer momento. Lena veio se arrastando, me beijou os bigodes que sempre lhe faziam cócegas e se recostou no meu peito.

"– Não posso mais. Me mate, Mario – disse com sua voz de menina, entregando-me uma faca de cozinha.

"– Caralho, quem vai me matar é você, Lena. Veja como estou, criatura. Escute, escute meu coração.

"– Isto não vai acabar, Mario. Vai piorar. Eu não posso viver sem você, mas odeio, porque você é um porco velho, gordo e feio. Mas quando você se vai, quero que esteja de novo aqui. Tenho saudades. Só amo mais o Ernesto – e chamou o cachorro, que veio correndo, saltando e abanando o rabo. – Não suporto que esteja com outra mulher, nem mesmo com outra pessoa. Me torturo com a idéia de que você não vai se divorciar nunca, que sou apenas um brinquedo pra – puxou o cachorro sobre o ventre. – O papai chutou você? – lhe perguntou. – É seu filho, Mario, como pode maltratá-lo assim? Papi bateu no nenê? – voltou a perguntar ao babão que, nervoso, a lambia.

"– Mas você viu o processo, Lena.

"– Então por que não fica aqui vivendo comigo?

"– Porque tenho as fazendas em Cobija, tenho que trabalhar.

"– Então me leve com você.

"– Se levo você, minha mulher vai alegar bigamia e nos tira tudo no tribunal. Tenha paciência, criatura.

"– Amo você, Mario – fez cara de choro e beijou o animal, que continuava a lambê-la.

"– Mas como pode dar o rabo desse jeito?! E pra qualquer um, porra! Sua louca de merda!

"– É pra que você aprenda. Eu não ameaço em vão. Me ama, meu velho lindo?

"– Sim, este velho te ama, Lena. Mas chega de putaria! Você é uma mulher decente, porra!

"– Se chateou, não? Isso de 'velho'. Não vou dizer nunca mais.

"– Que velho, que nada, Lena. Me chateou que você tenha dado pro taxista. Mas falando em 'velho', ouça e aprenda. Uma vez, há tempos, Fayalán Roca (*que está presente aqui nesta sala*) foi nomeado prefeito de Santa Cruz. Chegou o secretário-chefe e lhe disse: 'Senhor prefeito, estão aí o diretor da cadeia e o secretário estadual de Educação. Ao diretor, você prometeu reformar a cadeia, e, ao secretário, reformar várias escolas, e só temos grana para fazer uma das duas obras.' 'E qual a sua opinião?', perguntou Fayalán. 'Obviamente a escola, senhor prefeito', respondeu o secretário-chefe. 'Não seja burro, homem! Nunca mais vamos voltar pra escola. Mas pra cadeia sim, mal a gente saia daqui.'

"Lena Luna riu da anedota, às gargalhadas.

"– Não, Lena, não ria – eu disse. – O que quero dizer com a história é: não fale mal do lugar pra onde você vai. Fale mal de onde nunca vai voltar. À velhice você vai chegar de qualquer jeito. À juventude não se volta mais.

"Ficou séria. Concordou com a cabeça. Levantou-se, trouxe a maletinha dos primeiros-socorros e tratou de nossas feridas. Essa noite me pediu de novo que fizesse amor por trás. Eu disse que estava extenuado, o que era verdade, mas além disso queria reservar forças para me manter acordado, não fosse chegar o taxista no meio da madrugada. Mas dormi e durante o sono minha raiva cresceu. No dia seguinte, não falei nada pra infeliz. Tinha certeza de que o homem havia voltado durante a noite, e ela, aproveitando meu sono profundo, voltara a se entregar à putaria. Se fazendo de desentendida e muito na dela, me fez beijar Ernesto.

"– Goste dele, porque é nosso filho – me recomendou.

"Acalmei-me e com sua bênção parti para Cobija. O ônibus se distanciou de Guayaramerín, e eu de meus problemas. Com a distância comecei a ver melhor. Só de pensar em voltar a Guayaramerín me provocou calafrios. Mas, mal cheguei a Cobija, liguei para ela, vai que a puta estivesse transando de novo com outro.

"– Estava com medo que eu estivesse fodendo com o taxista? – perguntou, me gozando.

"Eu disse que não, que só telefonava pra lhe dar um alô. Quando desliguei, meus problemas começaram a ser os de minha casa. O que diria à minha mulher? Como explicaria os cortes e as equimoses?

"– Entramos no mato pra ver umas bezerras e, caminhando por uma trilha, me fui de cara e acertei um toco de uma árvore cortada. Me esfolei todo e finquei umas farpas na bochecha. Tiveram que tirar com uma pinça, me desinfetaram, o médico até falou em me dar uns pontos. Quase uma cirurgia. Estou vivo por acaso – contei para minha mulher.

"– Mario, Mario, deixa disso. Você parece um adolescente e não ofende apenas a mim, mas às suas filhas também, porque está todo mundo cochichando, a fofoca corre solta. Acomoda-te, que nessa idade a doideira dá pra tudo, como diz tia Julita Weise – virou-se e foi para o pátio, para estender roupa com a empregada.

"Puta merda, como gostei da minha velha! Soube que este era o meu lugar e que tinha que esquecer Lena Luna. Mas não pude. Os ciúmes me deixavam louco, de modo que tracei um plano. Fiz um amigo telefonar dizendo que precisava da minha ajuda para escolher uns tratores, e com essa desculpa fui para Guayaramerín espiar Lena. Queria averiguar quem era seu galo de turno, porque eu estava certo de que a fulana já estava viciada em sexo. Eu a vi na janela do hospital tomando café com um médico. Ria — quá, quá, quá, quá — às gargalhadas. Depois os dois se foram, na certa foder num dos quartos. Eu ia entrar e armar o maior barraco, mas aí havia gente que me conhecia. Caminhei por todos os lados pra desafogar. Andei pelo mercado e pelas ruas dos contrabandistas. Sentei-me para olhar os barcos e as chatas. Mas nada me acalmou. Fui para casa esperá-la. Mal cheguei, meti o cachorro pra dentro do guarda-roupa. Imaginava ela transando, não com um fulano, mas com vários. O cachorro uivava. Imaginava ela aviltada, fodendo inclusive com animais, na certa era para isso que tinha o cachorro. O cachorro continuava uivando. Seriam umas seis horas, quando chegou.

"— Mario! — gritou com alegria. — Mas que cara é essa? É o Ernesto que está chorando?

"Aí, sem mais nem menos, tasquei o primeiro sopapo na cínica. E outra vez quebramos o pau.

"— Velho de merda, tortura o Ernesto, seu filho, broxa, pica de *marshmallow!* — gritou ela.

"Caímos no chão, trocando porradas, e de novo a violência se confundiu com o desejo.

"— Por trás, Mario, como da outra vez, por trás.

"— Porra, Lena, desse jeito viro bicha.

"Transamos outra vez e outra vez quase morri. Não. Definitivamente, não. Eu tinha que dar o fora pra sempre. Essa violência, como o cigarro, estava se transformando em vício. Eu tinha uma vida, tinha negócios e uma família. Não podia continuar daquele modo. Além do mais, o físico não agüentava.

"Voltei a Cobija com a decisão tomada. Mandei minha mulher visitar nossa filha que vive em Oruro e me tranquei na fazenda, que não tem telefone, para poder esquecer Lena. Sofri horrores, até chorei várias vezes imaginando que ela já vivia num puteiro, entregue às piores baixezas, cheirando cocaína, fumando maconha, alcoolizada, em orgias com índios *collas* e negros brasileiros, que a torturavam queimando-a com charutos e metendo nela objetos por todos os lados, como já era o seu costume. E ela feliz. Dessa maneira, e como diz Chicho Saavedra: 'Eu encarava um pesadelo, enquanto meu anjo da guarda dormia.' Assim vivi.

"Mas o tempo – que cura tudo –, o ar abundante e saudável e as tarefas do campo foram me acalmando. Deixei uma barba de ermitão, fiz obras de reparação, currais para vacas recém-paridas e outros para terneiros, e tudo foi voltando à normalidade. Uma manhã lembrei de Lena como uma distante guerra sem trégua e – eu, semelhante tigre! – me enchi de medo. Não tive coragem de botar a medalha que Lena me dera e a escondi. Em vez disso, jurei a um rosário da Virgem de Urkupiña, que minha mulher tinha pendurado na sala de jantar, que ia deixar de don-juanismo.

"Parece que não me escutou ou quis me castigar. Porque nessa tarde, quando voltava de umas pastagens do norte, onde tinha levado um gado, vi Lena sentada embaixo do arco da entrada. E, pra piorar, tinha trazido o cachorro! Um estremecimento me sacudiu o corpo. Quis esporear o cavalo e sair a galope. Mas, para onde? Lembrei meu amigo Mario Carrasco, que, quando moço, me disse: 'Ao touro pelas aspas.' Além disso, porque frente a meus olhos estava se cumprindo o prognóstico de outro amigão meu, o finado Rolando Requema, que dizia: 'Um dia pra se deitar com uma mulher, uma eternidade pra dar o fora nela.'

"– O que faz aqui, Lena? – perguntei ainda montado.

"Ela soltou o cachorro dos braços e veio até mim, abraçou-me a perna e beijou as botas e o estribo, embarrados.

"– Mario, você não pode desaparecer assim. Não pode me deixar vivendo no desespero.

"Desci do cavalo e a fiz entrar em casa. Mandei trazer um refresco de tamarindo por causa do calor. Servi para ela.

"– Lena, isso não pode continuar – eu disse, me controlando.

"Parou de beber:

"– E então?!

"— Lena, temos que dar um tempo.

"— Eu não posso, Mario.

"— Porra, Lena, você torna tudo mais difícil!

"— Como quando eu não queria que me namorasse e você insistia e me prometia levar a Miami e a Nova York? Nem isso você cumpriu. Como quando me disse que estava se divorciando e eu me entreguei? Difícil assim?

"— Você não quis viajar pra Miami.

"— Agora quero.

"— Depois, você não se entregou, eu tomei você.

"— Ora, cara! Se eu queria! Como quero agora. Mas para sempre, de papel passado e com tudo em ordem, e com o cachorro e com filho também.

"— Lena, não complique as coisas.

"— Viu? Eu sabia que ia acontecer isso e disse pra você: não se meta comigo. Ou não disse? Eu estava protegendo você, Mario, porque eu me conheço, e você achava que era porque sou arisca. Não, é porque sou uma fera. Agora é mais difícil porque eu não posso parar, e você tem que querer, porque sei que na realidade você quer. E porque sou sua mulher, Mario!

"— Acalme-se, Lena. Vou mandar que levem você na vila, tá certo? Depois a gente se fala, quando baixar um pouco a poeira. Vou deixar o aluguel pago por um ano. Não se preocupe.

"— Não é isso, Mario, você sabe que não. Eu quero você, Mario, mais nada.

"— Mas não se pode viver assim.

"— Então como? Não foi esperto pra me conseguir? Então seja macho! Seja macho pra continuar ou pra resolver isso.

"— É isso o que quero, Lena, resolver. Não me atormente. Melhor que cada um vá pro seu lado. Pelo menos por um tempo.

"— Isso não é solução. Pense bem. Eu vou dar uma volta. Pense bem, Mario. Depois a gente fala.

"— Chega, porra! Chega! Amanhã mando os peões amarrarem você e levarem pra Cobija. Aí você se vire como puder, sua filha-da-puta metida!

"— Filho-da-puta é você! E não grite comigo, Mario, porque a única coisa que estou dizendo é que te amo. Mais nada. E que não posso deixar de te amar. Só isso. E que você pense numa solução, boa para todos.

"Levantou-se, abraçou o cachorro e saiu dizendo:

"— Numa casa onde falta amor pra um, não tem pra dois e muito menos pra nós três.

"Ficou andando em círculos pelos arredores da fazenda. Com a última luz da tarde, foi socar milho. Tinha tirado o sutiã e desprendido um botão a mais da blusa e sacudia os seios como provocação em cada chuque-chuque no pilão. Os peões e até uns moleques deram as caras para ver os seios dela ao vento, e Lena – não tou nem aí! – levantava os olhos, olhava-os e sorria pra eles. Eu saí e os espantei, mas se fizeram de desentendidos, caminhando e papeando entre si. Entrei de novo, e a tropa de pornográficos se reuniu de novo. Lena Luna voltou com o anoitecer, para a janta. Não trocamos uma palavra. Eu não quis comer, mas pra ela foi uma festa, como se não estivesse acontecendo nada demais.

"— Não vai comer? – me perguntou.

"— Não tenho fome – respondi seco.

"Ela esticou o braço, pegou meu prato e, com minha comida, fez um festim para o cachorro. Só faltou arrotarem.

"Ao terminar, me sorriu, me agradeceu e foi para o quarto que haviam preparado para ela, seguida pelo animal. Eu fiquei maluco de novo. Minha confusão era demais. Tomei um chá de tília e fui para meu quarto. Tranquei a porta – não fosse ela entrar de madrugada e começar de novo a via-crúcis. Mas na mesma hora voltei a abrir, com medo que de noite ela agarrasse um dos rapazinhos da fazenda. Mas o que me importava, nessas alturas?! Que fizesse o que lhe desse na telha. Fechei, dando duas voltas na chave.

"— É pra que eu não entre ou pra que eu não saia?

"Arrastou-se saindo debaixo da cama.

"— Saia já daqui, Lena! Que tou puto da cara!

"— E o que o brabinho vai fazer? – e me sentou uma porrada.

"Eu ia responder, mas me contive.

"– Saia, Lena, por favor. Vá pro seu quarto. O cachorro já está chorando.

"– Acha que é fácil assim, velho de merda?!

"– Lena, estou pedindo 'por favor'.

"Moveu a mão com a graça de um gato jovem e zás!, me arranhou a cara. Então não pude mais. Dei-lhe um murro na nuca, ela me mordeu, eu a sacudi e deu tudo na mesma de sempre, beijos incontroláveis, o desejo selvagem e o sexo vicioso, gritando que nos amávamos, mas que você é um velho broxa e você uma puta e você uma bicha-louca, covarde de merda, e você uma louca varrida. E assim, com esta canção de ninar, ela foi adormecendo.

"Mas eu não. Passei em claro toda a noite, olhando cada centímetro de seu belo rosto, e acariciando o cabelo cacheado. Contemplei os seios dela e o ventre. Branquíssimos. E o pescoço com as veias ao lado, a duna atrás da orelha. Porra, como era bonita! Muito. Demais, talvez, pra mim. E também bondosa. Sim, apesar de tudo, bondosa.

"Abaixei-me e cheirei-a toda, e me prometi nunca esquecer seu perfume. Lambi a pele dela e me prometi nunca esquecer seu sabor. Abracei-a por trás, me encaixando para alcançar suas curvas. Ela como parte de mim, ou eu dela.

"Mal clareou, revisei os pneus e os freios da caminhonete. Liguei-a, para esquentar. Dali a pouco, Lena apareceu com uma xícara de café na mão e o cachorro abanando o rabo a seu lado.

"– Bom-dia – lhe disse.

"– Bom-dia – respondeu-me e me fez olhinhos. Me fez olhinhos...

"– Vamos, Lena.

"Terminou o café quente, aos sorvos, respirou a neblina fresca e embarcou na caminhonete. Na porteira da saída, em vez de seguir para Cobija, fui em sentido contrário.

"– Parece que você pensou bastante – ela disse.

"Dali a uns dois quilômetros, enfiei-me por uma picada de mulas. Ervas daninhas e arbustos chicoteavam na passagem. Uns quinze minutos depois, chegamos ao cotovelo de um rio, rodeado de palmeiras. De algum lugar lá embaixo chegava o som das cachoeiras – as quedas-d'água golpeavam as rochas com uma melodia monstruosa. Bandos de papagaios pintaram o céu com suas cores, e seus gritos alvoroçaram a manhã.

"– Que bonito, Mario – disse Lena, descendo da caminhonete.

"Com o sorriso infantil que tinha perdido há tempos, se meteu na água com alegria, como se fosse nadar num domingo. O cachorro chapinhou na margem, mas não se atreveu a entrar. Abri o porta-luvas e peguei o revólver. Lena continuava entrando. Parou quando o vestido começou a molhar. De costas para mim, sem se virar, me falou bem alto, para ter certeza de que o vento não ia lhe abafar a voz.

"– Eu poderia matar você para acabar com esse martírio, Mario. E você não precisava ter de fazer isso. Mas pra mim a vida teria sido um inferno. Em troca, assim, eu estarei bem e você também. Só uma coisa: não demore, por favor.

"Minha mão tremeu e comecei a baixar a arma.

"– Atire, velho de merda! Filho-da-puta! Atire, porra, senão vai se foder até o último dia! Atire, por favor, que estou me cagando de medo! – exigiu sua vozinha de pássaro.

"Disparei. O tiro, como um vento, levantou a cabeleira dela na nuca – e os ruídos da selva se apagaram. O cachorro fugiu para um matagal. Ela caiu, afundou um pouco, depois flutuou. Os cabelos faziam uma estrela na água. Entrei no rio, peguei-a pelo tornozelo branco e a puxei até a margem. Botei-a de barriga para cima. Era uma princesa. Abracei-a forte, muito forte, e chorei pela única relação que me fez chorar, em toda a vida. Deitei-a sobre um tronco e amarrei ao corpo um saco cheio de pedras e pedregulhos que tinha preparado na fazenda. As corredeiras mais abaixo virariam o tronco e os pesos sepultariam Lena. Empurrei-o suavemente até a corrente: pouco a pouco se foi, e vendo Lena assim, hirta sobre o tronco e sob o sol, me dei conta de que era certo o que tia Delia me disse, com sabedoria, uma tarde em Santa Cruz, enquanto fumava: 'A morte, meu filho, sempre busca pretextos.'

"Passei meia hora tentando agarrar Ernesto, que fugia por todos os lados. Tinha compreendido tudo. Não deixou de rosnar para mim durante todo o caminho para a fazenda, onde ainda vive, como uma acusação permanente. Mal chegamos, tomei um comprimido e me tranquei para dormir, para pensar que tudo tinha sido um sonho. Sonhei que ela estava viva e eu, morto. Que ela estava arrependida e eu, feliz. Dormi à base de calmantes uma semana inteira, querendo transferir o sonho para a realidade.

"Mas não se pode fugir para sempre. Um dia minha mulher chegou e tive que sair de minha prisão. Pouco a pouco, voltei a fazer o que sempre fazia, única forma de esconder o tormento que me ocupa a alma. Hoje contei para vocês esta história porque já não suporto continuar vivendo a vida como um inocente. Rogo a Deus, a Lena, que deve estar à sua direita, e a vocês, que me perdoem.

"Obrigado."

— Merda! — exclamou Elizabeth, e ficou atordoada, pensando no que fazia ali.

A atmosfera era um elemento pastoso. Elizabeth deveria estar pondo mármore verde no seu banheiro e decidindo se o marco colonial seria arrematado com um anjo ou com uma coroa, em vez de estar ali enfrentando os horrores que lhe arrancavam a paz interior. Os demais estavam paralisados pelo choque. Chegaram a gostar do capitão Mario por causa de seus ditos de camponês e pela ingenuidade de moleque interiorano no corpo de homem velho, pensando que junto ao simplório havia um bom homem. Mas esse efeito havia se dissipado.

Desde que éramos fogo e gelo, a face da morte nos muda o rumo, faz precipícios onde quer que apareça, nos dirigindo com enganos, com novas máscaras, novos cantos, até que nos alcança. Aqui, no entanto, não foi a morte, apesar de sua imensidão e truculência, o que deixou escapar um hálito pesado, mas sua detestável invocação: o assassinato.

O único ruído que emergiu foi o de dom Juan querendo empurrar sua cadeira para se levantar. Todos esperavam que seu experimentado julgamento desse um jeito no vazio.

— Me dê o braço, homem! — resmungou, e Elmer acudiu apressado.

Arrastando os pés, se dirigiu para a porta de saída, enquanto Norman, o sociólogo, começava a falar. Queria responder, a distância, à sua jovem concubina que, antes de Norman pegar o avião no México, exigiu um status permanente que ele tampouco podia proporcionar. Procurou justificar, de maneira muito velada, a ação do capitão Mario, sabendo-se enrolado numa situação semelhante.

– Amor e morte se entrelaçam – disse. – E muitas vezes a morte resolve o amor, o amor complicado. Neste caso, no entanto, o capitão não quer morrer – disse, fazendo flutuar a última palavra. – Quer viver. Tem coisas para fazer: trabalhar, atender uma família e, além disso, porque os velhos têm um maior apego à vida. Por sua vez, a virgindade pesava demasiado para Lena. A virgindade é uma carga que historicamente começou sendo religiosa e, com o tempo, se transformou num requisito social, no dote que toda mulher oferece em troca de uma manutenção permanente...

– Minha manta! – ordenou dom Juan, ao sair da sala.

Em seus ouvidos ainda retumbava o disparo de Mario. Tomaram o táxi. Era o mesmo estrondo dos tiros que lhe deu o marido da dama de abril. Quase a pôde tocar de novo. Humilde onde havia sido arisca, disposta e solícita depois de depor o libreto de amazona. Tinha-a desprezado depois dos gemidos, por se deixar encantar pelo vitorioso e não pelo homem. Pois nem naquela época, nem nunca, quis aceitar a condição afrodisíaca do poder e da fama. Sempre quis que seu calor animal e seus modos polidos fossem o que encantava. Havia acabado de se vestir e estava colocando o chapéu quando na porta do quarto apareceu o marido arrasado pelo combate, de revólver na mão e totalmente alucinado. Para chegar a sua casa tinha aberto caminho a bala. Num rádio, em algum lugar da casa, soava a *cueca:** "Amanhã me vou, vou pra longe daqui." Dom Juan se levantou como herói mexicano, pronto para receber dois balaços que, no final das contas, nem mesmo o roçaram. Com palavras de alívio, acabou convencendo o desventurado homem de que se tratava de um engano.

---

* Música popular peruana. (N.T.)

Elmer ajudou dom Juan a descer do táxi. Maya chegou pontualmente e com o cabelo solto, rodando-o à direita e à esquerda. Sem advertência prévia, pegou lápis e caderno. Hoje tomaria notas, embora ontem, com bastante fidelidade, mas perdendo detalhes, tivesse transcrito a narração em casa graças à sua fresca memória.

— Embora o final não deva ser do seu agrado — preveniu-a dom Juan —, devo lhe contar hoje uma história muito triste. Me aconteceu em Pando, uma vez que me retirei da política e casei com uma senhora que tinha um avião e uma fazenda. Ali conheci uma doutorinha...

Quando terminou a narração, Maya não tinha escrito nem uma palavra no caderno. Chorava com a ajuda de um Kleenex. Em parte pela jovem assassinada, talvez de sua idade, mas também pela tremenda decepção: descobrir em dom Juan um criminoso. Toda a secura do velho se tornou evidente para ela nesse instante. Era uma criação de teias de aranha.

— Dê um copo d'água para ela — disse dom Juan, e, antes que Elmer voltasse e sem se despedir, foi para seu quarto com passinhos arrastados, convencido de que Maya não voltaria.

É que, fora alguns toques próprios, ele já não tinha cabeça para ajeitar as histórias de um modo melhor. Mario tinha estragado tudo.

Terceira exposição:

Armandito

Onde se narra uma história que será de interesse do leitor e que versa sobre o sedutor Armandito, representante de Cochabamba, que se propõe seduzir sem compaixão uma mulher de condição social diferente.

❖

Ter afugentado Maya, em vez de o perturbar, deixou dom Juan letárgico. O corpo se defendeu, premiando-o com um sono mais ou menos constante e prolongado. Acordou perto do meio-dia.

Ao chegar ao anfiteatro, Cocolo o interceptou para contar que, durante os comentários do dia anterior, Elizabeth havia inferido que Lena estava grávida quando foi morta. Para comprovar isso, citou as palavras contadas pelo capitão: "Numa casa onde falta o amor para um, não tem para dois e muito menos para nós três." "Se Lena era o um", tinha deduzido a venezuelana, "o cachorro, o dois, quem era o número três que invocava? Quem era o terceiro se não o que levava no ventre?" A matemática de Elizabeth havia iluminado e, ao mesmo tempo, envenenado a sala. "O capitão Mario abandonou a sessão esmagado de angústia", continuou Cocolo. "Alfredo, o escritor peruano, seguiu-o e lá fora tentou amainar seu tormento recitando o fragmento de um grande poema de Watanabe:

'(...) E aceita: o fogo já estava ali,
tenso e contido sob a casca,
esperando teu gesto trivial, tua travessura.
Lembra, pois, esse repentino estrago (sua intraduzível beleza)
sem arrependimentos

porque foste tu, mas também não.
Assim
em tudo.'

"... Entretanto, nada. Não surtiu efeito. O capitão abandonou o congresso."

Cocolo se calou. Elizabeth se aproximava. Dom Juan ladeou a cabeça. Cumprimentou-a com carinho e lembrou dela anos atrás, mocíssima, talvez da idade de Maya, nos trâmites pela libertação de Regis, seu companheiro, na época da guerrilha do Che.

— Que trabalheira, não? — comentou dom Juan.

Ela assentiu e o acompanhou até o estrado. Dom Juan caminhou com o braço bem estendido para acabar com a inércia, como o tinha estendido na tarde que saiu da biblioteca, impulsionado por uma força ciclópica, levando o saco plástico que continha sua certidão de nascimento, recém-tirada do longo sono no cofre. Empunhava-a como uma encomenda real para entregá-la a Maya, quando chegasse, a qualquer momento. Daria a ela para que, depois de sua morte, pudesse exibi-la como uma herança, como um legado, como uma ligação. Dessa maneira a reteria. Mesmo que fosse pelo desprezível sentimento de compaixão, que comove quem o tem e degrada tanto a quem o recebe. Repousou sua excitação sob o marco da porta da cozinha e, depois, entrou com ímpeto. Entre a geladeira e a pia, esqueceu o que ia fazer. Esteve parado vários minutos, esperando que alguma coisa o devolvesse à corrente das coisas. Pelas costas lhe subiu uma fadiga incontrolável — talvez fosse o desânimo ou, quem sabe, o protesto do homem que não se resigna a se tornar planta.

Quando Elmer chegou, encontrou-o ali mesmo, cultivando uma fúria primordial que não coincidia com esse corpo esquálido de avezinha. Nem mesmo andava de um lado para outro como fazem os espíritos preocupados. Simplesmente estava parado em erupção. Seus olhos, duas brasas, tinham uma tensão nada semelhante à do leão mas, antes, à do ruminante grande enredado numa armadilha. Elmer se aproximou para tranquilizá-lo e dom Juan o hostilizou sem motivo. Em parte para se desafogar, em parte para reafirmar o tipo de relação que os unia. Sua certidão de nascimento, no entanto, tinha desaparecido, instintivamente, de sua mão para o bolso interior do casaco.

— Enquanto os doutores traíam, eu fazia a revolução junto com o povo, e agora ninguém mais se lembra disso — falou irritado.

Elmer acrescentou detalhes que corroboravam sua façanha para acalmá-lo de vez.

— Você não sabe de nada! Os comunistas queriam entregar os sindicatos de bandeja para os militares. São uns putos — afirmou saltando épocas e acontecimentos, ainda cheio de raiva.

Quando Maya chegou, um pouco depois, já estava calmo. Só de olhá-la, soube que tinha tido um plano e que já não o tinha mais. Mas o papel infamante voltara a repousar no cofre, vá se saber como.

— Hoje também não vai me contar nada de sua vida política? — perguntou ela, pois ele não falava, embora a olhasse fixamente.

— Todos conhecem minha vida política. A você, que pela primeira vez trato informalmente, vou contar uma coisa que não contei a ninguém: minha vida íntima. Você será a única que escreverá minhas histórias amorosas. Mas não hoje. Estou cansado. Com o que vou contar, você vai ficar rica e famosa. Desse dinheiro só quero um pouco para reorganizar meu partido — e começou a vituperar contra o governo.

Ela assentiu com um rosto vazio de suspeitas e cheio de esperanças. As histórias amorosas do líder a fariam famosa. Para uma profissão como o jornalismo, em que a entrevista "exclusiva" e a novidade são as mercadorias mais apreciadas, a publicação das aventuras íntimas do prócer a colocaria numa posição excepcional, e sem ter terminado a faculdade.

— O que vai contar, dom Juan, se você já não se lembra de nada? — perguntou Elmer com a crueldade de todo escudeiro, quando Maya tinha ido embora.

Dom Juan odiou-o então como o odiava agora, se fazendo de importante, com seu peito estufado de trompetista, e além disso anunciando o expositor do dia, sem ter méritos para estar num congresso de sedutores.

— Preclara platéia — vociferou Elmer —, tenho hoje a honra de apresentar um especialista que desenvolverá uma história de interesse incomum para todos nós, que versará sobre um sedutor de classe social e raça diferentes das da mulher que seduz. Certamente vos deleitareis com a história. Aqui está Aaarmaaaandito de Cochabamba! Muitas palmas para ele!

Armandito era rechonchudo, tinha queixo quadrado, grossas sobrancelhas e escura a zona da barba, mesmo que esmeradamente raspada. No rosto geométrico apareceu, como uma isca, um sorriso afetado. Armandito passou a mão pela testa ampla e começou falando com jactância.

"À maneira de prólogo devo me confessar seguidor da linha de dom Juan Tenorio, o libertino de Sevilha, e não a de Giovanni Casanova, o lembrado galanteador veneziano. Tenorio busca a submissão da mulher, enquanto que Casanova quer se tornar um amigo de suas amantes, quase um irmão. Obviamente, Tenorio proclama o homem como único sedutor, ainda que meus colegas e as correntes atuais, sem dúvida distorcidas, afirmem que é a mulher quem seduz. Devo me confessar seguidor dos preceitos de Tenorio, fundamentalmente porque é um transgressor da moral dominante. É um revolucionário. Isso quanto às generalidades ideológicas.

"Quanto à minha área de preferências, devo dizer que me inclino pela mulher encerrada em si mesma, que aceita uma condição anônima e subalterna, mas principalmente por aquela que carrega suas paixões sob o manto de timidez. Meu objetivo estratégico é que essa mulher, oprimida pela moral burguesa, evolua desde a auto-repressão até se libertar numa paixão descontrolada. Evoluir até revolucionar a si mesma, essa é minha norma. Essa é a dialética correta. E quando chegar ao descontrole, quando esgotar suas lágrimas por ciúmes ou por sofrimento, então será capaz de viver o amor como uma independência, como uma plenitude e não como uma submissão ou como um dever social. Uma vez que ela alcance a desenvoltura de oficiante de Afrodite, que tenha amadurecido sua sexualidade, se anuncia para mim o momento de abandoná-la. Vencidos os falsos valores sociais que a atavam, minha função desaparece.

"Das muitas histórias que tenho em meu repertório, vou lhes contar uma passagem de minha juventude, que para este caso acho que é relevante.

Trata-se de uma mulher que jamais perdeu a compostura, que nunca se mostrou impudica, nem solícita, nem ciumenta, nem apaixonada. Só soube do vulcão que eu havia semeado na carne dela no dia em que me salvou a vida, penúltima vez em que escutei sua voz.

"Tudo começou em vinte e dois de agosto de mil novecentos e setenta e um, numa casa de segurança, um esconderijo do bairro fabril de Pura Pura, na cidade de La Paz, quando nossas companheiras de apoio trouxeram uma empregada para que nos ajudasse com a limpeza e as refeições. Uma noite antes havia triunfado o golpe militar fascista, depois de uma longa jornada de combate nas imediações do cerro Laicacota. Em nossa retirada tática enterramos nossas armas, uma Ruger ponto três cinqüenta e sete, uma Walther PPK trinta e dois, pistola-metralhadora, duas Máuser e todo o arsenal de que dispúnhamos, no fim da Avenida Saavedra, em Miraflores, ali onde começa a baixada até a curva da Virgem. Informadas da situação, Jenny, Bebe e Carola, nossas companheiras de apoio, nos recolheram em lugares previamente combinados para nos levar em segurança numa perua Volkswagen com placa das Nações Unidas, propriedade de Françoise, uma francesa simpatizante da organização e esposa de um funcionário internacional. Graças a essa placa diplomática, pudemos cruzar as muitas barreiras que o Exército e os paramilitares tinham levantado. No parque Lira contatamos Arturo, o companheiro encarregado da chave do refúgio, que partiu com a gente para a clandestinidade. Nossa organização era operária, marxista-leninista, de uma linha trotskista independente, embora tenhamos sido participantes da IV Internacional na qualidade de observadores, com o nome de *Tendência Teoria e Práxis*, uma proposta nova criada pelo companheiro pastor Recaredo Stanley de Guyana. Queríamos construir um mundo novo, uma Bolívia nova e justa, e a única forma de conseguir isso era destruindo pela via armada a ordem estabelecida.

"O levante fascista tinha sido violento, e as organizações populares foram severamente atingidas. Mas a correta caracterização que havíamos feito do processo do general Torres, ao qualificá-lo de revisionista e reformista, fez com que de maneira antecipada alugássemos essa casa em Pura Pura, a qual tínhamos provido de cozinha, camas, cadeiras, mesas, uma máquina de escrever, livros, estênceis e uma copiadora, que batizamos com o nome de Bubulina.

"Eu viera para La Paz estudar psicologia, pois naquela época não havia esse curso em Cochabamba. Na Universidade Maior de San Andrés me vinculei aos companheiros de Teoria e Práxis, e, embora nosso grupo fosse de extração pequeno-burguesa, estávamos profundamente ligados ao movimento operário.

"No dia seguinte à nossa retirada, ao acordar – o Moma, o Japo, o Anão C, o Anão B, o Tepepa, Arturo e eu (meu nome de guerra era Eustáquio) –, nos abraçamos várias vezes, contentes por estar vivos. Mas em seguida, para não nos deixar absorver por um sentimentalismo pequeno-burguês, convocamos uma reunião de avaliação política. Discutimos a derrota do movimento popular e os erros em que se havia incorrido durante o processo. Concordamos em apontar como causa fundamental da derrota o fato de que o movimento popular não contara com uma vanguarda armada para deter as hordas fascistas, e que, portanto, nossa tarefa iludível era construir um núcleo armado revolucionário. A partir de uma diferença semântica, detonou-se uma acalorada e desnecessária discussão de princípios entre o Japo e o Moma, que felizmente foi interrompida pela chegada das companheiras de apoio. Elas traziam alimentos, móveis, utensílios, um toca-discos, o disco de Benjo Cruz, outro de Violeta Parra, onde ela cantava Gringo Favre e Atahualpa Yupanqui.

"E também trouxeram Teodora.

"– Ela é a Teodora – apresentou-a Jenny. – Vai ajudar vocês na cozinha e na limpeza. Você cozinha o fino, não, Teodora?

"– Sim, senhora – sussurrou, mal movendo os lábios carnudos de cereja, de um rosado da cor da melancia, que apenas mostraram seus dentes de nácar.

"Todos festejaram a resposta – beleza, vamos comer bem! – como se aplaudissem uma criança que conseguiu meter um brinquedo geométrico no espaço adequado. Eu não. Desde o primeiro instante gostei de Teodora como mulher e não como empregada. Era uma *imilla* bicho-do-mato, perdão, quis dizer uma companheira indígena de origem camponesa, bonita e de mais ou menos vinte anos. Tinha queixo carnudo, e a graça de sua boca era expulsar o lábio para a frente, como uma viseira. Os pômulos salientes e os olhos achinesados lhe davam, como a todos os aimarás, um ar de mistério. Não era possível, no entanto, inferir sua compleição corporal, pois, com perdão da palavra, ela era *cholita**, ou seja, de origem indígena, o que aqui na Bolívia chamamos de 'pollera'*, pois usam umas saias folclóricas coloridas que nas festas costumam ser até sete. Suas *t'usus* (panturrilhas) tinham forma de frutas-do-conde sólidas, seu tornozelo compacto, e altivo o peito do pé. Mas o mais atraente era sua submissão: o corpo teso, o olhar no solo; e ela murmurava em vez de falar.

"— Muito prazer, Teodora, é um prazer, tudo bem? — disse cada um, sublinhando lentamente as palavras para que entendesse o castelhano.

"Eu apertei a mão flácida que me entregou e, com a outra, lhe apalpei o braço. Era de carnes duras como metal.

"— Como a gente tinha falado, Teodora, estes senhores são padrezinhos, seminaristas — Jenny soletrou para se fazer compreender. — Me entende, não? Se-mi-na-ris-tas — repetiu. — Quer dizer que eles não vão sair pra rua, porque estão estudando a *Bíblia*, eu avisei, não? — E Teodora, de trás de suas tranças, assentiu. — Muito bem. Pois é, a *Bíblia*, é o que eles estudam. Vão ficar por aqui mesmo, na casa. E para que não os incomodem, se alguém perguntar por eles, você deve dizer: 'Não tem ninguém, estou sozinha.' Entendeu?

"— Sozinha estou — repetiu como autômato.

"— Muito bem, Teodora, muito bem — Jenny festejou e, dirigindo-se a nós, continuou com essa teatralidade tão boliviana: — Bem, padrezinhos, vamos deixá-los com a Teodora, que vai cuidar de tudo muito bem, não é mesmo, Teodora? Ah, olhe aqui, a senhorita Carola e a senhorita Bebe vão mostrar seu quarto e a cozinha, e coisa e tal, certo?

---

* Chola consta nos dicionários brasileiros. Mas *cholita* (pronuncia-se *tcholita*), o diminutivo espanhol, foi mantido porque soa muito melhor que cholinha. (N. T.)
** Criadora de frango, literalmente. As saias armadas lembram uma encerra feita com varas de vime para se criar frangos. (N.T.)

"Tivemos que fabricar, rapidamente, crucifixos de papelão, pintá-los de café e pendurá-los em cada dormitório para manter a desculpa. Como sou da crença de que hoje vivemos, amanhã talvez, deixei essas artes manuais pra lá e fui para a cozinha sondar o terreno. As companheiras de apoio tinham partido, e Teodora estava descascando batatas para o almoço – ela o fazia como míope, olhando-as muito de perto. Peguei uma faca e me pus a descascar a seu lado, mas tratei de o fazer mal. Deixei pedaços de cascas grudados, o que lhe provocou um riso que escondeu temerosa.

"– Você me ensina – lhe estendi minhas mãos.

"Não se atreveu a me tocar. Preferiu me fazer uma demonstração em câmara lenta, talhos curtos, casca fina. Estava prestando extrema atenção quando um pingo de azeite saltou e aterrissou na minha pele.

"– *Atatau!* Porra! – gritei.

"E ela, sem hesitar, me alcançou sal e a garrafa de azeite cru.

"– Bebo? – perguntei.

"– Não. Tem que misturar o azeite com o sal e botar na pele. É pra não fazer bolha.

"– Bote você.

"Estiquei o braço. Ela passou o azeite, se esforçando para não me olhar. Lentamente fui aproximando meu corpo até roçar sua cabeça com meu queixo e respirei pelo nariz, fazendo voar os cabelos soltos da testa. Depois, levei uma perna até encontrar a sua e voltei a respirar sobre ela. Teodora se afastou e continuou cozinhando.

"– Suas mãos são tão suaves que parecem...

"A inoportuna entrada do Tepepa me calou. Ele nos olhou alternadamente.

"– Queimei-me – expliquei.

"– Sim, claro. Cuidado, padre, não acabe queimando essa companheira.

"– Ssssh – fiz um gesto para ele e o levei para fora. – Primeiro, companheiro – adverti –, não use termos como 'companheira', nem fale de nada fora de Deus diante dela. Isso como elementar medida de segurança. E, segundo, como é possível que você, companheiro, pense que por tesão vou pôr em perigo nosso projeto, hem? Além disso, todos devemos respeito a uma proletária.

"A partir desse lance, Teodora começou a me escapar. Evitava me olhar, ficava carrancuda quando lhe falava, e inclusive corria quando me aproximava. Temi que seus notórios desaforos me delatassem. Decidi combater o fogo com o fogo e comecei a tratá-la com rudeza: 'Faça isso! Não limpou isso direito! A comida estava uma droga! Aprenda a temperar!' E assim a fui maltratando, com a concepção de que, acostumada a ser repreendida pelos homens, me respeitaria. Em troca, meus companheiros eram só 'Teodora, muito obrigado; por favor, você poderia; o que plantam na sua comunidade: batata ou cevada?, que interessante; que tipo de batata: k'*ati* ou negra*?; quando é a festa do seu povo? Podemos dar permissão pra você ir ao colégio estudar, podemos ensinar o pouco que sabemos', toda essa conversa fiada com que nós, os intelectuais, queremos que os indígenas achem que somos iguais, quando a igualdade não está em se fingir igual mas em se desejar de igual para igual. Por isso, Teodora os chamava de 'padrezinhos' e a mim, de 'senhor' ou 'moço'.

"– Vamos fazer as pazes – eu disse uma manhã, enquanto ela estendia as camas.

"Estendi minha mão em sinal de paz e ela, com algum constrangimento, me alcançou a sua.

"– Agora que somos amigos, podemos brincar, não, Teodora?

"– Sim, moço – pestanejou.

"Tomei o lençol dela.

"– Não vai poder arrumar a cama!

"Corri pelo quarto. Ela fez menção de me perseguir, mas se conteve. Voltei a provocá-la:

"– Se não arruma as camas, os padrecos vão reclamar. Venha pegar, venha, venha!

---

* Há centenas de variedades de batatas nos Andes, às vezes com várias palavras para designar as mesmas, dependendo da região. (N.T.)

"Enfim se decidiu e me perseguiu com empenho. A cada finta que fiz, suas saias se tornaram peão e suas tranças, hélices. Me tirava o lençol e eu voltava a tirá-lo dela, e a toureei e voltei à minha infância, quando ainda tínhamos a fazenda em Clisa e minha babá se fazia de mãe. Subitamente Teodora olhou para nada e se encheu de angústia.

"– Já é tarde. Tenho que cozinhar, moço.

"Terminou de estender a cama rapidamente, abriu as janelas para ventilar e se foi.

"Quebrado o gelo, pude me aproximar de novo. Não para tocar nela, mas para lhe falar sobre cidades distantes. Falei da selva de Santa Cruz, das *diabladas** de Oruro, da feira do torresmo em Sacaba. Falei ainda do estrangeiro, de Lima e suas nuvens, de Buenos Aires com seu puro povo loiro. Ela me olhava imóvel, imaginando, à sua maneira, cada lugar. Também lhe falei do mar, dizendo que era como se todo o altiplano fosse de água e não houvesse terra.

"– E os morros? – perguntou.

"– Nada. Somente água – lhe respondi.

"Ela riu muito, porque achou ridículo.

"Um dia:

"– Sou um sacerdote, Teodora, e não posso pedir você em casamento mesmo que goste muito de você, mas prometo que vou levar você comigo para onde eu for, Oruro ou Tarija. Quer?

"O recurso de oferecer a uma mulher uma relação estável é um clássico da sedução e sempre dá bons resultados, mais ainda com uma mulher de classe inferior, porque permite a ela sonhar com viver na admirada classe do opressor. Avaliou a possibilidade e fez reparos. Me respondeu séria como um coveiro e sem a cara de boba-ingênua:

"– Dizem que em Tarija as moças são muito bonitas.

"– Não mais bonitas que você.

"Riu com malícia e se atreveu a brincar.

"– Que padrezinho mentiroso, hem?! Parece mais um diabinho.

---

* Dança típica dos Andes. (N.T.)

"– É sério, Teodora. Você é a garota mais bonita que conheci.

"Peguei um papel em branco e, fazendo-a pensar que tinha escrito um poema para ela, improvisei:

"'No meio do campo és flor pankarita* / de todas as flores, a flor mais bonita / perfumosa e tentadora. / E o nome dessa flor é Teodora.'

"Entrou em transe, mas de repente – Eustáquio! – alguém chamou e ela despertou. A casa era pequena demais para o assédio contínuo que a sedução requer. Eu devia inventar uma ilha e um tempo privados para evitar esse tipo de interrupções. Devia vê-la a sós, e isso era possível apenas quando todos estivessem dormindo.

"Madruguei no dia seguinte. Teodora já havia acordado. Estava apoiada no tanque de cimento, ao fundo do pequeno pátio de lajotas amarelas que separava a casa do quarto de empregada. Usava uma fina saia branca de algodão que lhe marcava as pernas e lhe deixava descobertos os braços e o pescoço. Parecia uma deusa da mitologia aimará numa esquina mágica do altiplano, lavando-se à borda de um tanque cuja voz a adulava com palavras ternas. Ela respondia, cantarolando ritmos camponeses em tom muito agudo. Com o pescoço erguido nobremente, penteava sua bela e longuíssima cabeleira negra, livre das tranças, fazendo esteiras compridas em cada movimento. Estendida em leque, era uma grande asa de sabiá que o orvalho de La Paz coloria com luminescências prateadas. A pulsão sexual frente a essa bucólica visão foi natural e verdadeira, como a dos primeiros homens que habitaram o mundo. Ao se dar conta de minha presença, escondeu o cabelo, tornando-o um bolo entre as mãos.

"– Mostre-me o cabelo – ordenei.

"Olhou-me inexpressiva, e eu, fixamente, até que a fiz baixar o olhar. Estava trêmula como coelho escondido de uma ave de rapina. Coloquei-me por trás dela, desdobrei a manta negra de seu cabelo e comecei a pentear com muita calma. Afundei meu rosto nesse emaranhado e o cheirei, fresco e limpo. Estava acariciando meu pescoço com essa seda quando, outra

---

* Pankara, flor em aimará. (N.T.)

vez, chegaram os ruídos inoportunos de algum companheiro madrugador. Teodora se foi, me deixando à espreita.

"Nessa mesma noite deslizei até seu quarto.

"– Abra, Teodora – ordenei.

"Não respondeu. Baixei a voz e lhe confessei que gostava dela, que abrisse, que só queria penteá-la. Tampouco respondeu.

"Na manhã seguinte madruguei novamente para reeditar a cena do dia anterior, mas encontrei Teodora arrumada e com as tranças feitas. Falamos pouco, e ela se foi com andar silencioso, o mesmo andar anônimo com que passava, sem ser vista, pelas nossas reuniões, tirando o pó e limpando os cinzeiros. Somente seus sapatos vagabundos, com o chuique-chuique que fazem como beijos estalados, a denunciavam. Também descobri que, com freqüência, me olhava de esguelha.

"Um dia, antes de entrar numa reunião para discutir o corolário do pensamento stanleyista, ou seja, do pastor Stanley, que era a dialética dos refluxos internos das massas, e enquanto lavava a louça do café-da-manhã, consegui arrancar dela algumas confissões íntimas.

"– Queria – disse – um emprego no mercado de flores. – Enxaguou o prato dos dois lados. Fez uma longa pausa e, depois de muitas perguntas minhas, prosseguiu: – Ter *wawitas**, mas também queria ter porcos, vacas e galinhas.

"– E eu quero você – interrompi.

"Baixou a cabeça e fugiu envergonhada para o pátio de lajotas. Eu voltei para a reunião, onde passei fantasiando.

"– O companheiro Eustáquio não falou.

"– Estou escutando. Obrigado, companheiro.

"Como Jenny, Carola e Bebe não nos visitavam por causa de medidas básicas de segurança, a total clandestinidade do começo foi um retiro saudável. Estudamos a história sindical do livro de Barcelli, a história da Bolívia nos tomos de Fellman, a história econômica de Mandel, estudamos

---

*Criancinhas, filhos em aimará.

Trotski, alguma coisa de Lenin e Marx; em matéria militar vimos o compêndio de Neuberg, *La insurrección armada*, e aprendemos a fabricação de bombas caseiras num manual dos Montoneros. Claro que todo dia revisávamos o pensamento stanleyista e memorizávamos o relevante. A metodologia de nossas reuniões era que alguém expunha um tema que depois era discutido. No entanto, os atritos pessoais e as mesquinharias que nascem do isolamento começaram a agir nesse mesmo dia. Que um era um comilão, que o outro era um invejoso, e você?, um preguiçoso, mas não sou pão-duro como você – se ofendiam. As relações se arruinavam. Quis me manter à margem, porque estava em outra, mas o Tepepa, que era nosso Superior, não me permitiu:

"– E você, Eustáquio, não se faça de santo: a lascívia não o deixa dormir.

"Não lhe respondi. Sabia que Tepepa gostava de Teodora, mas suas categorias ideológicas o freavam.

"– Bem – continuou com sua voz impostada –, já que estamos virando uns merdas, a partir de amanhã vamos levantar às cinco da madrugada para fazer exercícios de resistência física. Vamos ver se assim a gente pára de fazer besteira. Essa moleza nos deixa mal.

"A terapia revolucionária cortou meu cerco a Teodora. De modo que decidi queimar etapas. Se a dialética é evolução e a seguir revolução, não me restava outra alternativa a não ser omitir a evolução e me aplicar para valer aos fatos desencadeantes.

"Durante a sobremesa, fui à cozinha. Teodora lavava a louça. Me coloquei por trás, passei meus braços sob os braços dela como para lavar a quatro mãos e colei meu corpo ao seu. Com dois movimentos precisos de animal encurralado se livrou e foi para um canto me olhar retraída, sem pestanejar, temendo uma nova arremetida. Me aproximei e ela retrocedeu, ficando presa no canto. Estiquei minha mão para acariciá-la, ela me bateu. Respirava agitada.

"– Só quero tocar seu cabelo, como no outro dia – lhe pedi.

"Lentamente estiquei de novo minha mão. Sem perder sua pose de gladiador, se deixou tocar. Acariciei suas tranças e, pouco a pouco, me acerquei até que a aprisionei contra a parede. Ela tiritava e eu sentia em meu corpo o estremecimento de seu corpo. Cheirei-a – cheirava a lã molhada de ovelha. Com o côncavo de minha mão, peguei-lhe o queixo e levantei o rosto dela. Com os dedos pressionei suas bochechas para que abrisse os lábios, e a beijei. Ela manteve os dentes cerrados e começou a respirar pelo nariz. Lambi com suavidade seus dentes e gengivas. Quando minha outra mão agarrou seu seio grande e sólido e o pressionou túrgido, ela me empurrou com força e saiu correndo para se refugiar na sala de jantar, onde meus companheiros comiam a sobremesa. Dedicou-se a levantar um por um os talheres, um por um os pratos, e a limpar as migalhas. Me olhou, do outro lado da mesa, como o guanaco ao puma.

"Decidi me retirar para meu quarto. Mas em vez de lembrar a polpa interior e molhada de seu lábio em riste, me veio a depressão e comecei a me castigar com a moral revolucionária, com o abuso que eu exercia em minha dupla condição de superioridade: de homem e de classe. Me atormentei longamente com essas punições, me disse que estava atentando contra o proletariado, que se tratava de um cruel desvio burguês, desvio que não poderia erradicar a menos que me propusesse com absoluta convicção, e para isso acudi às leituras enaltecedoras da moral futura, a moral socialista, a de *Assim se temperou o aço*, a dos *Poemas pedagógicos* de Makarenko, a de *Em Cuba* de Ernesto Cardenal, inclusive a da experiência instrutiva de Neill, chamada *Sumerhill*, um projeto educativo libertário dentro da estrutura capitalista. Inspirado no rigor da moral revolucionária, comecei a falar como os demais – 'por favor, obrigado, você poderia, o que plantam na sua comunidade: batata *k'ati* ou negra?...' –, mas, em vez de me responder como aos outros, ela o fazia com desplantes que me enchiam de raiva, e essa raiva se misturava com o desejo, tornando tudo uma grande confusão para mim. Por momentos a odiava e depois queria raptá-la. Eram sentimentos sem elaborações intelectuais. Não passavam pelo compromisso ideológico com a companheira, nem pelas concepções de igualdade de classes e de sexos, nem por compartilhar a luta revolucionária, nem por nenhuma dessas merdas. O que eu sentia era um desejo rústico, fulminante. Necessitava entrar nela. Escutar seus gritos de prazer, seus arquejos, mas também necessitava baixá-la do trono de madona e botá-la no seu lugar.

"Propus ao grupo realizar um assalto.

"– Recapitulando – comecei. – Para construir o verdadeiro instrumento político-militar do povo, sua vanguarda revolucionária, devemos submeter ao fogo da práxis nossos postulados teóricos. Os exercícios matutinos não vão nos levar à tomada do poder. Precisamos passar à ação.

"Com exceção do Tepepa, os demais me apoiaram, e cada um expôs seus próprios argumentos. Para mim, a operação seria um alívio. Enfrentar a morte daria ar à minha asfixia. Se a pele de Teodora me chamava como as sereias a Ulisses, a temeridade era a forma de me amarrar ao mastro e não prosseguir com esse desejo que às vezes considerava uma imoralidade e outras, um dever.

"Ofereci-me para o levantamento de informações, para o estudo de inteligência. Pisei na rua depois de um mês e pouco. Foi uma sensação estranha. A gente a esquece e a teme. O caótico movimento de carros e sua barulheira, a couraça dos transeuntes e o desaforo dos vendedores ambulantes são uma agressão ao mundo aquático da clandestinidade. Depois de duas semanas coletando dados, de medir tempos e movimentos, e ter desenterrado nossas armas, assaltamos uma remessa do Banco Nacional que era transportada, bem à boliviana, de táxi, com um policial e um empregado. Todas as quintas-feiras, aí pelas quatro e meia da tarde, faziam o mesmo percurso desde a sucursal da León de la Barra até sua sede central. Foi uma operação limpa, embora quase tenha se malogrado porque o policial, com essa estranha heroicidade dos aimarás que, ao se imolar, se encontram com sua verdadeira épica, decidiu sacar sua arma oficial, apesar de que o Anão B o tinha sob mira. Um rápido coronhaço do Anão C o nocauteou, evitando sua morte.

"Com o sucesso da ação, voltou a concórdia. Durante a festa, o Moma me propôs como o novo Superior, 'já que tudo correu bem, graças à correta condução do companheiro Eustáquio'.

"– Nem tudo é como pintam – disse o Tepepa, com uma chispa de fúria no olhar, e pôs seu copo sobre a mesa. – Me abstive de informar uma coisa, primeiro porque não quis introduzir animosidades, segundo para que estivéssemos relaxados antes da operação. Mas a consciência obriga. Poucos dias depois de ter chegado aqui, vi que o companheiro Eustáquio tinha intenções nada santas em relação a Teodora. Ele negou quando o interroguei. Mas, faz duas semanas, vi que tentava beijá-la à força. Eu peço um castigo...

"– Mentira! – eu disse antes que ele terminasse. – O companheiro Tepepa se vale de uma falácia para me desqualificar, porque me indicaram como Superior em seu lugar. Todos me conhecem e sabem que jamais poria em risco a segurança da organização por uma coisa dessas. E muito menos com alguém como esta companheira a quem todo revolucionário deve respeito, dada a sua condição humilde.

"Acusei-o de intrigante, e ele me chamou de puto – e os ânimos esquentaram. Desafiei-o: que fôssemos para o pátio resolver a coisa como homens. Ele sacou a Ruger e gritou: aqui e agora, seu merda! E os companheiros tiveram que desarmá-lo, entre imprecações e súplicas.

"– Vamos chamar a Teodora – propus agitado. – E sem a presença do companheiro Tepepa nem a minha, vocês a interrogam.

"Embora perigosíssima, era minha única carta. Chamaram Teodora. Foi como se tudo se incendiasse em mim, como se tudo flutuasse. As luzes se tornaram mais brilhantes, e a memória lembrava mais, ainda que se movesse com dificuldade.

"Teodora chegou com os olhos interrogativos, cheia de suspeitas. Ao nos ver tensos, em semicírculo, ficou nervosa. Olhou-me. Baixei os olhos com um sorriso de mansidão e, antes de sair, muito serviçal, recolhi o Kleenex que ela tinha deixado cair e lhe entreguei. Esperava que com esse gesto, quando me acusassem, ela se compadecesse de mim e me absolvesse.

"Depois de uma longa hora cheia de presságios, saiu sem nos olhar e foi para a cozinha. Os companheiros nos fizeram entrar.

"– Apesar de termos perguntado muito – disse Arturo –, ela nega que o companheiro Eustáquio a tenha incomodado.

"– Deve ter medo – insistiu Tepepa.

"– Talvez – respondeu o Anão C –, mas não temos outra fonte de informação. Formamos um comitê disciplinar que votou pela absolvição do companheiro Eustáquio das acusações imputadas. E recomendamos ao companheiro Tepepa uma maior cautela na hora de fazer acusações.

"– Sim? Mas que boa merda – disse o Tepepa. – Não sei quem manda eu me meter em confusão de rabo-de-saia. Enfim, coisa de *cholita:* 'Quanto mais apanha, mais ama.'

"– Mais respeito com a condição de classe da companheira – eu o repreendi, e os demais o ameaçaram: que se retratasse. Ficou um longo tempo engolindo bílis. Finalmente se desculpou, sublinhando que só se desculpava por causa da disciplina partidária.

"– Agora que o companheiro Eustáquio foi absolvido das acusações – disse o Moma –, proponho de novo que seja o Superior.

"Todos, menos Tepepa, votaram a meu favor. Nessa noite comprovei que todos dormiam e, com cautela de rato, fui ao quarto de Teodora. 'Obrigado', sussurrei através da fechadura e passei para ela, por baixo da porta, uma flor recortada em papel. 'Obrigada, moço', soou sua voz.

"Em minha condição de Superior, e com os quinze mil dólares 'recuperados' no assalto, dispus a mobilização da organização. Mandei Tepepa para bem longe, à Suíça, para arrecadar fundos de solidariedade; o Japo, a Paris, com a mesma missão. Jenny, Carola e Bebe deviam arrumar uma nova casa de segurança, um refúgio de retirada estratégica; Arturo despachei para Caracas para contatar a resistência no exílio; e o Anão C foi reorganizar nossa frente mineira, em Oruro. O Moma, o Anão B e eu ficamos, dedicando nosso tempo a fortalecer a frente universitária e a imprimir o *Ou Vai ou Racha,* o jornal de nossa tendência, na Bubulina, nossa grande militante gráfica. A reorganização deu uma arejada no ambiente de reclusão. Mas Teodora, por quem eu tinha armado toda essa nova disposição, quase não me falava, parecia ressentida. Já nem me olhava mais de esguelha.

"Carola nos informou que Justiniano Lijerón, apelidado de Matico Oriental, um dos mais altos dirigentes da COB (Central Obrera Boliviana), pedia uma reunião conosco. Sugeri que o Moma e o Anão B entrassem em contato com ele, pois, como o conheciam pessoalmente, Matico não faria os típicos reparos dos clandestinos. No entanto, sendo o Matico um dirigente importante, era de supor que os serviços de inteligência estivessem pisando nos seus calcanhares. Por isso, quando os companheiros estavam prestes a sair para se reunir com ele, marquei as dez da noite como hora máxima para que regressassem. Passada as dez, eu assumiria que haviam caído presos e levantaria acampamento, depois de limpar a casa de documentos comprometedores. Se fossem capturados, eles tinham instruções de resistir ao interrogatório e à tortura até essa hora, depois podiam revelar o que soubessem.

"Por fim havia conseguido ficar sozinho com Teodora, mas de tanto desejar esse momento me invadiu um súbito temor. Me tranquei para datilografar um estêncil de denúncia. Meus dedos se meteram entre as teclas; quis ler, mas as letras me escaparam; no segundo esforço físico meus braços inchados me fizeram preferir o chuveiro, que me fez fugir como a um gato. Fui procurá-la.

"Estava tomando banho e cantava seus agudos ritmos camponeses. Sem pensar, enfiei-me em seu quarto. Roubaria alguma coisa, um fetiche. A escuridão tornou visível a fresta cheia de luz que vinha do banheiro, entre a viga do teto e a parede. A água do chuveiro parou de correr. Subi na cama e espiei. Só a via por estágios. Estava sentada sobre o vaso e penteava o cabelo molhado. Vestia somente uma pequena camiseta BVD*, que mal lhe cobria o abdome. A pele das coxas era de um sépia mais claro e sua textura, mais delicada. Na comissura dos seios, como uma fronteira, os mesmos contrastes de cor, o sombreado e o bronzeado. Sua nudez estava delineada. Recolheu uma perna para cortar as unhas – e, por frações de segundos, pude ver o cofre aprisionado entre as coxas. Depois os cabelos a cobriram inteira como um capuz escuro de onde apenas saía seu rosto.

"Passei um longo tempo procurando os melhores ângulos, forçando a órbita para que meu olho entrasse pela fresta. Chegou até mim o suave perfume de óleo que a pele dela exalava. De repente, meu alarme interior fez com que meu olhar corresse para os números fosforescentes de meu relógio. Eram dez para as dez! Voei para o escritório, apressei-me a enfiar

---

* Bradley, Voorhees & Dia. (N.T.)

os papéis de importância numa lata grande, salpiquei querosene neles e botei fogo.

"– Teodora! – bati na porta do seu quarto, mas ela não respondeu. Temia uma incursão minha. – Teodora! Tenho de sair já! Olhe, se vierem outras pessoas, deixe entrar, entendeu? Seja quem for.

"Se não oferecesse resistência, a polícia teria consideração por ela.

"– Sim, senhor – respondeu.

"Parti duplamente frustrado: um, por haver perdido meus companheiros, e dois, por haver perdido bestamente o tempo que tinha preparado minuciosamente para ficar sozinho com Teodora. O velho temor à pele do tigre.

"Era uma terça-feira, lembro-me. As ruas estavam vazias e escuras. Dei-me conta de que, embora tivesse tomado as providências necessárias, não tinha pensado onde me esconder se as coisas tomassem o rumo que tinham tomado. Os hotéis estavam fechados para mim, pois havia uma estrita ordem policial de pedir documentos e informar imediatamente sobre todos os hóspedes. Embora o frio fosse intenso, minha única possibilidade era dormir ao relento, abrigado sob uma ponte, encolhido para me aquecer e agasalhado por meus braços.

"Uma prostituta caminhava à altura dos terrenos da ferrovia na Avenida República, pela Vita. Ela se ofereceu, eu hesitei. Experiente em suas artes, farejou minha disposição e insistiu. Avisei que não tinha carteira de identidade.

"– Não se preocupe, eu conheço o pessoal do hotel – me tranqüilizou.

"Fechamos em oitenta bolivianos por toda a noite.

"– Mas a grana antes de trepar, e você paga o hotel, que custa trinta – me disse com o desprezo que as prostitutas mostram quando negociam.

"Era gorda, a cara rebocada. Seu cabelo, um murundu avermelhado de raízes negras, estava queimado por tinturas baratas.

"Descemos pela América e dobramos para o Hotel Itália. O empregado recebeu o dinheiro e nos entregou a chave, sem nem nos olhar. Deitei-me vestido e aliviado, e disse para ela que só queria dormir abraçado com uma mulher, que minha mania era essa. A mistura de seu perfume barato com suas abomináveis particularidades me impedia qualquer outro contato.

"– Não quer trepar, então? – perguntou.

"– Se você não se importa... – respondi.

"– Não... Melhor pra mim. Mas pelo menos agarra uma teta, depois vai dizer por aí que passei a perna em você – avisou, e tirou do meio da blusa uma longa e magra carnosidade semelhante a um bofe fervido.

"Dormi profundamente. Fomos acordados por uma saraivada de batidas na porta. Me localizaram! – pensei. Mas era o empregado do hotelzinho ameaçando cobrar outro dia se não fôssemos embora imediatamente. Voltei a perambular pelas ladeiras com a impressão de que todos me olhavam. Comprei o jornal. Não falava das prisões. Liguei para as companheiras de apoio. Não as encontrei. Outra vez a perambular sem rumo. Tinha, no entanto, a intuição de que não havia acontecido nada. Só Teodora podia me informar. Arrisquei – fui, com cautela, ao armazém da esquina da casa. Normalmente, Teodora ia pelas onze comprar pão. Fumei vários cigarros, um depois do outro, e depois comi uns sorvetes e umas pipocas. Quando me dispunha a partir:

"– Moço! – a voz dela me assustou.

"Peguei-a pelo braço e a puxei para trás de um caminhão.

"– E os padres?

"– Ora, senhor, em casa. Cansaram de perguntar por você. Bem preocupados estão.

"– Mais ninguém veio de noite?

"– Ninguém.

"Cheguei furioso na casa, embora aliviado. Os companheiros se desculparam, explicando que o encontro tinha sido longe, nuns bairros novos que estavam construindo em Calacoto, e que não encontraram transporte para voltar a tempo.

"– Bem, Eustáquio – disse o Anão B com uma careta –, o Matico*, que apelido!, o Matico, putz, um chefão! – fez os circunlóquios exclama-

---

* Pássaro, ou uma espécie de pimenta, ou erva adstringente usada em infecções vaginais. (N.T.)

tórios que caracterizavam sua maneira de falar. — Bem, Matico pede ajuda. Tem que reorganizar os quadros sindicais. Que tal, legal?! Normal, Pascual?!

"Estávamos avaliando a pertinência de trazê-lo a casa quando, feliz coincidência, as companheiras de apoio apareceram para nos informar que tinham alugado outra casa em Alto Sopocachi. Resolvemos dá-la a Justiniano, pois não estava queimada. O Anão B se ofereceu para acompanhar Justiniano, e assim Moma acabou como o último estorvo entre mim e Teodora. Seus penetrantes olhos de gato e sua constante ironia foram uma impertinente vigilância. Mas ele mesmo me deu a oportunidade de me desfazer de sua presença.

"Uma manhã, meu despertar foi demorado e suave. Teodora estivera me acariciando a testa. Pensei que havia decidido se entregar sem outras batalhas. Quis abraçá-la, mas ela se levantou rapidamente. Vestia sua saia de passeio e vinha se despedir. Averiguadas as coisas, era o seguinte: ela tinha jogado fora um estêncil que o Moma deixara, por descuido, na sala de jantar. Encolerizado, berrou com ela, chamando-a de '*imilla* inútil'. E, embora ela tivesse pedido desculpas, ele a botou na rua.

"Tentei restabelecer a calma, mas o Moma estava demasiado exaltado:

"— Se não tem nada com ela, como o Tepepa disse que tinha, bote-a na rua. Esta *imilla* mexe em tudo, olha tudo. Virou dona da casa. Ou ela está dando pra você? Um militante revolucionário preso pela pica não serve.

"— Não aceito essa agressão gratuita — respondi furioso. — Está botando em dúvida minha integridade moral e, com uma justificativa sem transcendência, quer se desfazer da companheira empregada. Olhe só! Você está vermelho e sorri só pra conter a raiva. Deixe de birra, Moma!

"— Não é birra. Esta fulana me deixa com um pé atrás.

"— Pois ela não vai pra rua com base num 'pé atrás'. Vou levar esse assunto pra reunião de célula.

"E assim foi. Na casa de Alto Sopocachi, com o Matico Oriental como testemunha, apresentei minhas alegações. Não perdi a oportunidade de chamar Moma de 'intrigante', e ele, picado, não pôde se conter e respondeu com zombaria:

"– O companheiro Eustáquio vê a *cholita* como se fosse a Brigitte Bardot. E ela, claro, se acha a Brigitte Bardot. Se a botamos na rua agora, protegemos os dois: ele da tentação de dominá-la e ela da tentação de se sentir proprietária. Uma dupla derrota do pensamento burguês.

"– Deixe de ironias, sua besta – eu disse. – Sugiro que se acalme e use seu veneno pra combater a ditadura, não a mim.

"– Não me acalme, nem me dê conselhos de titia, tá?

"Era justamente o que eu precisava. Larguei a bergamota que estava descascando e me levantei ofendido.

"– Estão vendo? Nem por bem! Eu não posso viver assim nem mais um minuto! Se não é este imbecil, é outro...!

"– Que é que foi, panaca?! – me cuspiu.

"Os companheiros intervieram para nos acalmar.

"Fiz-me de ofendido, gesticulei violências, sem palavras, sentei-me, levantei-me e acabei dizendo:

"– Olhe, decidam vocês e me avisem. Acatarei disciplinadamente o que desejarem, menos viver com esse bestalhão.

"Dei meia-volta e me fui, batendo as portas: sabia que o Moma não voltaria à casa de Pura Pura. Enfim sós, Teodora e eu.

"Encontrei-a lavando roupa. Estava iluminada por uma lâmpada que pendia de um prego e lhe dava um ar de mistério que só a luz pode dar em sua luta contra a penumbra.

"– Você vai ficar – disse. – O padre Moma não vai voltar mais.

"Olhou-me como se não compreendesse e continuou lavando. Apoiei-me na parede de estuque para vê-la esfregar, como os moleques da fazenda do capitão Mario. E, como nessa história, os seios saltavam cada vez que Teodora batia a roupa contra a tábua de cimento.

"– Gosta de mim? – perguntei.

"Ela me olhou de soslaio.

"– Você é muda? – perguntei de novo.

"– Sim – respondeu com secura de soldado japonês.

"– Se é muda, por que diz que sim?

"Não pôde reprimir um sorriso, que escondeu rapidamente.

"– Está rindo. Isso significa que gosta de mim.

"– Não – disse fazendo beicinho.

"– Não gosta?

"– É pecado que um padre fale desse jeito. Deus castiga.

"– Acha que eu ia brincar com Deus?

"Ficou muito séria. Puxei as tranças dela. Fez um gesto de-não-me-encha. Puxei-as de novo.

"– Eu gosto de você. E você, gosta de mim? – perguntei.

"Escondeu as tranças dentro da manta e paft!, estalou a calça contra a tábua do tanque. Tomei-a dela e saí correndo.

"– Me devolva, moço, me devolva, preciso terminar – perseguiu-me, entre insegura e insistente, em volta das cadeiras e da mesa da sala de jantar.

"Nesse pega-pega, seguiu-me escada acima, e, quando estava me alcançando, atirei a calça na escuridão do meu quarto, onde Teodora entrou sem se deter. Entrei atrás dela e fechei a porta. A luz da rua nos deformava.

"– Abra, senhor. Tenho o que fazer.

"– Não quero.

"Baixou a cabeça. As tranças se penduravam rígidas como uma fantasia de juta.

"– Deixo você sair se me der um beijo – lhe disse.

"– Não sou *wawa*, criança, pra que me beije.

"– Então me abrace.

"– Não.

"Aproximei-me e abracei Teodora. Senti de novo seu tremor de animal acossado e seu cheiro de campo recém-arado.

"– Viu? Isso era tudo. Gostou?

"Não se mexeu. Abracei-a novamente e sua respiração agitada atingiu minha camisa. Desabotoei-lhe o avental e ela começou a chorar como indiazinha e fez gestos inúteis para me deter.

"– Não brinque comigo, senhor. Tenho pai, mãe, irmãos, tios. Não me desgrace. Me deixe, por favor, sou donzela.

"Em vão invocou o nome de seus *apus* protetores e de outros deuses. Deitei-a na cama com uma rasteira. Ela virou o rosto e franziu os olhos. Nós dois estávamos com medo. Eu da ideologia, ela dos ancestrais. Percorrendo suas pernas com minha mão, levantei a saia dela. Estava nua por baixo. Como boa *cholita*, não usava calcinha. Passei a mão por seus pêlos e ela apertou a testa. Ao escutar o rrrrrss do fecho, lutou para me derrubar, mas devido ao meu peso era como se a tivesse presa numa chave. Corcoveou várias vezes para convencer seus *apus* de que não era sua culpa, que tinha feito todo o possível para evitar o desenlace.

"– Você vai gostar – sussurrei para ela com ternura, e me prometi ser delicado ao levar sua virgindade de donzela.

"Separei-lhe as pernas bobas que, moles, não sabiam o que fazer. Quando me sentiu em sua porta, gemeu um 'não', mas me abraçou. Depois abriu e fechou a boca como moribunda, como ave ao se sentir sufocada. Penetrei-a muito lentamente.

"– Não faça isso, senhor – suplicou, mas me atraiu para ela, cravando os dedos nas minhas costas.

"De repente, o grito pela honra perdida, a tenaz de seu abraço e um 'não' sustenido que era um convite me impediram de manter a têmpera. A clandestinidade, o rompimento com a moral revolucionária, Teodora como mito proletariado e camponês da ideologia, o estar vestidos, a dúvida de se a estava forçando ou se ela se entregava, o longo tempo de espera, o medo e a temeridade confabularam para me estancar quase de imediato. Me apliquei com afinco, investindo contra ela, fazendo-a respirar como um fole e me esvaziei. Fiquei estendido como um macaco morto, como uma meia no respaldar de uma cadeira. Quando me repus, acariciei a face dela.

"– Logo não vai doer mais. Agora vai ser mais legal, você vai ver – consolei-a, quando tive forças para falar.

"Ela se levantou e mostrou um rosto cruzado por muitas tristezas. Se esforçou para tornar mais evidentes as expressões de seu sofrimento, recolheu a calça molhada e saiu. Dali a pouco, voltou com um pano úmido e, na escuridão, me limpou c sexo. Talvez uma prática milenar transmitida de mãe para filha para o momento da perda da virgindade, um ritual de gueixa. Não é por nada que os índios também são asiáticos, cheios de maneirismos, invocações e segredos. Acendi a luz de cabeceira e vi os rastros de sangue no pano e as manchas residuais em meu membro. Entrei no banheiro para me lavar. Ao sair, Teodora não estava. Olhei pela janela que dava para o pátio – ela tinha voltado a lavar roupa. Apaguei a luz e fiquei um longo tempo deitado, com os olhos abertos e a mente em branco. Uns arranhões em minha porta me trouxeram de volta.

"– Ligue a luz – eu disse.

"Ela estava vestida para passeio com uma saia rosada e o *k'epicito* com seus pertences.

"– Aonde vai?

"– Já vou, senhor. Me pague os dias que trabalhei pra você.

"Saltei como uma mola e lhe pedi que se sentasse.

"– A roupa lavada está, tudo aprontei. Tou indo agora.

"– Não, Teodora. Fica, por favor. Vão me avisar pra ir pra Cochabamba e quero que você vá comigo. Certo? Vai ser muito legal.

"Ela se virou e se foi sem cobrar seus trocados. Me vesti voando e corri atrás dela. Na rua só se ouviam os latidos em morse dos cachorros em seus diálogos esporádicos e só se viam as toucas amarelas da iluminação pública, brilhando contra o aço negro das tampas dos bueiros e o quadriculado dos paralelepípedos. Mas nada de Teodora.

"Certamente ia contar tudo para as companheiras de apoio. Sem dúvida me expulsariam da organização. Com sorte me rebaixariam. Teria de voltar aos grupos de estudo e às reuniões idiotas de avaliação.

"Fiz ginástica até suar copiosamente. Antes de dormir me chegaram as imagens do Moma e do Tepepa me gozando, da Jenny e da Carola me esculhambando, da Bebe me justificando, e de Françoise me insultando. Acordei às seis da manhã decidido a correr na frente dos acontecimentos. Iria a Alto Sopocachi me confessar, mas diria que Teodora havia se metido na minha cama. Desci para a cozinha para preparar um café. Lá estava ela com seus modos milenares tirando biscoitos crocantes do forno.

"– Bom-dia – eu disse.

"Não respondeu. Botou manteiga nos biscoitos e os serviu num pratinho.

"Com um dedo, peguei seu queixo e a olhei nos olhos.

"– Gostei de ontem à noite, de verdade. E você?

"Botou uma cara bovina de descontentamento, e as contorções do choro começaram a vencer. Entre assoar o nariz no avental e pigarrear, me disse, afastando lágrimas:

"– Você não é padre como os outros, você é bem mau. Parece um índio qualquer.

"Abracei-a e a enchi de beijos – 'vamos, vamos, não chore, não chore'. Nessa manhã, para consolá-la, levei-a ao mercado. Foi feliz fazendo-se insultar pelas *k'ateras* ao lhes desprezar os produtos caros e ruins, defendendo os interesses de seu senhor. Esteve contente comprando o melhor para mim e ao melhor preço. Cozinhou alegre. Depois de almoçar, deitei-a no sofá da sala e dormimos abraçados. Escurecia quando acordei inchado e deslocado, como me acontece com as sestas longas. Ela me contemplava.

"– Você gosta de mim? – perguntei.

"Ela negou com a cabeça, mas imediatamente se refugiou no meu peito, e assim ficou até que a levei para cima. Liguei o chuveiro e comecei a me despir. Tapou os olhos, se virou de costas e quis ir embora. Retive-a. Apaguei a luz e a despi, apesar de sua resistência encarniçada. Meti-a embaixo do chuveiro morno – 'me deixe, senhor', 'não quero'. Tomamos banho juntos. Ensaboei-a inteira, lhe soltei as tranças e lhe passei xampu – os cabelos, abundantes e molhados, se tornaram muito pesados. Ela tapava suas partes e protestava – 'não sou *wawa* pra que me lave, senhor'. Penteei-a – 'como uma boneca me deixa', disse –, sequei-a toda e, enrolada na própria toalha, carreguei-a nos braços e a depositei na cama. Parecia uma Eva morena. Estendi seu cabelo negro, longo como uma cortina, e acariciei meu rosto contra os seios, mas ela não suportou as preliminares. O grande tempo do prelúdio a confrontava com suas próprias dúvidas e arrependimentos, e por isso quis ir embora. Tive que apressar o amor. Durante o ato, Teodora manteve o rosto coberto e os dentes cerrados, evitando a entrada de meus beijos. Ao terminar, brinquei com ela para relaxá-la, mas ficou mais tensa ainda. Teodora voltava a ser um enigma. Ter feito amor, ter aberto a primeira porta libertadora me levava a centenas de portas fechadas, principalmente às portas do prazer. Para ela, o prazer era o verdadeiro pecado.

"No dia seguinte, depois do almoço, quis lhe fazer amor sobre a mesa. Resistiu encarniçadamente. Repetiu, como fora de si, 'não, não, não' e, por fim, disse 'muita luz'. Foi apagá-la e correu para se trancar em seu quarto. Não houve jeito de dissuadi-la. Saiu de noite para preparar a janta, e eu, que a vigiava, me toquei para a cozinha e comecei a apalpá-la.

"– Agora não, moço, por favor – gemeu quando a abracei, e essa negativa me estimulou de novo.

"Outra vez a levei para meu quarto com enganos em que ela fingia acreditar, outra vez a puxei, me apressei, me derramei, e ela a se deixar devorar, a sofrer e a fugir, deixando-me com a sensação de ter lhe causado dano. Era sua maneira de não entregar a alma, de conservar intactas suas proibições. Apenas sentia que o vulcão da ação ou da paixão minguava, queria ir embora. A calma a enchia de uma vergonha insuportável. Somente a adrenalina lhe permitia continuar. Nessas circunstâncias era impossível fazê-la sentir com profundidade, conseguir que alcançasse o prazer com liberdade. Minhas palavras não eram chaves suficientes para abrir esses cadeados. Teodora se esforçava por viver o sexo com culpa, com extrema dor, com demasiada urgência para que fosse bom. Decidi, então, que minha tarefa mais nobre seria arrancá-la de sua ignominiosa repressão moral. Dar liberdade sexual a ela seria minha verdadeira realização revolucionária. E como para ela o sexo estava inextricavelmente ligado não ao prazer, mas ao estupro, à violência, nessa noite a amarrei. E pronto. Começou a chorar com o primeiro nó.

"– Aiiiiiiii, moço! – se lamentava. – Eu te peço, te imploro! Aiiiii! – se lamentava de novo, erguendo o lábio que eu chupei com empenho, enquanto continuava amarrando-a.

"Ficou em xis, esticada pelos pés e pelas mãos. Parecia fazer uma onda mexicana com os braços erguidos. Fui despindo-a com uma tesoura. Fiz um corte central em sua roupa. As saias foram a parte mais difícil. Claro, teria bastado levantá-las, mas eu procurava outra coisa. Desfolhei-a pano por pano. Do corpo dela se desprendeu um cheiro novo, não mais de campo ou de óleo, mas de grama. Quando acabou como fruta descascada, foi aquele berreiro. No começo com voz rouca e depois com agudos de desespero.

"– Éééééééé!, hi! hi! hi! iiiiiiiii! hi! hi! hi! ééééééééé! hi! hi! hi! iiiiiii!

"Meus desejos aumentaram. Contemplei-a inteira, cor de terra, deliciosa, jovem, magra e com uma ligeira barriguinha sob o umbigo. Desci rapidamente à cozinha e voltei com uma garrafa de azeite. Untei-a e lhe massageei o corpo. Ela chorou não só para me apressar, como principalmente para se sentir abusada. Mantive-me tranqüilo. Gemeu quando abri sua cortina íntima. Com dedicação lubrifiquei seu pequeno detonador, seu seixo que, como uma minúscula crista, havia se alertado com minhas carícias e com os gritos de Teodora. Me agachei e percorri com a ponta do nariz esse caminho que parte do quadril e pela virilha conduz aos sargaços. Me internei nesse emaranhado e lambi com dedicação sua pequena barbatana de esqualo. Arqueou-se como cavalo de rodeio, eu abraçado às suas ancas. Lambendo e lambendo, chegou até meus ouvidos o terremoto de seu coração. Levantei a cabeça. Estava com os olhos desorbitados, sem conseguir engolir, engasgando-se. Fiz uma pausa, pois senti sua pele cada vez mais febril. Seus poros abertos, em vez de transpirar, expeliam enxurradas do seu novo cheiro. Já não chorava. Descansava de uma sucessão de cataclismos. Quando recomecei, recomeçou o choro – já não queria mais (ou temia), voltou a corcovear, mas seus 'nãos' já não eram de queixa. Quando ficou totalmente molhada por seus próprios óleos, entrei. Apertou os dentes para suportar seus tremores e enrugou o rosto ao sofrer as mordidas da apoteótica fera interna que a despedaçava. Acabei com enorme prazer e ela ficou vários segundos como com febre terçã.

"– No prazer tudo é bom, nada é ruim – sussurrei para ela ao desamarrá-la.

"Levantou de imediato, tirando forças da fraqueza. As roupas ficaram amontoadas e amarrotadas como numa sala de corte e costura. Cobri

Teodora com meu sobretudo. Ela recolheu seus retalhos e me olhou com desgosto.

"– Amanhã vou comprar tudo novo – lhe disse enquanto se ia.

"Meus temores voltaram novamente. Vai ver, desta vez tinha me excedido...

"Dormi em seguida. Ao acordar, Teodora estava de pé num canto do quarto. Segurava a bandeja do café-da-manhã. O sobretudo estava pendurado no seu lugar.

"– Bom-dia – cantarolei e me sentei na cama.

"Ela colocou a bandeja no meu colo, retrocedeu dois passos e ficou esperando.

"– Obrigado, Teodora – sorri para ela. – Agora pode se retirar.

"Foi-se de cabeça baixa. O almoço estava maravilhoso, mas outra vez tive que despachá-la, pois ficou junto da cadeira, esperando que a convidasse a se sentar. Ao anoitecer, saímos para comprar roupas. Pegava cada peça nova com desculpas. Sempre esperando repreensões. Sempre temerosa.

"Na volta, não precisei amarrá-la. Se deixou foder.

"Quando terminamos, ao contrário das vezes anteriores, ficou deitada.

"– Teodora, você vai dormir melhor na sua cama – sugeri.

"Dessa maneira tive que ordenar nossa relação. Teodora estava querendo se apossar de um espaço que eu não queria lhe entregar. Queria se igualar ocupando meus territórios quando grande parte do meu prazer era tê-la subjugada. Assim, enquanto toda noite eu tirava mais um véu da repressão que mantinha a alma dela aprisionada, também a educava nas maneiras sofisticadas do bom serviço e do lugar que lhe cabia ocupar. Devia cobrir a cabeça com a manta quando entrasse para me ver, devia parar na porta em pose marcial durante as refeições, e me limpar a boca quando eu solicitasse, e encher o copo de vinho quando se esvaziasse. Todo dia devia preparar uma sopa sem repetir receitas e, quando saíamos para caminhar, devia fazê-lo com passos curtos, ligeiramente atrás de mim. Quando eu estivesse de pé, pelas manhãs, tomando sol e lendo o jornal no pátio, devia, como nas praças, me lustrar os sapatos. Mas sua melhor entrega era me coçar a cabeça sobre seu colo. Sua ternura, então, era tão maravilhosa que me fazia dormir o sono dos inocentes.

"Uma noite a convidei para ir ao cinema e, naturalmente, como medida de segurança, entramos depois que o filme tinha começado. Mostrei para ela que se sentasse numa poltrona atrás de mim e que, mal eu levantasse a mão, devia me botar uma bala na boca.

"Todo esse tempo foi minha gueixa. De noite minha amante, de dia minha empregada.

"No sábado me pediu permissão para ir à feira de Alacitas. Ao voltar, abriu seu *k'epicito* e tirou uma casinha em miniatura feita de cal, telhado vermelho e janelas verdes, que me entregou. Eu perguntei:

"– É pra que o corcunda, o deus Ekeko, dê uma casinha para você e para mim, com seu caminhãozinho e tudo, como aqui, com seu cachorrinho?

"Assentiu várias vezes.

"– Mandei benzer na catedral – disse com reverência.

"– E por que aqui o homenzinho vestido de noivo está atrás da mulherzinha vestida de branco?

"Baixou a cabeça e o queixo lhe tocou o peito. Murmurou alguma coisa entre dentes.

"– O quê? – perguntei.

"– Não tinha outra casinha – respondeu bufando.

"– E você gosta que eu vá atrás de você, como aqui?

"Negou com a cabeça. Beijei-a e ela se alegrou. Estava profundamente apaixonada – e isso explicaria muitas coisas. Também me deu um passe em miniatura, arroz e macarrão em pequenos saquinhos de algodoim e dólares do tamanho de um polegar. Foi correndo pegar em seu *k'epicito* um saco com ervas, me roçou a cabeça com ele e me enrolou serpentinas coloridas no pescoço, e nos demos abraços de felicidade. Também pegou uma garrafa de cerveja. E outra vez correndo trouxe da cozinha o abridor e dois copos. Encheu-os, viramos um pouco no chão – 'para a Mãe Terra', eu disse, 'para a Pachamama', ela disse – e, cruzando os braços, bebemos o conteúdo consumando o casamento de brinquedo.

"– Bem – me resignei –, e agora? Que presente de casamento você quer? – perguntei.

"Pediu-me para irmos juntos ao parque Los Monos como a uma esperada lua-de-mel. Queria se mostrar comigo no passeio dominical de sua gente! Fui com óculos escuros pra não ser reconhecido, e ela caminhou, como sempre, atrás de mim. Comemos pipocas e doces, fomos aos brinquedos mecânicos, e me olhou atirar com um fuzil de ar comprimido e jogar bolas contra uns patos de borracha. Um ensopado de charque, bem servido, foi o almoço no final da tarde num importante local familiar, freqüentado por caminhoneiros e comerciantes prósperos. Misturou a cerveja com coca-cola e concordou com todos os meus comentários, exibindo uma estrita etiqueta feminina aimará.

"Várias vezes tinham me convocado para as reuniões na casa de Alto Sopocachi, mas argumentei sempre que estava doente. Não tinha vontade de me vincular com esse mundo tão alheio, engomado e dogmático. Com isso de 'disciplina partidária, o companheiro e o Superior' e esse papo todo. Eu estava num ritmo mais tranqüilo, colhendo frutos.

"Consegui que Teodora se animasse a pegar meu sexo – e o fez com muita curiosidade e fascínio. Fechou os olhos e o memorizou. Aproveitei sua entrega para descer até seu cofre e voltar com suas linfas em meus lábios. Pela primeira vez abriu os dentes para me beijar e depois se abandonou a uma intensa excitação. Aproveitando sua recente libertação, conduzi suas mãos a seus seios e com suavidade a incitei a que se acariciasse. Gostou. Inclusive beliscou os mamilos. Com a mesma delicadeza transportei suas mãos até a sua caverna para que ela agisse como desejasse. Virou os olhos, e os sons de lira e os cheiros de pecado ocuparam o quarto. Eu comecei a me masturbar, e ela, com os temores esquecidos, se atreveu a esfregar seu sexo contra meu quadril, depois abriu as pernas para se entregar profundamente.

"– Vamos, peça que eu meta mais – sussurrei, e ela, com lentidão, saiu de seus torvelinhos profundos para olhar sem me ver, abriu a boca e uns sulcos de saliva encarceraram a declaração. Balbuciou.

"Como sempre, seu corpo conspirava para omitir as palavras. Botou olhos de opiômana e voltou a descer às profundezas do êxtase. Terminamos enganchados e pegajosos. Apenas saiu da inconsciência, cobriu com lentidão suas partes e armou novamente um rosto implorante.

"Servido como imperador, igual a Gauguin na Polinésia, me senti realizado. Teodora, no entanto, emagrecia inexplicavelmente. Ficou lânguida, ao mesmo tempo em que desprendia com maior vigor seu cheiro de óleo e um suave perfume de ervas. Um meio-dia, depois do almoço, eu a vi tremer ao pegar a bandeja. Temi que estivesse grávida; ela negou. Por casualidade olhei a lixeira e ali descobri toda a sua comida. Aos meus porquês, respondeu com 'não sei'. Olhei a parte baixa do olho, estava amarela. Tinha anemia. Animado pela investigação, continuei procurando e, sob a pia da cozinha, encontrei uma panela com ervas fervidas: alecrim, tomilho, louro. A água estava morna. Mostrei meu achado, e ela se pôs a chorar. No começo não quis me contar, mas finalmente concordou. Desde menina havia escutado que os chamávamos de '*imilla* nojenta, índio porco, chola fedorenta', e não podia esquecer o gesto repetido pelas pessoas brancas, nos ônibus, procurando com o nariz as janelas para não se asfixiar com os vapores genuínos. Me contou que, depois da primeira noite em que fizemos amor, começou a tomar banho duas vezes por dia, além da ducha suplementar que eu lhe aplicava. Deixou de comer para não cheirar a frituras e começou a tomar água de ervas para cheirar bem. Quando se sentia demasiado fraca comia um pouco de milho fervido. Beijei-a e abracei dizendo 'bobinha, bobinha, de agora em diante vamos comer bem, certo?' Ela olhou o chão, agradecida porque não a tinha repreendido.

"Vigiei para que tomasse uns comprimidos franceses de fígado liofilizado que vendiam naquela época e que comesse também fígado de gado, o que lhe provocava náuseas, mas eu, com a severidade de um médico medieval, obrigava-a a deglutir.

"Estávamos sentados à mesa – permissão temporária que lhe dei até que se curasse –, numa dessas vigilantes sessões alimentícias, quando a campainha violentou a terapia. O Moma entrou sem me cumprimentar e me recriminou diretamente por minha falta de atividade. Depois nos olhou, alternadamente, e esboçou um sorriso.

"– Você, como Superior, Responsável, é um irresponsável. Por isso foi destituído do cargo. E o novo Superior, adivinha quem é? Eu. Como primeira medida, me foi encomendado que repreendesse severamente sua atenção.

"– Tenho anemia – lhe disse com dolorido orgulho.

"– Não me diga – arremedou-me com seu sorriso de Cheshire. – Deve ser gonorréia – concluiu.

"Fiz caso omisso de sua insinuação e mandei Teodora trazer os comprimidos de fígado liofilizado e o fígado fervido.

"– Puta merda! – assustou-se. – E já melhorou?

"– Já estou melhor – respondi com a resignação do herói incompreendido.

"– Puxa, ainda bem, porque agora, como seu Superior, peço que prepare uma prestação de contas da grana da operação anterior. Passo também a informar você que Arturo dirige o Comitê de Exilados Bolivianos em Caracas, e pro Tepepa, como sempre, prometeram fundos de solidariedade. Mas está se enturmando bem. Em Paris, o Japo vê regularmente o pessoal da CFDT* e de outros sindicatos. O Anão C cresceu muito nas minas e pede apoio econômico e político. Finalmente, em Alto Sopocachi, instalamos uma oficina rústica de documentação (falsificação de documentos, sabe como é?). Isso pelo lado bom. Pelo mau, o povo morre de fome, a ditadura etcétera, o imperialismo etcétera e outros etcéteras mais, de modo que tomamos a decisão de fazer uma nova operação.

"– Uma recuperação?

"– Sim. A remessa de salários do Banco Mineiro. Uns duzentos mil dólares, por aí. Fácil. Uma caminhonete da Comibol* e nem um segurança, nem um tira. Apenas o motorista e dois empregados.

"– Vamos roubar os trabalhadores mineiros?

---

* Confédération Française Démocratique du Travail. (N.T.)
** Companhia Mineira da Bolívia.

"— Não. O Banco Mineiro repõe os salários. Com uns dias de atraso, mas paga tudo.

"— Como o assalto de Calamarca.

"— Sim, como Calamarca, só que nós não vamos matar ninguém a sangue-frio, nem vamos cometer os erros que cometeram os de Calamarca. Já está tudo preparado. Requisitamos um táxi para a interceptação. Está na garagem de Alto Sopocachi. O Anão C chega hoje para nos apoiar. Além disso, somos: você, o Anão B, a Jenny, a Carola e eu.

"— E Justiniano?

"— Organizando uma ampliação da COB em Oruro.

"— E a Bebe?

"— Está com enjôo. Esperando família para o Anão B.

"— Opa lá! E a opereta, para quando?

"— Depois de amanhã. Hoje e amanhã tem reuniões de coordenação.

"— Puta que pariu! E só agora me avisam?

"— Porra, desculpe, cara, devíamos ter mandado um convite, mas como você tem a Bubulina, não pudemos imprimi-lo. Mil perdões, arquiduque.

"O táxi requisitado era muito velho, e o levantamento de informações não era preciso. Falei disso na primeira reunião, mas estavam convencidos da facilidade que seria o assalto.

"Na noite anterior à ação, eu estava nervoso. Teodora me deu banho, me secou 'como a uma *wawa*', como ela dizia, me vestiu e me acariciou a cabeça com seus dedos de fada até que dormi. Parti às cinco da manhã. Ela já estava de pé com meu café quente.

"— Vai voltar, senhor? — me olhou com tristeza.

"— Claro, bobinha — respondi.

"— Perdão, senhor, queria dizer que gostaria que o senhor, um dia, me fizesse... aquilo... no campo, eu olhando o céu e você olhando a terra. Com as ovelhinhas e o vento em roda.

"— Eu prometo, Teodora. Vamos fazer assim.

"Ao sair, senti como que um *déjà-vu*, como se tudo tivesse me acontecido antes. E senti um vazio no corpo.

"A operação foi um desastre. Interceptamos o veículo do Banco Mineiro no lugar marcado, mas, apenas quisemos tomar nosso objetivo, duas caminhonetes dos serviços de inteligência, que chamávamos de Brancas de Neve, nos sapecaram a bala. Estavam nos esperando. Respondemos ao fogo para cobrir nossa retirada e partimos na máxima velocidade que o carro, velho e muito carregado, nos permitia. Buscamos despistá-los pelo labirinto da cidade de El Alto, que Carola, que dirigia, conhecia bem. Mas em cada esquina aparecia outra Branca de Neve, certamente monitorada por *walkie-talkie*. Ao entrar na Ciudad Satélite, que recém se construía, a Carola embicou para um precipício que dá para a cidade de La Paz e, bem na borda, freou em seco.

"– A pé, e pernas pra que te quero! Não tem outro jeito – gritou desesperada.

"Saímos em disparada, botamos fora as armas e, aos tropeções e rolando, descemos o morro. Os tiras não esperavam por essa. Conseguimos ganhar segundos valiosos. Mas agarraram a Jenny, a mais atrasada. Nossa primeira baixa. Chegamos ao mato de Llojeta e dividimos as linhas de fuga. Eu continuei descendo até Tembladerani e tomei uma rua estreita e diagonal. Dois tiras me seguiam de longe. Dobrei uma esquina e depois outra. Já não me agüentava mais de cansaço. Lembrei do Tepepa e tive saudade de seus exercícios matutinos de resistência física. Um ônibus da linha número dois, salvador, cruzou por mim. Me virei e não vi meus perseguidores. Abordei o carro, me sentei na janela contrária para não estar à vista dos policiais. Para mudar de aspecto, joguei meu casaco num esgoto, me despenteei e sacudi minha roupa empoeirada. Dali a pouco, o ônibus se encheu de gente. Me acalmei um pouco, mas, umas duas quadras mais abaixo, as Brancas de Neve tinham levantado uma barreira. Abotoei o colarinho da camisa ao estilo dos camponeses e me retraí. Subiu um tira e, obviamente, o único que pegou foi a mim.

"– Quéqui fiz? – perguntei várias vezes usando o sotaque indígena que tinha aprendido com Teodora e que estava usando para me mimetizar no bairro.

"Um 'durão', picado pela varíola, e de típicos óculos escuros, me entregou a outro com um empurrão.

"– Bota o guerrilheiro na caminhonete.

"– Não sô guerrilhêro, sô dos campo – acrescentei.

"Revistaram-me os bolsos. Felizmente não levava nada.

"– Onde mora?!

"– Aqui incima, cum meu tio Recaredo, na rua Quebrada Honda.

"– Documentos!

"– O escrivão tem. Tá fazendo os papel das terra e dos gado que tenho em Larecaja – respondi.

"Hesitaram um instante e se olharam.

"– Parece, mas não sei, não. É branquelo demais. Levem ele! – ordenou o durão. – Vamos checar na central.

"Algemaram-me, botaram-me um capuz e me deram outro empurrão. Pus o pé no estribo da Branca de Neve. Tinha sido uma besta ao escolher o papel de indígena. Podia ter escolhido o de um lúmpen, o de um artista tipo o Picasso, alguém mais ocidental, mas o de um índio?! Mas agora já não podia voltar atrás, devia manter meu papel. Minha vida dependia disso. Outro empurrão e caí como um saco de batatas sobre uns corpos, certamente de meus companheiros. No trajeto nos insultaram – 'filhos-da-puta, vamos fazer como fizemos com Che Guevara, vão se cagar, assassinos do soldado boliviano.' 'Pare!', guinchou alguém, 'aqui mesmo passamos o ferro neles e dizemos que foi em combate.' O carro parou e nos golpearam as cabeças encapuzadas com as coronhas dos revólveres.

"Nunca soube para onde nos levaram. A porradas nos fizeram subir umas escadas, e se caíamos nos levantavam também a porradas. Tinha muito medo. Muito. A escuridão do capuz só me fazia esperar golpes. Cada pequena trégua era um oásis. Contei quatro andares. Ali nos esperava um comitê de recepção. 'Putos de merda!' – socos de ambos os lados, era um beco escuro –, 'não senhor, por favor!' – a voz da Jenny –, 'comunistas filhos-da-puta!' –, golpes, chutes – 'ai ai ai ai ai' – o Anão C –, 'comuna bom é comuna morto', 'aiiiii, me arrancaram um olho, estou cego' – era o Moma, teatral até o fim. Nos encerraram em peças separadas. Eu estava todo machucado. Quis descansar, mas meu ouvido temeroso me trazia o atropelo da captura. A porta rangeu, e outra vez senti medo. Entraram várias pessoas – 'venha, merda!' –, e me levaram para outra peça, me fazendo quicar como bola de borracha. Tiraram meu capuz e um facho de luz me queimou os olhos. Com minha pronúncia camponesa, repeti minha versão.

"– Sô dos campo! – insisti.

"– É muito branquelo – disse a voz serena de um *chapaco*.

"– Na minha casa eu branquelo sô. Não conheço meu pai, só minha mãe – garanti.

"– Ah, é meio órfão o orfãozinho. Dizem que você é o cabeça – me acusou uma voz irritada.

"Voltei a negar. Então vi as primeiras estrelas dos choques elétricos. Eu era um edifício, e a eletricidade era uma serpente de escamas de vidro que me circulava pelas vigas, debaixo do parquê, pelo meio do cimento, e ronronava no telhado. Nada escapava inteiro. Toda a minha estrutura sofria, até as pias e os vasos.

"– Mmmmmmhh! – me tornava epilético, e quando a coisa parava, eu aproveitava para gritar: – Ai ai ai ai ai! *Atatau!, atatau!*, ai ai ai ai ai, por favor! Pare, senhor, por favor!

"– Vamos ver: luz! – gritou a voz do *chapaco*.

"E a luz iluminou a sala mostrando-me o Moma, a Jenny, a Carola e os dois Anões com cara de pânico, pois tinham sido testemunhas de minha tortura. Não nos olhamos, de propósito, temerosos de que apenas o olhar nos delatasse.

"Os tiras estavam com toucas de alpinistas.

"– Qucimou o filme desses filhos-da-puta. Coitadinhos. Não sabem, não? Não se conhecem, não é? De costas, vamos! – ordenou, e nos pusemos de cara contra a parede.

"Iam nos fuzilar? Ouvi que se abria a porta, um 'entre-entre, por favor, senhora'. Um tira, a meu lado, sussurrou: 'É a mulher do tenente Nina.' Os passos chegaram até mim e me nublou o coração, porque senti o cheiro dela, linóleo e ervas. Era Teodora e seus perfumes.

"– Esse! – disse. Sua voz era a mesma, mas esquisita, com um timbre autoritário, uma ronquidão de metal.

"– E este, que diz que não? – perguntou o policial.

"Tinha me denunciado? Soou o golpe seco da culatra e com um ai! abafado o Anão B caiu no assoalho. Outro 'esse!' e um 'claro, eu sabia que este também era um filho-da-puta!', e outro golpe e o 'ai!' do Moma, e outro e outro, e os ais de meus companheiros e companheiras. Só faltava eu. Estava esperando o golpe, mas uma discussão entre sussurros – 'é muito branquelo', insistia um, 'foi o que eu disse', dizia o outro, 'tem certeza, senhora? Porque parece que é do grupo'. O *chapaco* duvidava. E o chicote da voz metálica, que não era da Teodora mas era da Teodora, soou às minhas costas:

"– Não ouviu, camarada?! Em que idioma tenho que falar? Este não é do grupo! Eu sei, não vê? Eu me arrisquei lá, não fiquei aqui coçando o saco como vocês. Eu vi, eu sei. Este não é!

"Como estaria vestida? De policial? Com saia tubinho de Mata Hari, ou com as saias de *chola* que eu havia comprado para ela? Devia lhe agradecer por dar uma de madrinha ou estrangulá-la por ser uma filha-da-puta? Além disso, como me fizera acreditar que era virgem se era a esposa de um tira chamado Nina? Tinha sido tão difícil penetrá-la... E o sangue de sua virgindade! – pensei nesse momento, não sei por quê.

"– Vamos, tenente, dispensa esse bobalhão, que pelo jeito é índio mesmo apesar de branco. Não sei que merda faz aqui! Largue ele por aí! E os 'doentinhos'... leva pro capitão Veneno, que ele tem o remédio.

"Puseram-me o capuz e, como os papagaios, pude descansar nessa escuridão. Escutei os sons amáveis de um escritório. Vozes descontraídas de burocratas. Buzinas e motores da rua. As teclas de uma máquina de escrever começaram a batucar meus dados. Perto de mim, escutei dois tiras comentarem em voz baixa: 'É foda a mulher do tenente, do Nina, de Especiais. Pegou todos eles, cara. Muito bonita, não? Caladinha, parece meio mosca-morta... É fodona, cara! Nem te conto. Quieto, tá vindo aí.' Um 'oi, camaradas!' precedeu seus passos que avançaram até mim. 'Boa-tarde, camarada', os dois lhe responderam. A madeira do banco em que eu estava sentado cedeu com outro peso. Meu coração latejou com força. Senti o cheiro dela, estava a meu lado. Sua perna roçava minha perna.

"– Tchau, moço – me sussurrou ao ouvido a verdadeira Teodora.

"Ela levantou, e seus passos policiais a levaram.

"Quando me tiraram o capuz, a rua estava diante de mim.

"– Não se vire, porra! – me gritaram.

"Caminhei como Frankenstein. Apenas duas quadras depois meu corpo relaxou e me pus a tremer. Parti direto para Desaguadero, a fronteira peruana, pedi asilo político e fiquei no exílio até o ano setenta e oito, ano em que a greve das donas-de-casa mineiras reconquistou as liberdades democráticas e se conseguiu a volta dos exilados."

A sala começou a aplaudir a exposição, mas Armandito a deteve com um gesto.

"Permitam-me encerrar minha intervenção com um epílogo. Nossa organização se pulverizou porque no fundo estava destinada a desaparecer. Também desapareceu nossa tendência porque nosso guru dessa época, o pastor Recaredo Stanley, fugiu com a miss Trinidad y Tobago para Cartagena das Indias. Ali criou raízes, abriu um café para turistas e, como os velhos republicanos espanhóis, dizem que se sentava para contar histórias a quem quisesse ouvir. Meus companheiros foram torturados, presos, mas sobreviveram, e o tempo agiu como a bola branca do bilhar: mudando para sempre o rumo das bolas que no começo estavam juntas. Hoje, Jenny e Carola trabalham num programa das Nações Unidas para educar meninos de rua; o Anão C é consultor em assuntos econômicos e financeiros; o Anão B não abandonou a juventude e, quando o vejo, me fala emocionado sobre seus trabalhos esporádicos; a Bebe trabalha como mouro porque tem três filhas e as *wawas* crescem; o Japo é funcionário internacional; Tepepa ficou na Suíça sonhando em voltar para abrir um hotel; o Matico Oriental atende numa loja de materiais de construção; o Moma, apesar de seus olhos verdes, arrebenta os tambores num grupo musical de negros em Lima; e Arturo morreu em Boston. E eu? Eu fiz uma bela carreira em ONGs.

"Ocasionalmente me encontro na rua com meus companheiros dessa época. Nos cumprimentamos como velhos amigos, embora eu perceba neles sempre a amargura pela suspeita de que os tivesse traído, e mesmo que eu saiba a verdade da história, carrego a culpa de não haver compartilhado seus sofrimentos.

"Também me casei, mas com uma mulher de minha classe social, embora minha paixão pelas mulheres como Teodora nunca tenha me abandonado. É uma coisa que faz parte de mim.

"Num entardecer, dez anos depois, encontrei Teodora na esquina de Junín com Yanacocha. Bonita como sempre, embora com o corpo desfigurado por parir tanto. Carregava uma penca de filhos: uma *wawa* de poucos meses nas costas; em uma mão, dois filhos, um de oito e outro um pouco menor; e na outra mão, uma menina, não muito parecida com ela, de uns cinco anos. Ficou surpresa ao me ver e rapidamente seu olhar fugiu. O que poderia me dizer? Parecia uma matrona que monitora filhos mendigos e não uma policial como costumava ser antigamente.

"– Teodora! – chamei.

"– Como está, senhor? – falou com amargura, o lábio saliente e rachado.

"– Bem, Teodora, bem. E você?

"Assentiu com a cabeça. Já não tinha mais tranças de índia, usava corte de *birlocha**.

"– Bem também, obrigada – respondeu. – Vamos, crianças – ordenou à sua prole. – Até logo. Prazer em ver o senhor.

"– Levo você, tenho carro – ofereci.

"– É que vivo longe, muito. Em El Alto.

---

* Literalmente, cometa. Mas também índia ou mestiça que começa a seguir os padrões de beleza ocidentais. Usa jeans, por exemplo, embora continue carregando os filhos nas costas em mantas. (N.T.)

"Insisti. Sua menina se levantou na ponta dos pés e fez uma flor com a boca para me dar um beijo. Baixei minha bochecha e o recebi. Peguei minha pequena cúmplice pela mão, e Teodora teve que me seguir. Todos, inclusive ela, se sentaram na parte de trás da caminhonete. Talvez por essa estranha forma local de reverência, ou talvez porque lembrou minhas severas regras, na casa de Pura Pura. Demorei a convencê-la de que se sentasse a meu lado. Ao entrar na auto-estrada, olhei pelo retrovisor. As crianças, estupefatas, cochichavam e descreviam o estômago do monstro de ficção científica que era minha flamante Toyota. Senti o bodum deles pela falta de banho, mais notório ainda devido ao suave perfume de couro do estofamento. Controlei o impulso de abrir a janela e ventilar esse bafio. O mais travesso dos meninos acionou um botão e acendeu a luz. A mãe o repreendeu.

"– Deixa eles. Há quanto tempo, hem, Teodora?

"– Sim, senhor, anos.

"Tantas vezes, todos esses anos, a tinha recriminado em minha imaginação e agora não sabia o que dizer.

"– Seu marido, o tenente Nina, deve ser capitão agora, pelo menos. Ou talvez mais, não?

"– Não vejo ele faz tempo.

"– Puxa, Teodora, sinto muito. Eu me casei, tenho dois filhos.

"– Homenzinhos?

"– Sim, homenzinhos. Gostaria de ter tido uma menina. São mais carinhosas com os pais, mas... não veio.

"– Deus dispõe, senhor.

"– E está casada agora?

"– Não, senhor.

"Olhei a *wawa* de alguns meses em seu regaço. Atrás, as crianças tinham dormido, uma por uma, e por um segundo imaginei que, se as coisas não fossem como eram, essas crianças deveriam ser minhas. Claro que limpas e elegantes. Na menina pequena de boca como flor, tão desenvolta e graciosa, eu poria prendedores e fitas nos cabelos, a vestiria com uma camiseta da Barbie, e ela, com essa truculência feminina e milenar, me diria 'papaizinho querido' cada vez que quisesse alguma coisa, e eu me babaria para comprazê-la. E quando crescesse, me ocuparia de repelir todo gavião que se aproximasse dela. Mas assim são as coisas. Cada um em seu gueto. Os índios com os índios, os mestiços com os mestiços, e nós com nós mesmos.

"Ao chegar ao topo de El Alto, Teodora me pediu que a deixasse lá. Eu me neguei redondamente, a levaria até a própria porta de sua casa – e direita, esquerda, esquerda, esquerda, direita, fomos nos internando por esse labirinto marginal e pobre, de ruas de terra, luzes esporádicas e mortiças e águas estagnadas. Não falamos. Cada um lembrava ou talvez resistisse a lembrar.

"– É aqui, senhor – me disse ao chegar a uma esquina, e começou a acordar seus filhos. – Vamos, andem! Dêem tchau pro senhor e avisem a Taqui que cheguei.

"Entregou a *wawa* ao menino maior. A pequena andou em volta da caminhonete, tocou o vidro e se despediu com outro beijo, que obviamente não foi grátis.

"– Vai aparecer pra nos levar a passear, né? Eu, mais meus irmãos, minha avó e minha mamãe também, né? Mas eu vou na frente.

"– Bem – eu disse.

"Antes de ir, me perguntou:

"– Por que o senhor chama minha mami de Teodora?

"Teodora a despachou com um grito e a menina se foi a toda.

"– Obrigado, senhor, por nos trazer – disse.

"Olhava o chão. Estendeu a mão, mole como sempre. Era cheia de calos de tanto lavar, carregar, cortar e se queimar.

"– Teodora, veja suas mãos. Valeu a pena? – eu disse sem premeditação.

"Olhou-me com seus olhos negros, ingênuos e interrogativos, que me trouxeram a Teodora de Pura Pura.

"– Valeu a pena trabalhar de informante? De dedo-duro? – fiz uma pausa para não continuar com os qualificativos que tanto tinha desejado lhe dizer para lhe demonstrar sua infâmia, sua pequenez.

"– Muito trabalho fiz, senhor. Às vezes não dá pra escolher.

"– Mas até a prostituição é mais nobre... Pelo menos, se tivesse tirado algum proveito. Agora tem uma *wawa* quase recém-nascida e até seu pai, o tenente Nina, abandonou você.

"– O Nina não é o pai dela. Outros são os pais das crianças – sorriu, entregue ao destino.

"– Todas de pais diferentes? Mas Teodora, que barbaridade!

"– 'Gosto de você, não gosta de mim? Bem que muitos outros insistiram. 'Vou levar você pra viver comigo', me disseram, e aí estão as *wawas* de cada um.

"Dessa vez eu me calei. A vida costuma avançar numa desordem cruel, e a percebemos assim, quando, por instantes, se detém. Teodora rompeu o silêncio.

"– Vi vocês na tevê. São gente importante: você, os padrezinhos, as garotas, a Jenny... É, aparecem na tevê de vez em quando...

"Ficou olhando ao longe. Era a hora mágica de La Paz. O sol velho, antes de morrer, pinta a cidade com suas melhores luzes. As neves do Illimani começaram a nascer lilases, para iluminar a noite.

"– Você me meteu um medo danado aquele dia na polícia, com sua voz de durona. 'Não ouviu bem, camarada?!' Puxa, você não se parecia com a Teodora que eu conhecia. Mas qual você é: a que escutei aquela vez ou a que conheci na casa? Camponesa ou agente da polícia?

"– Com quinze anos, pela primeira vez, cheguei aqui na cidade. Camponesa era. Depois aprendi a voz de *k'atera*, de sargento, de anunciadora de ônibus, de *pajpaku*. De tudo.

"– Tudo bem, Teodora, mas valeu a pena nos trair, ser uma delatora?

"Ela ganhou uma estatura que somente o tempo proporciona.

"– Os padrezinhos nunca fariam aquelas coisas que você me fazia fazer: limpar sua boca enquanto você comia, ou botar a manta na cabeça pra entrar pra ver você, como a Deus na igreja. E até me amarrar. Não. Nunca teriam feito. Mas a humilhação deles foi pior: tinham pena de mim. E se sentiam muito bons por me insultar assim, por ter compaixão. Você não, senhor. Era mau, era muito mau, mas também era... de outro tipo. Me olhava como a uma mulher e não como a um bichinho. Nunca pude suportar essa pena de desprezo. Agora tem 'ajudantes' gringos e 'padrezinhos' de verdade, de gravata, por todos os lados, mas são da mesma laia. Falam como se a gente fosse uma ovelha.

"Começou o frio. Um transeunte passou chutando pedras e os cachorros conversaram entre eles desde longe. Na outra esquina apareceu um caminhão, levantando poeira.

"– 'Com o general vamos fazer esses *kharas* branquelos se cagar, comunistas de merda.' Foi o que o Nina me disse. Era meu marido há pouco, quando se deu o golpe militar. 'O comunismo vai nos levar tudo', dizia, 'e não vai nos deixar nada', me ameaçava. '*Pongo**, escravo, outra vez vai ser, e vai trabalhar grátis pra eles, se não ajuda.' E assim fui trabalhar com ele no Ministério, onde naquele dia levaram vocês presos.

"– E que tanta coisa você tinha para que os comunistas tirassem? Que tanta coisa tinha a perder?

"– Pois é, a gente quando é jovem acredita em coisas. Por acaso você também não acreditava e agora não acredita mais? Mas tem razão, senhor – disse olhando sua história –, não valeu a pena. Tarde aprendi que nós sempre perdemos, mesmo quando ganhamos. Vocês, em troca, mesmo que percam sempre ganham.

"Bateu as mãos e escapou-lhe um sorriso amargo.

"– Mas... também é culpa nossa, né? A gente gosta de pedir e pedir, e que nos digam 'pobrezinhos', 'olha a esmolinha', 'coma essas sobras', 'espera aí, eu vou reclamar por você'. Tsk, tsk. O que é dado é sempre o mais caro. Sempre mais caro, o que é dado.

"Voltou de seu sonho de dúvidas e angústias com as mãos como tenazes.

"– Me desculpe, senhor. Digo besteiras... Você que me faz falar. Vou indo. Obrigada, senhor – entreabriu a porta.

"– Teodora, como você me fez acreditar que era virgem?

"Ela não esperava a pergunta. Ficou séria.

---

* Índio que trabalha numa fazenda e que é obrigado a servir ao proprietário, durante uma semana, em troca da permissão pra semear uma fração de sua terra. (N.T.)

"– Não, não estou censurando você – esclareci. – Quero saber somente como você fez. Fez muito bem. Eu estava convencido que... que você era...

"Uns arranhões na janela cortaram minha gagueira. Uma menina maiorzinha vinha buscar Teodora.

"– Mãe, a vovó tá chamando – disse.

"Teodora acabou de abrir a porta.

"– Taqui, cumprimente o senhor. Senhor, é a Taqui, minha filha mais velha.

"Era uma menina muito bonita. Era Teodora com dez ou onze anos, mas com uma presença que Teodora nunca teve. Meteu meio corpo na caminhonete e me estendeu uma mão firme.

"– Boa-noite, senhor – me olhou nos olhos.

"– Já vou, diga pra eles – lhe recomendou a mãe.

"– Até logo, senhor – se despediu a menina e foi caminhando ereta, como desfilando numa passarela, e eu me enchi de uma estranha nostalgia.

"– E? Como foi? – insisti. – Vamos, Teodora, me conta. Quero saber.

"Sorriu com o lábio levantado, mas imediatamente o guardou.

"– É a pedra-ume. Tem na farmácia, se mistura com água. A gente bota embaixo, como se lavasse, e a pele se contrai... embaixo.

"– Não acredito! – ri.

"– Sim – ela disse envergonhada.

"– E o sangue? – perguntei intrigado.

"– Ah, isso não posso dizer!

"– Por favor, Teodora. Vamos, me diga.

"Girou a cabeça para os dois lados para se animar.

"– Eu sabia que ia acontecer... o que aconteceu. E sabia que gostaria mais se eu fosse virgem. Tinha guardado na cozinha um pano com sangue de frango. Molhei ele e limpei você depois de... daquilo. E assim você pensou que era meu sangue.

"Ri às gargalhadas.

"– Ai, Teodora! Que rápido vai se indo a vida e nem nos damos conta. Continua tomando aqueles chás?

"Seu rosto ficou cor de argila.

"– Não. Assim, não.

"– Gostaria de ver você de novo, de verdade, gostaria... não sei, pra gente falar, não? Afinal, somos amigos. Tem telefone?

"Negou com a cabeça.

"– Se dou meu cartão você me liga?

"Franziu a boca e assentiu.

"– Ou já esqueceu que temos que nos encontrar no campo, com as ovelhinhas em volta e com o vento?

"Seu queixo carnudo tocou o peito. Encurralada, pegou meu cartão e saiu da caminhonete. Antes de fechar a porta, meteu a cabeça:

"– Não. Nunca esqueci – disse e se perdeu na escuridão.

"Parti com a estranha sensação de ter sido testemunha de um enigma que foi se desvendando à medida que procurava o caminho para a auto-estrada. Os olhos da filha de Teodora eram, talvez, os mesmos olhos de minha mãe, e ela tinha, talvez, o mesmo jeito de caminhar. 'Taqui' não era, por acaso, um diminutivo de Eustáquia, e Eustáquio não era meu nome na casa de Pura Pura? – perguntei-me, e essa pergunta me perturbou desde então. Teodora nunca me ligou, e eu nem sequer pude indagar por ela, pois jamais soube seu verdadeiro nome. Muitas vezes fui onde pensei que a tinha deixado, disposto a vencer todos os obstáculos e todos os complexos sociais e reconhecer minha filha, que sem dúvida é a filha que sempre quis ter, para que com a ternura de sua mãe me acaricie a cabeça no momento de minha morte, mas nunca as pude localizar.

"Obrigado."

Soaram os aplausos, e Armandito, entre fanfarrão e delicado, agradeceu com uma mesura longa que lhe permitiu ordenar as emoções. O ambiente, que tinha se carregado durante a narração, acabou proporcionando um vento morno. Como os narradores anteriores, Armandito tinha começado com uma linguagem de suficiência, com o peito estufado, e terminou mais solto e comovido. Seu sorriso suspeito não tinha mudado, mas uma brilhante linha vermelha de excitação lhe cruzava a testa perolada pelo suor.

Dom Juan, no entanto, estava chateado. Não aceitava essa ligação com uma mulher pobre. Mas não tinha outra alternativa a não ser levar a história tal como tinha sido contada. Preparou-se para partir, mas, como Elizabeth se pôs de pé para tomar a palavra, considerou que devia ter a gentileza de ficar, por se tratar de uma dama.

— Toda tribo racialmente pura sente um calafrio natural frente à presença de outra — começou dizendo a venezuelana. — A América Latina não é uma exceção. O paradoxal é que se trata de um continente misturado durante séculos, onde inclusive seus clãs dominantes são pardos. No entanto, a obsessão de evitar misturas escurecedoras e a decisão de se branquear subsistem. Com essa atitude, em todos os níveis sociais os mais diferentes são expulsos: negros bastante negros e índios bastante índios, fora do ideal estético, são subalternizados de maneira tácita. No outro extremo, e os extremos se parecem tanto, negros e índios são idealizados, e assim se tira deles a ação, são distanciados do desejo, operando-se a mesma exclusão. Não é infrequente que os mestiços mais recentes sejam os defensores mais impetuosos da inexistente pureza. Sendo um racismo velado, nada explícito como o dos saxões, o tema racial não é discutido publicamente, é comentado pelas costas. E finalmente, com uma dose de compaixão e uma atitude assistencial, se tenta atenuar essa agressão. A truculência está em que não pode haver lei, nem reivindicação, que obrigue a corrigir o rumo. Mas graças ao ânimo do sedutor, o de Armandito neste caso, ou dos amantes irremediavelmente apaixonados, se supera esse fosso. E a ignomínia racial da premissa é, novamente, posta em xeque. Dessa maneira, o desejo, ao mesmo tempo que enobrece a existência de todos, continua dando exuberância e pigmento ao nosso continente.

Ricauter, o sedutor potosino, pediu a palavra e começou a falar com seu jeito de índio:

— Este aqui, o Armandito, né? Claro, abusou da jovem *tawaco** como os *k'aras*, brancos como se diz, sempre abusam do pessoal pobre do

---

* Ou tawaqu. Mulher jovem, solteira, em aimará. (N.T.)

campo: indígenas ou índios, como dizem, pessoas pobres quéchua, aimará e tupi-guarani.

Dom Juan saiu com a pressa que lhe permitia a lentidão de seus passos. Levava consigo a incerta esperança de que Maya fosse ao encontro. Na porta do hotel, no entanto, uma recepcionista de pronunciado decote o deteve e lhe ofereceu para degustação um canapé de truta. Dom Juan aceitou e, por ficar de olho nas voluptuosas carnes da promotora, engoliu mal e se engasgou. Tossiu querendo resistir à asfixia, a mesma asfixia da corda que a turba contra-revolucionária havia lhe passado em volta do pescoço. Foi uma tarde atravessada pela derrota e por nuvens longas e finas como o tridente do diabo. Levavam-no a pé pelas ruas de Oruro, exibindo-o como um troféu e procurando uma árvore suficientemente alta para fazê-lo pender como Gualberto Villarroel, o presidente mártir, que havia preferido uma morte humilhante a renunciar à sua declaração: 'Não sou inimigo dos ricos, mas sou mais amigo dos pobres.' Sob qualquer ângulo, uma afronta ao 'superestado mineiro-feudal'. A caminho do mesmo martírio, viu a expressão de compaixão no rosto da jovem filha de um judeu que tinha sua loja na praça e que parecia lhe dizer: 'Que pena, Juan, se você pudesse viver...' O povaréu o levou, festejando o serviço que fariam com ele, mas as árvores do planalto orurenho eram menores que seu tamanho de colosso, e a busca se prolongou. Tempo precioso para que, alertados por um partidário leal e se anunciando com o ribombo da dinamite, chegassem descidos da rocha do contraforte os mineiros de San José para resgatar seu líder. O redemoinho dos acontecimentos o distanciou do terno olhar sefardita, mas voltou a encontrar a menina trinta anos mais tarde, viúva e com netos. E lembraram. E, embora ambos outonais, dispensaram as homenagens pendentes.

Elmer, proprietário do ancião, arredou a promotora para um lado, levantou os braços dele, lhe bateu nas costas e alcançou um lenço para que se desafogasse. Dom Juan terminou de tossir os restos do canapé engasgado.

— Não há jeito de me livrar de Elmer — comentou contente de tê-lo por perto.

Maya chegou atrasada uma hora e se mostrou indulgente. Fanfarrona. Displicente. Era o resultado da maturação de seu desprezo por dom Juan. Usava uma faixa prendendo o cabelo e estava sem maquiagem. Vestia uma saia muito curta. As sensuais meias negras mostravam suas pernas num maior e mais belo esplendor. Pareciam ser uma oferenda, um convite, mas eram uma afronta. Maya queria lhe devolver palpitações que não tinham outro destino senão excitá-lo em vão e irritá-lo. Fez ruídos ao se sentar e prestou uma atenção desafiante. Dom Juan engoliu a visão e dissimulou sua alegria por vê-la de novo. Sim, ela era a explicação de sua vida, o último parágrafo de sua existência que, por fim, é o mais verdadeiro. Todo esforço que realizasse estava justificado.

— Depois do golpe militar de... — hesitou.

— Setenta e um — acrescentou Elmer.

— Sim, de setenta e um. Estávamos num esconderijo em Pura Pura, uma casa de segurança, como se dizia naquele tempo, quando chegaram as companheiras de apoio, entre elas a... acho que a Gringa Abdala. — Fez uma pausa e continuou: — Bem, não importa. O fato é que traziam uma empregada de nome Teodora...

E assim contou para Maya a história de Armandito, inclusive com o epílogo: o encontro com Teodora, anos mais tarde.

— Estou espantada, dom Juan, que horror! Ontem me conta um crime cometido e me faz passar a noite em claro, e hoje que abusou de uma empregada.

Maya havia mudado da ostentação para a compaixão. Dom Juan fugiu com o olhar, que se foi para outros rumos.

— Escute-me, dom Juan? É horrível. E mais horrível ainda vindo de você, não? Responda-me. Você não está tão abatido como quer que eu pense. Vamos, me diga! — esticou a saia o mais que pôde.

O velho retornou das profundezas de seu sinuoso nirvana. Suspirou longamente.

– É que todos também somos de outra maneira – disse e ficou quieto de novo.

Maya se levantou dizendo um "até logo" cortante e se foi irritada. Elmer ficou na expectativa. De seu rosto de animal anfíbio dom Juan o olhou com olhos transparentes:

– Satanizei a bruta – balbuciou, e Elmer veio limpar a saliva que lhe escorria de contentamento.

Quarta exposição:

Ricauter

Onde Ricauter, o representante de Potosí, esse estado esquecido mas que, no entanto, fez a alegria da Europa e manteve o país por muitos séculos, os deleitará com a conquista proibida de uma mulher da alta por um homem de raça indígena.

◆

Na manhã em que Ricauter, o sedutor potosino, falaria no congresso, dom Juan urinou bem, o bem que se pode nessa idade, e fez uma nebulização para combater o catarro. Antes do meio-dia, desmarcou um encontro com o assessor do Presidente da República, usando o mesmo argumento de sua saúde alquebrada que usara com Maya, duas semanas antes, quando esta ligou insistentemente para que lhe desse a prometida entrevista exclusiva sobre sua história amorosa, sua vida íntima. Como sabia que a decepcionaria, pediu para Elmer desculpá-lo.

Tinha plena consciência de sua incoerência com as lembranças.

Durante esses dias decaiu mais ainda. Os movimentos involuntários da mao e da papada se acentuaram. Não suportou visita alguma e desprezou os filmes de ação que Elmer trazia de maneira diligente. O escudeiro temia a aceleração da demência senil; no entanto, não era o que realmente estava acontecendo. Depois de muito tempo, dom Juan se preocupava com a vida, não com o esquecimento. Seu péssimo estado se devia ao nervosismo na busca por uma idéia que lhe permitisse conservar Maya a seu lado.

Numa dessas madrugadas, despertou inspirado e ligou para Cocolo.

— Já contei pra você que uma vez me meti num internato pra transar com uma das internas?

Cocolo, meio dormindo, respondeu automaticamente que sim.

– Lembra bem? – insistiu o ancião.

– Sim, Mestre. Você me contou mil vezes – respondeu Cocolo, mais acordado.

– Ótimo, porque eu já não lembro de nada. Preciso que venha e conte essa história para uma garota que tem me visitado.

Deu poucos detalhes mais. Cocolo ficou insone e dom Juan dormiu sonhando.

A sala do congresso estava animada. Tinha um ar de comédia. Em parte, pela festa, mas principalmente pela carga de verdade disfarçada de banalidade.

Dom Juan chegou em tempo de participar do alegre preâmbulo. Álvaro, o distinguido poeta colombiano, com bigode níveo e o rubor permanente próprio das almas preocupadas, se aproximou para lhe prestar seu respeito e admiração: "Apesar de eu ser um inveterado monarquista", acrescentou com o ligeiro maneirismo que torna um homem elegante.

– Você parece um homem confiável – disse dom Juan, com uma atitude conspirativa.

Levantou a aba do casaco e mostrou, no bolso interior, o saco plástico com o documento que o perturbava. Álvaro compreendeu que dom Juan se referia a alguma passagem antiga, dessas que regressam somente no final dos tempos.

– Estou à sua inteira disposição – concordou com galhardia.

– Obrigado, mas não. É para uma jornalista – sussurrou.

Álvaro quis abraçá-lo como a um irmão.

A voz retumbante de Elmer os furtou dessa fraternidade.

– E agora, insigne congresso, me permito convocar o representante de Potosí, esse estado esquecido que, no entanto, fez a glória da Europa e manteve o país por muitos séculos. Ele nos deleitará com a história da conquista proibida de uma mulher da alta por um homem de raça indígena. Com vocês, Riiicauterrrrr de Potosí!

Ricauter era um homem tipicamente indígena. Chamava a atenção a singular beleza de suas feições e a maneira esculpida com que as mantinha imóveis. Um ligeiro desdém dava a ele um ar milenar, inescrutável. Pôs o típico *lluch'u** indígena na cabeça, talvez para se diferenciar ou para se tornar mais digno. Todos esperavam que a deficiente pronúncia que tinha exibido durante as sessões de comentários o fizesse perder a pose e que uma narração caótica, cheia de anedotas isoladas, o subtraísse da coerência.

"Sou de Huayrakuntur, uma comunidade camponesa próxima da Villa Imperial de Potosí, vizinha de Checkervi, a mina de dom Ermenegildo Séneca; meu pai trabalhava no interior da mina e minha mãe cuidava da casa dos Séneca; minha mãe era quéchua, meu pai, aimará, e eu sou indígena ou, se quiserem, podem me chamar de 'índio', que apesar de ser uma palavra infamante cuja mera enunciação enfraquece os que, como eu, somos de uma cultura vencida ou que há tempos não vence, a mim não incomoda, porque se uma só palavra nos enfraquece a alma significa que continuamos convalescentes depois de séculos, e esse não é o meu caso, não da mesma maneira. Nasci e vivi na mina e no campo e aprendi as tarefas próprias de lá; também ajudava minha mãe a servir na casa dos senhores Séneca, quando esses chegavam, e além disso era a diversão de seus filhos, um menino, que tinha carrinhos de controle remoto que me fazia desejá-los, e uma menina, a quem, embora me maltratasse mais que seu irmão, eu atendia com enorme entrega não só para estar perto e poder olhar suas lindas perninhas de palitos brancos, como as das barbies com que brincava, mas porque me fazia sentir seguro, embora reclamasse o dia todo por causa de tantas moscas e tanto calor e por aquilo que lhe era tão odioso, que era quase tudo. Numa dessas visitas, dona Teresa Séneca, como uma fada madrinha, nos deu a notícia de que Moira, a caprichosa deusa do destino (e depois de um longo trâmite, esclareceu), tinha me premiado com uma bolsa de estudo no estrangeiro para minorias raciais; meu pai se opôs, é muito *wawa* ainda, porque eu tinha apenas sete anos, mas minha mãe, que sempre quis o melhor para mim, e dizendo 'talvez'

---

* Espécie de gorro, touca, em aimará. (N.T.)

sempre, apoiou a senhora que pontificava presunçosa: as oportunidades são pintadas calvas... e, olhem, não fiz isso nem pelos meus próprios filhos, enquanto eu estava feliz correndo pelo campo, crau!, agarrando ovelhinhas perdidas, empinando minha pipa de papel e taquara, e o vento shss-shss a levantava, e eu sentia estar lá em cima com ela olhando tudo pequeninho, me recostava com calma sobre a rocha a tocar t'ilim-t'ilim meu charanguinho, e olhava minha pipa, imóvel, lá em cima, muito mas muito lá em cima, e eu respirava fundo, calmo, pleno, de repente arrebentou o fio e cataplum!, cataplum!, caiu, Ricauteeeeeer!, a maaamãeeeee tá te chamannnnndo!, e apesar de não querer me afastar da mão carinhosa e calosa de meu pai, das brigas com minha irmã, das saias de minha mãe, das brasas nas noites frias, das ovelhinhas e do campo, e embora tenha chorado e esperneado, embora tenha implorado e jurado me comportar, a senhora me levou dizendo 'é para o seu bem', e da noite para o dia me encontrei freqüentando um colégio da aristocracia européia em Glasgow, calçando sapatos pela primeira vez na vida, vestindo um uniforme azul-marinho com um leão real bordado na lapela, mas, por ser assim como nós somos, meus refinados colegas me deram a primeira surra e arrebentaram meu charango, a segunda foi por dizer 'uaca' em vez de 'vaca', 'cumí' em vez de 'comi', 'vô vê' em vez de 'vou ver', dicção que aos aristocratas espanhóis e meninos ricos da América Latina pareceu inapropriada; depois veio a terceira, depois a quarta, e muitas mais. Dois anos depois eu falava um inglês com a beleza poética de Keats, pronúncia de boca imóvel e as afetações próprias de sua elegância, tinha modos de arquiduque e tinha praticado boxe com a fruição de um alucinado, o que me permitiu premiar meus esforços dando a primeira surra, pela qual, claro, me castigaram, na segunda sacudi o dedo-duro, e graças a isso, mesmo tendo depois distribuído porrada a torto e a direito como se distribui víveres nos lugares atingidos pelos desastres, nunca ninguém voltou a me denunciar. Para cursar o secundário, e pelas características próprias dessa experiência, me mandaram para um colégio equivalente em Salamanca, onde domei a língua de Cervantes até fazê-la tocar meu nariz, e uma vez bacharel me mandaram para Paris estudar medicina, porque em seu país, Quispe, e mais especificamente em seu povoado, faltam médicos e professores, saúde e educação, me disseram; no entanto, dois anos antes de me formar, ouvi na estação de Sebastopol um grupo musical – flauta, bumbo e principalmente o chiadinho charango (não era a afinação camponesa, claro) – que me trouxe saudades, e decidi voltar imediatamente, depois de quinze anos, bem a tempo para pegar a mão de meu pai que morria cuspindo os pulmões e me olhava sem me reconhecer e concordava quando eu lhe dizia sou Ricauter, paizinho, e ele, obrigado, obrigado, dizia, certo de que tinham trazido um vizinho para que pensasse que seu filho tinha voltado para vê-lo nos últimos momentos de sua vida.

"Fiquei para enterrá-lo nessas terras que já eram de outro dono, para rezar novenas, 'salve Maria' em vez de 'sarve Maria', 'santificado' em vez de 'santificadu', e a surpresa aprobatória do meu povo, óia só como o Ricauter miorô, diziam, mas, como o macaco continua macaco mesmo vestido de seda, para a missa do mês seguinte voltei à minha pronúncia original, sinal de que havia regressado para ficar, bendita tu és entre todas as muiés, e entre o rosário e a dicção, o terno que trouxe desbotou, em pouco tempo recebeu seu primeiro remendo, depois o segundo, e, empurrado pelas secas que esterilizaram as terras de minha *ayllu**, cheguei a La Paz como um farrapo ambulante, com o terceiro remendo, para viver no bairro dos migrantes potosinos, Villa Nueva Potosí, e logo, como não há pão duro pra quem tem fome, me meti a trabalhar em qualquer coisa, a aprender qualquer ofício desde motorista de transporte interestadual até massagista de umas saunas em San Pedro, de leitor de folhas de coca e tarô para turistas na rua Sagárnaga a leao-de-chácara de discoteca, mas o que aprendi mesmo com seriedade, empenho e disciplina foi ser bruxo-*yatiri*** com um mestre de Charazani; mas também fui cabeleireiro de cachorros, cafetão de *cholitas*, levantador de peso, *pajpaku* e instrutor de kung-fu, mas, qualquer que fosse o emprego, a inércia social me manteve como um outsider da cultura central, que somente me fazia estagnar, principalmente

---
* Comunidade, em aimará. (N.T.)
** Bruxo, sábio, em aimará. (N.T.)

quando trabalhava na Sagárnaga, para suas gringuinhas, uau, você fala com sotaque britânico, se surpreendiam, aprendi por correspondência, *unmöglich astonisching, pa' vrai*, me olhavam como a um fenômeno, e às que na falta de pão acham boas as tortas, me dediquei nesse período para não perder o *training* de uma técnica de sedução que havia começado precocemente a exercitar em Glasgow, que poli com os anos, ajudado pela magia, pois os verdadeiros combates de fundo tinha reservado para as de cima, as de quem gosto mais, as que estão cheias de distinção e poses, de aparente despreocupação e perfumes, as que se dão ao luxo de dividir o mundo entre bons e maus, quando é de sobreviventes. Quando já me virava nas quebradas da cidade como peixe n'água, decidi que tinha chegado o momento de atacar o centro, o desafio maior, já não gringas que podem ser conquistadas por um índio graças às extravagâncias do mundo desenvolvido, mas me encaminhar para o coração da montanha, ali onde nem estando em carne e osso nos atrevemos a olhar os tesouros do amo, envoltos em tules e orvalhados com estrelas, calças de marca e minissaias com dois finos bambus, negados a nossos olhos, ali onde nossa carne é de serviço e não de consumo, onde saltar o fosso, escalar fortalezas e penetrar blindagens não é suficiente; onde teria que avançar por entre a asfixia das galerias até chegar ao centro para colocar a dinamite que faria ceder o veio e revelaria, não tinha dúvidas, entre os escombros, o desejo embotado pela casta; vencer suas almas em seus corpos, mas, *atoj* (raposa), devia fazê-lo com meu castelhano de índio e como índio: cautela, calma e constância; e isso só era possível entrando em suas casas, no dia-a-dia de sua intimidade.

"Disposto à grande cruzada, dando um adequado suborno à senhorita agente da empresa de empregos, escolhi minuciosamente, entre várias jazidas, a família VSOP* que solicitava um motorista-jardineiro, sabe dirigir?, me entrevistou a senhora Cuqui, com trinta anos feitos agorinha mesmo, que com um vamos ver, filhinho, dá ré, o carro tem que brilhar por dentro e por fora, pra mim a limpeza vem em primeiro lugar, sabe plantar e transplantar?, tem carteira de motorista?, eu só posso pagar seis-

---

* Very Superior Old Pale. (N.T.)

centos pesos, ah!, tem que vir aos sábados porque tenho convidados e você tem que trabalhar de garçom, serve assim?, perguntou esplêndida, pele de porcelana, retirando da testa a mecha de ouro queimado como Susan, a bela, a personagem da novela do senhor Bryce, e eu com minha gíria lhe respondi, sim talveiz poderia estar assim memo, e de cara me disse que não suportava os maus cheiros, no carro são sufocantes, sublinhou, não estranhe nem se chateie porque vou cheirar você todas as manhãs, e o hálito também porque tenho crianças pequenas e você não pode dirigir em estado de embriaguez.

"No dia da estréia me inspecionou dos pés à cabeça e, como promessas são dívidas, me cheirou sem disfarçar a apreensão, mas, oh surpresa!, se desconcertou e seu desconcerto voltou a trazer seu nariz de Cleópatra até quase me tocar o pescoço, que exibi para lhe evitar esforços, cheira a quê?, me perguntou, e eu com cara de pateta disse que num sei, não, sinhora, pensou um momento e, temendo alguma armadilha, pediu a Rogelia, sua chola-empregada de muitos anos, que me fizesse o teste do bafo e eu disse 'farinha' com porte marcial e Rogelia me cheirou o hálito, tudo bem, senhora, e como não vai estar tudo bem se sou vegetariano desde os 18 anos e como menta e salsa aos quilos?, agradável surpresa, disse a senhora com sorriso cintilante; vassourinha nova varre bem, puxou pelo ditado a invejosa da chola convertida, mas dona Cuqui, surda às intrigas, me entregou as chaves do Volvo e, do banco de trás, me indicou com a varinha mágica que tinha por dedo os lugares que freqüentava, a academia, o cabeleireiro, a manicura, me mostrou as casas de suas amigas e sublinhou as rotinas, levar e trazer as crianças, ir às compras, me perguntou onde trabalhara e se era casado, eu a olhava pelo retrovisor e respondia com monossílabos e olhar de débil mental, abria a porta para ela em cada parada e fechava quando entrava, cortesias que evidentemente a impressionaram porque ao chegar em casa para almoçar não pôde refrear os comentários, faz tudo bem, Rogelia, parece sério e é bonito, e você e ele até poderiam se entender, me olhou, será que vamos comer 'torta' antes do que imaginamos?, e Rogelia sorriu com o lábio como escotilha, tapando os dois vazios, a porteira de sua dentadura, e eu sorri mansamente e, fazendo uma ligeira mesura de assentimento, disse se agora talveiz me permete vô vê o jardim, e ela, que jamais calava, minha filha!, se até parece um *butler*, esses mordomos ingleses finérrimos como os *poodles*, eu a ouvi antes de sair.

"Mulher tão bela e distinta tinha engendrado, devido aos caprichos da genética, dois piolhos humanos que chamava de 'filhos', mais necessitados de um domador que de uma babá, a quem permitia tudo mas tudo mesmo, e que uma sociedade séria como a espartana teria executado na hora; a seu marido chamaremos Unicórnio, trinta anos mais velho, metade político, metade empresário, e dos mais graúdos da sociedade cochabambina; ela em troca tinha nascido em san-isidro-lima, falava assim, corrido; tinha sido educada numa *boarding school* suíça e era filha de um senhor chamado Betacaroteno, peruano retrógrado exilado na época de Velasco Alvarado que chegou primeiro em Sucre, aristocrata no fim das contas, e depois a Santa Cruz, porque 'é mais como Lima', tinha se casado com uma argentina sem brasões, talvez refugiada política ou imigrante econômica, e, como os argentinos se mimetizam melhor na cultura 'bem', não houve desavenças e a menina se criou em Lima, Sucre e Santa Cruz, cheia de bons modos e de afetada espontaneidade, vice-real e abastada, incisiva como o pessoal de Chuquisaca e com calor nos gestos e o sotaque *camba* que havia recolhido em sua adolescência.

"Quando se entra no cotidiano de uma mulher, pode se começar a cozinhar em fogo brando e então os ritmos naturais vão acomodando os fatos, pois, havendo tempo para tudo, houve tempo para que eu puxasse uma extensão clandestina que me permitia escutar as conversas da senhora Cuqui apenas digitando o número 12, ai, querida, se visse o motorista que consegui, tem que ver, é fortão e para indiozinho é 'gente bem', nem te conto, 'bota o olho nele, filha', eu disse à minha Rogelia, imagina se se casam, resolvido meu problema doméstico pra sempre, ouve essa, o homem diz 'se me permete' 'se não percisa mais nada', já pensou?, 'percisa' em vez de precisa, mas um *butler*, querida, um mordomo inglês finíssimo como os *poodles*, venha ao churrasco pra vê-lo, vem também a gringa embaixadora e mais um pessoal aí, claro que vou vesti-lo de casaco branco elegantíssimo, querida; e assim, nesse sábado, quando servia o grupo dos cavalheiros, a senhora Cuqui me chamou para me apresentar, certamente piscando um olho às minhas costas, como seu 'novo colaborador', não é mesmo, Ric?, se chama Ricauter mas eu digo Ric, é mais chique; e o que o Ric fez para desenvolver esse corpo musculoso?, me perguntou a embaixadora norte-americana, levantar ovelhas?, mas, como o hábito não faz o monge, respondi com cara de retardado sim, senhorita, mas só quando os maridos não estão por perto, com licença, e fui para outra mesa, visque rum vódeca refrigerante?, às minhas costas escutei que se fazia aquela festa, você ouviu?, você viu?, me matou, minha filha, me matou, que quer que eu diga?, *he surely has a sense of humor and he is cute*, disse a embaixadora; *a little bit too indian for my taste*, respondeu Cuqui, *such a racist you are, Cuqui dear; excuse me, ambassador, it's just like blacks for you*, embora reconheça que meu Ric não está mal, mal?, é belíssimo, olha o nariz que tem, parece desenhado, é puro Guzmán de Rojas!, exclamou a de óculos de intelectual que falou pela primeira vez, mas é bonito demais para ser bom, e todas gargalharam, momento que a embaixadora aproveitou para se separar do grupo e me alcançar seu cartão, gostaria que desse uma olhada no meu jardim, me ligue e diga simplesmente que é da parte do jardineiro; sim, senhorita, lhe respondi sabendo que essa magrona já estava no papo.

"Manter a naturalidade em minha atuação de todo dia requeria uma concentração esgotante que, ao chegar a noite, se transformava em angústia e em insuportáveis dores de cabeça, tanto que me levava a regá-la com meia lata de álcool Caimán para amortecê-la, mas a vigilância quase diária do meu hálito pela senhora Cuqui me dissuadiu de seu uso e me enviou aos comprimidos tranqüilizantes cujas doses desagradavelmente sempre maiores me fizeram finalmente, como vegetariano que sou, optar, pra conciliar um bom sono, pela maconha, o menos pernicioso desses remédios, enquanto, chingue-chingue, tocava meu charanguinho para me acompanhar.

"Uma tarde, depois do suplício a que invariavelmente me submetiam os monstrinhos de seus filhos, me cuspir, me berrar na orelha, fincar seus lápis na minha bunda, e que eu suportava com um complacente 'estas *wawas*!', os deixei numa de suas atividades e fui pegar dona Cuqui na academia, estou péssima, Ric, você nem sabe, acho que distendi o nervo ciático e pra piorar quebrei uma unha, foi com esse peso de merda fazendo os famosos agachamentos, me leva pra casa, não não não, melhor a uma clínica, não não não, melhor chamar nosso médico, doutor Patiño; quem sabe carrego a sinhora?, mas ela muito machona disse que não, caminharei apoiada em você, mas uns passos antes de chegar ao elevador começou a esganiçar, upa!, a carreguei em estilo nupcial, ai, obrigada, meu filho, embora à medida que o elevador descia demasiada proximidade a incomodou, por isso, ao chegar ao térreo: me bote no chão, filho, assim está bom, um passinho dois passinhos, vê como vou bem?, mas no terceiro desabou, bleft!, como o império romano, e agora, sinhora, que faço?, não seja um inútil, meu filho, me ajude a levantar, mas sua imensa dor não lhe permitiu se aprumar, chamo a ambulância talveiz?, perguntei, e ela me disse me carregue, pode, não? (esse ovo pede sal), sim, sinhora, lhe respondi e zás!, a levantei, estou machucada, querida, se justificou para uma amiga com quem cruzamos, mas, Cuquisita, ainda bem que seu empregado é forte, se não, minha nossa!, o que faria, minha filha?, aiii!, com cuidado, filho, gritou, embora eu a tenha depositado como a uma hóstia no espaçoso assento traseiro do Volvo, aiii!, gritou quando a pus na cama, puta merda, você é forte, Ric, e não me diga que é por erguer ovelhas, deve ser por erguer suas cholas, e Rogelia ficou séria porque eu já tinha dado uns passos de ginástica rítmica com ela, gelo talveiz desinflame, sugeri, o que disse, filho?, perguntou minha senhora, gelo talveiz desinflame, repeti, o que ele disse, Rogelia?, que talvez gelo desinflame, traduziu a *imilla*, não, filho, o que se aplica nesses casos é calor, não gelo, mas eu insisti tanto que ligou para o doutor Patiño e com seu consentimento Rogelia lhe aplicou gelo na zona afetada, enquanto eu ia ao calvário pegar os monstrinhos, e acompanhado por meus sicários particulares, que passaram o tempo nas usuais carnificinas comigo, comprei na farmácia um antiinflamatório injetável, não! isso não!, já nem sei se volto a caminhar depois do gelo, disse a senhora Cuqui ao ver a agulha, talveiz tem que premero assim cum injeção relaxante musculá botá dispois senhora curá talveiz, eu disse, e o que entendeu foi suficiente para se opor, não não não e não, eu sou macha pra tudo mas pra injeção sou muito fresca, se le doê pode descontá meio salário no fim do meis, tentei-a e ela caiu na risada, colar de âmbar, como os de Grace Kelly em *High Society*, puxa vida! como você é insistente, e o que tenho que dar se não doer?, perguntou com a insinuação natural que o combate verbal insufla nas mulheres, nada, né, sinhora? pra isso me paga o salário; olha só, disse admirada, e o que é isso que você quer me fincar?, desinframante musculá, ah! ah! ah! ah! ah! ah!, riu novamente como numa propaganda, é bonito: desinframente, me imitou e ordenou à Rogelia que a cobrisse toda e apenas então, e com extremo cuidado e imenso pudor, abriu uma clareira entre tantos panos e descobriu para mim sua branquíssima anca, que pressionei com dois dedos, tateando um primeiro triunfo, mas você sabe o que está fazendo, meu filho?, lhe dei uma palmada na bunda ao mesmo tempo que a picava, que que é isso, homem?!, olhou para Rogelia de lado, o que faz?, Rogelia encolheu os ombros, quando vai dar a picada?, a senhora perguntou, acho que agora, respondi, esse 'acho que agora' é que já picou ou que já vai picar?, porque não sinto nada ainda, pronto, sinhora, logo logo vai ficá mió, disse; sentiu sair a agulha e aí foi aquela chuva de perguntas, como aprendeu?, é enfermeiro?, também ensinam isso no quartel?, me dê água, tenho sede, e eu, com a cabeça abaixada e um sorriso agradável, lhe alcancei o copo d'água, que temperei, sem que Rogelia se desse conta, com filtros de amor para lhe massagear os sentimentos, depois saí lentamente do quarto mas me apressei até a biblioteca, disquei o 12: que maravilha, querida, era a de óculos de intelectual, e dona Cuqui exagerou a história, nem em Houston fazem assim, nem te conto, é 'supimpa' como diz meu pai, e as duas riram, mas ouve essa: Rogelia diz que vai sair com ele neste domingo e blablablablá e ah! e o doutor Patiño me receitou massagens localizadas, não conhece alguém? (quem poderá salvá-la?, me disse eu, eu aqui, o Chapolim Colorado, que era massagista titular da sauna 'Wachanwer' do heróico bairro de San Pedro), na mesma hora fui massagear o pescoço da Rogelia enquanto ela cozinhava, pois tinha amanhecido *wist'u**, e entre uma panela e outra foi dar conta à sua senhora de minhas habilidades, o Ricauter

---

* Ou *wixt'u*. Torto, torcido. (N.T.)

acabou com a minha dor, senhora, eu tinha dormido mal, mais isso?, também não terá sido astronauta?, me perguntou quando entrei vigiado por seus infames anões que me chutavam enquanto, transmitindo energia positiva à senhora, eu massageava a zona do nervo afetado, o que a melhorou consideravelmente, mas, indecifrável e misterioso gênero feminino, no dia seguinte, quando subi para seu quarto pedindo licença para lhe aplicar a segunda injeção, me pediu que por favor não subisse nessa área da casa sem seu expresso consentimento ou o do senhor Unicórnio, que aparecia muito tarde da noite e ia muito cedo pela manhã, sua área de trabalho é a garagem, o jardim e a cozinha, e não se preocupe porque vou fazer a injeção na farmácia; pode talveiz tá querendo massage?, perguntei, e ela me disse volte às suas tarefas, se preciso de você mando chamar.

"Aí mandou sua relação festiva comigo para a geladeira, e nem mesmo pelo 12 voltou a comentar sobre 'seu Ric' e, pior ainda, não leve a mal, Ricauter, mas gostaria de avisar, me disse ao voltar de um batizado, que talvez tenhamos que prescindir de seus serviços, nada pessoal, sabe como é, a coisa anda bastante difícil, é a crise, pelo retrovisor a vi controlando o embaraço, sem pobrema, a sinhora manda, quando for me avisa, lhe respondi solene, e ela assentiu com os olhos a meio mastro, olhando as unhas, me leve na manicura, ordenou; e igualmente arisca, gêmea que sente a mesma coisa, tinha ficado a Rogelia, mas finalmente o dueto de vazios fez aquele barulhão algumas tardes depois, eu vi você olhando que nem peixe morto pra senhora, te cuida, meu chapa, se está querendo passar por vivo eu te meto a faca, aí entendi, Rogelia, aconselhada por seus ciúmes, estava intrigando, e isso botava minha empresa em risco, de modo que decidi enfrentar o temporal e, como aquele que bate primeiro bate duas vezes, denunciei Rogelia: sinhora Cuqui, a Rogelia faiz poquinho tá me dizendo que tô fartando cum o respeito, sinhora, e as duas se olharam numa transferência de dados, você disse isso, Roge?, perguntou teatralmente, e a outra, também teatralmente, respondeu: não, senhora, o que disse foi que tivesse cuidado pra não pensar em lhe faltar com o respeito, num é bem ansi, não, sinhora, expliquei eu, a Rogelia me disse que eu jááááá tinha fartado, e eu digo, sinhora, que se em argo fartei pode me botá na rua e pode dizê pru seu marido que me dê um tiro e me mate que nem cachorro; puxa!, obrigada, Ricauter, obrigada, ótimo de sua parte, mas, sinhora Cuqui, não castigue a Rogelia por tê me avisado, ela feiz por bem da sinhora, levarei em conta sua recomendação, Ricauter, não a castigarei, mas eu sabia que Rogelia, índia ladina, continuaria futricando, de modo que, fazendo esses sacrifícios que somente um esteta sabe dimensionar, tive que limpar o meio de campo, imaginando que sua inexistência dentária, sua porteira, era a última novidade da moda ditada por Lagerfeld, e que eu era um brucutu de Altamira, fascinado com as inflamadas e abundantes carnes da Vênus de Willendorf, ai ai ai, *wawita*!, a fiz gritar de prazer, assim deixaria de intrigar, mas como o seguro morreu de velho, catei cabelos da senhora Cuqui para um feitiço, para que ela não ficasse mais na defensiva comigo, de modo que se o aquém não funcionara, o além funcionaria, pois como no amor e na guerra vale tudo... efeito imediato, nunca soube por qual caminho ou se por ambos, a senhora Cuqui voltou a me tratar com deferência mas nunca mais com aqueles mimos do começo, situação que me indicou que havia chegado o momento de passar a uma nova fase tática: a emboscada, que era o único território onde eu poderia vencer. Tinha de começar adubando uma área totalmente diferente: decidi tirar a senhora dos eixos, coisa não muito difícil pois ela era muito pavio-curto em matéria de dinheiro, contas e mudanças, limpeza e ordem, mas filho, não seja idiota, como vai mentir pra mim dizendo que botou trezentos pesos de gasolina?, aqui tá a nota, disse, passaram você pra trás, então, porque o tanque desse carro dá no máximo duzentos e cinqüenta, estendi o dorso de minha mão como faziam seus filhos para receber castigo, a surpresa dela foi total, o que quer?, perguntou; qué, sinhora?, pódi me batê, eu disse, fazendo beicinho, mas não, homem, a troco de quê vou bater em você?, um homem feito, melhor descontar do seu salário, disconte mas me castigue tamém, insisti eu, deixe de dizer besteiras, homem!, e me leve pra casa, lá pegou imediatamente o telefone e pelo 12 escutei que falava com seu pai, o Betacaroteno, o macarrone limenho, já viu, filhinha?, lhe dizia, agora está convencida de que eu tinha razão quando comentava que as bestas do governo desses países fizeram a reforma agrária antes do tempo?, e sua finada mãe, Deus a tenha em Sua glória, não acreditava em mim e queria salvá-los mas espero agora que você acredite porque os índios a única coisa que querem é que a gente bata neles, são como as crianças, e se seu motorista quer que lhe bata, bata mesmo; em troca sua amiga de óculos de intelectual foi mais prudente, ai não, minha filha, e se revida?; não, querida, respondeu dona Cuqui com plena segurança, vai revidar nada, é a docilidade em pessoa, parece um débil mental, belo dado!, porque nisso me converti, o acanhamento em pessoa, e representei tão bem que me putear se tornou, por tudo ou por nada, seu principal ofício, porra, você é um *colla* mesmo, fale mais alto, porra!, que tanta dúvida?!, não seja medroso, porra!, e eu me portava com cara de não ter fígado embora a enxaqueca me comesse a massa encefálica, mas quem entornou a bílis primeiro foi ela, tendo por mim um desprezo que não tinha como dissimular, como quando a sopa é salmoura.

"Como a senhora tinha deixado de ir regularmente à academia por prescrição médica, ficava em casa enquanto seu jardineiro, com o tórax nu, mexia na terra e regava as plantas, bote uma camisa ou qualquer coisa, filho, não pode andar pelado, e botei uma camisetinha apertada ressaltando mais ainda minha musculatura. Daí para a frente me ignorou; tive então que pôr em execução um plano de contingência para chamar sua atenção, enchi a casa com a fumaça de uma *koa** que acendi com folhas verdes de eucalipto para desenfeitiçar uma orquídea murcha do jardim de inverno, fato que detonou o automático cacarejo, é pra que o espírito da terra não faça mal e ajude no crescimento, e continuei fazendo passes mágicos e invocações em aimará; ao me ouvir salmodiar, você lê as folhas de coca?, me perguntou cheia de curiosidade, e eu disse que não podia se ler assim na maior, que tinha que haver respeito pelos *achachilas*... pelos espíritos ancestrais, e que só na segunda-feira ou na quinta podia se ler, e me tratou um pouco melhor enquanto esperava a quinta-feira, e quando lhe joguei as folhas, embora soe a sacanagem cigana, li: um grande amor e uma viagem muito longa, depois as folhas diziam que seu pai sofria de

---

* Erva aromática usada tanto na medicina alternativa como em rituais aimarás. (N.T.)

asma, e ela ficou de boca aberta, e as folhas além disso disseram que ela tinha um problema congênito nas costas e que por isso tinha se machucado com os pesos, e era exatamente o que as radiografias tinham lhe contado, uau!; fascinada, de tarde mandou Rogelia no meu lugar pegar os filhos num rádio-táxi pois tinha convidado Mimí, que era como se chamava a dos óculos de intelectual, para que eu lesse para ela também, se tudo correr bem com essa leitura não voltaremos nunca mais naquela bruxa da Villa Copacabana, disse a quatro-olhos, aí sim!, porque é caríssima, respondeu dona Cuqui (tão belas e tão econômicas!), o certo é que ficaram felizes porque lhes disse várias coisas certas do passado e prognosticara outras que podiam ser verdade, de modo que no dia seguinte, através do 12, estou de bem com o bobalhão do Ricauter, ontem nos leu as folhas de coca e deixou a Mimí e eu sideradas com o que disse sobre o passado, mas do futuro, minha filha, como tudo o que essa gente diz, é metade verdade, metade mentira... me disse que vou me apaixonar já! já! já! mas o que me surpreende é que disse que vou fazer uma viagem longa para o norte, e olha só, em duas semanas os meninos vão para Santa Cruz com meu pai, e eu para Miami, sozinha, fazer compras e descansar de tanta coisa porque o Unicórnio viaja pra não sei que encontro político não sei onde.

"Agradecida, me deu folga no sábado, mas na segunda-feira não pôde acreditar que o carro da embaixada dos Estados Unidos me deixasse na porta da casa, e o que tinha acontecido foi que, um dia depois que a embaixadora me dera seu cartão, liguei exatamente como havia me pedido, a gringa me contratou para cuidar de seu jardim aos domingos e eventualmente acabei indo pra cama com ela, o que me foi de muita utilidade, porque nessa segunda-feira que cheguei atrasado a senhora Cuqui me esculhambou em sete idiomas e com todas as grosserias do planeta, inclusive botando minha mãe na zona, ao me ver em semelhante carrão e que o negro motorista gringo me abria a porta do veículo com familiaridade e admiração e que eu desembarcava todo tranqüilão, ficou congelada, apenas me olhou com olhos de víbora; durante o dia foi incubando suspeitas, só de tarde se animou a tocar no assunto: que é que eu fazia com os gringos?, e eu lhe disse que cuidava do jardim deles em meu dia livre, mas trazem você na segunda, como assim, ficou para dormir?, indagou, era munto tarde, sinhorita, não me chame de senhorita, sou senhora!, e tenha cuidado, Ricauter, não se meta em outras coisas, os gringos são gente muito diferente de nós e por aí arrumam uma boa encrenca pra você e, hummm!, você não sabe o poder que essa gente tem, mas se quer ir trabalhar com eles é problema seu, comigo está limpo; sim, sinhora, lhe respondi, e ela ficou esquentando um leite que ferveu e derramou quando esqueci (intencionalmente, é claro) de pegar seus dois piolhos na aula de tênis, e os meninos?, perguntou, qui mininos, sinhora?, olhei-a com síndrome de Down, meus filhos meus filhos porra puta merda!, baixei a cabeça e lhe estendi a mão e dessa vez me bateu com tanta força que doeu nela tanto quanto em mim, voamos para o Tênis Clube onde o professor estava supertrombudo pela espera, mais uma e rua, Ricauter, não posso deixar meus filhos nas mãos de um irresponsável, imagine se o professor tivesse ido embora?, tem uma quadrilha que trafica os órgãos das crianças, e se tivesse acontecido algo com elas?, e eu me dizia, pensando, Deus não é tão bom, e todos os guardas, bedéis, porteiros e administradores do clube, que além de bater bola estão lá apenas para cuidar das crianças e evitar as premonições de minha senhora, a cumprimentavam: 'senhora Cuqui', e aos filhotinhos dela por seus nomes.

"No outro dia se queixou a suas amigas por telefone, não sei se me convém que Ricauter continue trabalhando comigo, mas em boca fechada não entram moscas, porque todas elas lhe disseram se você despede o Ric fala logo porque eu necessito de um motorista-jardineiro, e isso a enfureceu mais, tanto que me botou no gelo todo o dia, mas quando eu estava para ir, no fim da minha jornada de trabalho, cede, coração de montanha, cede, me interceptou na porta, falo para o seu bem, Ric, não acho que lhe convenha ir trabalhar aos domingos na embaixada, além disso os cientistas dizem que devemos descansar ao menos um dia por semana para recuperar energias e render bem, ajeitei meu melhor olhar de carneiro e isso lhe incendiou o temperamento, deixe de me olhar com essa cara de besta que não fica nada bem e que não me engana, por acaso não ganha o suficiente?, eu meditei e cocei a cabeça, claro que você ganha bem e muito bem além do mais!, sublinhou, e agora mesmo tem que me prometer que não vai mais à embaixada norte-americana, certo?; sim, sinhora, disse e não menti pois não foi necessário voltar à residência, a embaixadora, com um lenço na cabeça e óculos escuros, vestindo jeans e um abrigo para não ser reconhecida, me pegava de táxi num lugar combinado e íamos para meu quarto na Villa Nueva Potosí, onde eu fazia a gringuinha ter cinco orgasmos enquanto eu tinha um, e quando estava no maior dos êxtases eu a insultava com redobrado sotaque indígena, cadela imperialista puta de merda exploradora dos pobres porra merda vou te foder até que morra, mas o diabo é que ela gostava e ainda, puxa vida!, é preciso ser sincero, a gringuinha me dava uma grana dez vezes maior do que pagava para eu cuidar do jardim.

"Na manhã seguinte me recebeu feito uma fera, de agora em diante espero que melhore e que deixe de besteira porque não vou suportar mais nenhuma, Ricauter, estava muito amarga, e eu me dei conta de que mais que brigar comigo estava brigando consigo mesma e por minha causa; para remexer mais no vespeiro não diluí direito um adubo líquido de elevada concentração e queimei as raízes de seus amados jasmins-do-cabo; ao olhá-los murchinhos, porra, você não presta pra nada, seu grande idiota, a grana que custam não é nada, porra, o cuidado que precisam é que são elas, e estendi a mão e ela hesitou em me bater para não se machucar de novo, mas ao descobrir uma vara de salso chorão, que eu havia deixado de propósito nas imediações, pegou-a e pleft!, me deu com força e por frações de segundos se compadeceu, mas ao me ver impávido teve o gostinho de ter feito a coisa certa, como havia dito seu pai, de tal maneira que na próxima vez, devido a uma pequena mancha que fiz na parede ao mover uns móveis pesados, nem se preocupou em buscar a varinha, me mandou trazê-la e me bateu com mais força, e assim foi pegando gosto. Quando uma mulher testemunha a violência, surge nela uma primeira e desprezível gota de adrenalina que a faz condenar essa violência, mas quando não corre perigo porque aplica sem risco de recebê-la, aparecem várias gotas mais, e quando repete a violência insistentemente a adrenalina seduz o sangue e o sangue seduzido muda a visão do mundo da mulher e a faz escolher tudo de novo: o que comer, a quem amar e quais monstruosidades cometer; a adrenalina se torna uma droga que muda a pessoa; com certeza, nas primeiras vezes em que me bateu, Cuqui sentiu vertigem com a transformação de seu corpo, veias eriçadas e pele de lixa, mas depois sentiria cansaço se não me batesse, por não consumir a droga, é claro; a violência em dona Cuqui estava se transformando em lascívia, aumentava sua dependência com velocidade de lava de vulcão; e como os atos da carne devem estar referendados pela moral, querida, na minha idade já não estou para suportar essas coisas, escutei-a pela linha 12, quando o índio fica bobo então eu pleft-pleft!, bato nele, querida, duas lambadas e se acomoda, como diz papai, essa gente é assim.

"Finalmente chegou o dia das viagens, o cretino do dom Unicórnio partiu às oito da manhã num avião oficial para Caracas, para um encontro político, e os pequenos mastins partiram uma hora mais tarde para Santa Cruz para enlouquecer merecidamente seu pré-histórico avô; dona Cuqui, em troca, só pegaria o vôo da noite, era um sábado, lembro bem, dia livre de Rogelia, de modo que por favor, Ricauter, me deixa no Golf, que vou almoçar e me espere em casa para me levar depois ao aeroporto, eu topei satisfeito porque era minha chance, nessa noite queimaria meus navios, e acendi a mecha ao perceber que dona Cuqui voltara, entrei no banheiro dela, me desvesti, liguei o chuveiro, molhei o cabelo e passei óleo por todo o corpo. Tac! tac!, escutei o martelado dos saltos dela se aproximando e cantei em voz alta, embora a dor de cabeça me matasse, como se estivesse embaixo d'água: 'Esse franguinho que me deste', ai meus Deus!, mas o que é isso?!, deve ter dito ao ver minha roupa em seu closet e pam-pam-pam!, bateu na porta do banheiro, porra, Ricauter!, eu não acredito!, não pode ser!, estava o Apocalipse em pessoa, puta merda, Ricauter, como pode estar usando o banheiro do senhor? e meu!; eu saí com uma toalha na cintura e me atirei no chão implorando, sinhora, me discurpe, cuspi na mão que me deu de comê, e beijei aqueles pés maravilhosos apenas cruzados pelas tiras de couro de umas sandálias romanas, me bata, sinhora, me bata!, e botei na mão dela a varinha de salso e fiz com que a agarrasse bem e fiquei de joelhos como adorando-a, me bata, sinhora!, e ela não se fez de rogada, lept! lept! lept!, força, porra!, gritei, e o sangue subiu à cabeça dela, como?, você disse 'porra'?, você disse, índio de merda?!, explodiu, e eu continuei atiçando-a entre dentes: disgraciada!, o que disse?!, puta de merda!, e esses insultos fizeram aflorar nela um monstro mitológico, como se atreve a falar assim comigo, seu filho-da-puta?!, a boca toda retorcida, mostrou os caninos, e me fustigou sem piedade, me marcando as costas cheias de óleo, repete se for macho, idiota de merda!, gritou desorbitada, puta!, voltei a incitá-la, índio maldito!, bramou perdida, possuída, louca, lept! lept! lept!, e quanto mais batia mais se feria: os nós dos dedos contra as paredes, as pernas com a vara, era um buldogue cego pela raiva e, embora tenha caído várias vezes de bruços devido a seus ímpetos, se levantava impelida por sua selvageria; pouco a pouco fui me levantando, a toalha ficou no chão, e a Cuqui faltava ar, estava esgotada, botou uma mão na cintura e com pose de ama me chicoteou o peito, marcando-o, tornando-o de granito; em vez de detê-la fiz com que uma corda invisível içasse meus braços entregando meus flancos como um Cristo torturado; ao ver essas clareiras Cuqui se esmerou em minhas axilas e costelas até que seu galope desenfreado acabou por derrubá-la, suas pernas tornadas sedas a obrigaram a se agarrar em mim, a me cravar as unhas para não desabar, mas já era hora de cair; me deixei levar pela gravidade e rolamos, eu lacerado, ela exausta, até que nossos corpos se detiveram amontoados e suarentos. Nesse instante aconteceu uma coisa que durante séculos havia sido impossível: a senhora-fogo, o índio-estopa, chega o diabo e fffffhhh!, sopra, sopra, é que você, Ricauter, engoliu os soluços, você é um filho-da-puta, me fez fazer isso, e começou a me beijar o corpo, a lamber os pêlos, é que você, soluçava, é um filho-da-puta bandido, me arranhava os músculos e os mordia para comprovar sua dureza, índio de merda bandido filho-da-puta, mergulhava o rosto de alabastro italiano na madeira avermelhada do meu peito; com as pinças marmóreas de suas mãos pegou meu rosto cor de casca de batata e se atirou ao primeiro choque de saliva, gengivas e dentes de que nos desprendeu um empurrão que dei e quando foi o segundo, como a hidra de Lerna com seu pescoço esticado, buscando minha boca com o O imenso e retrátil da sua, escapei, e ela tentou um terceiro, mas escapei de novo; era imprescindível botar de molho minhas dificuldades, dona Cuqui ficou sem compreender minha reticência até que a empurrei para que se levantasse e a despertei com palavras, já me castigô, sinhora, tenho que botá gasulina no carro e calibrá os pneus, e sob o halo de seu atônito olhar peguei minha roupa e saí para cumprir minhas obrigações pendentes, e aí me dei conta de que, no meio de toda essa balbúrdia, as agulhas que me picavam o cérebro tinham desaparecido.

"Quando voltei, Rogelia, que já tinha voltado da sua folga, me esperava nervosa na garagem, me conta, Ricauter, o que aconteceu?, a senhora está chateada com você, vai te botar na rua, me disse, que que vamos fazer?, eu a olhei, e onde tá ela agora?, perguntei, está se arrumando e fazendo curativos, teve um acidente no Golf, precisa ver as mãos cortadas, esfoladas, e eu: coitadinha, mas vô mimbora de quarqué jeito, que minporta, Rogelia?, eu só quero vê você, só quero ficá cum você, e a coitada da desdentada suspirou, ai Ricauter, e como eu ainda estava inflamado pela excitação irresoluta, aí mesmo, sem reparar em seus defeitos físicos, a embuti de pé contra a parede, ela se debatia no estuque, ai Ricauter ai ai ai Riquinho cuidado a senhora cuidado!; só quando terminamos, enquanto Rogelia se penteava (as mulheres sempre se despenteiam nesses transes), Rogelia!, Rogelia!, escutamos e subimos para pegar as malas que esperavam sozinhas no patamar da escada, e as levamos para o carro, um suspense dramático, e apareceu a senhora descendo os degraus com passo imperial, muda como um túmulo sem nome, com os olhos brilhantes e descansados à força de colírio contra a raiva, vestindo luvas de piloto para cobrir as feridas; no carro se manteve zangada olhando pela janela até que chegamos ao pedágio do El Alto. Ricauter!, sim, sinhora?, como eu o tinha advertido oportunamente agora lhe comunico oficialmente que temos (usou o plural) que prescindir de seus serviços profissionais; assim que, quando regresse meu esposo, passe pelo Senado para acertar as contas pendentes; intão tá, sinhora, só que num cunheço esse tal de Senado, daí acho que é miô dá minha grana pra Rogelia, por favor, que vô tá vendo ela sempre, e a senhora olhou Rogelia com ódio, não tem problema, fingiu e continuou, Ricauter, deixe o carro em casa e entregue as chaves a Rogelia e me faça o favor de levar suas coisas pessoais, sim, sinhora; na porta da sala VIP do aeroporto deu um beijo falso na bochecha da Rogelia e pra mim nem água, nem mesmo um gesto de desprezo, e se foi de nariz empinado.

"Fiz o que dona Cuqui tinha mandado e, no dia seguinte, rei morto, rei posto, embarquei num novo carro nas fileiras laborais da senhora Mimí, que há tempos tinha me falado que desejava meus serviços profissionais, pica incluída, porque apesar de grã-fina, era antropóloga e no pós-coito se dedicava a me investigar, o que sonha?, como você representa o mal?, conhece a lógica trivalente ou apenas a aplica naturalmente?, claro que me pediu a maior discrição por causa de seu meio social e nada de se apaixonar porque tinha um namorado inglês, outro inútil, antropólogo também.

"Ao interceptar uma ligação em minha nova casa, me inteirei que a senhora Cuqui tinha voltado, eu se fosse você, Mimí querida, não utilizaria os serviços desse homem, ai Cuquisita, se queixou a antropóloga, no que consiga outro motorista-jardineiro vou levar seu conselho em conta, mas os empregados hoje em dia, você sabe, como são difíceis..., soou a linha vazia, como será?, talvez meditasse dona Cuqui, mas venha, Mimí, tomar um chá, querida, é o aniversário de Consuelitojiménezroca e além disso quero mostrar o que comprei em Bal Harbour, e às cinco da tarde... eram cinco da tarde... deixei minha patroa em minha ex-casa e me recostei no carro para cochilar, tec! tec! tec!, soou na janela, era a Rogelia que me trazia biscoitinhos e doces para demonstrar seu amor, sem prová-los voltei ao cochilo, tic! tic! tic!, uma mão mais fina, minha ex-senhora Cuqui: trouxe umas empadinhas e uns canapés pra você pra que veja que não sou rancorosa, se sente bem em sua nova casa?, e eu, com fleuma inglesa que aprendi com sangue, disse tô munto bem mais ou menos talveiz, e recebeu seu dinheiro?, perguntou, porque na chegada o entreguei a Rogelia como você me disse, eu meti a mão no bolso e lhe devolvi dez pesos, a sinhora me mandô dimais; mas não, respondeu ela atrevidíssima, não importa; obrigado, sinhora, mas pegue seu troco, e outra vez seu olhar de harpia, o que você quer, Ricauter?, já perdi a paciência uma vez, não me faça perder a segunda, pegue o dinheiro!, se não, faço meu marido meter você em cana, tem razão, sinhora, peguei o dinheiro, é sempre ansi, os tiras sempre engaiola os honrado; seu merda!, idiota!, você não é motorista coisa nenhuma, você é um terrorista camuflado, porra, vou fazer a polícia dar uma sova em você, e eu: cachorro véio late sentado, respondi, pra que poliça?, você mesma me bate como sempre; metidinho a esperto, não, seu merda?!, agora mostra as garras, hem?, e atirou as empadinhas e os canapés no chão e eu rasguei a grana e a atirei pela janela, pleft!, me sentou um tabefe, índio de merda!, comigo não se fala assim!, e a montanha se descascava: nessa mesma noite invoquei sua derrocada *milluchando**, com passes mágicos, uma calcinha perfumada com suas intimidades que eu tinha roubado, e amarrando-a nas minhas cuecas, *achachilas*, tios, tias, vovô Santiago...!, rezei, chamei, pedi que nos juntassem.

"No sábado me encontrei com Rogelia no parque Los Monos; estava tão apaixonada que me disse que queria deixar a casa da senhora Cuqui, casar comigo, e com dois mil dólares que tinha economizado comprar um terreninho para que trabalhássemos os dois (vinte ou trinta anos como negros em plantação de algodão) pra fazermos uma casinha com um dormitório e *living*-de-jantar, e que teríamos filhotinhos como os da senhora Cuqui, e vá me contar de sua senhora, anda bem esquisita, às vezes canta e se arruma mas de repente muda de humor e quebra vidros de perfume contra a parede e repreende seus anjinhos sem motivo também, e o dom Unicórnio não sabe o que fazer, brigam até não poder mais, e ela diz que quer se divorciar mas ele, que é mais velho e a ama mais, pobrezinho, comprou pra ela um jipe Ranje Rouer pra ver se se acalma mas estou avisando você, Ricauter, tenha cuidado, porque muitas vezes me disse que te diga que volte a trabalhar mas se você volta eu te mato, e ficou com a mesma cara alucinada da senhora; mais claro que água da cordilheira!, a Rogelia acabava de me mostrar o fio do coração da montanha, e então a olhei triste: era o momento de sacrificá-la, pois se até agora tinha sido de utilidade, daí pra frente ia ser um obstáculo, num posso casá cum você pra sempre, lhe disse, e ela caiu de quatro, hem?!, por quê?, num quero pra

---

* Milluch'ada. Ritual andino para benzer, dar boa sorte. (N.T.)

sempre, respondi, e então perdeu o rebolado e caiu no choro e me disse que a tinha enganado, era um mentiroso maldito desgraçado devia ter escutado minha senhora como é lindo (hummm, palavra da senhora?), é Lúcifer, demônio, deve ter tuas cholas por aí (ah, essas são palavras suas, dona Cuqui); para lhe deixar uma lembrança elegante como uma luva, decidi baixar levemente a máscara e, com a pronúncia de um Lope* moderno, disse para minha desconsolada amiga: até nunca mais, querida e inolvidável Rogelia, desdentado coração meu, e fazendo um gesto fidalgo parti, e ela, por ter os ouvidos meio tapados pela aflição, perdeu o fio da meada de meu segredo e aos gritos começou ora a me implorar, ora a me insultar, o que era ótimo, pois instigada pelo despeito se queixaria à sua senhora.

"Dois dias mais tarde considerei que passara o tempo necessário e acompanhei minha senhora Mimí até a mesma academia, onde, bem calculado, minha ex-senhora Cuqui já havia retornado, Mimí querida, você está o máximo, Ric, quanto tempo, estava nervosa, seu olhar me fugia, vem cá, filho, me chamou à parte, me ajude, e ajudei-a a fazer *leg press* enquanto a senhora Mimí fazia abdominais com Dilman, seu *personal trainer*, preciso falar com você, Ricauter, sussurrou minha ex-senhora entre os exercícios; sim, sinhorita, pód'izê; porra, já disse que sou senhora, não?!, quero que volte a trabalhar para nós (voltou a usar o plural) e com um salário maior que... sim, Mimí querida, já já já vai!, a sirigaita o chama, Ric, sim, sinhora, já tô indo, respondi espichando o tempo, onde e a que horas posso ver você?, perguntou, e eu lhe disse que saía às sete e que podia estar às oito na Praça Humboldt, às oito os meninos ainda estão acordados mas às nove e meia, que que você acha?; menti que nessa hora havia pouca condução; eu levo você em casa, prometeu, mas seja pontual, mas quem chegou atrasada, prolongando as explosões de minhas têmporas, foi ela; me ofereceu oitocentos pesos em vez de seiscentos para que voltasse a trabalhar com ela, é que talveizs não vô tá pudendo, respondi, porque a sinhora Mimí me paga

---
*Referência ao escritor espanhol, contemporâneo de Cervantes, Lope de Vega (1562-1635), de estilo solene. (N.T.)

novecentos; ah, é?, deve ser porque você transa com ela, disse furiosa; não, sinhora, baixei a cabeça; Ricauter, estou pedindo a você que volte a trabalhar para nós, vou pagar mil, okay?; é que a Rogelia é um pobremão, claro!, quem mandou você fazer essa cagada, hem?!, ela anda chorando pelos cantos, retrucou imediatamente, obrigado, sinhora, mas mió não, respondi, e ela pestanejou como se tivesse um cisco no olho, bem, se você quiser despeço a Rogelia, disse com veemência (ah!, o caminho se faz ao andar), nesse momento chegamos ao meu prédio, talveiz pode sê tamém, eu disse; olhou a fachada miserável do cortiço, me deixa entrar, quero ver como você vive; pois é, sinhora, um poquinho, bem, feio tá meu quartinho, sorri, não fique envergonhado, homem, me mostre, e foi um contraste extraordinário vê-la cheia de jóias, limpa, perfumada e elegante nesse lugar medonho, descascado, pequeno e sujo; instintivamente pegou um perfume em spray e rubricou no ar sua assinatura, não é mau, disse compassivamente (claro, está tudo certo que um índio de merda viva num antro), e enquanto ela forrava minha cama com o casaco para sentar, fundi sua imagem em minha mente àquela quando estava em sua casa rodeada de luxo, lhe ofereci um chá de menta em que botei filtros de amor, ela bebeu, hummm, que bom!, degustou-o, venha, Ric, me sentou a seu lado, depois se deitou se oferecendo de bandeja, e seu cabelinho curto lhe fez uma diadema de sol, estou cansada, suspirou; fez levitar sua mão-marfim de onde desdobrou dois dedos-pernas com botas vermelhas que me caminharam por cima das calças até a eminência erétil de minha braguilha, está vendo?, gosto de você, homem, e me desvestiu dizendo nunca vi ninguém cheirar como você (também, o que como de vegetal!), e me beijou, e eu comecei a comê-la como a uma alcachofra, folha por folha; quando estava peladinha, eu a lambi e a chupei e, do mesmo modo que à gringuinha embaixadora, fiz Cuqui ter vários orgasmos, adoro que você não tenha barba, me enlouquece, venha agora, termine você, me pediu, e eu lhe disse que não podia, e uma nuvem lhe escureceu o rosto frente à dolorosa premonição, cortaram as suas...?, mas ao constatar minhas bolas, não pode?, você é impotente, Ric?, vou levar você aos Estados Unidos no melhor especialista...; não, sinhora, eu disse, é que um poquinho tô apaxonado de otra pessoinha e num posso le fartá; o quê, apaixonado?!, não quer fazer amor comigo por isso?!, uma 'senhora bem', cholo de merda!, diga lá, seu idiota, 'apaixonado' por uma chola com pedaços de folhas de coca nas gengivas e que mete o dedo no nariz e faz bolinhas de meleca enquanto conversa e que em vez de dizer 'preciso' diz 'perciso', vocês não têm jeito mesmo, porra, não querem tirar o pé do barro, não querem sair da merda, mas se deteve e levou a mão à boca para apagar as palavras que tinha dito, não será a Mimí, hem?, perguntou sombria, eu calei teatralmente por um segundo e olhando o chão neguei com a cabeça que me pesava, ela achou que descobrira tudo, se vestiu apressada e foi embora.

"'Espere na margem do rio para ver passar o cadáver de seu inimigo', sim, depois de uns dois dias a garça de alto vôo desceu para ser pega pelo falcão; frente à minha casa, em seu flamante Range Rover, me esperava a senhora Cuqui com óculos escuros onde caía uma mecha dourada que a peruca não cobria, me seguiu até o quarto, lhe dei outro chazinho carregado de felicidade e novamente a levei e a levei e a levei ao paraíso até lhe arrancar um sorriso prolongado de pálpebras caídas e lentos calafrios, mas tampouco dessa vez terminei dentro dela, não seja assim, vamos transar de verdade, não sei o que fazer com você, Ricauter, não sei o que você me fez, não sei como caí tão baixo!, Deus meu!, se meu pai me visse, não quero nem pensar, é que você é muito não-sei-como, venha venha venha dentro de mim, quero levar seu sêmen em minhas entranhas para dormir com seu cheiro, ficou com rosto de virgem renascentista, botô a Rogelia na rua?, perguntei, prometo que amanhã sem falta, assegurou, mas como do dito ao feito há um grande eito, lhe respondi: intão eu tamém amanhã mais ou menos sempre vô terminá dentro de você, lept!, me sentou a mão mas imediatamente se contraiu amedrontada, seu gesto era um convite, queria que lhe respondesse, queria me pegar na mesma rede em que tinha sido presa, pum!, seu olho, bleft!, ela foi ao chão, por mais de um minuto não soube o que fazer, depois levantou piscando toda, se vestiu e, agarrando o olho de pirata, se dirigiu para a porta em silêncio, eu peguei meu charanguinho, tch'aqueham-tch'aqueham, toquei para chamá-la embora ao mesmo tempo tenha gritado: não vorte mais, porra, puta de merda, disgracida!, ela fechou a porta com suavidade, tch'aqueham-tch'aqueham, os acordes voaram no seu encalço; e ela voltou no dia seguinte pela mão da síndrome de abstinência, te disse pra não vortá, embora o charango soasse, t'ilim-t'ilim, oferecendo ternuras, por favor, Ricauter, cabisbaixa, não me trate assim, homem, aceito que saia com a Mimí mas não me trate assim, olha como me deixou o olho, tive que dizer pro Unicórnio que me caiu um peso na academia, não sei se acreditou, e além disso já botei a Rogelia na rua, veja tudo que faço por você; abraçada ao marco da porta, o trato já terminô, sinhora, já num tem trato mais sempre, e lhe fechei a porta nas fuças, ela se pôs a bater como uma selvagem, e tive que abrir porque os vizinhos começavam a aparecer, puxei-a aos tropeções, tirei o cinto e ela me disse que não fosse cruel, e bota o rabo de fora, lhe disse, ela o pôs branco peladinho, e eu lept! lept.!, lept! lept.!, dei umas lambadas na bunda, e, como santa imolada pela heresia, incrédula pôs as mãos na boca para conter os gritos, mas as lágrimas lhe sulcaram o rosto de mártir, e eu me emocionei e a beijei por todos os lados, lhe mordi com força e a acariciei por vários orgasmos o seixozinho de sua conchinha, como cheirava!, cheirava a desejo!, seus sucos abafaram o Kenzo, e assim entrei em suas trevas a explorar, diabo, diabo, me dizia, e eu: puta de merda burguesa porra: 'é índio demais pro meu gosto', sabe dizê em inglês pra tuas amigas, não, sua merda?!, *k'ara* fedorenta emproada porra, tome!, merda, tome!, eu a batia contra a cama que saltava no assoalho queixando-se com gemidos metálicos, e quando escutei Cuqui cantar como sereia saí de dentro dela e levantando as dobras do seu botão desci para chupá-la; pouco a pouco sorvi seus sais até fazê-la gorjear uma, duas, não sei quantas vezes mais, até que lhe fosse insuportável, quando se tornou rouca como tenor afônico lhe empurrei a cabeça para baixo para que me lustrasse com sua língua, e sua eficácia nesses gargarejos chamaram minhas essências, essas que ela havia solicitado com tanto afinco; quando sentiu minhas pulsações se fez penetrar para que me depositasse nela e me agradeceu; contemplar a rendição de suas jóias e displicência me pagou com juros, mas eu não podia esmorecer, ainda me faltava muito para queimar o coração da montanha, nunca ninguém me fez amor como você, me disse, banhando-me de beijos, licença, tou um poquinho munto nervoso..., disse me afastando, meio individado e vão me botá no xilindró se não pago, me levantei da cama.

"Começou me emprestando três mil dólares para cobrir essa dívida, e, como o que sobra não faz mal, depois foram quinze mil para que eu deixasse de trabalhar na casa da senhora Mimí, e a seguir me deu outros quinze mil por outra razão, empréstimos tipo pague a Deus e, com o aval da paixão, claro que ela, vivíssima, com cada emolumento procurava reordenar nossa relação, isto está muito sujo, Ric, mude para um lugar melhor, se não tem grana deixe que eu pago, deixei de tocar meu charanguinho, sô poca coisa pra você, sinhora?, acusei, não, cara!, você sabe que não é isso e não me chame mais de 'sinhora' por favor, num me diga o que tenho que dizê, nem o que num dizê, nem que tenho que vivê com os *k'aras* branquelos pra que me óiem como rato, Ric, essas são idéias suas, se você pensa que é inferior as pessoas vão tratar você assim, mas se você... lept! lept! lept!, merda, dei nela porque me deu corda e tudo numa boa; mas me montar e me esporear?, comigo não.

"Sem dúvida, as equimoses alertariam o marido e desencadeariam situações que eu devia conduzir para o ponto crítico. Um dia liguei para o Unicórnio no Senado e, com um castelhano calmo e com pronúncia perfeita, disse a ele que, por solidariedade masculina e por vergonha de gênero, devia lhe contar que sua mulher se deixava adubar e regar por um índio e, além disso, ela se fazia insultar e até bater; o primeiro efeito chegou daí a uma semana, mais ou menos, amanhã não vou vir, Ric, porque o Unicórnio me pediu que viaje a Sucre para ajudar num trâmite judicial, mas no dia seguinte, na hora de sempre, minha campainha tocou, o que me fez supor que ela tinha desistido da viagem, mas, surpresa maior, ao abrir a porta me deparei com o dom Unicórnio em pessoa, entrou sem me cumprimentar, se sentou como eles se sentam, como se estivesse na própria casa, me olhou longamente, escaneou ao redor para torturar-se com a imundície que tinha enlouquecido sua mulher; sabe que sou um homem poderoso, sim, sinhô, eu disse sem ter me movido da porta para fugir se ele sacasse uma arma; uma ordem minha e você vai em cana a vida toda, nisso num tô muito de acordo, sinhô, porque a Defensoria do Povo a imprensa o escândalo o sindicato as ONGs de minorias étnicas que são maioria neste país tomam partido contrário e tudo isso deixa a coisa um pouquinho difícil, não?; tenho dinheiro suficiente para fabricar provas ou para mandar matar você; isso tamém tá certo mas a sinhora Cuqui me vendo com as canelas esticadas vai sofrê munto munto e o sinhô veio porque não qué vê ela sofrê, ou não?; quanto quer?!, me disse à queima-roupa, e eu entrecerrei os olhos avaliando cifras: quanto me oferece?, perguntei; começou com dez mil dólares e terminou com duzentos mil mas com a condição de que eu fosse embora do país, você ama muito a sinhora ou é ruim pra tua carreira que tua muié goste de um índio?; não se faça de esperto porque agorinha mesmo faço você cagar sangue, me ameaçou; tem razão, sinhô, e tem mais razão ainda porque eu já fiz você cagá sangue fodendo tua muié, e ele, apesar de sua gordura e de sua idade, pulou em mim como um canibal, eu fechei a porta por fora e agarrei-a forte para me proteger como se fosse um capacete, crashh! trahss! bum! pam! crashh!, escutei que destruía meu mobiliário e meus tarecos e eu abria a porta, espiava, sinhô!, dizia e ele vinha correndo e eu a fechava e outra vez crashh! trahss! bum! pam! crashh!, e outra vez eu abria, espiava, e outra vez: sinhô!, e outra vez ele vinha, e assim muitas vezes até que dali a uma meia hora larguei a porta, ele suava como o cavalo do bandido, mas assim mesmo me seguiu até a rua, já desabafô, sinhô?, perguntei, e como resposta me lançou o punho, mas, como mais vale manha que força, me esquivei e com uma chave de braço o botei contra o capô de sua caminhonete, de onde saíram dois guarda-costas, um derrubei com um cotovelaço na garganta, talvez tenha desmaiado, e o outro sacou um revólver e, enquanto o apontava para mim, pra trás, porra, pra trás!, ajudou seu chefe a subir no carro, carregou seu companheiro e partiram a toda velocidade; que merda!, contemplei a devastação de meu quartinho e dei uns tapinhas num fininho de maconha para relaxar.

"No dia seguinte, surpresa!, chegou acompanhado por seus dois monstrinhos, para me implorar, lacrimoso como no Réquiem, que deixasse sua mulher, eu me comovi, não é perciso sempre trazê tuas *wawas* lindas (os burricos), e os dois Mengelezinhos, certamente ensinados pelo pai, mamãezinha mamãezinha querida!, choravam, coitadinhos, sinhô, me dói o coração, ouve o sinhô, e teus minino mais ainda, porque no fim semo tudo bolivianos, ou não?, por mim topo mais ou menos pelos mininos mas agora, sussurrei, o negócio é cum tua muié, tem que falá cum ela, o que ela dizê vai sê; claro, claro, disse emocionado e agradecido, se desculpou pelo estrago feito, por favor, me mande a conta, Ricauter (sim, todo íntimo), e dizendo vamos, meninos, foi embora agradecendo de novo, espertalhão de merda, como não conseguiu nada à força quis me pegar pelos sentimentos, além de economizar os duzentos mil, e apenas por essa sempiterna e porca manobra desses hediondos deixei o estrago intacto para que dona Cuqui visse; k'chim k'chim, tocava meu charanguinho no outro dia, quando ela chegou da viagem atropelada pela urgência, meu marido sabe de tudo tem fotos da gente se beijando aqui na porta diz que me perdoa se abandono você o que vamos fazer, Ric?, você num sei, sinhora, eu vô tá arrumando meu quarto, como é possível que não se preocupe com o que acontece?, não seja frouxo, homem, por acaso você não se importa nem um pouquinho comigo?, se importa?, num, sinhora, na verdade, dispois do que teu marido me feiz e dos capangas que me obrigaram a aceitá grana pra que num me despachem pro outro mundo, não, sinhora, na verdade a sinhora não mimporta nada, munta encrenca tamém eu sabia que você era, e ela apenas então reparou nos destroços, o que aconteceu aqui?, já te disse, teu marido veio cum dois caras grandão como o Tatake*, os da segurança!, afirmou ela, e com um advogado terrível, Fernandorosas, explicou; e um major da poliça, e ela voltou a contrapontear: o auxiliar do Senado; esses dois vão te matá e esses outros vão botá você em cana, teu marido me disse, óia você o que é miô, ou então aceita esses pesos e cai fora, crashh! trahss! bum! pam! crashh!, arrebentaram meu quartinho, óia aí como ficô, teatralizei minha desgraça movendo os braços como pás de moinho, isto me deu teu marido, lhe agitei na cara um maço de dólares que na realidade ela tinha me emprestado, e eu carmamente disse pra mim mesmo: se a sinhora Cuqui não qué vi vivê cuntigo, intão pra quê, hem?; e em seu belo e harmônico rosto campeou o caos, o

---

* Wálter Tatake Quisbert, pugilista gigante, que chegou a ganhar medalha de ouro nos Juegos Bolivarianos de 1977. (N.T.)

mesmo deus perverso que já tinha detonado alguns filhotes de dinamite em sua alma, quebrando-a apenas, mas dessa vez eu o convocava com toda a sua força devastadora para que, como um vento nuclear, lhe varresse até o último bolsão de resistência, pra que vô tá aqui se ela lá num se importa cumigo, me disse, ansi que tô indo pra Argentina, se lhe tocou num fio de cabelo eu mato esse filho-da-puta!, me examinou a cara; não não, num é minha cara, miô a sinhora i simbora, vá se ti envergonha tanto ansi gostá de verdade e vivê cumigo; mas, Ric, é que não posso, tenho meus filhos, me entenda, não posso me mudar sem mais nem menos; botei-a pra fora aos empurrões e não abri a porta nem no dia seguinte quando veio toda escandalosa chorar no corredor, nem no outro dia, o terceiro, Ricauter, você me deixa maluca, se sentou no chão em meio a um opressivo limbo, olhou meu submundo com um saldo precário de opiniões, tem vergonha, né?, pra dá o rabo, sua égua, num tem vergonha, mas pra vivê tem vergonha, né?!, lept! lept!, enchi a cara dela de sopapos, dá o fora, sua merda, e não vorta mais!, e dei com o cinto, lept! lept!, mas mesmo com lágrimas nos olhos: não me bata mais, Ricauter, não me bata!, eu venho viver com você; aí estava!, aí!, aí estava o coração da montanha se derretendo entre minhas mãos em contato com o vento; tão inacessível e no entanto tão frágil, escorrendo como argila na segunda lavagem do minério, aí estava oferecido pelo *open pit*, eu já não teria que me arrastar como réptil pelas cavernas, já não teria que agüentar a asfixia, aí estava o tesouro transformado em cinza, o amor fugido da sensatez.

"Apenas suas amigas mais queridas ficaram sabendo e lhe suplicaram que desistisse, mas como sua sorte estava lançada fizeram chás de despedida em que, Madalenas, choraram mares como se chora a uma irmã que caminha para o cadafalso, e uma noite, aproveitando que o dom Unicórnio estava ocupado numa convenção política, deu um beijo na testa de cada um de seus pequenos dinossauros e chegou com três caminhonetes de mudança, cheias de roupas e móveis que, como não cabiam em meu quarto, antes do fim do carregamento levei na hora para arrematar no mercado *t'anta kjathu**, e por isso só lhe sobraram um par de blue jeans, umas camisas

---

* Ou t'ant'katu, mercado de coisas usadas e, dizem, roubadas, no Bairro Chinês. (N.T.)

grossas, uns vestidos de tecido rústico, a roupa mais resistente, e aqui tem coisas pra fazê, botei-a a lavar roupa, minha unha!, não lavo mais!, se ouriçou toda quando o primeiro cobertor arrebentou uma unha, lept! lept! lept!, surrei-a e não lhe falei nem a toquei, porrada e gelo, não seja assim, Ric, sabe que gosto que me faça amor, aceitou voltar a lavar e lá se foi outra unha, eu pago uma empregada, assim não posso viver, Ric, outra vez porrada e gelo, gelo e porrada, durante uma semana, e pra completar cheguei bêbado para que cheirasse a outras safras, e sem dizer nada voltou às suas tarefas; num gosto do teu nome, eu disse pensativo enquanto dava um tapinha num fininho de maconha, vô te chamá de Basilia, daqui pra frente é ansi, chorou muito com a mudança de nome, mas também fiz muito amor com ela para premiá-la, e esta foi a técnica: fazia amor cada vez que ela me obedecia, se não, não fazia; e assim, junto com as unhas, se foram mutilando a soberba e os nojos, e pouco a pouco foi aceitando (pela metade, como as mulheres aceitam o que não gostam) meu quarto, seu tamanho, a vizinhança, e também foi aceitando os ratos que nos visitavam, os cortes de luz, os cheiros de mijo e de cocô pela escassez de água, água que ela carregava em baldes de uma torneira pública, e quando no fim do dia eu voltava da rua, me esperava sentadinha, com um lenço na cabeça e seu sorriso de boas-vindas, disposta a me esquentar a comida que, se bem que meio sem sal no começo (assim a tinham ensinado na Suíça, dizia), com o tempo foi melhorando; agora, convenhamos, a César o que é de César, a limpeza era impecável, o quarto parecia a prataria do bispo.

"Um dia me contou que seu marido, o Unicórnio, deprimidíssimo, a tinha abordado na rua enquanto carregava água e lhe suplicou que voltasse e a ameaçou com um processo e com os filhos, mas ela incólume e convencida disse para ele que ficava comigo, escutei-a com o cenho franzido, não fale com quarquer um, tá sabendo?, lhe adverti, e ela disse que sim e se sentou para coser, e assim vivia feliz, mas então o Unicórnio negou que ela falasse por telefone com seus filhos, coisa que a fez sofrer muito, e certamente foi ele mesmo que mandou publicar na primeira página de um jornal sensacionalista: 'Granfa foge com *uku runa**', que traduzido quer

---

* Literalmente, em quéchua, *uku* é "dentro de", *runa* é "pessoa". Mas *uku* também aparece em frases em que tem o sentido "de baixo". (N.T.)

dizer: 'Senhora da *high* foge com índio da *low*'; o artigo narrava nosso idílio e trazia uma foto dela, jovenzinha, do tempo em que foi rainha do motocross e outra, mais difusa, feita com teleobjetiva, me beijando na rua; não mostrei o artigo mas ela ficou sabendo, na certa pelo celular que escondia de minha vigilância para se comunicar com as, cada vez menos, amigas que o repúdio social foi lhe deixando; deve ter sido por isso que quando cheguei a encontrei revoltada, já demonstrei que te amo, Ric, agora chega, vamos contratar uma empregada, hem, cara (por aí falava com sotaque e linguagem misturados, meus e dela)?, me pus a tocar t'ilim-t'ilim meu charanguinho, me fazendo de indiferente, por favor, eu pago, olhe só minhas mãos, me encheu a paciência porque a última revolta dos escravos foi com Espártaco e fracassou, porra! merda! quem pensa que é?!, tive que dar nela uma tunda antológica para botar o sistema nos eixos, e depois fiz amor com ela como um burro desesperado batendo a todo vapor ossos e carnes, pélvis contra pélvis, fazendo soar lótch-lótch, tiranizando-a, insultando-a porque aí eu encontrava meu maior prazer, e ela também, finalmente deixou de querer ser a manda-chuva e, pegue, Ric, me disse uma noite entre os lençóis, para que nada nos falte, era um cheque de duzentos mil dólares, ganhos com o suor do meu corpo, sim, Basilia, pode deixá cumigo, lhe disse, e, como a caridade começa em casa, comprei barata a terra de meus antepassados de um mineiro quebrado, também comprei um pequeno forno para que meus irmãos processassem minério das sobras das minas e um tratorzinho, e o resto?, foi para uma conta no Deutscher Südamerikanische Bank.

"Uma madrugada em que cheguei meio nos tragos, Basilia, que já não se importava com o bafo mas sim com os ciúmes, fez uma cena mas, em vez de me agredir ou me chantagear ou reclamar, bateu na cabeça com uma frigideira e se arranhou toda, tou ficando louca, tou ficando louca, me disse, adestrada como macaco de realejo, já era minha chola, pior, era minha *muru** *imilla* de serviço, e por isso, mal acordei na manhã seguinte, lhe disse: já vorto, e me fui, não apenas do quarto mas da Bolívia, porque,

---

* Muru é cortado, em aimará, mas também deformação de mouro, pagão, não batizado. (N.T.)

como o mercado nacional da alta sociedade estava muito prevenido sobre minha pessoa, fui trabalhar em Lima, depois em Santiago e recentemente em Buenos Aires, grandes capitais em que, cada macaco no seu galho, sempre exerci esse ofício com as senhoras Cuqui de lá, e hoje, depois de tanto tempo, posso me vangloriar como Paper Mate de nunca ter falhado nem um traço.

"Quando abandonei Basilia ou, melhor dito, a senhora Cuqui, parti para Mallorca, onde me encerrei durante várias semanas numa casa alugada para me curar de tanta confusão com uma terapia que, desde então, se tornou um costume: viajar como Sherlock Holmes pelos sentidos, pelas lembranças, ajudado pela mais heróica das drogas, a filha da papoula, que me permite regressar para onde quero estar, lá longe, de onde nunca deveria ter saído, iiuuuhhhuuuu!, na calma, com as oveiazinhas óia óia cuidado o condor *llokalla** vamu pastar vaca k'chim-k'chim! as cordas de meu charanguinho pelos campos e lááááá em ciiiimmma a pipa e meu paizinho fora! fora! passarinho e caralho puta porra merda! e eu chita, bicho, os afugento com meu estilingue ha! ha! ha! ha! a pedra salpicou água na minha irmã ha! ha! ha! ha! braba me persegue com o prendedor de cabelo vai me espetar mãeeeeezinha! grito... mãeeeeezinha!, sofro, muito muito estranho e choro sozinho e em paz.

"Agora, depois de quinze anos e esperando ter sido esquecido, voltei à minha pátria e agradecerei a quem, não sendo cão de guarda dos donos, me informe de uma família com uma bela e distinta senhora que necessite do serviço completo de um motorista-jardineiro.

"Muito obrigado."

A coisa ficou feia. Alfredo, o peruano, exclamou "ui, *curuju***!" e lhe faltou talento para improvisar uns versinhos. O ar da sala parecia o lamento de um súcubo. Não era para menos. A abusada história de Armandito

---

* Criança maior que o recém-nascido e menor que adolescente, em aimará. (N.T.)
** Exclamação peruana típica. (N.T.)

podia ser explicada considerando-se o antigo poder opressor, que é um velho conhecido, mas esta subversão de Ricauter rompia todo preconceito benevolente para com a etnia, toda pose paternalista. Os corpos se inclinaram como os de pessoas estudiosas e as mentes vagaram sem rumo.

Dom Juan ficou em silêncio.

Álvaro, o colombiano, foi invadido por um temor elementar. Alguma vez, Carmen, sua adorada mulher, teria sentido encantamento pelo bárbaro, o chamado desse anseio fascinante e ao mesmo tempo devastador que ele mesmo numa intervenção anterior havia defendido e que agora o enchia de apreensão? E ela, de uma candura angelical, teria dado curso, numa exceção perturbadora inconfessada, como a aristocrata Gala Placídia, irmã do imperador Honório, que aceitou o visigodo Ataulfo, ficando enredada pela demoníaca doença da diferença, a ponto de renegar sua raça e seu reino? A cor dos ciúmes tingiu o rosto de Álvaro, e ele não quis continuar imaginando possibilidades porque, com seu vôo de poeta, não pararia até destruir injustificadamente a vida. Pediu a palavra para se exorcizar.

Ricauter não tinha saído da tribuna e olhava a sala com os olhos vazios da esfinge de Gizé.

— A caixa de Pandora, ao ser aberta — gesticulou Álvaro —, desencadeia destruição irracional como é a destruição que, nesse caso, faz a fúria contida por séculos em Ricauter, não só por ter sido separado precocemente de sua infância, mas porque a leva como uma herança carnal. Agem velhos impulsos desembestados. Nem ele os pode deter. Esse mito grego nos revela uma forma da alma, atemorizada pelo real e, embora muitas vezes o neguemos, sua causa. E quando acontece, não opera a astúcia do vencedor, que é preservar o mais possível o vencido para se nutrir dele, mas sim a angústia do vencido, nesse caso Ricauter, que só deixa ruínas: o Apocalipse. Sua cega potência está justificada por uma profunda vingança, e por isso ele age com absoluta ingenuidade e até bonomia. Não hesita em destruir aquilo que deseja ou que o completa, pois à força de ter vivido machucado não sente o vazio. Está destinado pela inércia de sua história a construir no mundo exterior a mesma devastação que leva em seu interior.

Apenas então alcança a calma, porque o mundo de fora se parece com o mundo de dentro. Apenas então seu ser já não está habitado pelas contradições, por dúvidas ou conflitos. Por fim, ele é igual ao ambiente ao seu redor. Isso acontece quando o que ganha é ao mesmo tempo o que está perdido.

Antes que Álvaro concluísse, dom Juan tinha partido. Ao tomar o táxi rumo a sua casa pensou, por partes e com sobressaltos, na maneira de ajustar o personagem de Ricauter à sua medida.

— Terrível, esse Ricauter, não, Mestre? — comentou Elmer.

Como terrível tinha sido esse outro índio, Natalio Mamani, que na mina Milluni fez com que amarrassem os administradores no alto das enormes antenas de rádio para evitar que a aviação bombardeasse o distrito. Em quatro jornadas derrotou o exército, acossando-o com dinamites lançadas com funda como bombardas, e o obrigou, como numa guerra internacional, a assinar um armistício. Tinha vindo umas duas vezes visitá-lo em seu estado, tão velho como ele, com sua cara risonha de ovo e com os vestígios de sua poderosa energia de antigamente. E, no entanto, é um completo desconhecido para a míope historiografia oficial.

Quando o táxi chegou ao edifício, depararam com uma confusão por causa de um roubo que tinham sofrido uns inquilinos. Como se dom Juan fosse um oráculo, os afetados, um casal jovem, contaram os detalhes para ele. Dom Juan lhes recomendou que chamassem a polícia e, se esta não resolvesse nada, autorizou-os a que o procurassem. Disse isso com a naturalidade de seus tempos de ajudar gente desconhecida.

Maya chegou mostrando uma humildade turbulenta. Vestia calças compridas e uma jaqueta larga. O cabelo, em duas tranças, acentuava a expressão acanhada dela. Depois de um bom tempo de diálogos interiores, tinha decidido não se envolver com as histórias de dom Juan e se manter distante, como aconselhava um dos princípios do jornalismo. Reprimiria também todo comentário, atendo-se a outro princípio técnico de sua profissão: o de não rebater a declaração do entrevistado.

— Em Potosí, no começo de minha atividade política, as senhoras da classe alta se benziam ao me ver e atravessavam a rua. Era como ver o diabo. Claro, eu era um mestiço, um cholo que punha em xeque o poder da oligarquia. Vim, então, para La Paz, pois aqui não me conheciam, e decidi procurar trabalho. Um pouco para me distanciar dos distritos mineiros e pensar no curso que tomaria minha vida dali para a frente, e outro tanto para ganhar uns pesos. Lembro que consegui emprego como motorista-jardineiro de uma família muito rica. A senhora, dona-de-casa, se chamava Cuqui...

Maya saiu da casa de dom Juan totalmente vexada. Estava arrasada por uma ofensa profunda. A narração havia revelado para ela a trepidante possibilidade de que nas mulheres morasse escondido o masoquismo, que em toda mulher estivesse de tocaia uma vítima potencial que, sob as circunstâncias precisas, se dispõe à baixeza. Encheu-a de temor suspeitar que existe uma natureza masculina feita para a opressão, para o sadismo, e que a feminina tenha sido projetada para o escárnio, e que ela, sem se dar conta e de repente, pudesse detonar esse atavismo. À medida que se distanciava em passo de fuga por uma noite que zombava de seus juvenis ideais de amor, pegou um lenço, esfregou-o contra as palmas das mãos e fez nós que desfez para fazer de novo. Desejava que uma cortina de cetim, longa como um véu de noiva, a envolvesse. E descansar.

Prometeu nunca mais voltar.

Quinta exposição:

O Duque

Onde o Duque, conspícuo representante do estado de Chuquisaca, fala com a sagacidade de monsenhor sobre a conquista de uma mulher religiosa e suas trepidantes conseqüências.

◆

Se dom Juan continuasse no ritmo com que havia vivido nos últimos dias, seu coração de gordo imprestável não resistiria. Nessa manhã pediu massagens e duplicou o multivitamínico e o ginseng. Chegou mais disposto ao congresso. Ainda se comentava nas rodinhas a intervenção de Ricauter, no dia anterior. Inclusive um homem, identificando-se como irmão de Cuqui, havia tentado matar Ricauter, comentaram. Dom Juan entortou a cabeça. Tinha sido um erro convocar esse congresso?

Na noite em que Maya foi finalmente chamada para registrar as exclusividades eróticas da vida de dom Juan, Cocolo chegou antecipadamente — tinha os cabelos grisalhos e abundantes, as sobrancelhas negras e oblíquas de valentão.

— Gosto dessa garota — lhe confessou dom Juan. — Quero que você, em meu lugar, conte a minha história do internato — pediu o ancião. — Você ainda lembra bem dela.

Omitiu que estava apaixonado, porque nem seu amigo o tinha visto encurralado por essa vibrante enfermidade.

Cocolo sorriu:

— Mas, Mestre, para quê? Se você e eu há tempos não podemos... — sugeriu os problemas do órgão viril e, com seu proverbial senso de humor, arrematou: — Vai ter de fazer o *cunnilingus* nela, Mestre — e deu uma gargalhada.

— Não seja grosso, homem, só quero impressioná-la para que fique como minha acompanhante. Já estou cheio de Elmer. Preciso de alguém.

— Sim, Mestre, porque você e eu, em matéria de trepar... Melhor nem falar. E, por favor, não vá dizer pra ela que é o King Kong e que pode — arrematou com seu sotaque argentino, porque tinha vivido por lá.

Depois das gozações, com a sabedoria dos anos e a boa disposição da amizade, Cocolo encontrou a maneira de convencê-lo a abandonar sua idéia descabelada. Poderia contar para Maya uma história nessa noite, mas faltariam muitas para retê-la. Além disso, já era tempo de se retirar das transas da juventude.

Dom Juan o escutou atentamente e ficou abatido. Compreendeu que o pó e a semente nunca se encontram. Um está sobre a terra apodrecendo lentamente, a outra, mais embaixo, germinando a toda velocidade. Tal como insinuava Cocolo, ele era somente o eco de uma voz que não existia mais. E com as últimas notas dessa onda, dessa efêmera alucinação do som, Maya desapareceria. Sim, era melhor retornar ao cotidiano por vontade própria que pela decepção, voltar a prestar atenção às suas dores musculares, ao ritmo cardíaco, aos seus comprimidos e à intimidação das enfermeiras. Voltar à solidão e à normal ausência de desejos. Ficou hierático vários minutos. Por fim, concordou.

Quando Maya chegou, Cocolo não deixou de exaltar as qualidades de dom Juan, embora não tenha contado a história do internato. Dom Juan sentiu inveja da eloqüência de seu amigo, vários anos mais moço que ele. Para Maya foi outra visita perdida.

— Voltarei na próxima semana. Nesta tenho exames — disse, escondendo sua chateação. — Espero que então me dê a entrevista prometida, pois já venho faz tempo sem conseguir coisa nenhuma.

Depois que ela partiu, Cocolo se dobrou rindo:

— Bem, bem, Mestre, pelo menos conseguimos que volte mais uma vez. Ao menos uma.

A dom Juan a tenebrosa premonição doeu em todo o corpo.

O anfiteatro estava cheio. Dom Juan, sentado no pódio, esperava o começo da exposição do dia. Um dos convidados estrangeiros subiu para lhe dar os parabéns. Era Bernardo, o poderoso representante latino-americano no diretório do Fundo Monetário Internacional, organismo que dom Juan tinha combatido incansavelmente. Dom Juan não sabia quem era, mas, visto sua elegância e seu ilustre porte, decidiu interessá-lo em seu segredo. Puxando a lapela mostrou para ele o envoltório de plástico com sua certidão de nascimento, que estava no bolso interior do casaco.

– Filho natural, um bastardo – quis contar.

Bernardo, homem de firmes convicções e blindado frente a quaisquer outras, fingiu compreender e concordou com gravidade.

– Mas é para a garota, para a jornalista – lhe esclareceu o líder.

– Obviamente, para a garota – assegurou o mirrado visitante com o cenho de juiz infernal.

De repente, sem prevenir, Bernardo apertou a mão de dom Juan e se virou sorrindo para o fotógrafo que havia contratado. Queria levar a imagem do tigre vencido. Dom Juan não tinha se reposto dos insetos luminosos do flash quando escutou a voz do escudeiro:

– Damas e cavalheiros, cumprindo com o anunciado e porque a palavra é lei, está aqui conosco, ilustrando-nos sobre a palpitante, a conspícua conquista de uma mulher religiosa, o distinto, o Duuuuque do estado de Chuquiiissssaca!

O Duque subiu atlético ao pódio para mostrar que seus quarenta e tantos anos não lhe pesavam. Apalpou de leve o topete levantado com gel. Tinha uma bem recortada barba latina, nariz fino e um ricto curto e lateral. Embora se vestisse esportivamente, camisa pólo cor de maracujá e calças cáqui, os óculos finos com lentes anti-reflexo lhe davam a severidade de um reitor. Suas mãos, de unhas polidas, faziam um gracioso movimento para enfatizar as palavras, mas estas se endureciam até o final de cada frase.

"Manda a natureza que toda forma de vida seja essencialmente estética. Aí está a filosofia das coisas. Manda também que o único combustível da vida seja o prazer, seu único impulso, sua verdadeira alma. Assim, a estética e o prazer explicam, por si sós, a continuidade de toda a espécie. A estética é o projeto que nos aproxima do alimento e da reprodução, e que nos faz escapar da morte. A forma de flecha dos peixes, por exemplo, permite que eles cortem a água em busca do sustento e os ajuda a fugir dos predadores. A bela cabeleira da água-viva atrai as presas curiosas, ao mesmo tempo que a faz passar como uma samambaia por seus inimigos. A postura do cabrito decide a fêmea. Cada um consegue ser único, singular, devido à habilidade com que faz uso de suas qualidades. O camaleão mais mimético pegará mais moscas e o macaco mais ladino conseguirá conquistar mais fêmeas. Mas por que os seres vivos comem, por que bebem e por que acasalam? O que ou quem nos ensina a deglutir ou a fornicar para cumprir com a magia da vida e escapar da verdadeira força universal que é a morte? Por que cada ser vivo decide sobreviver, por que tem esse impulso, quem o ensina? Não há mistérios. É um mandato do verdadeiro deus: o prazer. Por prazer se come, se bebe e se acasala. Graças ao prazer existe essa exceção cósmica chamada vida. Ali onde não há prazer há somente morte. Descerebrados, unicelulares, invertebrados e os complexos mamíferos superiores conseguem prolongar a espécie graças ao prazer. Se não fosse pela deleitosa ejaculação de uma tartaruga galápago macho, e que além disso é abundante e fecunda, a fêmea não poderia engendrar as dezenas de tartaruguinhas necessárias para que apenas duas sobrevivam à crueldade natural. O manjar do leão são as vísceras, mas também são deliciosos despojos para o abutre. A truta se delicia com o alimento que caça, enquanto o surubi devora o inerte. Cada um com seu prazer: razão e causa da vida. E assim toda inteligência resulta inferior à busca do prazer, esse guia magistral.

"A tarefa do homem, o animal mais refinado, é elevar essa filosofia da natureza, a estética e seu impulso vital, o prazer, à sua semelhança, ou seja, ao máximo refinamento. Nesse processo vai se derrotar o artificioso que a cultura criou e vai se descobrir a verdadeira essência. Disso trata toda a história humana e também a história que a seguir vou lhes relatar.

"Ela se chamava Cíntia. Vi, pela primeira vez, essa esplêndida criatura com ombros de soldadinho, alta e magra, numa conferência, 'Bases da

Econometria', que dei na Universidade Católica de Caracas. Eu trabalhava então na CAF*, dirigindo um projeto de atualização das tabelas de insumos-produtos venezuelanas. Eu a distingui entre a multidão apesar de sua pinta de artilheiro empresarial moderno: terninho, penteado, pasta executiva e óculos quadrados com aro negro de tartaruga, uma Aspásia metida em roupas de instrutora inglesa. Notava-se que era uma fantasia, pois não podia evitar ter movimentos de mulher bonita.

"Como vocês sabem, sem a intervenção de um pouco de boa sorte, toda tentativa de conquista é perda de tempo. A sorte, pois, me levou a encontrar Cíntia novamente numa reunião do BID no Hotel Tamanaco. Tempos depois a vi numa dessas tediosas reuniões de atualização, a que obrigam a nós, funcionários internacionais, a assistir: 'A privatização e suas perspectivas', que para mim ganhou interesse porque dentro do programa ela expunha os 'Avanços nas arrecadações impositivas venezuelanas'. Ela falava com temor cênico, embora com grande simpatia e excelente documentação de apoio. Usava torneios lingüísticos caraquenhos que adornavam um marcante sotaque argentino.

"— Tem um contrato com o BID. Uma tetéia inalcançável e desapiedada, apesar de sua graça — me contou Carmona, um alto funcionário de Impostos Internos, que, com desembaraço venezuelano, continuou me fazendo sua radiografia: — Economista, recém-formada com honra, e argentina ou filha de pais argentinos. Fala 'nhi-nhi-nhi' com voz de anjo, mas com esse sotaquezinho insulta o mais cancheiro de nós. É uma mistura de economista e bispo. Ela costuma dizer: 'muita ineficiência é a preguiça', 'sua raiva é um viés que não lhe permite vivenciar', 'seu embaraço é o custo autolimitante da displicência'. Não fode, cara! Essa mulher é Enéas. Ao seu lado um verdugo das galés é um paspalhão. O trabalho é uma de suas religiões, porque além disso é cristã, aleluia-aleluia, desses cristãos que andam na televisão fazendo uma gritaria para Deus e dando cotoveladas em si mesmos. No escritório é chamada de Santa Malvina, por causa da Malvina Cruela dos dálmatas — gesticulou Carmona com veemência caribenha.

---

* Corporação Andina de Fomento. (N.T.)

"Efetivamente, com um cacho solto que lhe bailava como uma mola, falava com sua 'vozinha de anjo' e com uma convicção contrária às advertências de Carmona.

"– As mãos dela parecem de prata, resplandecem – comentei para Carmona.

"– Porra, é mesmo! – respondeu emocionado. – São do caralho! Eu as levaria pra me acariciarem inteiro, mas sem ela. Olha, para essas mãos eu montaria apartamento, e no quarto botava um almofadão arretadíssimo de veludo azul como de um paxá, faria sua cama com um travesseiro de seda, essa coisa toda. Tudo para essas mãozinhas. Arrumaria uma empregada para elas e até uma motorista, porque motorista-macho nem a pau.

"– Solteira? – perguntei.

"– Não fode, cara! Casadíssima com um pastor de sua igreja, de sobrenome Colán, que administra um dos Macs ou Burguers de Chacaíto.

"– Um só pastor para semelhante ovelha?

"Carmona caiu na risada.

"Nesse mesmo sábado, à maneira de passeio, visitei vários lugares de *fast food* em Chacaíto perguntando pelo senhor Colán. Encontrei-o no Kentucky. Era um homem insignificante que me disse, cheio de si, se chamar Mañuco. Me apresentei com o pretexto de fazer um anúncio, e ele, com a diligência com que essas empresas gringas adestram seus empregados, se pôs em ação. De maneira quase imediata travamos relação. Ele não pôde conter sua ansiedade de religioso doutrinário, e eu fingi me interessar em seu discurso de advogado porta-de-cadeia.

"Nessa mesma tarde, na hora que me indicou, fui à sua igreja em Chacao. Ali estava ela. Uma aparição bíblica. Levava o cabelo solto, era cacheado. Parecia a encarnação de Ester ou Agar. Vestia camisa hindu e um casaco colorido enfeitado com contas, também oriental, e jeans que, embora meio folgados, delineavam o promontório de uma bunda que se adivinhava perfeita. Distribuía na porta panfletos alusivos a seu culto. Ao me ver, se surpreendeu. Havia me reconhecido. Antes que eu pudesse falar, apareceu Mañuco para exaltar minha presença como um chamado incontestável de Cristo, e contou a ela sobre o nosso encontro casual.

Cíntia sorriu, ajeitou os cabelos rebeldes com um gesto de cabeça e, resguardada pelo marido e pela confraria, confessou ter me visto dissertando 'sobre um tema complexo mas interessante como é a econometria'.

"Embora minhas roupas me distinguissem dessa multidão de austeros, quando comuniquei que um 'vazio interior' me havia trazido até ali, fui incorporado à irmandade, irmão aqui, irmão ali, e fui festejado com salmos e citações bíblicas.

"– Aleluia – disse ela com sotaque argentino. – O Senhor o tocou, irmão – sentenciou com a distância que o mestre põe entre si e o principiante.

"Apesar de que as leituras da *Bíblia*, a que me submeteram sem piedade, resultaram edificantes, pois eu não conhecia direito o texto sagrado, precisei ter uma paciência de Jó para suportar durante várias semanas e com fingido interesse as arengas com lógica de jardim-de-infância que essa gente usa para atrair adeptos. O centro de seu dogma era exaltar a Deus de todas as formas possíveis e com a maior histeria, como se o Senhor fosse um narciso adolescente necessitado de permanentes reafirmações. Foi uma via-crúcis agüentar tanta burrice. Assim como os mórmons conseguem divisar a poligamia na santa escritura, a interpretação desses cristãos aponta como mau tudo o que é mundano. A bebida era má, embora Cristo houvesse fabricado vários tonéis de vinho para a bebedeira que se armou no casamento de Canaã, e a comida devia ser horrorosa porque em algum lugar do polpudo texto haviam interpretado a citação pertinente. Nem falemos da fornicação. Sonhavam ser os calvinistas que desembarcaram na Nova Inglaterra: o casal como base da família, embora o profeta Abraão tivesse tido duas mulheres e o rei David, com um topete de telenovela, tivesse arrancado a esposa de um dos seus melhores capitães. Desse fantástico reformatório espiritual eu saía voando para me dar um pouco de luxo em qualquer restaurante de categoria, para beber uísques e até freqüentar prostíbulos, para entrar no fascinante mundo das degradações, do ridículo e da lascívia. Pela primeira vez em minha vida pedi a uma cigana que me lesse a sorte, acreditei em horóscopos e joguei o I Ching. Essas minhas práticas de selvagem, unidas ao fato de que eu gostava cada vez mais de

Cíntia, de seus gestos de querubim desmiolado e de seu olhar que passava do orgulho à docilidade, que a *Bíblia* ensinava como o comportamento adequado da mulher, me ajudaram a digerir a mortal impertinência dessa gente.

"– Cada sábado que visito nossa igreja, me sinto mais distante de minha vida anterior, irmã – disse a ela com submissão, durante uma inflamada alocução de Mañuco –, mas também há uma coisa que no fundo de mim se rebela, como se quisesse me reter no lado mundano.

"Ela se virou para me dar corda com um assentimento de cabeça.

"– Deixe estar, irmão, é o Amor lutando para entrar. Seu conflito é sinal de sintonia com Cristo – respondeu satisfeita.

"E nisso acabava toda possibilidade de aproximação pessoal: em frases grandiloqüentes, em festas de alegria obrigatória com sucos de frutas, em música rock com letras de exaltação a Cristo e em obras de teatro declamadas, de péssima qualidade e com o mesmo tema. Mas, para dizer a verdade, quanto mais falso fosse esse mundo, conquistar Cíntia, um paradigma dessa perversa repressão com cara de alvíssaras, me daria uma maior satisfação.

"Como até mesmo a muralha mais intransponível é fraca em alguma parte de sua estrutura, nos seres humanos essa fraqueza é um desejo, um prazer almejado e secreto que desata os freios. Mas qual era o desejo chave de Cíntia que a mera pressão desarmaria as resistências? Qual a contra-senha para ingressar em seu forte? Devia me aproximar mais e lançar várias iscas até dar com a coisa certa. Comecei por instigar a curiosidade dela, que é um flanco tão feminino.

"– Irmã, há algo que me perturba a alma e, talvez, se lhe conto, possa me aliviar. É um peso que me tira o sono e me distrai no trabalho.

"Cíntia ficou atenta como um médico.

"– Claro, irmão – disse sorrindo, e me deu uma bela lista de por que era saudável contar as coisas e não sufocá-las. – Falar alivia – me ensinou. – E, se não é impertinência, de que se trata?

"Hesitei longo tempo e lhe disse que me desculpasse, que ainda não estava preparado para confessá-lo. Não perdeu seu regozijo, mas se sentiu intrigada. Roguei que tivesse paciência, e ela entendeu ao contrário, sentiu que eu criava obstáculos e me aconselhou que contasse a Mañuco, pois ele tinha experiência nas atribulações da alma, garantiu. Com rapidez me aproximei de Mañuco para chegar a ela. Visitei-o no Kentucky e, com a paulatina amizade com ele, para quem Cíntia era uma santa que o premiava com sua companhia, me contou que tinham se conhecido num curso de ioga, na busca da paz universal e reconhecendo os estados do Eu. Ouviam música *Awankana**, vivendo 'o Aqui e o Agora' e curando-se com medicina Ayurveda, auto-aplicando-se o *reiki* e seguindo dietas macrobióticas. Todas práticas na moda entre a juventude confusa dos anos setenta e oitenta.

"– Nessa época transitávamos por caminhos falsos, caminhos do Maligno – garantiu Mañuco. – Foi Cíntia que ouviu primeiro o chamado de Cristo e me fez escutar. Com ela conheci a Palavra, a *Bíblia*, a Verdade. O resto são idolatrias – concluiu taxativo.

"Embora ele fosse o pastor, ela guiava. Convidei-o para jantar num restaurante fantástico para tentar seus sentidos e, de passagem, averiguar se ela era vulnerável a esse deleite. Comeu com alguma culpa, mas com o maior prazer. Literalmente chupava os dedos, quando lhe pedi que convidasse Cíntia para nossa próxima janta, para 'não excluir a irmã'. E assim foi. Mas onde Mañuco tinha gozado sem ela, em sua presença sentiu o dever de doutrinar e desqualificou o restaurante chamando-o de 'lugar de gula' e assegurou que as batatas fritas do Kentucky eram melhores. Fiz-me de surdo diante dessa insultante transformação de personalidade e pedi duas garrafas de vinho, 'apenas para provar', disse, um Concha y Toro bastante bom e um extraordinário Chateau Margaux. O segundo mostraria sua nobreza logo depois de provado o primeiro, e a palavra lhes vibraria mesmo que não quisessem. A força do buquê lhes torceria o braço. Sem sequer provar, ela, limpando muito fina a comissura dos lábios com o guardanapo, pontificou sua condenação, exibindo um sorriso de paz:

---

* Criador de um tipo de música techno. (N.T.)

"— As linhagens santas não devem fazer aliança com os ímpios e ainda menos com a bebida.

"Sob esse juízo inquisitorial, Mañuco se animou a provar, alegando que o fazia por consideração a mim, e terminou espargindo o Chateau Margaux sobre um cordeiro à brioche com ervas finas e sobre uma lagosta à Thermidor, que comeu vorazmente, esquecido do olhar espantado e reprovador de Cíntia. Ela só provou umas duas colheradas da sopa de cebola e, por insistência do marido, apenas molhou os lábios fechados com um gole de vinho, 'para comprazer vocês', disse.

"— Mañuco estava com fome — ela justificou o marido, quando ele deixou escapar um arroto e envergonhado foi para o banheiro, sussurrando uma desculpa.

"Uma vez sós, depois de um longo silêncio que ocupou tomando água, Cíntia me perguntou se já estava decidido a contar aquilo que me importunava a alma. Fiz um prelúdio dizendo que era difícil, que às vezes essas coisas... E, ao ver Mañuco de regresso, lhe disse 'logo amadurecerá e lhe contarei, irmã, obrigado'. Como suas pupilas gustativas estavam atrofiadas, busquei na arte outra entrada para o prazer. Convidei-os para a ópera, para ver se assim Cíntia se humanizava.

"— As tentações do demônio vêm disfarçadas de virtude, irmão — me advertiu, com a seriedade de um desempregado, ao sair de *A dama das camélias,* e, como boa histérica, gastou sua libido, talvez exaltada pelo romantismo da obra, talvez pelo desgosto, expondo convicções demolidoras sobre a nobre arte chamando-a de 'luxúria cultural', brandindo um sorriso diáfano.

"Daí para a frente não aceitaram mais meus convites. Pior ainda, nesse sábado, antes de entrar no culto, senti um gentil distanciamento da parte de Cíntia. Pensei em 'empreender a retirada*', como diz o tango, mas o busto jovem que o tecido fino de seu vestido anunciava me fez abandonar a idéia. Uma batalha não era uma guerra, e minha tarefa era não fraquejar. A essas alturas, eu não sabia que opinião Cíntia tinha de mim. Ela sabia

---

* *Adiós, muchacos.* Letra de Cesar Felipe Veldani e música de Julio César Sanders. (N.T.)

vagamente que eu trabalhava na CAF, que dava palestras acadêmicas e que dispunha de uma boa situação econômica. Talvez pensasse, pois não me dava maior crédito, que, como tantos outros, eu tinha conseguido meu posto graças à influência política e não por mérito próprio. Por isso se comprazia em me tratar como a um pupilo, como a um adventício. Para erradicar essa percepção, e a fim de tê-la mais próxima, lhe anunciei que na CAF vagara um posto onde ela poderia fazer uma boa carreira profissional.

"– Obrigada, mas no momento estou fazendo uma auditoria muito complicada em Impostos. Se comprovo as irregularidades administrativas que existem, vão me promover – mexeu-se com a ambigüidade de um lagarto.

"– Me desculpe, irmã, mas se você usasse a estatística, se você fizesse um *cross section analysis*, as irregularidades apareceriam com absoluta clareza. E, além disso, seria material probatório dos delitos. De estatística, eu manjo tudo. Se quiser, posso ajudar. No fim das contas, nós pertencemos à mesma igreja e à mesma profissão.

"Carmona já tinha me contado que a Santa Malvina estava flambando hereges. O primeiro a cair havia sido um subchefe de seção, tostado numa pira de acusações purificadoras, e agora fervia azeite para os demais.

"– Pode ser – ela pensou. – Posso solicitar um aditamento para pagar seus serviços. Mande-me seu currículo – disse com amabilidade.

"Tinha pensado que eu era um caçador de mordomias qualquer! Contra-ataquei na hora:

"– Sou vice-presidente da CAF – disse e a vi se impressionar. – Sabe, irmã, meu contrato não me permite outros contratos. Posso agir extra-oficialmente e com o maior gosto, mas sem pagamento.

"As alcluias e os gritos cortaram sua resposta. Me afastei a prudente distância para dar espaço a ela, e funcionou, porque quando saí ela se aproximou com atitude de quem ia se desculpar e agradeceu minha ajuda desinteressada, 'a de um bom funcionário: devoto da verdade e da justiça, mesmo sem receber seu justo óbolo', sentenciou. Fiz cara de concordância, e me contou uma insignificante história de alguém da igreja, comparando-a com meu gesto.

"– Veja, irmã, por isso mesmo compreenderá por que não posso visitá-la em seu escritório: ponho em risco minha posição e minha carreira – me valorizei.

"– Muito bem, doutor, então me diga...

"Nos reunimos em cafés e também num matadouro que eu tinha em El Cafetal. Aleguei que era o apartamento de um fotógrafo amigo em viagem pelo Golfo do México, mas ela farejou alguma coisa e não quis voltar lá. Graças a um trabalho anterior sobre diferentes matrizes da economia venezuelana feito sob minha direção – que os organismos internacionais haviam considerado fantástico, e que, além disso, já tinha se transformado em texto-guia para o doutorado em desenvolvimento em várias universidades norte-americanas –, detectei a informação falsa de Moreno, um fulano a quem Cíntia perseguia com denodo. No entanto, fazendo uma transposição de cifras na análise, consegui salvar meu amigo Carmona, que estava atolado até o pescoço com quase um milhão de dólares. Deixei para Cíntia o volumoso estudo para que o analisasse e, no dia seguinte, ao nos encontrarmos na entrada de Santa Rosa, me cumprimentou completamente mudada. Propus que fôssemos a um cafezinho boêmio ali perto, a fim de dar alguma atmosfera à nossa reunião. Nem bem chegamos, nos atendeu um garçom gay, e ela imediatamente disse sentir 'campear a corrupção de Sodoma', razão pela qual tivemos que ir a um café de acrílico do Paseo de las Mercedes onde sentamos em meio ao trânsito de pessoas, numa mesinha encostada numa loja de lenços. Não tínhamos acabado de pedir, eu um café, ela um suco de goiaba, quando começou a me elogiar, fez umas duas mesuras japonesas e aceitou todas as minhas opiniões, as relacionadas com nossa investigação assim como meu desprezo por Chávez e seu governo, até que acabou a paciência auditiva dela e começou a soltar um comboio interminável de palavras. Foi o que os venezuelanos, com seu talento coloquial, chamam 'uma caturrita'.

"– Moreno irá para a cadeia – me confessou. – Mas não estou contente porque a dor alheia não me alegra, doutor – usou meu título pela segunda vez e fez uma pausa. – Agora, o que me deixou impressionada assim é que descobri no seu currículo, o que aparece no estudo que você fez, seu doutorado em Harvard. Harvard! É sensacional, doutor!

"Perguntou-me ansiosamente como era a universidade, mas antes que eu pudesse responder, ela mesma descreveu com detalhes os edifícios e as aulas como se tivesse estado de manhã passeando pelos *campus*. Cíntia não a conhecia, nunca tinha estado lá, mas colecionava todos os folhetos de Harvard que chegavam a suas mãos. Quando lhe disse que Dornbush, autor do texto em que ela havia estudado macroeconomia, foi meu professor, explodiu com uma alegria exagerada e retorceu os dedos.

"– Que honra trabalhar com você, um doutor de Harvard!, doutor. E fico mais orgulhosa ainda por saber que estamos sintonizados, moral e profissionalmente – sublinhou inchada, e continuou repetindo 'Harvard' como um mantra.

"Que simples. Aí estava seu mecanismo! Não era a comida, não era a fama, nem a arte, nem perfumarias, mas Harvard. A famosa academia norte-americana era sua libido. Que óbvias são as coisas depois de descobertas. Claro que ela, classe média com vaidades intelectuais, não quis ficar atrás:

"– Meu pai foi um grande professor de Filosofia em Buenos Aires – ergueu o tórax. – Muito conhecido. Escreveu livros-texto e tudo. Viemos para Caracas por problemas que havia lá. Minha mãe é diferente, é artista. Os dois são muito cultos. Desde menina li de tudo. Mas ambos são materialistas, sabe? – marcou suas fronteiras ideológicas.

"– Seus pais vivem?

"– Sim, doutor, graças a Deus, ainda vivem. São tremendamente bons – enfatizou, como se os defendesse de um ataque.

"– Por isso têm uma filha excepcional como você.

"Mordeu o dedo e uma espécie de obscuridade a transformou.

"– E você, doutor, continua com aquele doloroso espinho na alma? Aquele de que me falou?

"– Ainda, irmã, mas falando de outra coisa... como não pensei antes?! Esta noite há um coquetel para festejar uma comissão de alto nível do Banco Mundial. Venha, você é minha convidada. Se Mañuco vem, ótimo, mas se não pode... então você se concentra em conhecer gente importantíssima, e se sonha com Harvard, essa porta se abre com os contatos que vou lhe apresentar. Venha.

"Hesitou um instante e depois moveu a cabeça como uma marionete, 'legal, doutor, lhe agradeço muito'. Chegou sozinha e, em vez de entrar, perguntou por mim e ficou na porta. Vestia um de seus costumeiros terninhos de camuflagem. Apresentei-a como uma brilhante profissional de Impostos Internos. Cumprimentaram-na maravilhados com sua beleza e, além disso, com a fingida familiaridade com que os funcionários internacionais cumprimentam nas festas das organizações. Não faltou quem houvesse escutado vagamente sobre ela, e a festejou. Pronto, Cíntia tomou gosto pelo glamour da reunião.

"– Vamos lá, argentininha, acabe logo, menina, que isto é rumba.

"Instigada pelo representante-residente das Nações Unidas, um colombiano de nariz vermelho, despachou o primeiro *pisco sour*. Deixei-a com o salvadorenho, chefe da missão do BID, que a olhava com fome de soldado raso, olhar que ela ignorava flagrantemente. Queria amansá-lo com a inteligência, contando para ele que estava numa cruzada anticorrupção em Impostos Internos, e até mentiu dizendo que logo iria para Harvard fazer seu mestrado. Sua imaginação voava.

"– O que desejar, a seu serviço – disse ele com restos do canapé nos lábios, entregando-lhe seu cartão.

"Cíntia já se sentia parte integrante desse grupo de tecnocratas amáveis que, por trás do trono, governam os países da América Latina, que decapitam ou financiam, que passam por alto desmandos de governos amigos e desalmados, ou castigam os bons com quem não simpatizam. Ao cruzar com o representante do Fundo Monetário, Cíntia deu um beijo na face dele e aceitou outro *pisco sour*. Todos começaram a perguntar por ela, queriam empregá-la, e eu, amavelmente, me comprometia a contatá-los.

"– Não posso acreditar que essa seja a Santa Malvina – me interceptou Carmona.

"– Sim, de cuja espada justiceira ontem salvei seu rabo – e lhe contei detalhes das irregularidades que havia encontrado.

"— Meu irmão, lhe devo uma — agradeceu-me e, virando-se para olhar, disse: — Porra, que mudança! Nunca pensei que fosse um ser vivo.

"Como se o tivesse escutado, Cíntia veio olhando-o com fúria. Ele partiu assustado para se sentar num sofá distante.

"— O que você fazia com esse intrigante, doutor? Carmona é um Fouchet, um escorregadio, um hipócrita — tinha as bochechas acesas pelas bebidas.

"Não deixou de me surpreender que fizesse referência ao controvertido chefe de polícia de Napoleão. Certamente, eram as citações históricas do pai filósofo. Respondi que não conhecia Carmona e peguei dois *piscos sours* para brindar por 'nosso sucesso'.

"— Bem, que seja o último, não quero que Mañuco perceba meu hálito — e o despachou de um trago.

"Meio de pileque e sorrindo, se despediu de cada um dos presentes.

"— Você mesmo me disse que tenho que fazer amizades, e olhe — me mostrou uma torre de cartões de apresentação.

"Deixou-se levar até meu carro como um cego por seu guia.

"— Este não é um táxi, é uma carruagem, doutor. É a abóbora que vai nos levar? Ah, você me engana porque estou de pilequinho, não? O que vou dizer a Mañuco? Nunca na minha vida... Me sinto mal, doutor, me desculpe, nunca me aconteceu...

"Sugeri que vomitasse, mas não quis. Em vez de tomar a auto-estrada para levá-la a Los Chaguaramos, onde morava, fui por ruas vicinais fazendo a maior quantidade de curvas e me esforçando para exagerá-las. Finalmente vieram as contrações.

"— Pare, doutor, por favor, pare.

"E saiu do carro para se ajoelhar num canteiro.

"— Não posso — disse com a boca cheia de saliva pelo esforço.

"Rodeei o estômago dela com meus braços e senti suas costelas e a pequena dimensão de sua cintura. Pressionei. Ela vomitou.

"— Ai, doutor, que papelão! Que espetáculo!

"Dei um Kleenex para ela e disse que eu também me sentia mal.

"— Também quer vomitar? — limpou os lábios.

"– Não. Quero beijá-la – me aproximei, e ela me olhou com os olhos vidrados. Degustei sua boca amarga. Ela respondeu com paixão crescente, mas, histérica como era, se separou imediatamente e caiu de bruços sobre o canteiro, reclamando com incompreensível desespero.

"– Não, você não! Você não! Não seja como eles, doutor! Me deixe, por favor! – disse se debatendo.

"Não entendi sua reação. Me abaixei para acalmá-la, para lhe dizer que não tinha acontecido nada, que se tranqüilizasse. Tocou meu rosto com as mãos:

"– Não faça isso, doutor, você é um sábio, não um criminoso. Não se aproveite de uma mulher na desgraça!

"Entre chocado e envergonhado, ajudei-a a se levantar. Soube que ela não estivera falando comigo, mas com fantasmas que a habitavam. A bebida tinha feito surgir essa cena das profundezas dela. Se eu conseguisse que me contasse essa passagem torturante a que se referia em abstrato, talvez pudesse entrar nos intramuros de sua vida, ali onde as resistências estão anuladas. Me desculpei. Ela também se desculpou. A situação se tornou propícia para pressionar uma maior intimidade.

"– Há alguma coisa que você precise contar a um amigo, irmã? – perguntei, e ela, transformada novamente na Santa Malvina, respondeu com um 'não' monossilábico.

"Aceitei sua resposta com atitude intranqüila. Tinha me enganado ao querer indagar seus segredos. Há um momento em que se pode perguntar e o mais adequado não é o mais próximo de um conflito. No entanto, não se moveu do assento, apesar de que logo estávamos na porta de sua casa. E como não há sedução sem risco, voltei à carga por pura intuição:

"– Sou um homem maduro e tenho profissionalismo principalmente para manter em segredo qualquer confissão.

"– Não. Você se horrorizaria demais – mostrou um rosto terroso.

"– Há pouco estive na Iugoslávia e vi a devastação da guerra, irmã. Me horrorizou, sim, mas agi profissionalmente, e não acho que esse horror tenha sido pouco – botei meu casaco sobre os ombros dela, protegendo-a do sereno.

"Ela o abraçou e pensou um instante.

"– Talvez algum dia – disse, tirou o casaco, que me devolveu, e entrou na casa.

"Depois de dois dias sem notícias, me dispunha a ligar para ela, quando minha secretária me anunciou Cíntia na linha. Me falou como se não tivesse acontecido nada.

"– Doutor, sei que você é um homem muito ocupado e não sei se poderia lhe roubar uns minutos. Gostaria de revisar uns números. Serei breve. Prometo.

"Para dar estilo ao nosso encontro, sugeri o Galoise, um restaurante discreto só conhecido por *gourmets*. O lugar tinha não mais que seis mesas, e o *chef* atendia em pessoa.

"– Doutor, gostaria de conversar sobre o que aconteceu na outra noite...

"A análise dos números tinha sido uma desculpa. Entrava na morada dos sentimentos. Era uma boa hora para dar corda.

"– Na minha opinião, não aconteceu nada, mas, se alguma coisa aconteceu, atribuo ao álcool que, infelizmente, bebemos e que, felizmente, nos fez esquecer.

"– Obrigada – disse e não insistiu mais.

"Comemos. A única conversa foi a dos talheres se chocando entre si e com os pratos. Não quis provar o Rotschild, de excepcional qualidade. Me deu pena deixar a garrafa pela metade. Cíntia comia a sobremesa, um solitário sorvete de maracujá que solicitou com insistência e que tiveram que mandar trazer de um mercado – e que o *chef* desaprovou com as sobrancelhas –, quando disse:

"– Estou surpresa com você, doutor – falou esforçadamente. – Sendo você uma eminência, veio humildemente à igreja e tratou Mañuco e a mim... sem problema nenhum, sem poses. E isso me faz valorizar sua sabedoria, sua capacidade de crer, de buscar algo maior, que é a luz de Cristo, Nosso Senhor, e aceitar erros de seu passado, suas vergonhas. E, por isso também, imagino que pode aceitar as vergonhas do próximo. Estou certa? – me observou interrogante e prosseguiu: – Eu, em troca, sinto que às vezes sou um pouco soberba e calo, inclusive ao Senhor, os meus problemas... meus segredos.

"Ficou hierática tomando um *earl grey* sem saborear. Para fugir da tentação de apressá-la, continuei com o olhar numa mosca que fazia acrobacias aéreas.

"— Bem, muito obrigado — ela disse, e pegando sua carteira ficou de pé e se despediu, me oferecendo a mão com o braço estendido.

"Eu gastei meu tempo terminando o último pedaço de uma fantástica pêra Belle Hélène que servem lá. Limpei a boca e fiz chegar minha mão até Cíntia, dizendo que não se preocupasse, que tomaria meu café na solidão. Ela sentiu a gafe e, desculpando-se, sentou.

"— Entendo que reserve suas revelações para ouvidos mais especializados — atinei dizer. — Eu não poderia ouvir mais nada. Não tenho a preparação bíblica necessária para lhe dar conforto. Mas, claro, Mañuco é a pessoa certa...

"— Mañuco não sabe! — bateu o pé, pegou o guardanapo e o amassou.

"— Entendo, não lhe inspiro suficiente confiança — eu disse com toda a humildade.

"— Não, doutor, não diga isso. Me sinto bem conversando com você.

"— Não precisa me consolar.

"— Não estou consolando. E me chateia que diga isso. Se tenta me provocar raiva, quase conseguiu. Você não me conhece.

"— Não se zangue, irmã.

"— Não estou zangada. Mas se continua com tanta impertinência, vai conseguir.

"Ia se humanizando. Ia mudando guardas por delatores em sua alma. Botei sacarina no café e apenas o provei. Devia estimulá-la a terminar de se soltar. Criar um pequeno vazio a tentaria a preenchê-lo.

"— Bem, irmã, entendo que você está apressada e que deve ir embora — fiz como se fosse me levantar.

"— Não me diga o que devo fazer — disse querendo sorrir, apesar do rosto seco pelas angústias contidas.

"— Desculpe, não quis lhe dizer o que tem de fazer. Só que não a vejo muito à vontade comigo. Então, se me permite, quem se retira sou eu, assim evito que você se incomode com...

"— Fui estuprada aos quinze anos — contemplou com ódio o vazio e largou o guardanapo com muita suavidade. — Tínhamos vindo para cá, papai, mamãe e meus irmãos. Eu não gostava, sentia muita saudade de Buenos Aires, mas a cidade tinha ficado muito difícil com a hiperinflação e com a gangorra financeira e com a especulação que desmontaram a economia do país... e a nossa! Um irmão de papai vivia aqui, disse que havia boas possibilidades econômicas, sei lá, o petróleo, enfim. Como o nosso ciclo escolar é diferente, não puderam me inscrever logo, e, para que não ficasse sem fazer nada, me botaram num curso de inglês. Ali pela Plaza Venezuela. Uma tarde, em vez de pegar a condução para casa, fui caminhando pela Avenida Libertador. Era a primeira vez que fazia essa aventura. Pela altura de El Bosque, dois homens jovens olhavam os edifícios como se contemplassem um *sunset*. 'Tem horas, gata?', me perguntou um deles com seu sotaque. Quando baixei os olhos para o relógio, os dois estavam ao meu lado. Me enfiaram à força num carro vermelho, desses antigos, um banheirão. Não sei por que se fixaram em mim. Eu sempre me vesti para não provocar ninguém. O mais baixo dirigia, enquanto o alto começou a me ultrajar com suas carícias, no assento traseiro. Como resisti, me deu um tapa e me obrigou a viajar deitada no assoalho. Não pararam de me insultar até que chegamos a uma praia imensa e absolutamente solitária, bem depois de Los Caracas, cujo único inquilino era um barco pesqueiro arruinado, meio enterrado na areia. O barco era uma coisa muito velha. Tinham decidido que meu sacrifício seria ali. Rezei, foi meu único consolo (eu era católica, então), e armada com essa fortaleza, quando me tiraram do carro, me atirei aos pés do mais baixo, que parecia ser o chefe. Com minhas lágrimas correndo em abundância, apelei aos nobres sentimentos que se aninham em todo ser humano. Livre-me, senhor, desse martírio que sem dúvida vai enchê-lo de uma insólita tristeza, supliquei. O prazer que vai usufruir com essa infração será pouco frente à recompensa que vai sentir pela piedade de me deixar ir. Mas a natureza vil não se afoga com a compaixão. Os homens se divertiram com minhas palavras. Tinham o coração embotado. O mais baixo me mostrou os dentes pontiagudos e ordenou ao outro que me despisse. Fiz da dignidade minha trincheira e disse a eles que me despiria sozinha. Tirei a blusa com lentidão, tratando de abrandar a excitação desses animais. Mas meus recursos a pioraram. O mais alto me arrancou o sutiã. Me senti morrer. Caí de joelhos no chão, cobrindo meu jovem peito e, escondendo a cabeça, implorei misericórdia. Fizeram um silêncio de ossuário. Por um momento pensei que a reflexão divina os havia tocado. Mas não. Ao me virar, vi que ambos me flanqueavam com sorrisos sinistros, brandindo os cintos nas mãos. 'Olhe só esse rabo!' Desculpe a palavra, mas foi o que gritaram. E então começaram a flagelar minhas partes pudendas sem misericórdia. 'Porra, que corpinho!', uivavam como almas penadas. No castigo estava seu prazer. Me perseguiram pela praia como a um animal de caça e, quando as linhas de sangue já marcavam meu corpo, e a intensa agitação os tinha cansado, abriram as braguilhas e tiraram, de entre os blue jeans, suas máquinas de agressão. Implorei piedade de novo, mas foi inútil. Com um gesto as mãos brutais me arrancaram as roupas. Dominada pela selvageria desses tártaros, depus toda resistência e me entreguei à oração, meu único amparo, à espera da imolação. No entanto, ainda não tinha chegado essa hora. Ainda me aguardavam outros vexames.

"— Me mija, bucetuda, filha-da-puta — gritou em seu *argot* o mais alto, o de sorriso de Mefisto.

"Seu lúbrico cupincha o apoiou:

"— Se mijá nele, nós deixamos você ir. Mas se não — perdão pelas palavras, mas foram as que o obsceno usou —, vamos te foder a xoxota e o cu até cansar.

"A dúvida me dominava. Mas não tinha opções. Se havia apenas uma chance para que minha virtude sobrevivesse, tinha de acreditar; e, apesar do pavor, consegui realizar o que me pediam. Eu fiquei de pé e o alto, roçando meus segredos com os lábios, esperava ajoelhado. Quando saiu o jato de urina, ele mordeu o ar como um sedento buscando as gotas que o vento espalha. Bebeu como se se tratasse de um néctar e tomou uma ducha, todo satisfeito.

"– Muito bem, gatinha – disse o baixo –, agora bota um ovo no meu peito e pode ir.

"A incompreensão se desenhou em meu rosto.

"– Me caga em cima, menina – explicou com aterrorizante clareza.

"Tinha opção frente a esse cerco de morte? O alto me botou de cócoras sobre o peito do baixo, que estava deitado na areia. Eu devia ficar de costas para ele, porque queria ver o 'ovo' sair. Fiz força como se fosse parir. As veias do meu pescoço incharam e meu rosto se tornou rosicler. Mas fracassei.

"– Viu, senhor? Não posso. Fiz todo o possível e não pude – implorei.

"– Ah, não? Ver para crer – disse o alto e me pegou pelas axilas para me manter escanchada, enquanto o baixo se arrastou e tratou de devorar com sua boca o nefando botão escuro, o das expulsões. A língua dele excitou o estreito orifício para que se abrisse. Mas não afrouxei.

"– Está aqui, sinto o cheiro! – gritou e me abriu as nádegas, buscando ver o 'ovo' entre as pregas.

"O alto golpeou meus encantos.

"– Vamos, bucetuda, bote esse ovo!

"Caí. Me faltou o ar. O baixo se levantou e me chutou as costelas.

"– Tenham piedade, não posso! – gritei, inundada em lágrimas e asfixia.

"– Deixe pra lá, cara! Mate ela, depois a gente fode! – delirou o mais baixo.

"– Não! – replicou com fúria o subordinado. – Quero comer essa vaca, quero ouvir seus gritos.

"Imagina que classe de monstros? Decidida, apelei para algum rastro de decência ou de escondida fé.

"– A decência?! A fé?! Que é que é isso, caralho?! – retrucou o baixo. – Este puto aí não as conhece porque é um ignorante. Mas eu, que estudei, já ouvi falar, mas nunca as vi e, para ser sincero, nunca precisei delas pra comer.

"Onde o outro era brutal por ignorância, este o era por refinado. Resignada à absoluta escuridão de seus corações, prometi fazer todos os esforços, desde que respeitassem minha virtude. Mas eles já estavam demasiado excitados, e o alto se preparou para me profanar. Montou em mim, e senti sua gadanha golpear minha janela, a poucos centímetros de minha pétala intacta. Me entreguei à oração para fugir, com a alma, do pavor da carne quando ocorresse a tragédia. De repente ouvimos ao longe uns gritos providenciais que chamaram nossa atenção. Era um pescador que saiu do barco abandonado. Gesticulando, veio em meu socorro. Os dois monstros, valentes na impunidade, fugiram covardemente, dando guinchos frente ao olhar que denunciava seus abusos. Chegou onde eu estava um ancião de rosto bondoso, curtido pelo sol.

"– Coitadinha, meu amor, venha, venha – me disse e jogou água de um cantil que carregava. Me confortou com palavras doces como doce é a boca do demônio.

"Me indicou a embarcação para que eu entrasse, e eu, ingênua, pensei que iria tratar de meus ferimentos, mas nessa cripta havia uma sinistra cerimônia. Três homens nus rendiam culto a Sodoma. O velho dirigia essa orquestra, e me entregou à matilha. Me atirei a seus pés e invoquei a Deus. Mas todos eles O tinham exilado, há muito tempo. Desesperada, apelei para a lembrança do adorado seio maternal para que em seu nome se apiedassem de mim.

"– A única coisa que eu faria com a teta da minha mãe seria fritá-la! Não fode! – gritou o que chamavam de Marimar.

"Os outros festejaram.

"Cada um me pegou por uma extremidade e me esticaram como para me esquartejar. O ancião execrável, que chamavam de Ferramenta, mandou um tal de Luci Fernando, que parecia ser seu preferido, que me executasse. Ocorreu uma rápida discussão, pois Marimar queria ser o primeiro. Chupín, outro dos crápulas, insistiu em me estrear, pois não contaminaria as zonas de uso, disse com cinismo. Todos aceitaram, e nessa posição de martírio o sátiro começou a me lamber. A língua bífida do perverso, bem exercitada, conseguiu introduções intermitentes em meus tesouros, e meus gritos de socorro, longe de apiedá-los, mais os excitavam. Cada um se esfregou em minhas extremidades. Luci Fernando soltou meu braço, parando sua masturbação, e empurrou Chupín.

"— Agora sou eu! — o Lúcifer vociferou e, enquanto o lambedor se tornava meu grilhão, me ajeitou para a liturgia, com expressão malvada e olhar cruel. Introduziu os dedos em minha corola até tocar minha pétala trêmula e gritou, eufórico: 'É virgem! É virgem e é minha!' E, com toda a força e violência de que o íncubo era capaz, me consagrou.

"Minha virtude voava silenciosa. Eu lancei um grito que se estendeu por toda a minha vida. Desde minha primeira luz até essa morte. Transposto esse sagrado tributo, sua verruma perfurou minhas entranhas, o que me trouxe de novo à realidade da tortura. Estava a ponto de desmaiar, mas me repus com a convicção de que o Santíssimo estava me pondo à prova. Devia viver com a dor e apesar dela. O abominável se vangloriava de sua concupiscência com seus cupinchas, enquanto metia em mim com toda a força. Finalmente descarregou seu veneno e imediatamente seu mastro se afinou. Marimar, que esperava seu turno, puxou-o para fora de mim. Como um leão faminto se deitou no assoalho e os demais me montaram sobre ele. Penetrada, fiquei imóvel para não colaborar com seus fins. Tampouco ele se moveu. Tinha uma especialidade arrepiante. Sua excitação nascia de seu canibalismo. Mordeu meus seios impiedosamente, acreditando talvez devorar, como tinha anunciado, o sagrado seio de sua mãe. Minhas amoras moídas sangraram carmim. Com esse deleite, o antropófago resvalou sua viscosa nata sobre seu próprio ventre, dando fim à sua tarefa. Minhas forças fugiram. Me jogaram como um fardo e fiquei no chão esperando que o velho Ferramenta concluísse o festim. Ao ver o membro do ancião, enfim entendi seu apelido. Cavalgava um pilar. Parecia uma terceira perna engastada com uma cabeça maior que o tronco, e essa cabeça tinha a fisionomia de um carneiro. Ele a pegou como uma borduna e com ela golpeou a palma da outra mão, ameaçadoramente. Os tártaros riram às gargalhadas. O velho golpeou as paredes de madeira repetidas vezes. Os tártaros me viraram e me levantaram pelos quadris, armando um altar para que, de joelhos, Ferramenta pecasse de forma contranatural, ofertando incenso ao deus contrário. Luci Fernando pôs seu membro em minha boca e me ordenou que o chupasse. Agarrando-me pelos cabelos me fez seguir o ritmo que a batuta do velho assinalava. No entanto, o execrável embate de Ferramenta, que queria usurpar essa porta destinada por Deus à saída, foi rechaçado pela desproporção entre a agressão de seu carneiro e o acanhamento de minha defesa. Ferramenta me abriu as nádegas com as mãos e voltou a tentar sua invasão. Apesar de seus anos, atacava com vigor. Rasgou, rompeu, girou, golpeou, me mordeu onde pôde como um mastim e, finalmente, as paliçadas acossadas começaram a ceder, a tulipa se dilatou para não sofrer e indicou o caminho. Dei gritos espantosos, e o carneiro entrou sem empecilhos como um huno. A borduna foi engolida totalmente, e dentro me prendeu, me travou, tornando inúteis todos meus movimentos de libertação. De maneira quase simultânea, o velho pecador expulsou suas linfas em mim, por trás, enquanto, na frente, Lúcifer me banhava o rosto com sua gelatina pegajosa, lambuzando-me. Chupín, carniceiro de sobras, acudiu para devorar esse alimento. Entretanto, Marimar se arrastou por baixo de mim para continuar com sua antropofagia. Um quarteto abominável.

"Aí desmaiei. Não lembro mais nada.

"Acordei de madrugada, com muita dor, com muita vergonha. Encontrei minhas roupas na praia. Quis me limpar do sangue e das ofensas, mas o mar salobre continuou a agressão. Vesti-me e fui para casa. Meus pais, sem averiguar nada, me chamaram de rameira. Para me julgar bastou a eles o argumento de que uma menina de família não dorme em outro lugar. Quando contei de maneira parcial minhas desgraças, meu pai, com justa razão, me fez responsável pelo que aconteceu por não ter tomado uma condução e por ter me aventurado nas ruas como uma qualquer. Minha mãe tratou minhas feridas, mas também não me confortou. Meu pai chamou a polícia para denunciar o fato, pois ele era e é, ainda, muito apegado à lei. Me levaram a uma sala de interrogatório hedionda e fria. Os policiais disseram que a presença de meus pais poderia influenciar negativamente na investigação. O procedimento apontava que deviam me interrogar sozinha. Eram quatro, como os estupradores, e lúbricos como eles. Foi outro calvário, mas de palavras técnicas.

"– A penetração foi realizada? Como? Mostre-nos a posição de decúbito dorsal do momento em que foi estuprada. E agora, como fizeram para lhe abrir as pernas?...

"– Acho que foi mais humilhante. Daí para a frente, nunca, jamais, tive namorado ou noivo. Dediquei-me a procurar a paz da alma através de vários caminhos espirituais que logo comprovei serem falsos. Na universidade conheci Mañuco. Foi a época em que escutei o verdadeiro chamado, o de Cristo. Mañuco não era muito estudioso, mas demonstrou ser dono de virtudes maiores, como abstinência e temperança. Por isso se fez pastor. Quando, anos mais tarde, me formei, Mañuco me pediu em casamento e aceitei com a condição de permanecer pura, de não manter tráfico carnal. Ele concordou e jamais me questionou, pois nisso a *Bíblia* é clara: só se pode ter esse comércio para procriar, e eu não tenho planos para isso agora que começo minha carreira, não agora que finalmente me sinto melhor...

"Estendeu o silêncio. A esquina onde estávamos sentados, diminuída pela confissão, era de um ambiente rarefeito. O local estava vazio. Apenas nosso garçom, com calças verdes irlandesas, tinha ficado para nos fazer companhia. O resto do pessoal havia ido embora há muito. Eu tinha dado uma gorjeta do tamanho da conta para que não se impacientasse, e ele, como todo serviçal qualificado, percebeu a situação, mantendo-se a distância, mas disponível a qualquer solicitação. Aos poucos, limpando as lágrimas em cada estágio, Cíntia foi saindo do feitiço. De fora chegou a buzina insistente de um carro. O relógio da parede estava parado nas três de alguma tarde ou madrugada sem que nunca ninguém se preocupasse com ele. Escutamos amplificados nossos ruídos, o da cadeira e das roupas. Cíntia arrebentou um dos saquinhos de açúcar, polvilhando a mesa com os grãos brancos.

"– Desculpe-me, doutor. É a primeira vez em minha vida que conto isso. Obrigada por ter me ouvido. E espero que agora você me conte suas coisas – fez uma careta e terminou seu *capuccino* já frio.

"A narração tinha sido espantosa e a linguagem, grotesca. Eu jamais teria imaginado que da bela boca de Cíntia pudessem sair expressões tão emocionais e tão vulgares. Mas assim é a força retida quando é libertada. Por outro lado, devo ser sincero, o relato tinha me excitado ao extremo, do que tive uma profunda vergonha. Peguei a mão de Cíntia como um verdadeiro amigo. E Cíntia tirou forças não sei de onde para responder ao meu gesto.

"Passei a noite inquieto, nervoso. Minha mulher me perguntou o que acontecia e eu respondi que eram problemas no escritório. A história tinha remexido meus hormônios, mas também me havia mostrado o quanto inalcançável era Cíntia, o quanto estava sitiada pela lembrança do estupro. Depois de um fato desses, tinha razão em viver fechada a toda aproximação amorosa. Dormi mal.

"Na manhã seguinte, liguei para ela. Queria saber como se encontrava. Não me pareceu perturbada. Disse-me, com absoluta naturalidade, que necessitava me mostrar uma grande quantidade de documentos novos e aceitou se reunir comigo no meu matadouro. Só de vê-la minha pele pegou fogo, mas ela me esfriou de saída.

"– Me dê sua palavra, doutor, que nunca contará o que lhe contei, porque dos homens pode se esperar qualquer coisa.

"Sem hesitação, dei minha palavra. Depois de eu fazer umas revisões sem importância – quando cheirei de perto seu provocativo, embora excessivamente doce, creme de corpo –, ela agradeceu minha participação em sua cruzada anticorrupção e disse que já não precisava de minha ajuda. Partiu com garbo, e eu fiquei guardando os sanduichezinhos de presunto defumado com alcaparras e azeite de oliva que não tinham sido tocados. Cíntia era incompreensível como incompreensíveis são as mulheres. E se a gente as quer seduzir deve se acostumar com suas jogadas complicadas.

"Tracei um novo curso de ação e, uns dois dias depois, liguei para ela para dizer que ia viajar, que desse um abraço em Mañuco e me desculpasse no culto. Com seca amabilidade, me disse que assim o faria. Uma semana mais tarde, fingindo ter voltado, liguei de novo. Dessa vez sua voz expressou uma autêntica alegria.

"– Aleluia, irmão, seja bem-vindo. Espero que o Senhor o tenha acompanhado.

"– Acompanhou-me sim, irmã, porque a universidade de Harvard me ofereceu a cadeira de Planejamento Econômico na qualidade de professor convidado – menti.

"A linha fez silêncio. Depois, em voz baixa e controlando sua própria emoção, Cíntia disse:

"– Alvíssaras! É uma bênção de Cristo. Felicito-o. Que ótimo! Quem senão você?

"– Você, irmã – respondi, e ela se calou sem compreender. – Com sua elevada moral, seu profissionalismo e sua dedicação ao trabalho, você, irmã, seria uma sólida assistente para mim. E, paralelamente, poderia fazer seu mestrado, com uma bolsa, na mesma universidade.

"Emudeceu. Esperei que passasse uns segundos e fingi entender seu silêncio.

"– Claro, não é possível – garanti. – Você tem uma vida estabelecida, um trabalho e...

"Ela me interrompeu com uma espécie de luxúria.

"– Na vida, doutor, o plano de Deus é o guia de nossos passos. E se me destinou, por Seu generoso intermédio, a uma universidade tão prestigiosa, eu vou falar com Mañuco. Ele entenderá que não devemos desatender o chamado do Senhor.

"Essa era a cilada exata onde se deixava capturar! Esse, o seu bebedouro! Devia ter me dado conta quando soube que o sobrenome Colán, francês, era do marido, e que ela, Cíntia Rodríguez, em vez de se assinar Cíntia Rodríguez *de* Colán, usava Colán como próprio. Disse a Cíntia que me enviasse um currículo e que esperava a resposta definitiva, pois devia enviar seus dados por e-mail para o visto.

"– Quinta-feira, aqui no meu escritório. Temos de discutir o programa acadêmico – meu tom era de comando. Ela aceitou como um soldado raso.

"Veio nessa quinta-feira. Ao vê-la, por um momento me voltou o desconcerto que senti quando me contou seu estupro. Rapidamente, antes que se transformasse num obstáculo, abandonei minha compaixão por ela e me concentrei em mostrar meus conhecimentos mais sofisticados, os que iam encantá-la: a raiz de Frobenius, que é um indicador matricial de eficiência, a inversa da matriz e as manipulações que permite. Fiz com que notasse que a divisão aritmética é um distribuidor de data e citei estatísticas de memória. Ela me olhava como só olhava para o abstrato Deus nas paredes vazias de sua igreja. Enquanto eu destacava a necessidade de uma formulação matemática rigorosa para tornar sustentável qualquer proposição intuitiva, notei que Cíntia já estava mentalmente em Soldier's Field Park, já assistia a uma conferência do secretário de Estado norte-americano na Kennedy School of Government e saudava, da sua bicicleta, o velho Fischer, o sábio caminhando para o MIT com sua gasta maleta de couro.

"– Me disse que não está familiarizada com o cálculo vetorial?

"– Vou fazer um curso imediatamente, doutor.

"– Isso é recomendável.

"E onde ficava Mañuco em toda essa história? Garantiu-me que com Mañuco não haveria problema. A castração simbólica é a tarefa feminina por delegação da mãe, por isso as mulheres a desempenham com naturalidade e convicção. E se Cíntia era castradora em geral, tinha transformado Mañuco em seu eunuco particular. Isso tornava sólida sua relação com ele. Mas, para minha surpresa, e sem dúvida para ela, Mañuco lhe furou o balão, pois se negou a ir: 'Trabalharia no quê? E a igreja?'. Cíntia me ligou para contar o que ele havia argumentado, fazendo gestos de lamentação.

"– Que Kentucky o transfira – respondi. – Além disso, com toda a certeza, na área de Boston há uma sucursal do nosso culto – assegurei.

"Obviamente que o homem não queria sair de Caracas, pois perderia sua prótese religiosa e a bengala de segurança psicológica que lhe proporcionava o fato de trabalhar numa companhia transnacional como a Kentucky. Meus argumentos pareceram sensatos a ela. Desligamos. Mas ela voltou a me ligar dali a poucos minutos, mais aflita ainda. Tivera seu primeiro confronto matrimonial e temia pela estabilidade de sua relação. Mañuco tinha emperrado.

"– Não se preocupe, irmã, eu entendo. Vou procurar outra pessoa.

"Ela deu um grito de dor.

"– Não! Mañuco terá que entender. Não pode pecar por egoísmo.

"Dias mais tarde, caminhando pelo Teresa Carreño, me assegurou que havia conseguido um acordo feliz. Mañuco ficaria um ano em Caracas e depois iria se encontrar com ela. No entanto, uma obscura nuvem em seu rosto revelava que mentia. Mañuco não entendeu nem entenderia, porque a rotina em que vivia era seu oxigênio. Não cederia. O gêmeo das almas mansas é a obstinação.

"– Felicito a ambos, irmã, por esse trabalho matrimonial em equipe. Mandarei imediatamente o e-mail com seu nome na solicitação.

"As crises matrimoniais são propícias, pois quando se rompe esse elo de coesão as mulheres se atiram sozinhas nos braços do sedutor, compensando assim seus muitos anos de frustração. Era preciso aprofundar sua precária libertação, incentivando-a mais. Por aí eu já tinha mandado para o limbo o capítulo do seu estupro. Agora me interessava substituir seus freios pelo prazer.

"– Ah, irmã, tinha esquecido de dizer: seu salário vai ser de uns dez ou doze mil dólares por mês. Está bem?

"– E lá, com quanto pode se viver?

"– Com três mil, bem. Quatro mil se se der a luxos.

"Tapou a boca para reprimir o grito de alegria. Eu fiquei sério. Confessei que tinha chegado o momento de lhe contar o grande problema que me importunava a alma, que anunciara há tempos.

"– Às ordens – disse, botando intriga nas pupilas.

"– Estranhamente – sublinhei –, pois nunca me aconteceu antes, fico pensando todo o dia numa mulher que conheci faz pouco. O problema é que ela é casada... Não sei o que fazer, irmã.

"– Casada? – perguntou, sentindo-se incômoda. – E você, irmão, o que sente?

"– Dúvida, temor... às vezes dor.

"Ela prenunciou os fulgores de uma declaração e quis se proteger.

"– O que você sente é o olhar crítico do Senhor. 'Não desejarás a mulher do próximo' – sentenciou debilmente, tratando de manter um tom de dignidade.

"Pegou minhas mãos com força e, com o rosto num vermelhão só, me convidou a orar – era o único remédio prescrito para essa tentação. Tive que rezar com ela. Uma semana mais tarde liguei para lhe contar que havia chegado a resposta de Harvard.

"– Doutor – me anunciou seca e cortante –, resolvi ficar com meu esposo e não viajar.

"Voltava a ser a Santa Malvina.

"– Puxa vida, sinto muito! Mas... a vida é assim – continuei com amabilidade.

"– Doutor, só por curiosidade, qual é o resultado dos trâmites?

"– Já não importa mais, irmã. Boa-tarde, e cumprimente Mañuco de minha parte.

"Ao desligar, meu rosto se transformou. Ter confessado a Cíntia que estava apaixonado por uma mulher casada, que sem dúvida era ela, alertara-a. Tanto trabalho desperdiçado por uma inconveniência! Eu já não tinha argumentos para vê-la, a não ser na paliçada protetora da igreja. De repente me veio um impulso que obedeci. Peguei o telefone e liguei para Carmona.

"– Preciso cobrar o favor do outro dia – lhe espetei de saída.

"– Manda.

"Seu tom era cúmplice e, como sempre, alegre.

"– Quero que despeça Cíntia Colán.

"Não me restava outra jogada para conquistá-la. Para Carmona foi um banho de água fria.

"– Que bote na rua a Santa Malvina? Porra! Isso é impossível, cara! – gritou.

"– As coisas são impossíveis até que se tornam possíveis – retruquei. – Assim estaremos quites. Pense bem. Uma mão lava a outra.

"Fez várias objeções. Que eu pedisse qualquer coisa menos isso, e até me ofereceu dinheiro em troca, mas no fim cedeu. Usaria uns saldos de favores que seus superiores lhe deviam e desqualificaria Cíntia com razões aparentemente bem fundadas.

"Notificaram-na uns dias mais tarde e, tal como eu tinha calculado, Cíntia se apresentou em meu escritório. Estava devastada. Eram umas sete da noite. Eu estava tomando minha dose de gincobiloba e minha colher diária de azeite de oliva, tão saudáveis para limpar as veias.

"— Não vou cair nessa coisa tão nossa, argentina, venezuelana e boliviana também de fazer uma novela — me disse nervosa e insegura. — Irei diretamente ao ponto. Porque é sempre melhor ser direto do que ficar dando voltas ou fazer uma arenga. Não acha? Assim deve ser tudo. Bem, vim lhe dizer... mas claro, não quero que me interprete mal e considere isso como um abuso de confiança, mas tive um problema no meu trabalho e vou pedir demissão — fez uma pausa. — O que gostaria de lhe perguntar é se a possibilidade da assistência em Harvard ainda está de pé.

"Olhei-a com o amável sorriso de funcionário internacional.

"— Infelizmente, irmã, o cargo já foi oferecido a outra pessoa.

"Seu rosto se nublou.

"— Entendo — gaguejou. — Então não há mais o que dizer.

"Mas em vez de ir embora, caminhou de um lado para outro.

"— Sim, não há mais o que dizer — repetiu. — Ou seja, o cargo já foi concedido — insistiu.

"— Não disse concedido, irmã. Disse oferecido.

"— Oferecido? Então talvez... — se emocionou.

"— Acho que não — cortei. — A pessoa em questão sem dúvida vai aceitar. É uma oferta que poucos declinariam.

"— Mas se por acaso a outra pessoa não aceitar, como diz você, eu estaria disposta a reconsiderar minha participação.

"— Cíntia, a assistência já não está disponível. Lamento.

"— Não brinque comigo, doutor. Não me trate como a uma idiota. Simplesmente me diga que, como fui reticente a suas insinuações, não me quer como sua assistente.

"— Está certa e errada, irmã. Não a quero como minha assistente, é verdade. Mas não porque não tenha cedido a minhas insinuações, porque cedeu sim.

"— Não é verdade.

"— Lembro, embora vagamente, que você me beijou de forma apaixonada.

"— Foi coisa do álcool, doutor.

"— Foi isso mesmo que eu disse desde o princípio. E se você não tivesse mencionado o assunto, com certeza teria ficado no esquecimento.

"– Então pode se saber por que já não me quer como sua assistente?

"– Com todo o respeito, prefiro não falar disso.

"– Essa sua discrição atinge minha vida profissional. Uma assistência acadêmica em Harvard e a possibilidade de realizar um mestrado são passos muito importantes para minha carreira.

"– Você mesma declinou essas possibilidades.

"– É que eu estava uma onça.

"– Por quê?

"– Não posso ficar uma onça, hem?!

"– Comigo não. Se estava uma onça com você mesma, devia ter se descarregado sozinha ou, se se sentia ultrajada por mim, por algum motivo que desconheço, devia ter falado. Somos amigos, não? Pelo menos acreditei nisso. E acreditei mal. As coisas não ditas vão redundar numa relação acadêmica deficiente, talvez rancorosa.

"– Bem, sim, é verdade, me portei com soberba, me desculpe então.

"– Não se preocupe, Cíntia, está desculpada.

"– Então, existe a possibilidade da assistência?

"– Não quero pensar que você se desculpou apenas para ganhar essa assistência.

"– Obviamente que não. Mas, mesmo que o tivesse feito, você não precisa de alguém com ambições?

"– Antes de mais nada, preciso de alguém honesto.

"– Você vira as coisas pelo avesso.

"Olhei-a inexpressivo, fazendo do silêncio um artifício de pressão.

"– Okay – retrocedeu. – Esse é o custo por me deixar possuir pelo descaso, por pecar por orgulho. A gente jamais deve se deixar dominar por essas baixas emoções. Somente a cabeça é boa conselheira.

"– É exatamente o que eu estou dizendo.

"– Isso está certo. Você age com profissionalismo, doutor.

"– Não. Não é profissionalismo. Mato minhas emoções.

"– Mata suas...?

"– Cíntia, lamento muito, mas devo fazer outras coisas...

"– Não. Agora eu fico. Que quer dizer com isso de que mata suas emoções?

"– Nada, foi um lapso, e agora lhe peço...

"– Não vou embora até que me explique o que disse.

"– Não quero correr esse risco.

"– E eu, não corri o suficiente?

"– Essa é você. Eu tento me proteger de você, não tento proteger você de mim.

"– E por que de mim? O que eu fiz a você?

"– Me desprezar.

"– Desprezá-lo? Mas se o tratei sempre com o maior respeito e com a maior consideração.

"– Isso é desprezo.

"– E que queria que fizesse?

"Peguei o telefone, digitei um número interno falso e falei com a linha morta:

"– Já vou, Xiomara, não demoro. – E, me virando para Cíntia, disse: – Sinto muito, tenho uma reunião.

"– Doutor, estou decidida a não sair daqui sem uma explicação. E penso em cumprir minha palavra – levantou-se.

"– Bem. Verei o que posso fazer sobre a assistência. Ligarei oportunamente.

"– Não se trata mais da assistência. É o que você disse.

"– Outro dia. Com licença.

"Minha dureza rompeu a casca, e os olhos de Cíntia se tornaram duas lupas multiplicando lágrimas. Mordeu o lábio superior com expressão contrita.

"– Fale. Vai levar só um segundo. Não cometa uma nova infâmia contra mim, não brinque mais comigo, não me faça viver entre o abismo e a incerteza. Me despediram no trabalho, essa é a verdade, e mal falo com meu marido desde a noite do coquetel. Por favor, não prolongue meu calvário com evasivas. Tenha piedade.

"Larguei o corta-papéis com que estava brincando. Suspirei profundamente.

"– Quer saber a verdade?

"– Por favor – disse.

"E, ao falar, o dique cedeu ao pranto. Parecia uma cristã das catacumbas que havia perdido um filho no circo romano. Abracei-a, ela se deixou abraçar.

"– Por quê? Me diga por quê, por favor.

"– Não quero que seja minha assistente porque, quando estou perto de você, sinto uma emoção estranha. Isso me enche de culpa com você, com Mañuco e com Deus. 'Não desejarás a mulher do próximo', você me lembrou outro dia. Prefiro que essa dor não floresça. Prejudicaria minha estabilidade emocional.

"– Pra você o amor é dor?

"– Prefiro que não seja. Agora me libere, Cíntia, por favor – supliquei usando sua palavra, e a soltei cheio de consternação. A expressão 'me libere' e o gesto lhe causaram uma profunda emoção.

"– Não mente? É verdade o que diz? – perguntou, seu sotaque argentino se pronunciando mais.

"Sorri com um toque de amargura, como dizendo: 'Como é possível que duvide?', e virei o rosto.

"Ela fechou os olhos e entregou os lábios frouxos. Rocei-os, mas de imediato me separei para pegar a cabeça, desesperado.

"– Não sei se devemos nos deixar levar por nossas emoções. Não quero que você se arrependa – suspirei.

"– Não tenho medo com você – estirou sua delicada, longa e adiamantada mão branca até me tocar o rosto.

"Caiu! Estava apaixonada. Quem teria imaginado?

"Calmamente, como contando grãos, tirei o vestido dela. Parecia o Pequeno Príncipe parado diante da raposa. Estendi-a sobre o tapete. Era o corpo mais fantástico que jamais conheci. A lampadazinha esverdeada da escrivaninha tingia-a de clorofila. Seus seios eram grandes e a bunda empinada, muito argentina. Beijei-a e mordi seus dentes, os únicos ossos a descoberto. Fui direto. Senti a calcinha lisa. Meti a mão por dentro. Rocei sua duna, mas apenas o contato fez Cíntia se retorcer, mais que de prazer, de dor. Sem nenhum anúncio, e com um só gesto, se pôs de joelhos e com os braços suplicantes me pediu que não a conspurcasse.

"– Não precisa ficar assim. Basta dizer 'não' – falei com secura.

"– Me desculpe, Duque, mas é que fico mal, penso em Mañuco e, além disso, na sua mulher. E... sabe o que mais? Não consigo esquecer a praia.

"Controlei rapidamente a súbita tontura que a lembrança do estupro me provocara. Tratei de apagar com palavras essa horrorosa memória.

"– Cíntia, a diferença com o que se passou na praia e agora é que ambos estamos aqui por vontade própria. Agora nós dois queremos nos tocar, não é como aconteceu na praia. Por isso não há diferença entre nos beijarmos e fazer amor, entre acariciar o cabelo ou o sexo. São formulismos. Venha. Vamos transar.

"A racionalização não a dissuadiu. Depois de uma longa reflexão, a convenci a ir para meu apartamento. Estava certo de que, rodeada por um ambiente mais romântico, um território sem lembranças, cederia.

"– Não sei o que me acontece, estou nauseada, acho que febril – disse quando entramos no quarto.

"Apaguei a luz de cabeceira e Cíntia me deixou despi-la novamente, mas novamente resistiu a perder a calcinha. Com muita insistência consegui que aceitasse ser tocada embaixo. Busquei sua íntima e pequena amêndoa, o único órgão que conhece a intempérie, mas ao mero contato sua flor se fechou.

"Desabei na cama. Minha tarefa se anunciava árdua. Começava um longo processo, talvez mais longo ainda do que o que passara até então. Devia meditar bem o curso das futuras ações.

"Na vez seguinte nem mesmo a beijei. Cumprimentei-a com camaradagem e me deitei vestido. Tinha planejado tentar a palavra e não o tato. Disse a Cíntia que se recostasse a meu lado e me pus a ler. Ela pensou que eu estava chateado, mas não, queria somente que me sentisse próximo e me ouvisse ler uns parágrafos. Mostrei a ela a capa do livro. 'Tantrismo!', exclamou. Obviamente conhecia esse caminho oriental da espiritualidade. Comecei a ler e, tal como tinha previsto, ela começou a se interessar pela matéria. Emprestei-lhe o livro e, em poucos dias, era uma especialista e me dava lições com fluência inigualável acerca dos chacras, que são os sete pontos-chave que ligam o corpo humano com o corpo astral. Pegou um incenso, deixado de propósito por mim sobre a mesa de cabeceira, e o acendeu fazendo uma série de rituais. Convidei-a a fazer exercícios tântricos, e, como eram tântricos, concordou. Nos despimos. Cíntia inclusive aceitou eliminar a barreira da calcinha. Como Gandhi com as adolescentes virgens que o rodeavam, nos deitamos um ao lado do outro e, sem nos tocar, nos sentimos apenas com a vibração da pele. Tive que me aplicar muito para educar minha paciência e não me deixar arrastar por seu corpo provocativo.

"– Senti você completo através da imensidão do cosmos, do corpo astral – me confessou, quando concluiu o exercício.

"Repetimos essa prática várias vezes até conseguir firmá-la como um território, como um costume. Quando pensei que havia chegado o momento de avançar e minhas mãos voaram para tocar Cíntia em seu centro, ela se desfez outra vez em dores com as lembranças e me deteve. Portanto, tive que investigar outras rotas de acesso.

"– Que troço mais incrível! – exclamou em gíria venezuelana, ao ver os desenhos de poses sexuais do Kama-Sutra e do Ananga Ranga. Como se tratava do mistério, do véu com que a Índia se cobre até para as coisas mais vulgares, prestou atenção.

"Olhamos as estampas, lemos, comentamos, nos desvestimos, nos olhamos nus, nos observamos tomando uma ducha e nos contemplamos ao nos vestir. Tudo como um ritual, tudo com gravidade. Eu tinha a convicção de que estimulando sua imaginação aumentaria o desejo até que lhe fosse impossível se conter. Uma tarde, depois de sua atenta contemplação das estampas do Kama-Sutra e dos nossos exercícios tântricos, passei a mão por entre suas pernas. Estavam pegajosas. Cíntia estava toda molhada. Aventurei-me a buscar sua amêndoa secreta e, quase que só de tocá-la, com poucas fricções, consegui levá-la ao seu primeiro e fantástico orgasmo.

Virou os olhos e me beijou agradecida, mas imediatamente, e me chamando de sátiro – 'fez doer muito' –, me deu as costas aborrecida e, principalmente, envergonhada. Passado um momento, confirmou que sua dor era a nobre dor do amor.

"– O amor alivia muito se a gente diz por quem morre – me falou.

"– Morro por você.

"– Você diz isso a todas, cara – replicou fazendo beicinho.

"– Digo abracadabra a todas as rochas, mas só uma responde à minha invocação.

"– Isso é papo, seu safado! Mas você também é tão inteligente. Me diga, Duque, você e eu... fica assim? Ou vamos nos divorciar e nos casar? Só o que é permanente é bom. Isso ensina o tantrismo, não?

"– Se me promete que, depois de casados, sua paixão por mim não acaba...

"– Não é paixão, é amor. Mesmo morta vou continuar amando – fez uma pausa. – Duque, quantas mulheres você já teve?

"– Só minha mulher e você.

"– Ah, Duque, vá cagar no mato! Você é muito mentiroso! Parece argentino. Parece com Valmont, o sedutor de Choderlos de Laclos.

"A comparação me orgulhou. Cíntia se mostrava outra vez como uma mulher culta e talentosa, como são os argentinos em geral.

"– Bem, se o que você quer é que alguém a faça sofrer de ciúmes, procure outro. Eu, por hora, estou muito ocupado tratando de fazer você feliz.

"– Doce! Você é doce. Você é o meu karma. Não sei o que fazer com você. Mas não posso deixar de pensar na igreja. Na igreja – repetiu como uma ladainha. – E também em Mañuco, claro. Você não pensa em sua esposa?

"Cíntia tranqüilizava Mañuco dizendo que fazia cursinhos de capacitação e eu dava desculpas similares à minha mulher. Assim justificávamos nossas escapadas, até noite avançada.

"– E Harvard? – me perguntou. – Soube alguma coisa?

"Eu disse que certamente estavam processando as informações que havíamos enviado, pois os gringos eram muito meticulosos nessas coisas. Na realidade, eu estava concentrado nela, em apagar a horrorosa lembrança da praia, e apenas o poder irrefreável do desejo poderia levar a isso. Consegui que ela mesma se acariciasse, depois de muitos 'não'. Toda mulher sabe onde estão as moradas de seu prazer e quais são seus ritmos. Vê-las se dando prazer é um prazer enorme, além de pedagógico, porque mostra os locais de seus segredos.

"– Morro por você – me disse, ofegando com suas próprias carícias, sob meu olhar de *personal trainer*.

"– Agora imagine, só imagine, que dois homens fazem amor com você – disse, decidido a superexcitar seu imaginário com cenas transgressoras para que se desinibisse mais. – Um pela frente e eu por trás.

"Meu tom era hipnótico.

"– Não me diga isso que lembro do meu martírio.

"– É que neste caso os dois homens te amam.

"– Só amo você... cara – acrescentou com gíria.

"– Então sou eu duplicado e ambos penetramos você. Melhor: três. Pegue – e lhe entreguei meu estandarte ereto.

"Ela o pegou com estranheza, o pressionou para medir sua elasticidade e ficou agarrada nele como um timoneiro. Com a outra mão voltou a mergulhar entre suas pernas. Passados alguns segundos, entreabriu os olhos:

"– Quando vamos nos divorciar?

"– Vamos nos divorciar, sim. Eu prometo.

"Imaginar a transgressão teve suas conseqüências. Quando a excitação de Cíntia foi mais intensa, molhei meu dedo com saliva e lhe acariciei a negra tulipa traseira. Para minha surpresa, se abriu, oferecendo-se a mim, e Cíntia sempre às voltas com palavras de sofrimento.

"– Não, por favor, não abuse de mim, não. De novo, não, Deus meu, não – sussurrou.

"Teve uma sucessão de orgasmos intensos com gritos reprimidos e contorções do corpo. Nem bem terminou, ao ver o prazer no meu olhar devido ao seu prazer, pensou que minha maestria se devia a freqüentes relações amorosas que eu mantinha paralelamente. Atirou-se como um *setter* atrás de um rastro, me farejou o cabelo, minha roupa, e revistou o colarinho de minha camisa.

"– Jure que não transa com mais ninguém!

"Tinha certeza de que eu lhe era infiel, porque eu suportava de maneira incólume a aridez de nossa relação, o não estar desesperado por ejacular, por possuí-la. A verdadeira explicação é que o livro de tantrismo não era um truque que descansava sobre a mesa de cabeceira do meu quarto. Fazia tempo que eu era um discípulo dessa escola, que aconselha não ejacular ou fazê-lo muito espaçadamente, pois se conter aumenta não só o nível de prazer como a própria duração da vida. Segundo os preceitos tântricos, o orgasmo masculino precede por frações de segundo a ejaculação, e se somos educados para controlá-la podemos sentir prazer sem terminar. Além disso, ejacular gera rejeição na mulher. Em troca, conter gera admiração e desejo. Isso, vinculado a outra corrente, também bramânica, o *kundalini-yoga*, me permitia distribuir o prazer por todos os chacras do corpo: desde o cérebro, passando pela coluna, até os pés, em vez de concentrá-lo na glande. Seguindo esses princípios, o sexo se torna uma conexão terra-céu, uma conexão harmônica com o infinito, que carrega de energia o corpo físico com o corpo astral. Mais ainda, segundo os mestres, essa prática nos prepara adequadamente para a morte.

"– Me jure que não é infiel! E que não transa nem com sua mulher! Por que eu... nem com Mañuco – me garantiu.

"– Por que duvida? Em que se nota? – improvisei uma fantástica duplicidade. – Por acaso algum gesto ou algum pensamento revelam que estou ausente, que estou em outro regaço ou em outros beijos? A gente é infiel quando mostra outra presença.

"– E se você finge tão bem quanto mente?

"– Então, o que importa?

"– O que você acha?! A verdade sempre importa. A verdade é o amor e o amor é maior que tudo.

"– Não. O que importa é o que a gente pode perceber, e, se você tem dúvidas do que vê, contrate um detetive.

"– Não, isso humilharia a nós dois. Coitado de você se descubro que mente pra mim! Coitado! Como no *Struwwelpeter*, de Hoffmann, lhe corto o nariz e os dedos. Nunca me traia, nem me abandone, nem me engane. Depois das execráveis atividades que fiz por amor a você, enlouqueceria e enlouqueceria você. Quando começamos o divórcio?

"Disse a ela que não era prudente, dei um sem-fim de boas razões e acabamos concordando em fazê-lo, por procuração, quando estivéssemos em Boston. Assim seria menos trágico para todos. Apesar desses espaçados arrebatamentos, Cíntia foi se acostumando ao imaginário transgressor e, por essa via, ao prazer, mas não quis a penetração. Mal percebia o posicionamento de meu corpo, se retorcia até se livrar de meu peso e depois se desculpava, me proclamava seu amor e esfregava na minha cara 'as coisas execráveis' que fazia por mim. No entanto, havia chegado o momento de possuí-la. Demorar mais era besteira. E para isso devia distanciá-la de Caracas. Um lugar distante sempre é mais propício para a transgressão – e o que seria melhor que viajar para Harvard, que Cíntia visse ao vivo a universidade? Apenas a visão do edifício deporia suas últimas defesas.

"A idéia de conhecer Harvard fascinou Cíntia. Inventou um cursinho de flutuação monetária que daria em Maracaibo, e viajamos em julho. Chegamos a Boston tremendamente cansados, suportando o imenso calor do verão, depois de fazer escalas em Miami e New York. Mal largamos as malas no quarto do hotel, caímos nos braços de Morfeu. No dia seguinte, com vitalidade reposta, caminhamos pelas ruas de Cambridge até Harvard Square. Deixei-a no Coffee Connection.

"– Tenho uma entrevista com o pessoal da escola. Enquanto isso, pode provar aqui todos os cafés do mundo, os mais estranhos, e olhar pela vitrine a saudável agitação dos estudantes – eu disse.

"Fui passear pelo edifício da faculdade de Economia para dar verossimilhança à minha jogada. Ao voltar, uma hora mais tarde, contei detalhadamente minha inexistente entrevista e disse que faltava apenas a papelada burocrática.

"– Que sensacional tudo isso, Duque! Tudo cheio de árvores e plantas, gente correndo, saindo de shorts das aulas. Todos são felizes aqui. Todos trabalham, mesmo sendo verão, hem? A gente pode respirar inteligência e trabalho. Quando viermos, vamos viver numa dessas casinhas vermelhas, tipo inglês, não?

"Rodeados pela visão refrescante dos esportistas, que faziam *canooing* no Charles River, e daqueles que deslizavam pelas calçadas com seus *headphones*, fomos passear. Compramos *souvenirs*, provamos pequenas delícias no Quincy Market e arrematamos com um fantástico almoço no porto, no famoso restaurante Anthony's Pier 4.

"– Que gula, que gula! – ela dizia, enquanto engolia ostras com *radish sauce*.

"– Sabe cozinhar? – perguntei.

"– Nada. Não sou uma mulher doméstica – disse, tomando as últimas gotas da segunda garrafa de um Lacrima Christi gelado.

"Para baixar a comida, voltamos caminhando pelo Boston Commen e depois pela alameda do Commonwealth Avenue até Kenmore Square. Demos uma volta pela Universidade de Boston e finalmente tomamos um táxi. Chegamos transpirando ao hotel, para mergulhar direto no ar-condicionado. Depois de uma ducha, de nos ensaboarmos, de nos massagearmos e nos secarmos, chegaram as carícias e os beijos calmos, nós deitados sobre o macio tapete, ladeados por várias almofadas que espalhei pelo assoalho. O desejo de Cíntia cresceu, e ela começou a se acariciar como já sabia fazer. Retive-a. Não podia deixar que se satisfizesse. Devia manter seu desejo se queria possuí-la.

"– Deixe eu roçar sua porta com minha pontinha – sussurrei no ouvido dela.

"Surgiram os famosos temores. Eu aproveitei as negaças dela para, sem ser percebido, pôr o preservativo que uso sempre, rigorosamente.

"– Ssshh, eu jamais faria qualquer coisa que ofendesse você, Cíntia – e tranqüilizei-a com carícias, enquanto aproximava lentamente meu galeão de sua enseada.

"Soltei a âncora na entrada e comecei a falar com a rude linguagem do estupro, pois eu suspeitava que essa linguagem era uma *password* contra os temores de Cíntia, um horror que a excitava de maneira irrefreável.

"— Você está dentro da carcaça de um barco largado na praia...

"— Não, Duque! — suplicou.

"— Ssshh. Quatro sujeitos rodeiam você. Mas você não vê a cara deles. Enquanto se despem, eles insultam: puta, bucetuda, gostosa! — voltei a sussurrar no ouvido dela.

"— Não, Duque, por favor!

"— Eles gritam: vamos te enrabar, sua cadela!

"— Não, Duque, pare!

"Ergueu-se, talvez para fugir, e me viu brandindo o cinto na mão.

"— Você também? — disse horrorizada.

"— Sim! Eu sou um dos tártaros abomináveis. — Então baixei a voz: — A areia é fria, tem uma textura agradável. — Aí gritei: — Deite!

"— Tenha piedade, Duque! — implorou, mas não obedeci.

"Fustiguei-a inseguro, fracamente, quase uma carícia. Ao sentir o couro no corpo, ela se contorceu com os olhos fechados. Fustiguei-a de novo, com um pouco mais de força, e ela voltou a se contorcer, deixando a boca congelada por uma espécie de apetite. Larguei o cinto para qualquer lado e comecei a representar o castigo com palavras e sons.

"— Continuam surrando você, e com raiva! Puta! Cadela! Tome! — E Cíntia se abraçou a meus pés. Estirei um braço para ela: — Os quatro agarram você e a esticam para esquartejar.

"Mal terminei de falar, vi que se deitava e que milagrosamente suas pernas se abriam sozinhas.

"— Tenham piedade! Me poupem desse martírio! — implorava.

"Desci para lhe sorver o cálice, que estava muito molhado, e ela ficou imóvel, proferindo gritos de socorro, mas gozando.

"— Puta de merda! — gritei, enquanto escalava seu corpo.

"— Não! — suplicou, chorou, sofreu: — Não, me deixem! — voltou ao plural.

"Os olhos de Cíntia estavam turvos pelo prazer; os meus, vigilantes. Passei minha vara em sua porta de entrada e ela se contraiu.

"— Amarraram você pelas extremidades — lembrei-a, e a lembrança a fez se oferecer de novo. Peguei sua mão e, fazendo com que acariciasse seu núcleo, lhe disse: — Este é o primeiro dos tártaros.

"E o tártaro que era sua própria mão começou a esfregar.

"– Agora o segundo penetra por trás – continuei, levando um dedo em busca do seu olho moreno, que se abriu como flor noturna: aceitou a oferenda da fantasia e, com isso, levou o erotismo também para trás, o que a fez afrouxar a tensão da frente, descuido que eu aproveitei para penetrar Cíntia aos poucos, com doces e dissimulados movimentos.

"– E o terceiro tártaro viola você pela frente – ofeguei em sua boca.

"Apenas então se deu conta de que eu estava entrando e fez cara de desmaio. Balbuciou 'não' várias vezes, de maneira contínua, como um violino sustentando uma nota. Deixou-se aplacar quando lhe bebi a língua, e se moveu com lentidão, como uma onda gigantesca. Sem advertência senti que fechou a passagem com a pélvis, tensionou-a para não me deixar avançar, mas eu, decidido, me apliquei. Cíntia gritou com dor verdadeira, com a dor de perder uma virgindade que não tinha. Gritou, mas não se remexeu. Retrocedi um pouco e, mal ela relaxou, entrei com força, dizendo grosserias no seu ouvido. Tornou a gritar. Meu ventre se chocou com sua mão, aquela que se friccionava, e que agora estava parada no mesmo lugar, crispada pela dor. Afastei-a com suavidade e só então pude atacar. Comecei o vaivém. O rosto de Cíntia mudava de acordo com a cena que imaginava ou lembrava.

"– Por favor, não, não! – balbuciou, com um olhar de retardada quando começou o êxtase.

"Mexia-se entrecortadamente, defendendo o lugar que lhe doía e empenhando-se no que lhe dava prazer. Eu me movia em sentido contrário, acentuando as fricções até que Cíntia chegou ao ápice. Mas dessa vez seu grito foi de sobrevivência. Ela se sacudiu e me arranhou, cavalgando sensações em estado de demência. Minha pele trespassou sua pele, e nos tornamos um; seus lábios trespassaram os meus, e nos mastigamos os ossos da boca. Cíntia bailava dentro d'água, e eu, ao ouvi-la cantar, ordenei a mim mesmo acompanhá-la nesse céu. Terminei dentro dela com toda a potência.

"Ficamos sentindo estrelinhas de cansaço. Quando saí dela e me deitei a seu lado, se queixou da profunda dor que lhe produziu nosso desprendimento. Ficamos olhando o teto e sofrendo os tremores do corpo. Virei-me e a abracei. Ela disse que eu era mau, que tinha abusado dela, que nunca mais confiaria em mim, que me odiava e se sentia uma Madame Bovary qualquer. Essas reiteradas alusões literárias que tirava da manga de maneira natural, que antes eu apenas estranhava, pois quebravam o perfil que eu tinha de Cíntia, começaram a me encher de suspeitas. Ela se espreguiçou como ao acordar.

"– Por que usou camisinha? – perguntou.

"– É uma precaução necessária – respondi, e, ao querer tirá-la, vi que tinha sinais de sangue. Também o lençol exibia uma manchinha púrpura.

"A evidência me fez ligar as pontas soltas. Além do sangue, minha experiência o assegurava. Sim, Cíntia era virgem! Ao me ver raciocinando, ela se apressou em oferecer uma explicação.

"– Faz muito tempo que não transo, por isso estou apertada.

"Não me convenceu. Eu havia conhecido muitas mulheres que tinham passado pela abstinência e as reações não eram assim. Cíntia havia gritado com dor verdadeira durante a penetração e havia tido as tensões e medos usuais, todos sintomas da perda da virgindade. Nem me perguntei pelo marido, pois ela o tinha castrado com uma relação seca. Mas, e o estupro? Na verdade não tinha sido estuprada? Sua narração havia me emocionado e, no entanto, ao mesmo tempo, os termos usados me soaram então demasiado antigos, floridos e explícitos para quem sofre tanto com uma lembrança. "Ovo", 'profanação', 'render culto a Sodoma'... Um súbito flash me garantiu que eram termos literários. Eu lembrava vagamente o estilo. Era ela sua própria heroína imolada, sua própria ficção? Minha memória buscou o autor, talvez do século XIX. Não topei com a referência.

"Muito compreensivo, ainda que me sentisse enganado, pedi que me dissesse a verdade. Ela me olhou como um gato.

"– Eu disse a verdade – insistiu. – Não transo há muito tempo, por isso sangrei. Mas, se você usa camisinha, isso não tem outra explicação: transou com alguém e tem medo de estar contaminado e não quer me contaminar. Obrigada por seus cuidados e preocupações, mas... você é infiel, seu corno de merda! E isso eu não perdôo, filho-da-puta! Desgraçado!

"Ficou como que endemoniada, uma loba com pêlos eriçados. Sem poder seguir no assunto da virgindade, acabei acalmando-a com uma explicação sobre os perigos da Aids.

"– O vírus pode estar incubado por anos, em você ou em mim, e zás!, um dia nos mata. Nunca se sabe. A camisinha deve ser uma rotina.

"– Se você tem alguma doença incurável e contagiosa, me passe. Quero morrer com você – me falou com o rosto de um fanático. Aninhou-se contra meu corpo em posição fetal e cantarolou até dormir.

"De Boston voltou uma mulher emotiva e sensualmente madura, de modo que se, até esse momento, eu havia me empenhado em lhe proporcionar prazer, agora tinha chegado a minha vez.

"– Incrível! Parece a banana do King Kong – replicou horrorizada ao ver o vibrador que peguei, em meio a uma série de artefatos eróticos que tinha em meu apartamento.

"– É um liquidificador vaginal – brinquei.

"Ela riu com tanta força que teve soluço. Estava tão atrevida, tão juvenil.

"– Credo, Duque, as bobagens que me faz fazer!

"De novo a hipnotizei com a narração do estupro. Então Cíntia se animou a ligar o vibrador e o aplicou pela frente. Gostou da suavidade do motor. Era a última novidade em matéria de vibradores no mercado, com um *chip* que garantia um desempenho contínuo e agradável. Inclusive dava para programá-lo para mudar de ritmos e se mover para os lados. Enquanto tinha prazer pela frente, resolvi entrar em seu botão escuro. Me deteve com aspereza.

"– Na imaginação, tudo bem, Duque, mas o prazer nefando é um pecado mortal – desligou o aparelho.

"Rebati com outras religiões, reinventei o *kundalini-yoga*, apelei para o próprio Sai Baba e a diversos gurus, que sustentavam que no amor não há nada mau, que qualquer empresa da intimidade, por muito rebuscada e torta que pareça, é sagrada. Aceitou sem estar muito convencida, e somente o fez pela menção da palavra 'sagrada'.

"Fiz aparecer uma mulher imaginária, uma bela mulher que a beijava embora ela não quisesse, que se esfregava contra ela entrelaçando pêlos e cabelos. Cíntia se excitou um pouco.

"– Está bem, mas tire a camisinha – pediu.

"– Não. Já expliquei que são precauções que...

"– Não me importo. Eu já disse que quero morrer com você, ou tem medo que desde o estupro, que foi há anos, a bactéria esteja incubada em mim?

"Tirei a camisinha, e Cíntia aceitou ligar novamente o aparelho, que foi um homem a mais em nossa cena, e com nossa imaginária companheira éramos três amando-a. Cíntia se ofereceu inteira. E pude, então, tomar com fervor seu velado botão negro.

"Pela mão do espiritualismo, dos chacras, dos companheiros imaginários e da vívida lembrança horrorosa de seu estupro, que eu botava em dúvida, não paramos em nosso frenesi. Deleitou seus lábios com minha esgrima, se deixou lubrificar e penetrar por todas as partes, e os homens e mulheres de ilusão usaram a violência e o castigo, ficaram entre nós ou atrás. Usamos toda a parafernália de *gadgets* eróticos que eu tinha colecionado, instrumentos e auxílios, bolinhas, massageadores e até leves choques elétricos que nos aplicamos com deleite. Nos estrangulamos e nos asfixiamos na água da banheira até os limites da resistência, nos agredimos, gritamos um para o outro e nos insultamos num caminho de descoberta e de invenção que terminava no consolo, na iluminação. Foi uma ode ao prazer, às vezes atemorizante, às vezes farsante e outras vezes de cômica ternura. E, cada vez que se mostrou reticente a uma nova prática, bastou que eu lhe dissesse de maneira ressentida 'faça o que quiser', para que docilmente se pusesse à minha disposição.

"Um belo dia, ela começou a se encarregar das narrações, colocando as passagens em contextos bíblicos, hindus e da literatura romântica. E assim, misturando a fé, a imaginação e o sexo, ao fim de um tempo se tornou ávida pelo prazer. Tal como lhes disse no começo: o desejo, fonte da vida, a pulsão mais recôndita, já fazia seu efeito benéfico numa Cíntia sem preconceitos. Chegou a me pedir que lhe fizesse coisas inomináveis e inclusive, tagarela como era, começou a dizer vulgaridades durante o ato.

Sim, construímos uma verdadeira cumplicidade, uma maravilhosa engrenagem. Nos olhávamos fazendo nossas necessidades, e, como corolário, Cíntia me pediu que urinasse nela e quis urinar em mim. Assim fizemos, deliciados.

"No entanto, o que é muito intenso, ensina a natureza, não deve durar, sob o risco de desencadear cataclismos. Quando o intenso perdura, se torna catástrofe. Por isso o raio, o terremoto e a erupção vulcânica são curtos – se se prolongam, devastam. Do mesmo modo, as grandes paixões devem acabar no topo da relação: assim a explosão contínua, que é a forma da decadência, não as destrói nem as mancha. E somente por isso havia chegado o momento de deixar Cíntia.

"Apelando para o velho truque de combater o fogo com o fogo, comecei a trabalhar delicadamente uma jovem estudante de Economia, que beliscou o anzol numa de minhas conferências. Esse meu distanciamento detonou em Cíntia uma forte depressão. As vezes que, por sua insistência, nos encontramos, não se excitava muito e tampouco queria imaginar cenas eróticas com outros casais. Só queria falar. Falava de voltar à sua igreja, me recriminava furiosamente com seus ciúmes, reclamava descaradamente o posto prometido em Harvard e passava da irritação para a depressão, implorando-me que nos divorciássemos e nos casássemos. Por causa desse desequilíbrio que vivia descuidou horrivelmente de sua aparência. Num dos últimos encontros, senti repulsa por ela. Seu cabelo estava ressecado e, pior ainda, ela tinha as unhas das mãos negras de sujeira e uma do pé estava quebrada, formando um alfanje pontiagudo. Além disso, levava um resto de chocolate seco na comissura dos lábios. Se basta uma sujeirinha para me retrair, aquilo era francamente insuportável. Eu tenho fobia pelas relações antiestéticas, imperfeitas. A história já não evoluía. E Cíntia? Bem, onde houvera uma mulher retraída e temerosa agora haveria uma mulher que saberia ser, graças à minha intervenção, uma Vênus ativa e desejosa, logo que superasse seu temporário estado de inquietação. Já tinha a desenvoltura necessária para poder desfrutar de outros amantes. Ou seja, *pari passu*, eu não tinha dívidas pendentes com ela. Ou, vai ver, eu merecia sua eterna gratidão.

"Para afastá-la definitivamente, decidi me mostrar com minha nova e bela conquista. Cíntia entenderia a mensagem. A jovem era filha de um rico banqueiro e tinha, como Cíntia havia tido, a apetecível atitude da histérica: bela, nervosa, instável, simpaticíssima e também culta, mas, ao contrário de Cíntia, tinha um refinamento europeu. Marquei encontro com meu novo troféu no café da Católica. Cíntia ia à Católica por causa de um curso, dessa vez de verdade, sobre administração de recursos humanos, a que a obrigava um contrato *part time* que tinha conseguido em alguma organização. Freqüentava seguido o café porque sabia que podia me encontrar. Apareceu justamente quando a jovem me olhava extasiada enquanto eu falava das curvas IS-LM que tanto agradam aos autênticos estudantes de Economia, esses que gozam com a manipulação da riqueza, embora não seja própria; o que não era o caso, agora, pois, como disse, a moça era filha de um poderoso banqueiro. Cíntia passou muito perto de nós, querendo se fazer notar. Eu me fiz de desentendido.

"Nessa noite, muito tarde, superando a reticência que sempre teve de me procurar em casa, ligou e armou um escândalo. Disse que eu não valia a pena, que nunca mais falasse com ela, que não sabia por que havia acreditado em mim, que ela tinha entregado tudo, sua virtude, seu casamento, sua igreja e inclusive seu Deus em troca de nada. Monologou perto de duas horas. Minha esposa dormia. Como não quis ser descortês, fiquei ao telefone, mas me pus a revisar as manchetes do *Financial Times*.

"– Já vou! Já vou, querida! – fingi para terminar a conversa. – Bem, Cíntia, se você quer assim...

"– Você é um tremendo filho-da-puta, Duque!

"Bateu-me o telefone na cara.

"Na manhã seguinte, quando cheguei ao meu escritório, Cíntia estava me esperando. Foi uma choradeira. Suplicou-me que não a abandonasse, alegou que, igual à Lady Chatterley, faria as coisas mais degradantes para estar ao meu lado, que aceitaria fazer amor com outra mulher ou com outro homem se isso me satisfizesse. Mas que não a desprezasse.

"– Tenha piedade de alguém que te ama tanto, alguém que fez todas as besteiras que você desejava. Eu morro por você, Duque, e, se morro –

advertiu-me com absoluta seriedade –, vou voltar do além para tornar impossível a sua vida. Nem que seja por essa ameaça, não me deixe, por favor – disse com o rosto contorcido.

"Desagradou-me vê-la tão piegas. E para não continuar sofrendo essa ciclotimia de humores, reclamações e desgostos, devia traçar um rompimento definitivo. Se havia se atrevido a ligar para minha casa uma vez, voltaria a fazê-lo, e isso me poria contra minha mulher. No estado de Cíntia, não descartei que se animasse a fazer intrigas telefônicas com meus filhos, ou algo assim, e certamente insultaria minhas conquistas. Eu conhecia bem essa sintomatologia e também conhecia o temperamento de Cíntia. Ofereci então nos encontrarmos em Mérida, essa bela cidade dos Andes venezuelanos.

"– Mérida – suspirou longamente. – A montanha será boa companhia.

"Deu-me um beijo e agradeceu. Entreguei-lhe dinheiro para que comprasse a passagem, alugasse um carro e tivesse alguma coisa para sua *petit cash*. No sábado, dois dias mais tarde, nos encontraríamos num hotelzinho alemão muito acolhedor, às sete e meia da noite. Longe, tudo seria mais fácil.

"Cheguei de tarde nessa cidade andina, e muito nervoso. Dispunha apenas de algumas horas para armar meu plano. Percorri vários prostíbulos em busca de uma trabalhadora com pinta de garota decente até que a consegui. Às sete e meia em ponto, Cíntia bateu na porta do meu quarto. Fui atender com uma toalha em volta da cintura, despenteado, com cara de surpreso e balbuciando um cumprimento. Ela tinha o cabelo solto e um renovado sorriso infantil, que obscureceu ao me ver.

"– Você chegou muito cedo – atinei dizer.

"– Mas você disse sete e meia, Duque – me corrigiu chorosamente.

"– Não. Eu disse oito e meia.

"– O que há?! O que está acontecendo? Vamos, diga! – suspeitou de graves irregularidades.

"– Me espere no saguão, já desço – disse, cobrindo a porta para impedir que ela olhasse para o interior.

"– Não, senhor! – gritou e, com um empurrão, me jogou para um lado.

"Entrou feito um tufão e parou diante da garota nua, deitada em minha cama. Olhou para mim e para a garota, alternadamente. Pensei que faria uma cena, mas, instável como era, adotou a severidade da Santa Malvina. Contraiu os lábios, aprumou o corpo e alisou o vestido. Deu meia-volta e saiu caminhando com passo de garça.

"Embora tivesse sido uma representação necessária, senti-me mal. Os piores presságios acudiram à minha mente. E se se matasse? Se ligasse para minha mulher? Tive uma espécie de febre. Para me dissomatizar, fiz amor selvagemente com a prostituta e depois fui para o bar da zona tomar uns tragos. A febre subiu. Pela meia-noite fui caminhar, e vi Cíntia perambulando. Escondi-me atrás de um poste até que desapareceu. Acalmei-me por ver que estava viva, mas, no entanto, comecei a me preocupar por não ter conseguido espantá-la definitivamente.

"Cheguei ao hotel preocupado e febril. Pediria um chá com limão e uma aspirina. O recepcionista me recebeu com excessiva cautela:

"– Sabe, senhor? Procuraram o senhor várias vezes da agência de aluguel de carros.

"– Como? Eu não aluguei nenhum carro – esclareci.

"– Dizem que uma senhora – olhou suas anotações – Colán, Cíntia Colán, alugou um carro e deu seu nome como responsável. Ela deu o telefone daqui e, além disso, o número de seu quarto.

"– Sem problema. Amanhã eu pago.

"– Não, senhor. Sabe, é que a senhora sofreu um acidente.

"A notícia me provocou calafrios.

"– Como? Mas a vi agora mesmo – expliquei. E depois não pude pensar mais. Ouvi a mim mesmo perguntar de maneira automática: – Está em algum hospital?

"– Sabe o que é, senhor? A senhora está no necrotério.

"Tive de encarar a dura tarefa de ir ao necrotério. Era Cíntia. Estava serena, sem a tensão da hora que abandonou o quarto do hotel. Tinha um belo olhar perpétuo, mas a boca estava aberta demais. Fechei-a, e o rosto de Cíntia adquiriu uma beleza lendária, parecia uma noiva triste. Uma parte do vestido estava queimada. As batidas e cortes do choque haviam deixado marcas lápis-lazúli sobre a lâmina de marfim de sua pele. O desagradável cheiro de formol me empurrou para fora do vetusto salão, cuja refrigeração estava defeituosa.

"– O carro arrebentou a grade de proteção e despencou uns trinta metros. Na certa um infarto ou desmaio fez a moça perder o controle. Porque ela nem freou.

"O enfermeiro de turno acrescentou que esta era a versão que os policiais haviam lhe dado: o carro pegou fogo, mas não chegou a queimar todo.

"Senti uma enorme tristeza, um grande desespero. Mas o que eu podia fazer? O que ia fazer com o cadáver? Passei algumas cédulas para o enfermeiro, implorando que esquecesse minha visita e que seguisse os trâmites necessários. Eu não queria me envolver. Rapidamente lhe contei a história amorosa com Cíntia.

"– Olha, meu caro – ele disse, nivelando-se comigo com desembaraço –, eu não sei por que caralho acredito em você, mas, bem, acredito. Esses troços acontecem. Imagino a confusão! Quer dizer, guarde seus trocados e deixe de papo, que eu vou tratar das coisas sem que sobre pra você. O que tenho que fazer?

"Pedi que ligasse para Mañuco de um telefone público que estava quase se desprendendo da parede. Mañuco chorou do outro lado da linha e disse que pegaria o primeiro avião. Agradeci imensamente ao enfermeiro e voltei ao hotel. Tomei uma ducha para baixar a febre que continuava na mesma. Secando a cabeça, pensei em mergulhar na cama para esquecer, mas minha pele se arrepiou toda.

"Cíntia estava de pé ao lado da janela.

"Sei que isso vai parecer incrível a vocês. A mim, até hoje, parece não apenas incrível como inexplicável. Sou racionalista, não acredito em aparições nem em coisas semelhantes, mas ali estava Cíntia transformada numa espantosa assombração. Usava o mesmo vestido com que estava no necrotério, com as mesmas bordas queimadas; tinha o mesmo penteado aterrorizado pela violência do acidente. Só que estava descalça.

"— Ainda sinto o cheiro da outra em suas roupas — disse-me, virando a cabeça para mim. — Ainda lembro do sorriso zombeteiro, de mulher contratada, dessa pobre Madalena que você usou para me machucar. Como você esqueceu rápido o nosso amor! Não sei por que me deixei fascinar por suas palavras. Não sei... Mas, me diz, você vai amanhã no meu enterro? Vai chorar? Vai dar pêsames ao meu marido e aos meus pais, quando na realidade minha morte é um alívio e acaba com as promessas que me fez? Matar-me foi meu último gesto de amor por você, Duque.

"Suas mãos estavam intactas, mas as juntas dos dedos estalavam; sua voz era a mesma, mas Cíntia ficava como que engolindo para não uivar. Tartamuda, tentava deter a pavorosa realidade da morte.

"— Jamais fui infiel a você! Jamais! Porque estava reservada a você desde sempre, só a você. Agora sabe que minha virgindade foi sua. Sim. Foi sua minha pureza, e agora, morta, continuo sua. E se enganei você, antes ou depois, com Mañuco ou com qualquer outro, que uma serpente venha dormir entre meus ossos! E você? Não, você não. Você zombou de minha candura, de minha transparência e de minha entrega. Minha pobre fidelidade e minha generosa entrega (aquela degradante fantasia) me envileceram frente a Deus, ofenderam Sua grandeza. Por isso o Senhor não me recebe! Estou condenada por toda a eternidade. Mas, que assim seja. Amo você do mesmo jeito. Toque-me, ainda estou morna — esticou o braço. — E você? Pensava em dormir?

"Meu corpo era uma massa trêmula. Ela fez um leque em forma de adaga com o alabastro de seus dedos, que pareciam iluminados por dentro, e depois recolheu o braço.

"— Se, quando saí ontem à noite, fugindo de sua afronta, você me tivesse chamado... Se de sua boca houvesse saído a palavra *Cíntia* uma só vez, eu ainda estaria viva.

"Ficou imóvel. A secura da morte havia empalidecido os lábios dela, tornando-os cinza.

"— Mas não. Queria me mostrar suas mentiras para me expulsar do paraíso. Você conseguiu, Duque.

"Levantou um lado do lábio como um lobo mostrando o canino e reprimiu um grunhido, que retumbou em seu peito, fazendo estalar as costelas como se fossem um madeirame podre.

"– Agora, se para você a felicidade está em ter muitas mulheres, para mim foi ter um só homem em toda a vida. E, agora, em toda a eternidade. Um só. Mas curta, Duque, esse rápido segundo da existência. Curta suas conquistas. Eu esperarei você pacientemente. Tempo não me falta. E como apenas o que é constante é bom, Duque, o que é eternamente constante será eternamente bom. Algum dia chegará a hora de recolher você e trazê-lo para este lado. Então misturarei o pó dos meus ossos com o pó dos seus, e você será meu por toda a eternidade. Será meu, Duque! Só meu, e para sempre!

"Virou um pouco o rosto incisivo e evaporou no ar.

"Eu fugi do hotel e não voltei para pegar meus pertences. Perambulei a noite toda por lugares cheios de gente para que Cíntia não se atrevesse a me visitar. Quando clareou, fui para o aeroporto e parti.

"Seu fantasma ou alucinação não voltou. Estive afastado de meus galanteios durante um bom tempo, enquanto lembrei de Cíntia e a procurei nas ruas que freqüentávamos e nos livros que citava. Encontrei-a em vários autores, principalmente em Propércio, um poeta latino, e, claro, no Marquês de Sade. Foi nesse libertino ou moralista francês, dependendo do ponto de vista de cada um, que ela achou inspiração para toda a cena do estupro com uma exatidão somente digna de seu grande talento literário, grande e sem preconceitos. Realmente era virgem como eu tinha suspeitado quando fizemos amor em Boston.

"Mas, como não vale a pena desperdiçar esse 'rápido segundo da existência', como ela disse, em suposições, preocupações, lamentos ou saudades, me recuperei plenamente. De qualquer maneira, algum dia me chegará a hora suprema e então saberei se sua terrível ameaça vai se cumprir ou não. Enquanto isso, ando vivendo como gosto de viver.

"Muito obrigado."

A sala pareceu escurecer como quando uma nuvem de temporal encobre o sol. Cíntia tinha sido um espectro desbocado, cheio de espantos. Que sonhos virão no sono da morte? A história do Duque respondia com clareza a consternada pergunta do príncipe dinamarquês. Por algum resquício do ignoto, os fantasmas voltam a acertar contas pendentes. Os grandes para fazer grandes proezas que nunca saberemos, desastrosas ou benéficas, e os pequenos para realizar penitências menores, estalando madeiras, fechando portas ou divertindo os recém-nascidos com minúsculos vôos em círculos. No entanto, com o surgimento da luz elétrica, diminuíram suas visitas. O brilho equivalente mescla-os, funde-os, afasta-os da civilização. Hoje são menos temidos, mas, mesmo assim, na sala, todos estavam emocionados com a assombração de Cíntia.

E, além do sobrenatural surgimento de Cíntia, mais uma morte!, outro final escabroso no que devia ter sido uma festa.

Ninguém se moveu. Os convidados estrangeiros tinham muitas bibliotecas para declamar, muitos códigos para levantar, mas só restava a eles balbuciar a banalidade da existência. A reunião foi um conciliábulo de peixes, borbulhas aqui, roçadelas ali.

Bernardo não agüentou mais. Estava cheio daquela ética mascarada. Exibindo seu bom senso de cientista social que usa o instrumental da razão – a matemática aplicada e a estatística como meios incontestáveis da verdade –, soltou suas fúrias contidas:

– Me surpreende a carolice desta sala! – uivou para se ajudar. – Estamos aqui num encontro de sedutores, de perseguidores do prazer, de buscadores do extremo, mas de repente um fantasma faz com que se encolham. Que decepção! Se alguma coisa devo censurar no Duque, é não ter aprofundado o êxtase, não ter castigado Cíntia com mais dureza, não ter feito intervirem mulheres e, por que não?, homens, mas de carne e osso, nesse *mélange* que prometia ser mais delicioso ainda. Eu teria desmanchado as carnes de Cíntia a chicotaços e teria surrado a mim mesmo, elevando o prazer até o desmaio, a perdição absoluta, a dissolução. Tudo misturado, entreverado, implorando e fazendo-a implorar como no inferno de Bosch, mas gozando de maneira absoluta.

A discussão pegou fogo.

Dom Juan saiu apressado. Tinha uma importante consulta médica. Passou pela dolorosa limpeza do canal ocular que drena as lágrimas para a garganta. Durante a microcirurgia, perguntou ao médico se da mesma maneira podia se desentupir os genitais. Tinha um último dever amoroso para cumprir antes de morrer. O médico fez uma festa e, com a familiaridade cortês desses profissionais, disse que um portento como ele precisava de uma única coisa: uma "menina" que o estimulasse.

— Não gosto muito de meninas — respondeu incomodado, lembrando que em seu confinamento em Rincón del Tigre, um povoado no coração da selva, havia rejeitado uma menina de catorze anos com corpo de tabuinha que se ofereceu a ele.

A brevidade da intervenção médica lhe permitiu chegar justamente com Maya à porta do apartamento. Ela tinha feito um coque, usava óculos escuros e um indisfarçável ar pedante que atenuava sua profunda prostração, e era, na realidade, o cansaço pela encarniçada luta que mantinham suas duas consciências. A pior tinha vencido, trazendo-a novamente ao encontro, apesar de que a boa tinha prometido (mas somente à noite) não retornar. Para si mesma, Maya justificou suas visitas argumentando que se tratava de entrevistas importantes para sua carreira profissional. E mais: vinha inspirada com o desafio de vencer o grande fascínio que o velho exercia sobre ela. Nem bem chegou, lhe deu um beijo na face, coisa que nunca tinha feito. Dom Juan pegou-a pelo braço para reter a carícia. Maya se soltou com um gesto brusco e se sentou satisfeita com o triunfo de seu ardil. Era uma importante batalha ganha. Escondeu o sorriso cruel e esperou que se desmanchasse. Franziu a boca. Sentia nojo do velho e de seus cheiros rançosos. Desprezá-lo era o começo de sua vingança por tê-la feito crescer tão rapidamente em tão poucos dias.

— Eu vivia em Caracas, num de meus tantos exílios — começou dom Juan. — Por iniciativa dos sindicatos venezuelanos e solicitação das organizações internacionais, dei algumas aulas na universidade. No entanto, para vencer a ignorância acadêmica de todo líder sindical como eu, assisti a cursos e palestras. Num deles conheci uma palestrante, cujo nome era Cíntia...

Ao terminar, estava realmente cansado. Queria dormir. Nem mesmo reparou que Maya estava petrificada, mas, ao mesmo tempo, agitada interiormente. Tinha sido tocada por algo venenoso, algo horrivelmente alheio a seu corpo. Os olhos viraram descontrolados, buscando uma âncora. As idéias lhe cruzavam caóticas pela cabeça. Todas as suas reações tinham que ver com a vertigem.

— Com razão está tão só — as palavras lhe saíram da alma.

Engasgou-se com um "com-licença-boa-noite" e não quis olhá-lo ao ir embora. Tinha medo que os hipnóticos olhos do ancião, os demoníacos olhos da dissolução moral, a detivessem. Sentia-se apalpada nas entranhas, manuseada contra sua vontade por essas grandes mãos do arcaico, cuja beleza não podia ser outra coisa que um engano. Implorou para esquecer o que havia escutado. Descartou uma próxima entrevista. Era demais. Não se importava de não entregar o trabalho acadêmico. Pediria um prazo e dedicaria seu tempo a um personagem menos repugnante. Mas se refreou. Distanciar-se era permitir o triunfo dele. E isso significava o triunfo de tudo que esse homem representava, do assombro que era. Não podia permitir isso. Ela parecia um trapo fustigado bárbara e injustificadamente. Tinha que agir. Voltaria no dia seguinte, sim, voltaria, e voltaria preparada. Depois de escutar, surda como uma porta, a história que ele contaria, riria de sua decrepitude e levantaria a saia plissada, lhe mostraria as pernas nuas, que ele jamais poderia tocar, e as juntaria e separaria provocativamente, acariciando-as, e faria um biquinho com sua jovem boca de polpa fresca para lhe gritar: "Você nunca mais vai tocar numa mulher decente!, desgraçado!, nunca mais!, assassino!, porco!, estuprador!, insensível!" Elmer não faria nada além de ficar estupefato, porque nenhum homem pode enfrentar uma mulher verdadeiramente decidida. Jurou fazer isso como vingança a todas as mulheres ultrajadas por dom Juan. Em honra a elas, jurou. Já tinha a força necessária.

Sexta exposição:

Maurício, o Garoto

Onde Maurício, o Garoto, profissional de grande ternura e representante do estado de La Paz, conta uma lacrimosa história de amor sobre ele, um jovem solteiro, embora nem tão jovem assim, e uma quase menina de dezesseis anos.

◆

Dom Juan amanheceu com o abatimento da melancolia, uma espécie de desdém pela vida. O escudeiro não soube precisar se era uma coisa física ou da alma. Ligou para a doutora Úrsula Beck, um de seus médicos de cabeceira.

— Vejo que está muito esgotado. O que andou fazendo? — ela indagou, e Elmer encolheu os ombros.

A médica sugeriu interná-lo por vinte e quatro horas para alimentá-lo por via intravenosa. Dom Juan se opôs com tenacidade. Não podia faltar ao congresso. Escondeu o rosto para não revelar suas razões. Ela olhou com os olhos entrecerrados e sacudiu a cabeça, na dúvida, ao notar o olhar fugidio de um menino que vai cometer alguma traquinagem. Compreendeu que seu amigo, dom Juan, tinha segredos pendentes. Receitou-lhe um novo e eficaz complexo vitamínico de ingestão oral.

— Mas nenhum sobressalto, está me ouvindo? E descanso, principalmente muito descanso — lhe disse num tom ameaçador de mãe.

Dom Juan concordou.

Na mesma noite em que Cocolo o havia convencido a esquecer as estripulias sentimentais da juventude, dom Juan acordou iluminado, perto do amanhecer, e ligou para ele.

— Temos de fazer um congresso — disse, quando seu amigo respondeu com voz fanhosa.

— Mas, Mestre, você quer fazer um congresso do quê? — respondeu, enquanto acendia a luz da mesa-de-cabeceira para olhar a hora. — De roqueiros? É o único congresso que funciona nesta época, Mestre.

— Não. De sedutores — afirmou o ancião.

Dom Juan, com a memória desarticulada, havia querido dizer "reunião" em vez de "congresso". Queria que os amigos viessem a sua casa e lhe contassem histórias amorosas que ele, um pouco depois, poderia repetir para Maya como se fossem próprias. Mas de sua mente havia emergido, involuntariamente, a palavra "congresso", como o de Telamayu, como a Assembléia Popular, quando num gesto mágico ele saiu da clandestinidade para, apenas com sua presença, depor o efêmero herdeiro de uma desgastada ditadura militar. Os congressos, assembléias e plenárias tinham feito sua glória e dado personalidade a seu povo, pele de barro, um povo negado por séculos, sem voz, sem fisionomia. Se uma coisa lembrava com a clareza de um relâmpago era um desconjuntado mineiro no congresso de Catavi criando, a partir de sua inteligência natural e com um vocabulário mais pobre que feijão-com-arroz, uma teoria do Estado, ou uma dona-de-casa, com avental, propondo uma tática de ataque contra as forças do governo.

— Você está cada dia... ou cada noite, mais louco, Mestre — respondeu Cocolo. — Os únicos sedutores que restam são os xeques árabes, e isso porque têm toda a grana do mundo.

— É isso que quero, Cocolo, por favor — pediu dom Juan, agradecendo de antemão com a voz quebrada pela emoção.

Cocolo ajeitou o telefone e se recostou na cabeceira da cama. Tinham estado juntos tantas vezes em situações memoráveis: combatendo em Miraflores para defender o governo popular de Torres, durante o golpe militar de Natush; ou fazendo "programas", como chamavam os encontros com mulheres; e também em Buenos Aires, quando foi seqüestrado pela Tripla A e Perón mandou prender o Mestre, embora nessa mesma manhã tenha lhe reiterado sua inquebrantável amizade.

— O que vai se fazer? — suspirou, resignado. — Fizemos tantas merdas nessa vida, Mestre, que mais uma não importa.

— Tem de haver delegados internacionais — dom Juan solicitou.

E o que na madrugada havia sido uma loucura do Mestre, no transcurso da manhã tinha embriagado Cocolo. Invocando a figura do lendário líder e se valendo, como sempre, dos bons amigos, em poucos dias conseguiu a confirmação de meia centena de participantes de todo o país e de cinco delegados internacionais, entre eles Bernardo, o diretor do Fundo Monetário Internacional, que estava em La Paz numa rotineira comissão arruinadora da economia dos manjados ajustes macroeconômicos. Cocolo informou dom Juan de cada avanço do projeto, e essas idas e vindas mobilizaram os neurônios do ancião: ele voltou a tomar decisões como antigamente e não esqueceu Maya em nenhum momento. Assim nasceu o congresso, ou, melhor dito, A Gula do Beija-flor.

Elmer tinha ido comprar o complexo vitamínico receitado pela doutora Beck. Pelas duas da tarde despertou dom Juan e lhe deu o remédio. Perguntou se tinha ânimo para assistir à sessão desse dia. Dom Juan negou com a cabeça. Apesar do medicamento, seu corpo se recusava. Tantos dias se concentrando nas histórias do congresso, memorizando-as e contando-as de novo, haviam lhe exaurido toda energia. Não, já não podia. Não podia e não queria. Elmer compreendeu que um pouco mais além do limite está a morte. Mas compreendeu apenas por um instante. Em seguida reconsiderou e se encheu de um espírito medieval. Um bom escudeiro não podia deixar seu senhor ferido no campo da desonra enquanto a donzela espia da janela da alta torre, chamando-o para o resgate. Armou-se de coragem, levantou o cobertor do ancião e lhe ministrou uma vigorosa massagem com óleo de cânfora. Depois lhe colocou um jornal no peito e outro nas costas. Vestiu-o e lhe deu uma superdose do complexo vitamínico prescrito.

— Tem de fazer um esforço, Mestre, por favor. Hoje e amanhã, nada mais. Que são duas vezinhas mais? Se já se esforçou tanto.

Dom Juan chegou alquebrado ao congresso, mas chegou. Apenas o sentou no pódio, Elmer tomou o microfone de um salto:

— Chegou a hora de anunciar, leidis an djentl'man, a intervenção de hoje. Trata-se de uma história de amor de um homem de quase trinta anos e uma quase menina de apenas dezesseis, história que será explanada pelas insignes palavras do destacado participante: o senhor Mauríííciooo, aliás O Garooottooo, representante do estado de La Paz. O pódio é seu, cavalheiro.

Maurício tinha a cabeça alongada e óculos de intelectual. Seu rosto era quase cômico. Os olhos, embora sonolentos, relampejavam atentos, e a boca séria terminava numa comissura festiva. Vestia-se de maneira tradicional. Notava-se que era um homem de hábitos conservadores. Falou pausadamente.

"Vou ler para vocês uma carta-informe que enviei, faz algum tempo, a uma cliente e que é minha exposição hoje. Diz assim:

"*'La Paz, tantos de tantos.*

Sra.
Beba Vermeer de Errazuriz
(endereço)
Santiago de Chile

"'Respeitável senhora:

"'A seguir passo a lhe informar sobre o caso de sua neta Alejandra Errazuriz, para o qual a senhora achou por bem contratar os serviços profissionais de nosso instituto.

"'Uma semana antes da chegada de Alejandra a Mancora, a praia peruana, tratei de tomar conhecimento do lugar, localizar um alojamento e travar amizades. De maneira preliminar, me permiti subornar algumas pessoas locais, mototaxistas e vigilantes, para que, com regularidade, me facilitassem informação sobre Alejandra. A senhora sabe que o acaso é demasiado vasto para que o deixemos entregue, nesse tipo de assunto, à sua própria sorte. Soube que ela chegou, tal como a senhora havia me adiantado, a oito de janeiro, e a vi nesse mesmo dia, mal tinha começado a noite que, em contraste com o forte calor do dia, estava fresca. Seu namorado Orlando a levava enganchada por um braço, e os seguia um grupo de jovens. Todos usavam roupas de praia. Apesar da tenaz de Orlando, Alejandra caminhava com beleza imperial e com a expressão displicente de quem não necessitava amparo algum. À primeira vista, alguém verdadeiramente insuportável. Passaram pelos *parches*, como os artesãos de bijuteria chamam os pedaços de pano onde exibem suas mercadorias. Para estabelecer um primeiro contato, aparentei ser um desses *parcheros* com quem eu já tinha travado amizade.

"– Oi, esta pulseira tem toda a energia de Mancora. Com ela você vai ser como Cleópatra – eu disse, fazendo que não via Orlando.

"Parece que ela achou isso de 'Cleópatra' original, porque fixou os olhos em mim. Senti o gesto como um presente por demais generoso, dada sua altivez. Demência, que é o apelido de um colombiano *parchero* de singular e maravilhosa loucura, que exibe suas excentricidades levando o dente de um lobo marinho de pelo menos cinco centímetros de diâmetro num monumental buraco na orelha, disse para as garotas: 'Feias, comprem alguma coisa.' Era evidentemente uma brincadeira, pois Alejandra e suas amigas estão longe de sê-lo. Orlando arrepiou a crista e tratou de andar, nos exibindo as costas. Dali a pouco voltaram carregando víveres. Demência, que além do mais tinha tomado umas e outras (um destilado local de má qualidade), insistiu, achando que era simpático, e melhorou seu repertório chamando as garotas de 'monstras inconquistáveis'. Orlando, que pouco entende de qualquer coisa e já vinha de saco cheio, reclamou, esquentando os músculos, sem soltar Alejandra. Lembrei, nesse momento, que a senhora havia me dito: 'Alejandra é estranha, embora uma garota maravilhosa. Mas temo pelas piores coisas se não conseguimos que termine com esse garoto, não só porque ele complica a vida dela como, se a inicia sexualmente (e espero que isso não tenha acontecido), vai marcá-la com um desgosto de que ela vai demorar muito para se recuperar.' Sim, ele é bobo e valentão. Cobre suas falhas com o despotismo, maus-tratos a Alejandra e com uma loucura fingida. As razões que explicam que Alejandra mantivesse uma relação afetiva com um tipo como ele são: seus escassos dezesseis anos, a admiração que se sente nessa idade por um surfista como Orlando e, naturalmente, a equivocada pressão familiar, que você não compartilha, de associar fortunas no mesmo ramo de negócios, em ambos os países. Tornou-se usual que os pais decidam o casamento de seus filhos dando a eles a impressão de que são livres para escolher. Na verdade, os pais empurram os filhos por um desfiladeiro para se casar com quem eles escolheram.

"'A encrenca pegou fogo com as faíscas que mundos diferentes produzem o tempo todo.

"'– Não falo com você, mas com as princesas aqui – Demência respondeu com dignidade. – Portanto, dá licença, sim? Não é mesmo, princesas? Não é verdade, monstras inconquistáveis?

"'Um insistiu na brincadeira e o outro em não compreender. De ambos os lados saltaram partidários e os punhos se fecharam. Alejandra quis contemporizar, mas Orlando a repreendeu:

"'– Cale a boca, idiota! E vá pro carro! Já!

"'Ela e suas amigas obedeceram, enquanto a Gata, Bélgica e outras *parcheras*, querendo interceder, inflamaram mais a briga.

"'O Urso, do lado deles, deu um soco em Firuláis, dos nossos, e o derrubou: 'hippies de merda, porra!', gritou. Tito entrou na roda para vingar o caído. Mas, antes que se desatasse uma batalha campal, eu me interpus e avancei para Orlando com os braços no alto.

"'– Se algum dos meus amigos aqui ofendeu você, peço desculpas – eu disse. – Não é necessário continuar com esse engano.

"'Imediatamente Demência me apoiou, enquanto ajudava Firuláis a se levantar.

"'– Mas claro, meu escritor preferido, você está sempre numa boa e com a palavra elegante na ponta da língua. É como diz: um equívoco, uma brincadeira para as princesas. Vamos, parceiro, não se chateie – dirigiu-se a Orlando. – Calma, carinhas, e boas 'vibrações' cósmicas, hem?!

"'Espargiu as boas vibrações, fazendo uma dança, enquanto eles iam embora com uma sede que não tinha sido saciada. Eu sempre achara que os surfistas eram gente tranqüila – 'é que são mauricinhos limenhos', disse

Firuláis, 'gente da alta de Lima', esclareceu. Como terá lido na fala de Demência, senhora, eu estava passando por escritor, rótulo que uso com freqüência porque tem um certo mistério. Entre minhas coisas levo alguns poemas que, plagiados, passam como de minha autoria, mas levo também outros que escrevo segundo as circunstâncias. Conhecer Orlando e ser testemunha do domínio que exerce sobre Alejandra me levou a perguntar se ela ainda era virgem. E, se não era, a devastação da má iniciação, que a senhora temia, já teria ocorrido, e o motivo de seu contrato comigo ficava circunscrito a separá-la dele.

"'Minha aproximação inicial tinha sido desastrada. Minha intimidade com os artesãos *parcheros*, que pensei que me daria uma atmosfera atrativa aos olhos de Alejandra, tinha sido prejudicial. Agora ela, por associação, me manteria a distância. Como mudar essa impressão? Como me diferenciar? Se não fizesse nada, o estigma seria definitivo. Necessitava de uma ponte entre universos tão excludentes, mas qual era a mais adequada? Ponderei várias possibilidades e, no final, me decidi pelo mundo do dinheiro. Mostrando que o tenho, talvez ela me sentisse mais igual, menos marginal, menos diferente.

"'Pelos anos cinqüenta, Hemingway costumava passar uma temporada em Cabo Blanco, um povoado a meia hora de Mancora. Pescava o monumental peixe-espada, o 'merlim', como chamam, com seus amigos de Hollywood, e se diz que escreveu *O velho e o mar* por lá. Seu mito ainda campeia. O fato de que eu dispusesse de dinheiro, e uma fácil associação hemingwayana, poderia fazer Alejandra suspeitar que eu também era um famoso escritor, incógnito na região.

"'Elas se douravam ao sol como sereias em seu dia de folga. Orlando e os seus não estavam. Segundo soube depois, tinham ido a Punto Pánico surfar, pois lá as ondas levantam com mais perfeição e são de tamanho maior que em Mancora. Passei correndo e sem olhá-las. Quando voltei, fazendo exercícios, preparada a casualidade, um pescador lhes oferecia lagostas numa cesta de vime.

"'– O que tem? – aproximei-me para perguntar.

"'– Lagostas, jovem. Tenho cinco.

"'– Vocês vão comprá-las? – dirigi-me a elas.

"'Alejandra tapou o sol com uma mão e ficou com o olhar vazio de estátua. Aí – me desculpe esta menção – gravei em minha memória a perfeição de seu corpo magro e flexível, e suas extraordinárias protuberâncias novas, formas que a modernidade artística, desorientada por um vanguardismo sem significado nem beleza, não se dedica a esculpir honrosamente. O sol já tingia de areia sua pele branca, e seu solto e abundante cabelo castanho contrastava com a rala penugem de pêssego de suas pernas jamais depiladas. Marcela, uma de suas amigas, respondeu com nojo que não, ao comprovar que os animais estavam vivos. Diana, a outra, sorriu-me. Com familiaridade, eu disse ao pescador que eu mesmo levava as lagostas.

"'– Já sabe, estou na casa da colina do Jorge e da Patty, do Bobby 'D'.

"'O pescador me avisou do preço elevado das lagostas e fiz um gesto calculado de que não me importava.

"'O truque das lagostas estreitaria esse abismo feito de classes? Quando o pescador chegou com as lagostas em minha cabana, de vista incomparável, situada sobre um promontório frente ao mar, informou-me que Diana o tinha interrogado sobre mim. Nessa tarde, passei por La Bajadita, um café atendido por uma bela embora austera mulher ruiva. Calculei que por simpatias de classe social e porque ela prepara sobremesas deliciosas, como uma memorável torta de nozes, as garotas passariam por lá em algum momento. Desta vez as três me cumprimentaram. A mais disposta ao diálogo foi Diana. Decidi começar com ela a aproximação. Um pouco de calor e um pouco de distância. Em doses que estimulassem a curiosidade. E tudo feito com perícia para que não se descobrisse premeditação alguma. Necessitava de alguém que me informasse sobre Alejandra e suas fraquezas, e Diana se oferecia a mim como 'esse cúmplice'.

"'Por trás das máscaras melhor dispostas e mais fortemente protegidas, a propensão a se apaixonar de maneira servil jaz em todos nós. É um problema de flancos secretos. Mas minha tarefa, como você sabe, senhora, não era submeter Alejandra ao servilismo do amor, mas mostrar a ela sua melhor possibilidade. Quando a gente machuca uma mulher, sempre será lembrado por ela, é certo. No entanto, e apesar das dificuldades, é melhor se relacionar com um ser humano pleno e não com alguém a quem se deixou inválido afetivamente. Ao ir embora, paguei a conta delas sem que o soubessem.

"'Apostei que as adolescentes, por muito ricas que fossem, como era o caso das três, sempre têm uma mesada limitada. No dia seguinte, durante minha corrida costumeira, as garotas me acenaram. Aproximei-me, e Alejandra tomou a dianteira para me falar com seu cantado sotaque chileno.

"'– Obrigada por ontem. Mas, sabe como é, não conhecemos você e queremos devolver a grana que pagou em La Bajadita.

"'Era um gelo. Quanta dureza! Um grande contraste com seus poucos anos e seu rosto de boneca. Fiquei desconcertado. Só atinei fazer uma brincadeira: botei como monóculo uma pequena concha, que havia recolhido na areia, e falei com sotaque prussiano:

"'– Não sei do que fala, senhorita – dei-lhe as costas e afastei-me.

"'– Ei! Falo sério – chamou-me.

"'Não lhe fiz caso e continuei caminhando. Ouvi que Diana a censurava:

"'– Que que há, Ale?! Sei não, às vezes você extrapola.

"'Ouvi novos gritos, não soube de quem, mas não me virei. Inexplicavelmente, o fato me atingiu, foi uma picada de arraia. Minha dor foi crescendo à medida que me afastava. 'Você não existe', tinha me dito. O que eu deveria ter feito? Explicar-me? Começar uma relação a partir de uma explicação não só é degradante como encaminha a relação para o fracasso. A briga do primeiro dia e essa desconsideração me punham num verdadeiro aperto.

"'Vamos concordar, senhora, que seduzir uma garota de quinze anos é muito fácil. Qualquer argumento bem armado vai persuadi-la, pois, como não conhece a vida, imagina-a e fica convencida com aquilo que imaginou. As únicas coisas que precisamos é a desenvoltura suficiente para mentir para ela e argumentos básicos para enredá-la. Essa fragilidade da idade tem, no entanto, uma poderosa defesa: o mito da esfinge. Com o primeiro passo de aproximação, o agressor fica imobilizado por seus olhos, por sua imensa beleza, e se apaixona. Enfeitiça-o a promessa de devorar o broto mais apetecível entre todos os que existem, de devorar a ternura mais tenra. Além disso, emergem no encantador as proibições morais e, com elas, as culpas, e assim o obstáculo se multiplica de tal maneira que a gente ou larga a presa ou se apaixona, e, ao se apaixonar, perde as vantagens iniciais nivelando as ações. O caso deixa de ser um abuso para se transformar numa história de amor.

"'Eu devia conseguir isso. Quando a senhora, consciente do atraso destrutivo que tem uma má primeira vez, decidiu contratar nossos serviços para iniciar Alejandra, bela e maduramente – além de separá-la de Orlando –, eu lhe observei a dificuldade de cumprir nossa missão se não fizesse sua neta se apaixonar. E para consegui-lo plenamente eu também devia me apaixonar. Enquanto o erotismo busca o corpo, o amor busca a pessoa completa. E essa condição é absolutamente necessária para o êxito de uma missão de tal natureza. Comunicar-se profundamente com uma adolescente só é possível à custa de nós mesmos nos despedaçarmos, à custa de mergulhar num desconcerto perigoso.

"'De tanto repetir seu rosto em minha memória, de tanto lembrar seus gestos e todas as suas belas formas, comecei a necessitar de sua presença. Fiz esboços a lápis de seu rosto, li poesia em seu nome e procurei-a por onde andei. Começou minha descida ao caos do amor, começou a se decompor meu equilíbrio normal. Apesar das reiteradas vezes que sofri essa decomposição, não consegui me acostumar, pois não se trata de uma rotina a mais do ofício, trata-se da maravilhosa exceção da vida: o amor.

"'O tom de minhas idéias era lamurioso. Nessa noite, dormi pouco e temi, devo confessá-lo, não o fracasso, mas não ter Alejandra nunca, nunca beijá-la nem abraçá-la, não poder contar com a cumplicidade de sua ternura na intimidade. Não adorá-la. Desde a madrugada vaguei como um louco varrido. A alma ferida. Me doía a brisa. Vi movimentos na casa que vocês alugaram e escapuli para o interior pela janela que dá para a praia. Sabia que as garotas dormiam ainda, pois nessa idade se dorme sem dificuldade até o meio-dia. Os empregados mal se espreguiçavam. Minhas fichas de dados haviam me lembrado que a senhora reza as matinas, de modo que já devia estar acordada. Lembro que quando me contratou, a senhora se pôs à minha disposição para me socorrer em caso de necessidade. E isso agora era imprescindível. Ao me ver arriado, sem o aprumo com que havia me conhecido, a senhora me insinuou rescindir o contrato, achando-me incapaz de prosseguir com tão difícil empresa. Temeu ter se enganado ao me contratar. Suas reticências me fizeram respirar geada. Expliquei-lhe a natureza de meu estado. Eu vivia a transformação de um licantropo. Mas devia continuar mergulhando no dissabor para que minha chegada em Alejandra fosse bela. A senhora se retraiu diante de minhas palavras, e se mostrou arrependida por conspirar contra os desejos de sua neta, conspiração que chamou de 'a normal impertinência de Deus, mas não a dos homens'. Eu lembro. Frente a minhas súplicas e meus argumentos, principalmente quando lhe garanti que no final ela acabaria tudo com Orlando, a senhora, com as reservas morais do caso, aceitou continuar, e também aceitou me ajudar com a pequena representação que lhe propus.

"'Vocês viriam de Las Pocitas caminhando pela praia, entre o molhe e Punta Ballenas. Ao divisá-las, eu começaria a preparar um *cebiche** num *tupperware***. Ao passar, a senhora me perguntaria o que eu estava fazendo e eu a convidaria para comer. A senhora aceitaria. E assim foi.

"'Alejandra falava ao celular e vestia a imensa cara do Gato Félix no peito. Mas, sobre essa reminiscência infantil, tinha se adornado com jóias dos *parcheros*: colares de *spondylus****, sementes e taquarinhas, brincos de arame e couro e pulseiras de conchas.

"'Ela a censurou:

"'– Você tá maluca, vó. Se é toda melindrosa...

"'Mas a senhora, em vez de responder, festejou meu preparado como 'o melhor *cebiche* que comi em Mancora'.

"'Ofereci-me para cozinhar enroladinho de espinafre com lagosta, e a senhora, como também combinamos, aceitou.

"'– Precisa de ajuda? – perguntou Diana, quando, nessa mesma noite, me preparei para cozinhar.

---

* Prato de peixe ou marisco cru num molho de suco de limão com cebola, sal e pimentão. (N.T.)
** Travessa refratária para colocar no forno. (N.T)
*** Concha de um molusco. É considerada, nos Andes, há milhares de anos, como símbolo da água e da fertilidade. (N.T.)

"– Não, obrigado. É um segredo. Só preciso da empregada.
"– Que doideira, ele é cheio de segredos – comentou Marcela.
"– O que faz aqui em Mancora? – perguntou Alejandra.
"– Nada.
"– Tá de férias?
"– Vivo de férias.
"– E vive do quê? De onde tira a grana pra ficar o tempo todo de férias? Porque pinta de milionário você não tem – afirmou Alejandra.
"– Ora, filhinha – disse Diana –, há milionários que se vestem assim, como hippies, ou de blue jeans. Piramos esquiando em Aspin, não, Marcela?, com abrigos de pele e, por baixo, umas calças rasgadas de mendigo, uma doideira.
"– Vamos, vive do quê? Conta pra nós – sua neta insistiu.
"– Quer saber a verdade? – perguntei ameaçadoramente.
"– Sim, a verdade, nada menos que a verdade – respondeu ela.
"– Okay. Vou à praia, me ajoelho com verdadeiro fervor e suplico com muita, mas muita força: Deus, me ajude, por favor! De repente, aparece um pontinho pequenininho no céu que começa a soar fssssssss!, e, de repente tchuc!, cai na areia um maço de dólares enrolados. Porque Deus, previdente, os manda assim. Enrolados. Não vão voar por aí e cair nas mãos de um cara sem devoção.
"– Mentiroso! – disseram em coro.
"– Você é muito vaselina! – disse Diana, jogando charme.
"– A verdade, sério, diga a verdade pra gente – insistiu Alejandra.
"Tocou seu celular. Era Orlando.
"– A verdade é que tenho que cozinhar – eu disse.
"A senhora se divertiu observando a cena. Um avanço incalculável. Depois que aprontei a comida, servi os pratos na cozinha e os mandei pela empregada. Fui embora, deixando um bilhete: 'É um grande prazer deleitar o paladar de mulheres tão belas...' Quando me procurassem para festejar a lagosta, eu já não estaria. O mistério é fundamental, pois chama a curiosidade, e a curiosidade atrai a mulher. Se conseguisse provocar em Alejandra curiosidade por mim, um importante estágio estaria vencido.

"'Mais tarde, perto da meia-noite, as três chegaram no Discovery, protegidas por Honório, o motorista, à fogueira que o pessoal dos *parches* costuma fazer na praia.

"'– As princesas! As monstras feias e inconquistáveis! Iééé, cabriolé!! – exclamou Demência ao vê-las. – Bons fluidos, princesas! – e fez sua dança de boas vibrações.

"'– A lagosta estava ótima e com um tempero delicado. Mesmo cozinhando você é peruano – me disse Diana –, não é, meninas?

"'– Mas que doideira sair daquele jeito, deixando bilhetinho, olhe, muito brega – comentou Marcela. – Por que se foi, hem?

"'– É porque ele é o homem misterioso – replicou Alejandra e se sentou na areia.

"'Não disse nada. Olhei-as com olhos mansos de animal cansado. Diana me falou de qualquer coisa divertida. Alguém botou um fininho na roda. As três fumaram, não sei se por não relaxarem ou porque gostavam. Riram sem parar. Eu fumei, mas não ri. Com Alejandra à frente, a erva me levou a emoções desordenadas. Olhei-a através do fogo: alaranjada, faiscando, como quando se revela uma aparição milagrosa. O Índio Manuel tocou músicas andinas numa quena, e, com esse ritmo melodioso, aconteceu a comunhão que milenarmente acontece ao redor do fogo. Demência se aproximou das garotas – 'que onda, princesas, uau!' –, e elas, no final das contas mulheres de cima a baixo, perguntaram pelo brinco monumental e como ele tinha feito crescer o furo na orelha até aquelas dimensões.

"'– Sua orelha parece uma bisteca – brincou Alejandra.

"'– Uma bisteca! Iééé, cabriolé! É isso mesmo, parece uma bisteca!

"'– Mas bacana, como dizem aqui no Peru – acrescentou Alejandra. – Vamos, Demência, diz pra gente o que nosso misterioso amigo faz, porque ele seduziu totalmente minha avó. Disse que era escritor?

"'Pisquei para Demência, e ele entendeu.

"'– Escritor de astros e de rochas, escritor do firmamento. Uau!

"'Ouriçaram-se e fizeram caretas juvenis de desagrado. Como não puderam me desvelar e me viram retraído – e, a senhora sabe, o que define essa idade, além da fragilidade dos sentidos, é a crueldade das ações –, me sentiram vulnerável e começaram a fazer gozações indiretas e algumas outras impertinências mais, que endereçaram com gargalhadas injustificadas. E eu ali, com vinte e oito anos de idade, um casamento estável e dois filhos, tentando me enfiar nessa transa adolescente. Elas não pararam de criar vazio e incerteza para mim, cujo sentido era nada mais que o simples exibicionismo.

"'O celular de Alejandra tocou. Ela olhou a telinha para reconhecer o número que chamava. Certamente Orlando. Marcela e Diana gritaram. Uma disse 'desliga', a outra, 'sim', e se olharam com malícia. Alejandra hesitou, seus dedos brincaram entre o *on* e o *off*, e acabou desligando. As três riram às gargalhadas, como talvez venhamos a rir sobre um dragão vencido. Objetivamente pode se dizer que os desaforos contra mim revelavam algum interesse de Alejandra, e isso era um avanço substancial. Mas foi um momento insuportável. Cansado das gozações, fui embora sem dar explicações. Agindo assim, devolvia a elas as gentilezas. No entanto, na solidão de minha casa me reprovei severamente. Se eu ia fazer o papel de pretendente excluído, perderia a causa. Tomei meia garrafa de aguardente e me pus a estudar minhas fichas de tiradas pré-fabricadas: 'O que há de mais belo em você que possa me mostrar?', 'Se ama a vida, por que não aceita o que a vida lhe dá?', 'Você deve compreender, não temer', 'A vida é para se viver, não para sofrer', 'Não espere que os outros façam você viver', 'Só o que você acredita sinceramente é verdade', e outras vinte que memorizei antes de dormir. No dia seguinte, odiei corroborar o impacto que essas tiradas têm.

"'– É supergenial – disse-me Alejandra, quando soltei a primeira.

"'Como arrancar da massificação e da vocação de ovelha alguém que acredita que uma tirada dessas é genial? Quase impossível. Neguei-me a continuar usando-as. Não se pode fazer um santuário com alguém que desprezamos, com alguém que é perfeito para o amor servil, a que ela se mostrava bem disposta. O que fazer para respeitá-la e, assim, adorá-la? Preferia morrer combatendo sua superficialidade a vencer usando-a.

"'Caminhei todo o dia sem rumo pela praia, pensando numa forma de transformar Alejandra em meu altar. O calor e as pessoas movimentando-se por todo lado tornavam minha reflexão asfixiante. Talvez removendo a alma de Alejandra encontraria alguma coisa de sua unicidade, que me hipnotizava. Algo de sua singularidade. De outro modo, deixaria de estar apaixonado e teria que agir com técnicas e tiradas pré-fabricadas para um desempenho amoroso muito mais pobre.

"– Esta noite, pelas oito, dou uma festa em minha casa – disse às três. – Vem um grupo esquisito e seleto: um *globe-trotter* chinês, um famoso tenista aposentado, um velho devasso (cuidado com ele) e um *disc-jockey* cubano. Vocês têm que conhecer essa fauna! Venham, nem que seja por dez minutos. Mas ninguém mais sabe, nem Demência, nem o pessoal dos *parches*. É gente muito suscetível.

"– Só velho – disse Marcela.

"– Não. O cubano e o chinês são jovens – respondi.

"– Imagina só: um chinês e um cubano, que divertido! – Marcela me esnobou.

"Mas Diana, minha cúmplice, se entusiasmou:

"– Um minuto! Vamos nem que seja um minuto! Enlouquecemos com os personagens, amigos do misterioso aqui, e depois damos o fora.

"Por sorte as ondas estavam melhores a cada dia, quer dizer, Orlando e os seus se demoravam. As garotas chegaram à minha casa em torno das nove e meia, acompanhadas por Honório. Alejandra usava um moletom estampado com um diabo da Tasmânia e umas piranhas azuis no cabelo.

"Na porta, antes que entrassem, adverti:

"– Devem usar a imaginação, de outro modo não vão ver ninguém.

"Mas minha advertência foi inútil, porque se olharam surpresas, ao depararem com a casa vazia.

"– Xiii, aqui não tem ninguém, hem?! – disse Marcela.

"– É que você não está usando a imaginação – eu a instruí.

"As três franziram o cenho como médiuns tentando ouvir vozes do além. Botei um gorro. Abri meu *notebook*, digitei 'salsa', e começou a música. Soou a Charanga Habanera*, e eu falei como cubano:

"– Gatinha, sou o único 'disdióqui' cubano que vive no Palácio da Revolução. Quem você pensa, meu amor, que bota o som pro Fidel em suas festas? Bebam, bebam este *mojito***, gatinhas. Bebam e vamos lá, mexam o esqueleto.

---

* Orquestra fundada por David Calzado. Teve sucesso fulminante em Cuba nos anos 1990. (N.T.)

** O famoso coquetel cubano, feito com rum (não pode ser o dourado), hortelã, açúcar, suco de limão, água com gás e gelo. Saúde. (N.T.)

"'Aceitaram brincar. Dançaram, riram e tomaram um pouco de aguardente misturada com Inca Kola.

"'– Sou um chinês que vem visital ete paí tam folmoso – me transformei.

"'– É o *globe-trotter* chinês! – gritou Alejandra.

"'Falaram com ele e ele as convidou a fazer 'poesia implovisada a valias mãos'.

"'Escrevi num papel uma frase, dobrei a parte escrita, e o passei a Diana.

"'– Escleva uma flase, qualquel uma, mas só uma e não mostle a ninguém.

"'Diana escreveu uma frase, dobrou o papel, passou-o a Marcela, e esta, finalmente, a Alejandra. O chinês desdobrou o papel e Diana o leu:

"'– Venho de um país distante / quem é você? / quero um carro novo / ainda se pode amar?

"'As três fizeram aquela festa e repetimos a brincadeira várias vezes. Na última, as frases eram: 'Faço um mundo com você / quero ser feliz / amo os Back Street Boys / não quero voltar ao passado.' De repente, com o andar arqueado de um cavaleiro, fez sua aparição o famoso tenista aposentado. Pronunciava o castelhano como gringo e não deixava de falar de seu *forehand* demolidor, de seu saque de mestre que Venus Williams imitou e, com um tique, movia seu longo cabelo. Finalmente apareceu o velho devasso.

"'– Como são bonitas! – disse, entrecerrando os olhos como se degustasse um vinho antigo.

"'Começou a soar o tango: 'Sola fané descangallada, / la vi esta madrugada / salir del cabaret' (...)* Tirou Marcela para dançar. Tinha um olhar carpático, da Transilvânia.

"'– O que faz uma menina como você num lugar como esse? Tenho um iate na costa, champanhe na geladeira e roupas leves de grife no *closet*.

"'– *Wow!* – todas fizeram coro.

---

* "Só, gasta, escangalhada, / a vi esta madrugada / sair do cabaré (...)." *Esta noche me emborracho*, tango de Enrique Santos Discépolo. (N.T.)

"'– De quem você gosta mais? – perguntou Diana.
"'– Você – respondeu ele, e tirou-a para dançar.
"'– Epaaa!! – gritaram em coro, e ele as olhou enigmático.
"'– Na realidade, gosto de vocês todas. A pergunta é: qual de vocês gosta de um homem humilde, que além de ter um iate na costa tem um *learjet* no aeroporto de Tumbles?
"'Mas Marcela não quis brincar mais, tinha ficado séria.
"'– Me chateei! Já encenamos o suficiente.
"'– Atue! – repreendeu-a o velho devasso. – A felicidade nunca é suficiente. Ajude os deuses para que possam continuar fazendo você feliz.
"'Mas a química dela já tinha mudado irreversivelmente. Ela se sentou com cara de 'quero ir embora'.
"'O velho devasso dançou com Alejandra. Ela cheirava a talco.
"'– Porra, você é um cara incrível – ela disse enquanto dançavam. – É como um filme. Nunca tinha imaginado que existisse alguém assim tão louco como você.
"'– E se fugirmos para Montañita, Ale? É uma praia equatoriana onde há artistas, engolidores de fogo, declamadores, titereiros, músicos, saltimbancos e andarilhos. Todos mais loucos que eu. E lá vive Geraldo, o mestre da bondade, o mais louco de todos.
"'Alejandra sorriu.
"'– Quem fala agora? O velho devasso ou Maurício?
"'– Descubra você. Não se arrisca?
"'– Quem? Você e eu, sozinhos?
"'– Por que não? Você botou nos poemas a quatro mãos: 'não quero voltar ao passado'...
"'– Porra, mas que escandaloso! Você, hem?! É bem curioso. Olhe, as coisas em que se fixa... Não entro mais nessa do papelzinho.
"'– Não volte ao passado. Em Montañita vive-se o instante. Lá tudo é futuro.
"'O celular tocou. Alejandra olhou a tela e mordeu a língua, olhando suas amigas.
"'– Baixem o volume, baixem! Oi – respondeu cantando. – Orlando! Como estão? Acabamos de chegar em casa com a Marce e a Diana. Sim,

fomos na vila — tirou o celular do ouvido e fingiu responder a um chamado. — Sim, vó, já vou! Me liga amanhã, Orlando? É minha avó... Sim? Não faz isso, é que a velha está em apuros...

"'Desligou. Todas riram e bateram palmas.

"'— Você acha que é bom viver apenas o instante? — olhou-me, fazendo um trejeito.

"'Estávamos parados, sem música, frente a frente, enquanto Diana e Marcela cochichavam a um lado.

"'— Não sei onde está o bom e onde o mau — respondi. — Mas acho que vale a pena viver o dia e para o dia. Que a liberdade seja a dona das ruas!... e da alma. Cantando e tocando tambores, dançando e rindo.

"'— Isso me faz sonhar. Gostaria de viver com esses malucos e não na prisão em que vivo. Eu pinto — disse, tornando-se circunspecta.

"'— Então vamos — insisti. — Aí poderá expor numa parede qualquer.

"'— Adoraria. Mas não vão me deixar.

"'Talvez tenha pensado em Orlando.

"'— Vamos fugir, então. Não precisamos de passaporte para cruzar a fronteira. Escape de sua prisão. Prometo cuidar de você. Não vai lhe acontecer nada de mau. Além disso, sou eu que corro o risco de estar com você. Você não. Vão brigar com você, mais nada. Agora, eu vou ser preso por corrupção de menores. Vamos, só uns dois anos — brinquei. — Anime-se. Já não é uma menina.

"'— Só vão brigar comigo, mais nada?

"'— Sim.

"'Sorriu, imaginando. Estava tentada. Mas talvez tenha lembrado o que eu havia esquecido, ao tê-la tão perto e tão mulher: que tinha dezesseis anos e outros 'poréns' mais. Mas gostou da idéia.

"'— De que tanto falam, hem? Aí parados como mongolóides. Quero ir embora.

"'Marcela se levantou.

"'— Isso que você fez nesta noite, essa brincadeira, é o que chama 'viver o instante'? — me perguntou Alejandra.

"'— Sim. É a liberdade.

"'– Gostei da 'liberdade' – me deu um beijo longo na face. – Vamos, garotas.

"'Partiram.

"'O dia seguinte' não é necessariamente a continuação do 'dia anterior'. Às vezes retrocede ou às vezes se bifurca, mas às vezes salta aos trancos para lados insuspeitos. No dia seguinte, as garotas me comentaram que Alejandra tinha ficado em casa. 'Está pintando', disseram com nojo. 'Que doideira, leva horas, desde cedinho, como se fosse tarefa da escola, parece louca, filhinha!, nós duas dissemos pra ela', me contou Diana. Tratava-se de um quadro ingênuo a creiom, cheio de objetos dominados pelo vermelho. Havia uma bailarina, um trapézio e um tubo de pasta de dentes cujo creme de duas cores percorria o quadro fazendo uma estrada. Quando me mostrou, pedi a ela uma lapiseira e escrevi no verso, deixando que toda a minha paixão transbordasse, com traços rápidos, desesperado para que minha alma chegasse à dela.

'Bailarina imobilizada por um sol bicolor e total, a delicadeza dental cerca o perigoso trapézio – o quanto seu pássaro, seu talhe de bambu, se atreve a caminhar perto de mim? Olho você e sonho que haja uma praia suficientemente cúmplice para apagar nossas pegadas sem detê-las; que talvez possa cantar um violino entre sua pele e minha escama, e um anjo verdadeiramente justo nos guie a um paraíso de pecados. Que exista um Cronos suficientemente generoso que abrigue, numa pequena imensidão despercebida, meu meio-dia e seu amanhecer.'

"'Ao terminar de ler, me entregou um bilhete.

"'– Olhe, não ria. Não escrevo tão bem como você, mas também escrevo.

"'Deu meia-volta e saiu, deixando um rastro. Sua carta era cândida e terna:

'Hoje sinto que as coisas estão confusas em minha mente, e de repente o coração emite para fora uma luz que me dá esperança de que não só essa sórdida tristeza pode viver aqui. Mas não importa, existe uma pequena chama incandescente que me faz ver as coisas diferentes, que isso que sinto, tão pequeno, é o mais forte, como às vezes o maior me faz mais fraca. Se eu pudesse me deixar guiar apenas por essa força interior (...).'

"'Andei todo o dia perdido em belas fantasias. De noite, as garotas chegaram à fogueira, mas lamentavelmente acompanhadas. Orlando e os seus tinham voltado. Marcela e Diana nos cumprimentaram com beijos nas faces. Alejandra não se atreveu. Os garotos nos cumprimentaram com um desdenhoso gesto de cabeça. Firuláis se levantou e gritou para o Urso:

"'– Temos algo pendente, você e eu!

"'O Urso se virou alerta, mas Demência interveio.

"'– Não, parceiro, não. A fogueira é um encontro. É como ler a *Bíblia* entre irmãos. Aqui todos são bem-vindos. Firuláis, meu irmão, calminha inha inha! Urso, meu irmão, tudo na boa. Na boa, hem?! Que coisa! – e fez circular um fininho de maconha.

"'Mas apesar dos chamados à concórdia, formaram-se tribos compactas e separadas. Orlando mantinha Alejandra algemada. De repente, ela deixou cair involuntariamente a maricas com o fininho e ele a repreendeu duramente: 'Estragou, sua puta de merda!' Jogou areia na guimba. Queria que constatássemos que Alejandra era sua propriedade.

"'Senti que a mensagem era para mim. Talvez Orlando tivesse lido meus bilhetes ou, vai ver, alguma das garotas houvesse nos traído. Para evitar a suspeita de qualquer associação, comecei a bater papo com umas suíças estranhas que estavam por lá. Uma com cara demasiado grande e a outra de tamanho minúsculo. Perguntavam-me se conhecia as Pozas de Barro bem na hora que Alejandra e seu grupo foram embora, mal se despedindo.

"'Não vi Alejandra nos dias seguintes e não soube o que fazer para vê-la. Descartei incomodar-lhe novamente, senhora, pois temi que dessa vez cancelasse nosso contrato. O coração me estrangulava – e, mal voltava o oxigênio, minha mente voava para os lugares que me davam alívio. Imaginava

Alejandra chegando de surpresa em minha casa: tinha rompido com Orlando e com sua prisão! Estava apaixonada por mim! Tinha escapado do controle de vocês para fugir comigo para Montañita. Adormeci olhando a bruma de seu rastro aparecer pelas areias da entrada de minha casa, à espera de que meus sonhos me fizessem viver, dormindo, o que a vigília me negava. Mas meus sonhos foram ingratos, pois Alejandra não apareceu neles. Só quando acordei voltei a imaginá-la.

"'– As gatinhas de Las Pocitas não apareceram? – perguntei nos *parches* como tinha feito nos dias anteriores.

"'Todos disseram que não. Apenas Joel, que trabalha muito para pagar um tratamento de prevenção de loucura por ter ficado preso quatro dias numa viagem de peiote, me disse que tinha visto o Discovery de Orlando: 'Certamente indo pras Pozas de Barro', acrescentou. Corri para buscar as suíças que estavam no Sol y Mar para convidá-las a ir às Pozas de Barro. 'Não precisam pagar pela viagem', disse-lhes. Devo confessar, senhora, sob o risco de parecer cínico, que foi uma treta para conseguir companhia. Dar alguma coisa grátis aos gringos, que sempre estão dependentes dos custos, é uma fórmula infalível para convencê-los.

"'Realmente, Alejandra estava lá. Mal a divisei, o chão se mexeu. Fiz esforços para me manter natural. Com a minha presença, Orlando voltou a exercer seus direitos sobre ela. Alejandra estava submersa até o pescoço na borbulhante água marrom. Em seu rosto untado de lama se abria, como um orifício de luz, um riso vermelho e branco. Cumprimentei-a e ela desviou o olhar. 'O dia seguinte', que tinha sido promissor com seu desenho e seu bilhete, havia retrocedido muitos dias. Para disfarçar meu desânimo, quis bancar o sedutor com as suíças, mas fiz papel de bufão. Vi Diana sair da poça para o Discovery. Alcancei-a. Precisava de informação. Me disse que não sabia de nada. Pedi que passasse uma carta para Alejandra. Será que as cartas, os bilhetes e os poemas, com tanto sucesso na época dos cavaleiros andantes, teriam algum efeito numa garota tão de hoje, tão jovem?

'A lua e o sol travam por você uma batalha imensa. Eu entrei nela. Com meus braços ancorarei a lua e protegerei você dos fogos do sol com meus fogos.'

"– Gostou muito – disse-me Diana, enquanto comia uma torre de batatas fritas em Punto Pollo. – Mas, Maurício, olhe, que tanto Alejandra, Alejandra, se anda com as suíças?

"– Quero ver Alejandra.

"– Ai, cara! Olhe, cuidado com Orlando, tá? É ciumento pacas e acho que suspeita de vocês. Não a deixa nem no sol nem na sombra. Basta dizer que nem quis ir a Punto Pánico pegar onda. E isso que o mar ontem estava o máximo, disseram. Controla até o ar dela. Nem com a gente a deixa sair, e, quando falamos, ele se mete no meio. E as suíças? Vamos, me conte.

"– Não há nada. Só fomos juntos às Pozas de Barro. Por favor, diga pra ela que quero vê-la.

"'Diana voltou à tarde. Passou pelos *parches* simulando ver a mercadoria e se deteve no mais precário, o do Demência, feito não com tapete de exibição mas com sua jaqueta em tiras.

"– Uma das princesas! Iééé, cabriolé!, salve, salve. Mas garanto que vem por causa do escritor boliviano, não é mesmo, parceira? – e me olhou cúmplice.

"'Ela me levou para um lado.

"– Maurício, Alejandra disse pra você não ser louco. Primeiro, disse que você é uns dez anos mais velho que ela, e que ela tem namorado, e que Orlando farejou a coisa. Uma doideira, fez ela prometer que não vem mais aos *parches* nem à fogueira, e só assim foi a Pánico. Quer dizer, o negócio está feio pra Alejandrita. Melhor você esquecer, filhinho. Esqueça.

"– Okay, então dê isso pra ela e diga que só quero vê-la um segundo.

"– Mas é a última coisa que faço, tá? Se Orlando sabe, sei não.

'Ale:
'Não me peça prudência quando há tormento. Não me peça tanto. Não me peça recato quando estou transbordando, não me peça, não. Muito combati minha luz, mas veja, como estou escuro. Não me prive de acariciar você, porque, se não posso tê-la, pelo menos quero o furto de um segundo de sua pele, que não diminui você, mas que me sacia. Que isso você me permita.'

"'Anoiteceu. Fui jantar no restaurante Mancora, atendido por um homem gentil que liquidificava *locoto* (pimentão) para mim, chamado *rocoto* no Peru, para deixar mais picante o bom molho de lagostins que sua mulher preparava. Depois andei pela vila com a vã esperança de cruzar com Alejandra. Eu não a desejava fisicamente, queria acariciar a alma dela. O corpo é limitado e, no fim das contas, todos os corpos se parecem entre si. Em troca, a alma é sempre uma possibilidade nova.

"'Sufocado por minha solidão, me dirigi para a fogueira em busca de companhia. Estava chegando nesse alumbramento na noite, quando de repente meu coração saltou e quis se desmanchar. Alejandra estava na penumbra. Eram umas onze horas. Seu corpo era a pupila da noite, as faíscas formavam um halo de sua silhueta. Ela tinha escapado de casa decidida a terminar com nossos devaneios.

"'– Sabe que tenho namorado? E você é um cara super mais velho.

"'Caminhamos da praia para a rua. Sorri com certa ironia.

"'– Mas você tem dezesseis anos – eu disse. – É mais velha que seu namoradinho, que, mesmo tendo dezenove, pensa como se tivesse cinco.

"'Ficou briguenta e me avisou para não falar mal de Orlando.

"'– Acreditei demais em você, não? – enfatizou um gesto de desprezo.

"'– Paz. Amigos – propus, esticando minha mão.

"'Surpresa, esticou a dela:

"'– Claro – sorriu.

"'– Se somos amigos, por que não podemos nos ver? Ou entre homem e mulher é preciso se beijar para ficar juntos?

"'– Sim, é uma besteira que não possa haver amizade entre um homem e uma mulher, se não tem nada no meio – observou.

"'– Então, vamos correr amanhã – convidei.

"'O celular tocou com a estridência do indesejado. Orlando a controlava a distância. Alejandra ficou nervosa e se afastou para falar. Brigaram em seguida. Ele certamente gritava porque ela, muito submissa, dizia: 'Mas, Orlando... mas, Orlando...' Ao desligar, disse-me que tinha que ir embora e que no dia seguinte não poderia correr. Tive que usar minha experiência. Na aurora da adolescência, a voz imperativa dos pais ainda está muito próxima, e essa voz é a que os adolescentes obedecem.

"'– Não, não, não. De maneira nenhuma! Vai ficar uma gorda abostada aí na praia, o dia todo comendo e sem fazer exercício. Amanhã passo pelas dez pra pegar você. Tchau.

"'Parei um mototáxi.

"'– Espere, Maurício. É escritor?

"'Olhei-a longamente sem responder.

"'– Vê? – levou as mãos ao rosto. – Já está preparando uma mentira – censurou-me, ao subir no veículo.

"'– Amanhã talvez eu conte. Tchau.

"'Às dez da manhã seguinte me esperava com um short lilás. Corremos até depois da última casa de Las Pocitas. Uma praia vazia é atemorizante. Parecia que por trás de qualquer promontório esperava uma surpresa criminosa. Voltamos caminhando, calçados de brancas espumas, sapatos de primeira comunhão.

"'– Estou feliz – disse Alejandra.

"'– Tranqüilamente feliz ou exaltadamente feliz?

"'– Exaltadamente feliz.

"'– Deve ser a idade...

"'– Não seja chato, cara! Pelo menos me pergunte por quê, hem?

"'– Por quê, hem? – imitei-a.

"'– Porque Orlando não me ligou e fizemos as...

"'– Obrigado, obrigado! Mas não quero saber. Não me conte – interrompi-a.

"'A partir desse momento começou um duelo de posições. Contendo as tensões, nenhum dos dois deixava de rir, mesmo que fosse ferido ou ferisse.

"'– Por que não quer que conte? Somos amigos e quero compartilhar minha felicidade com meu amigo – disse-me com artificial recato.

"'– Vamos compartilhar outras felicidades, não essa.

"'– Mas por quê?

"'– Porque você me interessa, e não você relacionada a Orlando.

"'– Ah, tá! Mas eu também sou Orlando.

"'– Não acho que você seja ninguém mais que você. E deixe de ser a imagem da felicidade.

"'Sorrimos. Sabíamos que perdia aquele que cortasse o sorriso. Devíamos fingir estar acima dos nervos, da dor ou de uma rejeição.

"'– Se eu sou a imagem da felicidade, você é a...

"'– Sou?

"'– A imagem... da infelicidade.

"'– Não, porque estou rindo.

"'– Não está rindo. Está fazendo caretas.

"'– Você também não está rindo, Alejandra, está só levantando a arcada superior como as caveiras.

"'– Como as caveiras? E você, com cara de... manhoso, como dizem aqui.

"'– Manhoso, eu? Nem que estivesse olhando suas... ou seu...

"'– Não falei? É manhoso, sim. Bem, por que não quer que lhe conte?

"'– Okay, vou comprar um cartão de celular para você ligar para seu namorado o tempo todo.

"'– Sim, ou seja, vai me insultar.

"'– Não. É desprezo. Se eu compro pra você esse cartão é para cortar você definitivamente de mim.

"'Seu sorriso se turvou por uns segundos.

"'– Puxa, que durão! – disse, esforçando-se para continuar sorrindo, mas a tristeza de seus olhos revelou o impacto. Repetiu: – Que durão! E faria isso?

"'– Claro. E não porque queira, mas porque você insiste.

"'– Okay. Não vou contar pra você, mas me diga, por que não quer que conte?

"'Sem abandonar o sorriso que estava petrificado em meu rosto, respondi:

"'– Ah, Alejandra, você sabe que é porque te amo.

"'Tapou a boca e deu uma gargalhada.

"'– *Touché*! E o que se supõe que devo dizer?

"'– Não sei. Pode não dizer nada. Eu só lhe respondi. Por que pergunta?

"— Você me deixou gelada. Não sei o que fazer...

"— Por um mínimo de delicadeza, poderia beijar seu dedo indicador e me dar um beijo no dedo.

"— Beijar meu dedo?

"— Sim, assim.

E para lhe mostrar beijei o meu. Ela me imitou. Com meu dedo toquei o dela e guardei seu beijo em meu peito.

"Entramos no mar.

"— Gostou? — joguei água nela.

"— É uma novidade — respondeu, baixando a cabeça.

"— Não perguntei se parecia uma novidade. Perguntei se tinha gostado.

"Sorriu e moveu os olhos, buscando uma boa resposta.

"— Vamos fazer de novo! — disse com entusiasmo, e dessa vez ficamos com os dedos unidos por mais tempo.

"— Sim, eu te amo muito — eu disse, porque não pude controlar minhas próprias emoções ao tê-la tão perto, assim sozinhos.

"Alejandra ficou pensativa. Talvez esperasse que eu fizesse alguma tentativa para beijá-la. Virei-me e saí do mar. Ela me seguiu.

"— A Diana e a Marcela são muito bonitas. Por que eu, Maurício? Poderia estar com uma delas e não comigo, que sou mais problemática. Nunca pensei que eu interessasse você assim.

"— Ai, Alejandra, por favor, não minta. Parece o Pinóquio. Olhe, seu nariz vai chegar até essa pedra. Se você foi à fogueira me dizer que não escrevesse mais porque tem namorado e depois quer me falar dele pra me enciumar... Não pensava que me interessava? Por favor!

"— Como é bobo! Olhe, pensei que estava me usando como personagem das coisas que escreve.

"— Quem lhe disse que escrevo?

"— Agora é você quem mente.

"— Você é uma personagem maravilhosa, mesmo que ninguém escreva sobre você.

"— Me deixa confusa, Maurício. Demais. Não sei. Devíamos deixar as coisas por aqui, sabe como é?

"'Sentou e enterrou os pés na areia.

"'– Vou ficar olhando você. Não vou confundi-la.

"'– Vai me olhar como fico confusa – respondeu rapidamente.

"'Levantou, me deu um forte beijo na face e saiu correndo. Não deixei de contemplá-la até que uma duna a fez desaparecer. Como compreenderá, senhora, fiquei envolto num devaneio.

"'Nessa noite, provavelmente desobedecendo outra vez às ordens de Orlando, chegou com suas amigas à fogueira. Estava retraída.

"'– Está triste? – perguntei.

"'– Não. Estou tranqüilamente feliz – respondeu.

"'– Iééé, cabriolé!! As monstras inconquistáveis vieram animar a fogueira – disse Demência, e ofereceu o punho à maneira de saudação.

"'– Oi, Demência – Alejandra bateu no punho e deu um beijo na face de Demência.

"'– A princesa sabe meu nome, não é mesmo, princesa?

"'– Iééé, cabriolé! – respondeu ela.

"'– Iééé, cabriolé? – festejou Demência. – A princesa disse: iééé, cabriolé! Como eu! Esta mulher é das minhas! – riu e fez seus sons guturais: – Uuuh! Fffff! Hhhhh! Que maneiro!

"'Alejandra não falou muito mais, mas esteve ligada em tudo o que aconteceu ao redor. Quando foram embora, sem que me vissem, as segui num mototáxi. A noite estava limpa e as estrelas se enfileiravam no céu como vapores de prata. Da rua vi se iluminar o quarto de Alejandra e, quando a luz se tornou melancólica, atirei pedras na janela. Alejandra apareceu assustada entre as cortinas.

"'– Se não me abre a porta, grito – eu disse.

"'Desceu para me dizer que eu estava louco.

"'– Não vai entrar – se interpôs na porta. – Estão aí minha avó e todo mundo. Imagine a confusão se acordam!

"'– Eu disse que queria ver você. Quero ver você dormindo.

"'– Está completamente louco, Mauricio. Me dá medo... – segurou o rosto, e eu aproveitei para escapulir para a casa.

"'Subi as escadas e me enfiei em seu quarto. Na cadeira havia um ursinho de pelúcia, um Snoopy, um cachorro Hush Puppie e um marciano verde. Sobre o aparador, uma boneca. Seu pijama era da sereiazinha Ariel – apesar de que o algodão macio marcasse todas as formas de Alejandra, apesar de ela ter busto e cintura de mulher, continuava sendo uma menina. Embora tenha feito esse tipo de trabalho inumeráveis vezes, não posso deixar de tremer quando constato esse limite entre a menina e a mulher.

"'– Maurício, saia, por favor.

"'– Se eu fizer alguma coisa indevida, grite e pronto.

"'– Não, se alguém acorda vai ser um deus-nos-acuda. O maior bafafá.

"'– Melhor que Deus nos acuda mesmo, porque trouxe uma coisa para ler para você – e, puxando *Romeu e Julieta*, comecei a lhe contar: – Estamos no momento em que Julieta sai na sacada e conta em voz alta, para a noite, sobre seu amor por Romeu e, claro, fala de seu sofrimento, porque ele é um Montecchio e os Montecchio são inimigos da família dela, os Capuleto. Romeu, por sua vez, pulou os muros e, sem que ela saiba, está embaixo da sacada escutando tudo.

"'– Maurício, saia, por favor. Eu estou superconfusa, estou cheia de conflitos. Entende? Eu disse que você ia me ver ficando confusa.

"'A luz da lâmpada de cabeceira era uma gaze fazendo rendas ao redor. O cabelo de Alejandra caía lindo entre as dobras do travesseiro, e a alvura da fronha fazia uma auréola em torno de seu rosto; o queixo, uma nuvem; o perfil, um coro angélico.

"'– Julieta disse: 'Somente teu nome é meu inimigo. Muda de nome! Mas por quê? O que pode haver dentro de um nome? Se outro nome damos à rosa, com outro nome nos dará seu aroma. Romeu, despoja-te de teu nome e, em troca de teu nome, que não faz parte de ti, toma-me toda inteira'.

"'Por fim Romeu, embaixo, se atreve a falar e diz: 'Tomo-te a palavra. De agora em diante, só me chamo Amor'.

"'Julieta: 'Quem és tu que, oculto pela noite, entra em meus secretos pensamentos?'

"'Romeu: 'Com um nome, não sei como te dizer quem sou! Meu nome, santa adorada, é odioso para mim mesmo, porque é teu inimigo.'

"'Julieta: 'Meus ouvidos ainda não beberam cem palavras tuas, mas eu te reconheço. Se meus parentes te vêem aqui, te matarão.'

"'Romeu: 'Ah, em teus olhos vejo mais perigo do que em vinte espadas deles'.

"'– Que bonito! – exclamou Alejandra.

"'Tinha se acalmado. Quis que lesse, várias vezes, as longas falas de Julieta durante o casamento secreto com Romeu e as repetiu comigo para aprender de memória: 'O sentimento tem mais substância que as palavras e se orgulha, não do adorno, mas de sua essência.' Dormiu durante as pendências entre Teobaldo, Mercúcio e Romeu. Olhei-a longamente, senhora, como só se pode olhar aquilo que nos completa. Que indefeso a gente está no sono. No entanto, esse desamparo estava guardado pela beleza de Alejandra que, multiplicada pelo repouso, se transformava num infranqueável guardião. Emocionado por assistir a esse singular espetáculo, peguei um papel e me esforcei em desenhá-la, não de memória como tinha feito antes, mas com a inspiração de sua proximidade. Queria tornar eterno esse momento. Deixei o retrato colado no espelho.

"'Na manhã seguinte, não a procurei e não apareci pelos *parches*. Ter falado de amor com Alejandra, tê-la visto dormindo, saber que nossas peles se comunicavam me deu forças para me afastar. Agora era a vez dela se apaixonar, e eu esperava que a distância fizesse seu trabalho. Mas minha têmpera não durou muito; pela tarde, corri em busca de Alejandra por todos os lugares. Sentia-me infame e queria me desfazer da carga de minha infâmia, minha secreta encomenda: amá-la por obrigação. Não tenho palavras, senhora, para explicar os conflitos que emergiram então. Embora esteja convencido, como a senhora, de que esse é o melhor caminho para uma jovem, minhas censuras não deixaram de me castigar. Pensei em fugir, de verdade, com ela, abandonar minha família, minha pátria, que tanto amo, e deixar a senhora à deriva, e abraçar outro ofício menos mau. Tive vontade de procurar um povoado no último confim do mundo, com um idioma que nem mesmo imagino, para que nunca me encontrassem, mas com ela a meu lado.

"'Nos *parches* me disseram que Alejandra havia passado e perguntara por mim. Diana, que comia uma torta de chocolate com *fudge*, na La Bajadita, me fez sinais para que me aproximasse. Me entregou uma carta de Alejandra.

'Mauri:

'Talvez minha carta o surpreenda, mas não tem nada de mais, só quero escrever para você. Sei que sabe que sou complicada; o problema é que não imagina o quanto. Tenho que aprender a me decidir, mas me dá tanto trabalho, por isso prefiro sua companhia, seu riso, sua sabedoria. Você deve conseguir alguma coisa em mim, uma coisa assim como... sua missão. É um pouco o preço que tem que pagar por me conhecer. Sim, já sei: sou muito engraçadinha! Mas tudo isso me dá muito medo: medo da desilusão. Esse é um dos motivos por que não posso me deixar levar pelo que você pretende. Não o conheço muito bem, mas também não preciso conhecer. Você é tão transparente que temo me ver em você e descobrir minha realidade, mas só posso deixar meus olhos falarem, eles não mentem. Devo imaginar então um sorriso secreto, um olhar puro e um sussurro de amor que reviva meus sonhos perdidos e minha alma confusa. Espero não desiludir você e sinto muito ser tão cruel, tão complicada, e saber lhe entregar apenas minha tristeza e meus temores. Não é uma despedida, pelo contrário, são boas-vindas a meu mundo silencioso. Ale.'

"'Li a carta muitas vezes. Descobri tons, torneios, revelações e obstáculos. Mas soube principalmente que ali estava a unicidade de sua alma que eu desejava. Ela inteira expressando-se com letras de menina.

"'Nessa noite, atirei pedras de novo na janela e de novo entrei. Sobre a mesa-de-cabeceira de Alejandra, estavam espalhadas as ínfimas Polly

Pockets com que certamente havia estado brincando antes de se deitar. Perguntou-me se tinha recebido a carta. Eu disse que sim e que adorara. Achou que eu ia ler e se acomodou para ouvir, mas eu tinha pensado em outra coisa. Peguei uma vela, acendi-a, e, protegidos pelo manto da penumbra, acariciei a testa e os cabelos de Alejandra, lenta e longamente, olhando-a, memorizando-a.

"'– Vá, Maurício, tenho muito medo.

"'– Só quero roubar um pedacinho da sua alma.

"'Ergueu-se e me abraçou.

"'– Já me roubou um pedação.

"'Com ternura me afastei. Ela tinha os lábios inchados, desejosos. Estava tão perto! Era coisa de um descuido e aterrissar nesse sol.

"'– Okay, vou indo – sussurrei.

"'– Olhe, espere, não vá ainda – pediu-me e se aproximou para me beijar, mas, a poucos milímetros de minha boca, ficou quietinha, à espera.

"'Rocei meus lábios nos de Alejandra – ela mal mostrou a língua; foi o beijo de um canário.

"'– Tenho medo que você desapareça – disse, entre dois alentos, e se aproximou para me beijar demoradamente.

"'Fez açúcar de minha língua. Apenas então compreendi o que os poetas árabes chamam de doces beijos. Submergi na penumbra prévia, em algo submarino. Não pude afastar minha disposição da entrega crescente de seus beijos, que nos faziam esquecer as preces. Depois, voltavam a vida e suas brisas. Com paciência de anciãos, nos tocamos sem alterar a respiração, no pescoço, nos ombros. Minhas mãos, que desvestiam Alejandra, eram uma esquadra de pelicanos planando em estrita formação. Ela ficou apenas com a folha de parreira de algodão bordada com uma coroa de pequenas flores azuis. Me despi. Quando meu ventre tocou sua porta, ainda protegida pela muralha, a senti se contrair inteira.

"'– Me olhe – eu disse.

"'E nos olhamos com olhos compridos.

"'– Devo ir – sussurrei.

"'Ela não demonstrou surpresa alguma. Imóvel, concordou. Mas a senhora a conhece, e sabe que jamais demonstra aquilo que a atinge.

"'– É bom que primeiro você se acostume com a nudez. Que tudo seja mais suave. Que tenha prazer de ver o ser amado, como eu olho você, que o memorize como eu a memorizo.

"'Não respondeu. Virou-se e se refugiou no travesseiro.

"'No dia seguinte, quando o sol tinha morrido, deixando o céu num tom de pêssego, vi Orlando com os seus caminhando à beira-mar. Alejandra não estava com ele.

"'Nessa noite fui ao quarto dela, e ela me deixou entrar sem preâmbulos. Entreguei-lhe um novo poema. Mas Alejandra já não era a mesma da noite anterior. Brandia um sorriso frio, como os de Toledo.

"'– Ah, chegou o escritor com outro poema! Olhe só!

"'Tinha a raiva contida, a raiva de achar que fora desprezada. Sua aparente indiferença por minha partida na noite anterior escondia, na realidade, um ódio profundo. Apenas então compreendi que nossas dúvidas sobre sua virgindade eram injustificadas. Orlando jamais a havia tocado dessa maneira. Minha partida, apesar das explicações e de minha ternura, havia sido compreendida por Alejandra como uma rejeição à sua melhor entrega, uma zombaria à sua preciosa oferenda. Cada vez que tentei apaziguar seu rancor, este aumentou.

'Você foi largando o temor pouco a pouco, até que acabou com ele. Derrotado, por fim podemos desenhar nossos corpos sem que se interponha sua meninice, boba às vezes, sublime outras.
'Entro no bonde de seus dias para limpar o prazer, a intervalos, com o sorriso, baixando a voz para não sermos ouvidos pelos vigias.
'Prisioneira! Começou o tempo das tulipas. Que espere a indiferença! Com feridas encontraremos o ritmo, aos tropeços encontraremos a chave.'

"'Nem o leu. Seu sorriso era uma válvula pela qual ciciava sua desaprovação. Tinha razão em me desprezar. Negara a Orlando esse presente e eu o havia rejeitado... Tinha razão.

"'– Ale, 'com feridas encontraremos o ritmo, aos tropeços encontraremos a chave'. Não se chateie comigo, por favor. É melhor como foi, e vai ser melhor depois.

"– Você acha que vai haver um depois? – deu uma gargalhada de menina que treina para ser má. – Até aí chegou o que tinha de ser – suas palavras me atingiram.

"Eu a tinha perdido, senhora. O momento de maior proximidade tem o maior risco de separação. Fui embora com o coração desfeito. Não batia. Meu corpo o tinha tragado. Só me restava a esperança de que sua curiosidade vencesse sua decepção, que acabasse lendo o poema, e talvez então reconsiderasse sua rejeição por mim. Mas era uma aposta ingênua. Nem mesmo encontrei refúgio nos cálculos que fiz, nas inúteis suposições. A razão confunde, nauseia, violenta. Nem mesmo consegui me desafogar com a corrida que me levou pela praia até a vila, nem com as vãs tentativas que fiz para dormir. Só na madrugada o Demência, com sua loucura, me deu alguma paz. Encontrei-o na praia, vestido de planta. Havia encontrado umas raízes grossas como cipós e se enrolara com elas. Parecia o xamã de uma floresta encantada, metade homem, metade vegetal.

"– Ouça, animal de montaria – me disse com seu sorriso límpido. – Parece que você tomou uma overdose nos canos. Mude de energia, parceiro, que a morte deve nos chegar com o corpo consumido pela jornada. Uhh! Gr! Nhac, ffff, hhhh! Entendeu? Consumido pela jornada. Iééé, iééé, cabriolé! Sou uma raiz, parceiro boliviano, me sinto mais natural. Mais natural, ouviu? Que maneiro!

"Repetiu seus sons guturais como orações sibilinas e me lançou boas vibrações. Com Companhia, uma cachorra extremamente gentil, cor de caramelo, que o seguia com amor, foi em frente gritar para uma pipa empinada por um homem ruivo:

"– Quero me semear embaixo de você, monstro cibernético! Que beleza de hipogrifo!

"Passei com ele o resto do dia. Ele, tomando sua birita na beira da praia, vestido de raiz, e eu escutando-o dizer genialidades misturadas com besteiras. Ao longe apareceu Diana. Vinha caminhando sozinha pela praia. Levantou uma mão para me chamar e me informou que Orlando tinha interceptado um de meus escritos e andava me procurando para me surrar. Foi uma notícia que piorou mais ainda as coisas. Se brigava com ele, na cabeça de Alejandra se armaria o maior rebu, destruindo a última possibilidade de aproximação. Fustiguei-me com culpas: se tivesse feito amor com ela naquela noite, ela saberia por quem se decidir – pensei decepcionado comigo mesmo. Sem pensar duas vezes, peguei um carro e parti para Talara, a uma hora e meia de Mancora. Dormiria lá. Minha ausência diminuiria as tensões. No hotel, escolhi um quarto com televisão. Necessitava me embrutecer para deixar de pensar em Alejandra, embora me fosse impossível deixar de imaginar que Orlando a mataria, como Otelo a Desdêmona, num acesso de ciúmes. Gostaria de ter me comunicado com a senhora, para que me informasse da situação, mas, antitecnológico como sou, nunca considerei a necessidades de ter um celular para casos de emergência. Voltei no dia seguinte aí pelas dez da noite. Tinha sentido saudade de Alejandra, segundo a segundo. Não sabia o que fazer e não sabia se devia fazer alguma coisa. Povoado por melancolias e dúvidas, o rosto ensangüentado de Demência me trouxe mais reflexões.

"'– Essas porradas eram pra você, parceiro. Olhe como me deixaram.

"'Orlando, seguido pelo Urso, tinha me enfrentado no corpo de Demência, desfigurando-o. Corri, senhora, à casa de vocês e atirei pedras na janela de Alejandra. Precisava que me explicasse uma coisa antes que eu matasse Orlando. Mas a janela estava escura, e Alejandra não saiu apesar de minha insistência. Não quis importunar a senhora. Já não podia me ajudar. Era algo entre mim e Orlando. Voltei à vila e, ao passar na frente da parada do Ormeño, vi o Urso sentado, esperando o ônibus da meia-noite junto com outros passageiros. Não estava com bermudas de surfista, mas com roupas para a cidade.

"'– Estou aqui! – enfrentei-o, embora me excedesse em peso e altura. – Você procura a mim, não ao Demência!

"'– Que é isso, mano? Já nos vingamos dele. Sem problema, não há mais galho.

"'– Então não há mais galho, hem?

"'– Não, não há.

"'Sentei-lhe um murro na cara. Caiu botando sangue como um esquartejado. Umas gringas (bando de araras!) começaram a gritar e me denunciaram. Vi o empregado do Ormeño sair em busca da polícia. Fugi.

Corri pelo desconhecido e arenoso labirinto do setor mancorenho mais pobre até que desemboquei na praia. Continuei correndo. Ao passar por Punta Ballenas, me senti mais seguro. Tratei de caminhar de novo para a casa de vocês e de longe vi a caminhonete da polícia com sua luz vermelha-azul parada na porta. Certamente tinham ido notificar vocês sobre o Urso. Em seguida distingui o Discovery de Orlando partindo a toda velocidade.

"'Na quarta pedrinha contra a vidraça, Alejandra apareceu. Estava entre assustada e furiosa.

"'– O que o Demência tem com isso? – eu disse, engolindo um ar que me afogava, logo que chegamos a seu quarto. – Os dois deram uma surra nele, sem que tivesse nada com o peixe! Além do mais, o Demência não briga. Nem sequer se defendeu. Em troca peguei o Urso sozinho. E isso que é maior.

"'Alejandra começou a chorar. Tinha o mundo dividido. O ruído do Discovery de Orlando a levou à janela.

"'– Orlando voltou! Ele mata você se o encontra!

"'Apesar da honra que a gente sempre tem e defende, preferi declinar de todo confronto e aceitei me meter, como covarde, embaixo da cama de Alejandra.

"'Orlando chegou ao quarto fazendo sinais de combate.

"'– Puta que pariu! Vou matar esse filho-da-puta! Abriu a boca do Urso, assim, ó, parece o Curinga, porra! Vai levar uns quinze pontos, está no posto agora. Vou procurar esse filho da mãe!

"'A bronca dele o levou, e Alejandra ficou a me repreender com dureza e, pior ainda, com estereótipos desprezíveis: 'enfim, o Demência é um cara da rua', e o Urso, um menino se bem que, agora, desfigurado, não poderia conseguir namorada por aí. Que dor senti ao ouvir esse amontoado de asneiras!

"'– Entendo que a raiva faça você ser injusta e boba – interrompi-a. – Então vou esperar que ela passe para falar com a verdadeira Alejandra, ou com a que desejo inventar. E quero lhe falar e amar assim, nova, humana, tendo saído da padronização, da anorexia, das fantasias, da arrogância e do ódio mesquinhos e filhos-da-puta. Mas, por favor, faça desaparecer essa parte de sua alma transformada em merda pela cafonice classista mais imbecil. Você contém um deus mais perfeito que o que mostra, ajude-o a sair e o dê para mim!

"'Olhou-me assustada. Era a primeira vez que me via descontrolado. Eu prossegui:

"'— Amadureça, sim?! Maturidade é equilíbrio em tudo — infelizmente tive que apelar para as frases pré-fabricadas, porque minha cabeça não dava para mais nada. — Amadurecer é saber qual é sua melhor parte, sua melhor condição e usá-la. Não se torne uma idiota!

"'Ficou me olhando com o cenho franzido. Esperou um instante, sempre me olhando fixamente.

"'— Não sou anoréxica — disse como única resposta.

"'— Sensacional! Teria preferido que dissesse: não sou arrogante ou não sou idiota.

"'— Também não sou. Eu protejo você de Orlando e você me ofende!

"'— Não há mais tempo, Alejandra. Por isso falo assim. Além do mais, quem você protege é Orlando, porque a fuça que eu devia ter arrebentado era a dele. Mas há tempo? Temos tempo?

"'— Para quê?

"'— Para nada e para tudo. Temos tempo?

"'Não me respondeu.

"'— Me dê a mão — eu disse.

"'— Não. Estou muito chateada com você. E não vai me convencer com suas poesias complicadas, tá sabendo?

"'— Tudo bem — eu disse. E, nesse momento, considerei que era hora de jogar a toalha: havia fracassado definitivamente. — Vou me entregar à polícia — garanti. — Quero ficar na cadeia porque lá vou estar longe, muito longe de onde você estiver. Eu me apaixonei por alguém maravilhoso que na verdade era um monstro sem alma, um ser horroroso. Sinto muito, mesmo que no fundo sinta por mim. Uf!, sinto mariposas negras no estômago!

"'Virei-me, desci as escadas de dois em dois degraus e saí. Ela correu atrás de mim, abafando um grito para não ser ouvida na casa: 'Maurício, Maurício, não seja louco.' Na rua, me esquivei das luzes e me escondi atrás das algarobeiras e das rochas. Ao sair, Alejandra se deu conta de que estava descalça. As pedras lhe feriram os pés. Me chamou aos gritos e me procurou por uma meia hora. Teve medo de entrar na escuridão onde os braços espinhentos das plantas a ameaçavam. De meu esconderijo, observei seu desespero. Quando começou a chorar, dizendo 'Maurício, volte. Maurício, por favor', agarrei-me a uma rocha para não chorar com ela e me contive para não correr a consolá-la. Devia se decidir, no desespero da solidão. Rendida, caminhou devagar para casa. Então apareci.

"'– Por que é tão mau? – chorou em meu peito.

"'Não deixou de falar quando cobri os lábios dela com os meus. Continuou balbuciando censuras. Descemos para a praia, como se fôssemos um só. Nos ajoelhamos na areia, juntamos nossas palmas e, enquanto isso, rezei para mim:

"'– Estamos vestidos como selvagens no paraíso, com pulseiras de taquarinhas e conchas, com colares de dentes de animais marinhos e sementes. Separemos de nossos corpos essas fraquezas que nos cobrem e beijemo-nos vestidos com o atento olhar da lua cheia. Vamos ao leito fresco. Esta praia é amiga de seu pudor, é amiga das garotas virtuosas. Mas você se ruboriza diante da gaze da noite. Com seus braços tapa sua nudez, e eu corro essa cortina para que o infinito me inveje. A prata pinta você e a torna misteriosa. Armamos danças do tato ao som das ondas fosforescentes. Beijo você, e você a mim, e nos sugamos o néctar muitas vezes, até que nos fica uma suave lixa na boca por tanto amor. Tudo cresce, minha pequena, como um encontro com a espuma. Entre vaivéns e calmas.

"'Com delicadeza tirei o vestido de Alejandra. Ela levantou os braços para me ajudar e, ao fazê-lo, mostrou suas tenras axilas brancas que o sol não tinha tocado e que cheiravam a flores secas. Acariciei-as. Senti o veludo; ela, uma cocegazinha. Minha mão, querendo ser mágica, avançou de leve sobre sua pele trêmula.

"'– Sua pele polida por um velho sol de inverno corou nos quadris, tornando-os de seda, e fez os lábios brotarem como um botão a ponto de florescer, como uma bolha saudosa do fogo. Meus leões se tornaram colibris para não ofender você, e ocupo meus tempos de sátiro com cuidados de ama.

"'Disse muitas vezes que a amava, beijei seus seios despertos, que cabiam exatamente no côncavo de minhas mãos, e seus mamilos endureceram como a loucura, indecentes como matar um herói a pedradas. Segui até o ventre palpitante. Esfreguei meu rosto nele. Subi lentamente e me acomodei para nos fundirmos. Ela conteve a respiração. Embaixo, houve um breve estudo entre nossos olhos cegos. O dela me hipnotizou. Suas entranhas se abriram para dar um beijo amado em meu soberbo desejo, e ele, que não pôde esperar mais, se deixou levar. As mãos de Alejandra agarraram a areia para resistir a seu avanço.

"'– Me aventuro em seu corpo para furtar sua infância, mas apenas a tomo, você anuncia o roubo de seu santuário com um grito que o canto dos grilos devora, e eu, desmascarado, quero ser seus órgãos, escapar para dentro para sofrer com você sua dor.

"'Deu mais dois gritos, um curto de queixa e outro mais longo, indecifrável.

"'– Pulsamos com um só coração, fazendo comungar o arrependimento e a grandeza. De repente cresce um filamento cegante, um relâmpago, e esse fulgor nos atravessa como se nos assassinasse com uma estocada fina. Ofegamos para nos desfazer do frenesi, para não suportar tanta morte, tão deliciosa e próxima. E aqui estamos estendidos, entrelaçando um duelo de respirações e uma trégua de desejos. Olho você e a amo. O conhecimento eterno me deu seu corpo e quero continuar iluminado por essa luz. Quero me misturar com você como se mistura a água, quero conter você e, depois disso, regurgitá-la como os animais que engolem suas crias para protegê-las, e lamber você para limpá-la e amá-la de novo a todo momento, e assim levar você comigo para sempre para todos os lugares.

"'– Eu te amo, Maurício. Tenho medo – ela disse, me abraçando.

"'– Eu também. Mas não tenho.

"– Sim, eu também não tenho, mas tenho. O que vai acontecer?

"– Quando você não estiver, procurarei na areia o nosso testemunho, e ela, cruel por inconstante, só mostrará as marcas que os caranguejos deixam em suas andanças.

"Alejandra riu.

"– Você é muito louco – beijou-me. – Quero ir com você para Montañita, porque senão vão nos separar. Ié, cabriolé?

"– Ié, cabriolé.

"E esse foi nosso juramento.

"– Iééé, cabriolé – ela sussurrou e riu como um querubim.

"– Iééé, cabriolé – sussurrei. – Eu te amo, Alejandra. Mas é possível amar mais se já amo ao infinito?

"– Dois infinitos.

"– Te amo infinito infinitos.

"– Eu infinitos infinitos.

"O coração dela ainda pulsava com força.

"– Montañita! Sim, meu amor, meu pequeno e imenso amor, Montañita.

"– Orlando vai morrer. Acho que vai nos matar. E meus pais? Vão botar a culpa na minha avó. Claro que ela manda em casa porque a grana é dela. Acho que me pareço com ela. É de origem holandesa. Fugiu da Espanha com meu avô, que era basco. Se apaixonaram, mas ele era mais velho. Ela tinha minha idade e ele, a sua, Maurício. Eram como nós, mais ou menos como nós. Chegaram de barco e ficaram vivendo em Santiago. É que, ainda por cima, na Espanha havia uma guerra ou algo assim. E se você vai pra Santiago e nos casamos escondidos numa paróquia de um padre que é meu amigo? Como Romeu e Julieta.

"– Montañita. Montañita é mais do nosso jeito. Lá ninguém vai nos encontrar.

"– Sim, é verdade.

"– Faça uma mochila com roupas leves – eu disse. – Vamos sair de madrugada no primeiro carro para a fronteira. Eu também vou me preparar.

Não gostaria de deixar você nem um segundo, mas vai amanhecer e aí a polícia vai nos encontrar, manda você para a sua prisão e eu para a minha.

"'– Não vá ainda. Ainda é noite. Mas não! Aí vêm os pescadores e os passarinhos começam a cantar.

"'– Cansada, a noite abandona o céu e deixa que chegue a delatora madrugada. Se a noite tivesse ocupado o mundo para sempre, não chegaria o dia para nos separar, nem haveria cantos que a anunciasse. Amo você, Alejandra. Nunca amei assim.

"'– Meta-me para dentro de você, como disse, e me leve até que seja o momento de partir. E em alguma esquina, me vomite, bahh! – mostrou a língua –, meio nojentinho, não? – Riu. – Mas não importa. Depois você me lambe como a mãe aos animaizinhos para me limpar e faz amor comigo outra vez, embora tenha me doído muito, embora ainda me doa.

"'– Pobrezinha, meu amor.

"'E baixei até seu monte de vênus e dei doces beijos:

"'– Sara, sara, olhinho de rã, se não sara hoje, sara amanhã – recitei.

"'– Mauri, me desculpe o que disse do Demência. Nunca conheci alguém tão puro. Levamos ele com a gente?

"'– Como nosso filho?

"'– Sim, como nosso filho. É tão frágil.

"'– Não, é tremendamente forte, porque não precisa de nada e, por isso mesmo, não tem do que ter medo. Não se pode ampará-lo. Mas se você e eu seguimos pelos caminhos, sempre o encontraremos, ou a outros como ele. Agora vá arrumar suas coisas. E se alguém, por acaso, acordar, aja normalmente ou faça que dorme.

"'– Se alguém acorda, não vai suspeitar, vou estar pronta, meu amor.

"'Assim foi. Meia hora mais tarde, aí pelas cinco, estava me esperando no lugar combinado. Tem muita coragem, muita têmpera. Apenas nos encontramos, esticou o braço para me mostrar que usava a pulseira de Cleópatra que eu havia lhe oferecido no primeiro dia. É uma filigrana com corais que começa sendo anel, se estende por um fino tecido de arame sobre o dorso da mão e termina envolvendo o braço como uma pulseira.

"'– Me impressionou esse negócio de Cleópatra. Me fixei em você desde esse momento – confessou-me.

"'Subimos abraçados até a estrada. O mototáxi que eu tinha contratado esperava mais em frente, para não alertar com seu motor o sono da vizinhança. Chegamos à vila. Estava vazia. Apenas uma pessoa caminhava com uma rede. Nos encolhemos numa esquina para esperar o primeiro microônibus que fosse para o norte, para qualquer lugar do norte, e daí seguiríamos para Montañita. Tocou o celular de Alejandra. Era Orlando. Ele tinha bebido toda a noite e ligava para dizer que não tinha me encontrado, mas 'juro que vou encontrar esse filho-da-puta e você vai se arrepender, porque tudo isso é culpa sua'.

"'– Sabe de uma coisa? Estou dormindo – respondeu Alejandra, desligou o celular e o jogou numa vala.

"'– Tumbes, Tumbes! – soou o grito do anunciador de um ônibus azul e branco.

"'Saímos de nosso esconderijo para alcançá-lo sem ver que atrás de nós aparecia o jipe cinza da polícia de Mancora. Sua sirene nos atingiu pelas costas. Orlando estava nele. Sorria e tinha ainda o celular na mão. Alejandra me abraçou e começou a chorar. Eu lhe acariciei as lágrimas.

"'– Só quero que lembre de mim dizendo isto: viemos ao mundo para ser felizes e livres, livres e felizes. Mas se algum dia você chegar à felicidade e à liberdade é porque se enganou de caminho. A liberdade e a felicidade são sempre um caminho, nunca um final. Você tem a grandeza para caminhar por essa longa estrada que só termina com a morte. Felizes e livres. E que nunca mais ninguém trate você mal. Ié, cabriolé?

"'– Ié, cabriolé – disse sem deixar de chorar. – Mas não quero que levem você. Vamos dar uma grana pros tiras, ou eu vou e peço pra eles, imploro... Não quero que levem você preso.

"'Orlando desembarcou dando ordens como um comandante.

"'– Policial, leve esse filho-da-puta! – e sua voz me atingiu com o bafo de álcool. Virou-se para Alejandra: – Então é isso, é? – acusou-a, mas a atenção dela era para mim.

"'– Vai me buscar, Maurício? Meu mail é alerrazuriz arrouba cibermail ponto com. Vai lembrar se dou meu telefone de Santiago? Te amo, Maurício!

"'– Cale a boca, idiota! – Orlando a pegou pelo braço.

"'O policial me empurrou para a caminhonete. Antes de entrar, com os braços no alto, gritei:

"'– Iééé, cabriolé!

"'Alejandra levantou os seus e também gritou:

"'– Iééé, cabriolé!

"'A caminhonete partiu. Virei-me para vê-la pelo vidro traseiro e pude ler seus lábios chorosos que repetiam:

"'– Iééé, cabriolé!

"'Digitei acordes de piano na janela para lhe mandar boas vibrações cósmicas, uh, fff, hhh!, e continuei olhando. Queria registrá-la em todo o espaço de minha memória. A última visão que trago dela é escapando do abraço-tenaz de Orlando e correndo pela rua atrás do carro policial, movendo uma mão para dizer adeus e secando as lágrimas com a outra. Embora não seja muito viril dizer, comecei a chorar e a repetir:

"'– Obrigado, dor, por me habitar. Com a ausência de Alejandra, não quero outro inquilino. Obrigado, dor, por me habitar. Com a ausência de Alejandra, não quero outro inquilino. Obrigado, dor...

"'Então comecei a chorar pra valer.

"'– Puta merda! Mas você é idiota mesmo, hem?! – disse o policial peruano. – Chora como um fresco por se separar da gatinha, mas foi você mesmo quem nos informou para que o pegássemos. Olhe, cara, o pior da cagada é que temos que levar você pra delegacia de Talara. Quem mandou você arrebentar as fuças do amigo daquele boçal? Além disso, ele ficou com sua gatinha. Você é um otário, pra lá de otário, mano, pra não dizer débil mental.

"'– Peraí, Gustavo. O cara saiu na mão pra defender aquele cabeludo, o Demência. É muito louco, esse cara... mas educado, sim ou não, Gustavo? Bem gentinha o Demência. Mas olhe, veja só como tá ficando esse cara. Outro louquinho, pelo visto.

"'– Obrigado, dor, por me habitar. Com a ausência de Alejandra, não quero outro inquilino. Obrigado, dor...

"'Vivi vários dias através de Alejandra, visitando os interiores que tinha conhecido e os confins que nunca cheguei a tocar. Ossos, cartilagens, veias e músculos. O que disse e fiz lembro como brumas distantes. Certamente fui um bom autômato, por isso gozei da compaixão dos agentes, pois não estou mais preso. Há poucos dias despertei aqui em minha casa, em La Paz, com o choro de minha mulher.

"'– Você não come, não bebe. Está morrendo de fome, Maurício! Vá atrás dessa garota, nem que seja por um tempo. Até que melhore, pelo menos. Vamos, me olhe. A tristeza está envenenando você. Aqui você vai morrer. Eu não quero que você vá, mas é melhor assim, pelo menos até que melhore. Olha as *wawas*. Não sabem o que acontece e também choram por qualquer coisa. Eu, como sempre, vou esperar você. É o seu trabalho, não? Eu entendo. Só me diz pra onde vai e como está, mas vá de uma vez, porque aqui você está morrendo.

"'– Não, já estou melhor. Já vai passar – eu disse, abraçando-a.

"'– Ai, bendito seja Deus! Pelo menos já está falando. Mas acho que você tem de ir, Maurício, para poder voltar a ser como era, feliz, alegre.

"'– Só estou verdadeiramente feliz quando alguém como você me ama e da maneira como você me ama. Em troca, quando eu amo, sou muito infeliz. Não se preocupe. Já acabou tudo. Já estou melhor – confortei-a.

"'Isso foi tudo, senhora. Logo me incorporei ao meu cotidiano, a meu mundo conservador, ordenado e familiar, a cumprir com minhas obrigações, a percorrer meus lugares queridos e a desfrutar dos vestígios, em minha cidade, de um passado que existe principalmente em minha memória. Daqui a pouco esse trabalho será uma lembrança a mais. Hoje, ainda sofro suas seqüelas. Se até o sapateiro mais tarimbado machuca o dedo e geme... Assim é meu trabalho. Só que desta vez, devo lhe confessar, o golpe foi demasiado forte. Mas, pouco a pouco, vou me recuperar. Considerei, no entanto, que é meu dever lhe apresentar este informe o mais cedo possível para pô-la a par dos fatos.

"'Se a senhora considera que o informe e os resultados estão dentro do que esperava, eu agradeceria que recomendasse os serviços de nossa empresa para pessoas de sua amizade. Mas em voz baixa.

"'Não mando cumprimentos a Alejandra, pois ela jamais saberá de nossa amizade. Fico tranqüilo, no entanto, porque, a senhora estando por perto, Alejandra se tornará uma mulher extraordinária, dessas com que nós, homens, não sonhamos porque não sabemos que existem.

Atenciosamente,

Maurício Méndez Boyer
Gerente proprietário
Instituto da Flor.'"

Começaram os aplausos, que Maurício cortou com um gesto.

"Gostaria de completar minha intervenção com o fragmento mais significativo da carta de resposta de dona Beba Vermeer de Errazuriz, que diz o seguinte:

'(...) minha neta voltou mais do que triste, pensativa; mais que crescida, madura. Sendo a mesma, é diferente. Já se mostra como uma mulher de classe, como você achou por bem notar. Sei que essa maravilhosa transformação se deu na alma e a percebo não em suas palavras, mas em seus ecos.
'Fiz um depósito bancário adicional para você, como um abono voluntário de minha parte, para lhe demonstrar minha imensa gratidão. Sobre a dor que você passou e a que ainda está entregue, infelizmente nada posso fazer para aliviá-la além de dizer que Alejandra também o ama profundamente, pois tem em sua cabeceira o desenho a lápis que você fez enquanto ela dormia e que contempla fascinada e com freqüência. Mas logo ambos vão superar isso e ambos serão mais felizes.
'Como solicitado, vou recomendar, obviamente em voz baixa, o

Instituto da Flor para aquelas pessoas do meu círculo de amizade que necessitem de seus serviços. Reiterando-lhe minhas simpatias, me despeço de você com as mostras de minha maior consideração e respeito.

'Beba Vermeer Errazuriz.'"

Os aplausos soaram com violência. O canto ao amor tinha devolvido o otimismo à sala. A atmosfera era puro confete jogado de um bloco de carnaval. Maurício sorria timidamente. Dom Juan, injetado de vida, também sorria. Elizabeth deixou cair o lápis para limpar as lágrimas sob a mesa e depois começou a falar:

— O amor confere à frágil criatura humana o atributo divino da totalidade — fez uma pausa e leu um texto que tinha trazido: "Desde muito antes, houve um ser humano que amava juntando suas mãos em súplica, e as estendia para uma estrela sem se perguntar se isso lhe produzia prazer ou dor", assim disse a querida Lou Andreas-Salomé — concluiu e tapou os lábios com o indicador arqueado.

Álvaro pediu a palavra. Tinha uma fraqueza sentimental. Para todos tinha uma gentileza e para tudo uma diáfana proclamação. Falou como que recordando.

— Diotima, em *O Banquete*, de Platão, diz que aquele que seguiu o caminho da iniciação amorosa na ordem correta, ao chegar ao fim, perceberá subitamente um prazer maravilhoso, causa e princípio de todos os nossos esforços. Assim, enquanto a carreira do libertino é para baixo e acaba no inferno, a do amante culmina na beleza. O amor acaba com a egolatria, quer dizer, acaba com o mal. É o estado de graça que buscam os monges e iniciados. E está à mão de todos nós, só é preciso tomá-lo, como diria uma das tiradas pré-fabricadas de Maurício.

Dom Juan saiu refeito a olhos vistos. A cor havia voltado ao rosto dele e via-se que lhe sobravam forças. No táxi, lembrou de Gina Lollobrigida. Se não fosse o elevador do Waldorf ter parado no andar errado, a teria feito sua amante. Quis contar a Elmer, mas era tão invejoso que provavelmente se apropriaria da história e a contaria ao contrário, aproveitando suas lacunas.

Maya chegou pontual. Trazia o cenho franzido por ter ruminado sua irritação por muito tempo. Cobria a cabeça com um longo lenço escuro e usava um *tailleur*. Já não era a jovem inquieta, esperta e cheia de dúvidas. Tinha a frieza do assassino a quem a vítima não comove. Ao ficar em frente de dom Juan, soube que poderia cumprir sua promessa de fazê-lo saber o quanto o considerava mau. Ia destruí-lo com letal refinamento. Sentou-se e resolveu escutar a arenga. Calculou interrompê-lo num momento preciso e cerceá-lo usando de zombaria, cinismo e desprezo. O ancião esfregou os olhos e começou a contar.

— Eu estava numa praia do norte do Peru. Havia entrado pelo Equador, clandestinamente, claro. Parei num povoado cujo nome não lembro bem...

— Mancora — disse Elmer.

— Isso — confirmou dom Juan. — Ali, por casualidade do destino, uma velha senhora, uma avó, me pediu o favor de seduzir sua neta. Não só queria afastá-la de um namorado torturante, como queria que eu a iniciasse no amor, mas com beleza. A garota em questão se chamava Alejandra e tinha dezesseis anos.

E assim dom Juan contou a história de Maurício, o Garoto. Ao terminar, Maya estava deslumbrada. Seu ódio havia se desvanecido por completo. Sentia-se vestida de anjo apesar de seu luto. Sorriu para conter as lágrimas.

— Você acredita de verdade no amor? — perguntou.

O velho olhou-a com seus olhos cinzas e concordou com a cabeça. Maya tirou o lenço e secou os olhos. Não encontrava palavras que expressassem seu contentamento e achassem o caminho para as pazes com o ancião. Desfez a trança e, com um movimento, soltou o cabelo. Dom Juan a viu jovem novamente, outra vez vital. Finalmente tinha conseguido vencer nela os preconceitos e as reticências, e tudo graças à técnica perfeita de sedução: o ódio no transcurso da relação e a alegria como desenlace. Uma ordem impecável. Embora ele não tivesse produzido essa ordem, mas sim a casual acomodação das histórias narradas. Soube que aquele era o momento que tinha esperado e pelo qual tinha entregado o farrapo de seu corpo ao mais extremo esgotamento. Soube que nunca mais teria outro momento igual, pois jamais haveria outra mulher em sua vida.

— Me dê um beijo! — ordenou, e lhe ofereceu a boca.

Maya o olhou, atordoada. Mordeu o lábio para despertar e depois fez um gesto contrito. Elmer se fez de desentendido para não lhe dar uma linha de fuga. Ela quis deixar de sorrir e assim pôr dom Juan em seu lugar, mas não pôde. Uma força estranha aproximou-a com passo aprumado e gracioso. Estava muito perto do velho. De sua poltrona, dom Juan pegou a bela e jovem perna, e atraiu-a lentamente para si. E aconteceu o impossível. Maya fez um biquinho com os lábios, se inclinou, fechou os olhos e pousou um beijo na boca de dom Juan. Talvez tenha sido a força do agradecimento, talvez a do perdão, ou ainda, quem sabe, a força do amor. Elmer, a duras penas, conteve as lágrimas. Mas no fim elas apareceram.

Como num conto de fadas, dom Juan rejuvenesceu com o beijo. Quarenta anos saíram de cima dele. Amanhã poderia convocar de novo uma assembléia extraordinária e investir contra o governo explorador, e, à noite, apoiado pela penumbra, faria amor com Maya com a maior delicadeza, mas com toda sua potência viril. Depois de amanhã visitaria os distritos mineiros e falaria com os trabalhadores. Tiraria o pó de seus passaportes falsos de cruzar fronteiras e, na semana seguinte, viajaria para Lima para visitar Lucho, Lucho Barrios, e Agustín, Agustín Barcelli, seus queridos amigos de aventuras, e lhes contaria sua fórmula da eterna juventude para que também saíssem da prostração. A seguir, pararia em Caracas para visitar seus irmãos, que, pela mesma magia que acontecia com ele, tinham voltado à vida e o esperariam no aeroporto. Depois seguiria para Barcelona para recolher Liber, e juntos iriam a Paris fazer contato com Octavio e Arianne, e, com a ajuda de seus companheiros anarquistas, iria conspirar de novo pela liberdade e a justiça.

Maya passou ternamente a mão pelo rosto dele e fez três paradas antes de chegar à porta. Em cada uma se virou para contemplar o vivo olhar de dom Juan. Antes de sair, atirou um beijo e concordou em voltar no dia seguinte, na mesma hora.

Sétima exposição:

Fayalán

A interessante surpresa chamada "Caso de sexos" será contada, para consternação geral, pelo enigmático e fantasiado Fayalán, representante do estado de Santa Cruz.

◆

Dom Juan acordou pelo meio-dia, cantarolando *cuecas* da Guerra do Chaco e marchas de cavalaria. Almoçou fartamente e saiu para o congresso. No trajeto se deu conta de que podia ver claramente ao seu redor – viu a luz e as cores, as novidades urbanas e os transeuntes. Nenhuma lembrança, nenhuma dor importunaram sua lucidez. Ao chegar, deu autógrafos e conversou com entusiasmo.

O escudeiro se enchia de orgulho por vê-lo assim, de modo que atrasou um pouco, mas não muito, a apresentação da sétima e última exposição:

– Carregando uma tristeza mas também uma alegria, damas e cavalheiros – disse no momento da apresentação –, me permito apresentar a última alocução deste majestático evento: o "Caso de...", hummm? – consultou suas notas. – "Caso de sexos"! diz a minha cola. Bem, então: deve ser "Caso de sexos". A alocução será feita pelo enigmático representante de Santa Cruz de la Sierra, terra de mulheres bonitas, homens valentes e verde eterno. Tenho o prazer, pois, madam e mesiê, damen un herren, de apresentar o seeeenhor Fayaláááán. Boas-vindas a ele!

O fantasiado Fayalán caminhou com as mãos levantadas, desfrutando do aplauso – "os últimos serão os primeiros" –, mas, em vez de subir ao pódio e fazer uso do microfone, parou no meio do palco como para declamar um monólogo teatral. Esticou os braços como equilibrista e fez flutuar uma mão, que tirou o gorro de ferroviário. Jogou-o fora como um *heavy metal* delirante. O público fez aquela festa. Todo mundo sabia que de

Fayalán podia se esperar qualquer coisa. Com a outra mão, tirou os óculos escuros e também o jogou pelos ares. Foi aclamado de novo. Desfez-se do abrigo, soltando a presilha, e ficou vestido com uma encantadora saia verde-garrafa com um detalhe bordado de lantejoulas. Uma decotada camisa de seda branca, com sugestivos adornos de pérolas, insinuava o caminho do busto pronunciado. Em vez das pernas peludas surgiram umas pernas bem torneadas, de pele reluzente e tenra, e em vez do tosco corpo varonil havia curvas femininas. Imediatamente, fazendo jogos circenses, Fayalán arrancou a cerrada barba postiça e, com a outra mão, a peruca. Um murmúrio escapou da boca de todos. Fayalán sacudiu a cabeça e esparramou sobre os ombros uma brilhante cabeleira negra, enquadrando um rosto níveo.

Era uma mulher!

Fayalán não era Fayalán, mas uma mulher! Uma mulher de uma beleza que enfeitiçava, um ser alado, luminescente, cujo ímã hipnotizou a sala.

Ela fez um movimento para acertar a elegância e deixou planar os olhos cor de petróleo sobre a sala. Tinha uma idade imprecisa, vinte ou quarenta, quem se importava? Em cada um fez renascer um velho e inalcançável desejo que, nela, ali pertinho, se tornava possível. Cada um viu uma mulher diferente, cada um viu a mulher de seus sonhos, a que faz despertar os balbucios da infância. Todos sentiram perfumes suaves e, ao mesmo tempo, íntimos. Conheciam-na de sempre. Era a beleza eterna, a que derruba impérios, a que se canta, sobre a qual se escreve, frente à qual não se pode sustentar o olhar. Cada um sentiu o vivo desejo de roubá-la do palco.

Elizabeth tapou a boca para não gritar sua alegria e depois, sem se conter, exclamou:

– Genial!

Armandito, o aburguesado representante de Cochabamba, em troca, ficou de pé e gritou:

– Essa mulher não pode falar!

– Desculpe, senhora... senhorita – Cocolo poliu o tom –, esse show é coisa do Fayalán ou algo assim?

— Não — respondeu ela, e o monossílabo ondulou sua voz. — Me parece que Fayalán não vai vir — continuou. — Na verdade, eu vim no lugar dele — e ficou com um rosto de gato intrigante.

O Duque se juntou imediatamente à reclamação de Armandito e tentou convencer as pessoas ao redor. Armandito insistiu, vociferando:

— Este é um congresso de sedutores, não de sedutoras! Eu, como participante do evento, solicito que essa senhora saia da sala!

Ambos, Armandito e o Duque, pareciam conhecê-la e temê-la. Uma súbita vaia os atacou. Ninguém queria deixar de ver a mulher. Alfredo agitou um cone feito de papel:

— Estou com você, minha vida! — entregou sua adesão à desconhecida.

— Fora! — Armandito investiu de novo. — Tem de sair, colegas, tem de sair! É uma pessoa indesejável, não tem nada que fazer neste congresso.

Aí se detonou o bafafá. O bando majoritário defendeu a mulher com firmeza. O dos dois caudilhos atacou-a com sanha. A reunião viu seu curso desviado. Embora a ordem do evento pusesse a mulher no altar da sedução, tê-la à frente instigava, como sempre, ao confronto. Nem a voz hierárquica de dom Juan, nem os assobios de Elmer, nem os chamados à ordem de Cocolo conseguiram acalmar os ânimos.

A mulher permaneceu surpresa, olhando o alvoroço como se não o tivesse provocado. De repente, deu um chute no ar e seu desalinhado sapato de mendigo voltou para o público, que se atropelou para apanhá-lo. Depois ela lançou o outro, produzindo o mesmo efeito. As meias de náilon deixavam ver o peito dos pés levemente pronunciados. Aspirou profundamente e falou com seu sotaque do oriente boliviano:

— Senhores! Me perdoem, senhores! Eu sei que não devo estar aqui. Então, se é o que querem, me decapitem — e, fazendo uma mesura, deixou cair o cabelo em cascata, entregando a nuca. Apalpou-a, para mostrar como estava disposta. Com a parte posterior descoberta pelo movimento, mostrou a fronteira branca do quadril. Todos notaram o detalhe. Ela esperou uns segundos e se aprumou, briosa. Esticou os braços, juntou os pulsos e disse: — Ou me prendam. Ou... — e se transformou numa cigana entregue à devoção de uma fé respeitável e piedosa: — Ou me escutem.

A sala ficou num silêncio de gelo. Era Aspasia, com a beleza imperial de Amelita Pezoa. Sua imensa solidão no vasto palco a transformou num ser singular, mitológico, que fazia nascer o desejo de adorá-la.

— Deixem que fale! — gritou alguém, e muitos outros vociferaram seu apoio.

Ela ficou imóvel de novo com um vazio no olhar, o rosto aflito, de uma palidez doentia, mas altivo.

— Obrigada a todos, inclusive aos que não gostam de mim. Obrigada — repetiu e começou a escolher as palavras. — Me chamo Istar ou Astarath — se apresentou. — Acho que meu nome vem da antigüidade e de lá — apontou para longe —, da Síria ou da Arábia, do Oriente Médio como dizem hoje, embora eu seja de Santa Cruz de la Sierra — cruzou os braços como um faraó. — Istar é a deusa criadora, deusa da fertilidade, é mulher, claro, porque todos sabem que só cria quem tem ventre. Istar também é a deusa do amor. Por isso nosso emblema, dela e meu, é o planeta Vênus. Ainda há entalhes em que é vista pisando dois leões. Carrega uma aljava com flechas nas costas, um cântaro na cabeça, e empunha uma arma numa mão e um cetro fantasioso na outra, como o que recebi quando me coroaram miss Santa Cruz — controlou um riso malicioso e lançou os olhos para um lado, para que fossem vistos oblíquos.

— Perdão, senhora ou senhorita — Cocolo a interrompeu de novo. — Mas Fayalán vai vir ou não?

— Casualmente... embora não "casualmente"... Na realidade, por ciumenta e metida, interceptei a ligação que vocês fizeram para convidá-lo para participar deste congresso. Sem pensar duas vezes, decidi fazer a troca. Na terça-feira passada, ele se arrumou todo elegante como para sua comunhão, belo como é. Se perfumou e me disse: "Vou a uma reunião. Viu, querida?" E, embora eu dependa de seu olhar e o ame como nunca amei outro homem, já tinha preparado o seqüestro antecipadamente, devo confessar. Eu o peguei com truques, vem cá, amorzinho, e o amarrei com uma corda azul. Ainda está lá, trancado no porão — fez o gesto de quem passa a chave e voltou com a mão erguida, como carregando água. — De modo que vim em seu lugar, fantasiada. Porque queria lhes contar várias coisas. Uma, é que Fayalán é de longe melhor sedutor que todos vocês – enviesou de novo o olhar e mostrou a ponta da língua. – Perdão – disse, sentindo que havia ofendido, e moveu os ombros com encanto. – Mas é verdade. Enquanto vocês são caçadores que buscam sua presa, Fayalán se faz buscar por sua presa até que se deixa pegar. Pelo que sei – disse.

Elizabeth a festejou com uma ligeira gargalhada.

– Ele tem uma coisa assim, como dizer? É como se a tepidez da palma de uma mão, ao nos atravessar a carne e chegar a outra, no outro lado do corpo, se transformasse em fogo. Somos convencidas através dessas temperaturas. Caladinho, ele nos papa. Parece mulher quando seduz – mordeu a unha como se tivesse dito alguma coisa indevida de novo. – É que ele, embora homem, conhece bem as mulheres. Faz a gente pensar que ninguém lhe importa, mesmo que importe. E como no amor ganha o que quer menos, Fayalán sempre ganha. É horrível e muito doloroso dizer isso, mas é o que acontece. Vejo que estão meio preocupados com ele. Não se preocupem, não, Fayalán está bem. Toda noite, quando as sessões acabam, vou ao porão onde o prendi. É claro que ele, que é muito vaselina, me diz que é o máximo o que estou fazendo. E diz que me apóia. E toda noite quase me convenço a soltá-lo, mas, cá pra nós, pessoal!, eu o conheço como se o tivesse parido! Seria uma realização para ele contar para vocês, especialmente para vocês, se eu não soubesse, uma de suas conquistas. Na certa, se eu o soltasse, vinha correndo para cá, porque, como bom *camba*, se não conta, qual a graça da transa? E ele contaria para vocês uma história extremamente boa e diferente. Talvez a que aconteceu comigo, e vocês teriam compreendido por que digo o que lhes digo.

As frases de Istar terminavam em desafinações agudas que acalmavam as reverberações que os tons mais apaixonados incitam.

– Com Fayalán cada momento foi uma surpresa. Me fazia rir e desaparecia, me fazia chorar e ia embora. Aparecia quando não o esperava, e quando ia lhe agradecer por alguma coisa, ou lhe censurar outra, já não estava. De mansinho ele enfraqueceu minha guarda e fez eu me apaixonar. Com aquele papo de que "as viagens aumentam a paixão", me trouxe para La Paz, achando, o cretino!, que me enganava. Eu sei, poxa!, que é pra mulher dele não saber de nada lá em Santa Cruz. Mas vim com ele do mesmo jeito. Todo esse tempo nossos beijos foram minha prisão, minha doce prisão. E eu digo, como disse Marina, a russa, com maravilhosas palavras numa de suas cartas, que são minha *Bíblia*: "(...) não desejo demasiado a liberdade, a não-liberdade me é mais cara. E o que é a não-liberdade entre os seres humanos? O amor" – concluiu Istar com um quê de amargura em seu sorriso. – Embora não seja assim para muitos, assim é. Mas, diabos, já saí do assunto. Bem, eu vim dizer uma coisa rapidinha para vocês e contar uma pequena história. A questão é que vocês são todos uns filhos-da-puta, uns desgraçados, uns...

O Duque não pôde mais e a interrompeu:

– O que há, hem?! – gritou. – Só veio nos insultar!

– Mas como não vou insultar vocês?! – Istar levantou a voz, perdendo a compostura. – A única coisa que fizeram neste congresso foi difamar as mulheres, se orgulharem de nos envergonhar, de fazer merda da gente! Caralho!

– Perdão, perdão, Istar – se impôs Álvaro –, mas em muitas das histórias contadas quem perde é o homem, e perde porque é abandonado, ou perde por frustração, enfim.

– Não – respondeu Istar, acalorada. – Em todas as histórias que contaram aqui o homem consegue seu objetivo: nos possuir. Nenhum saiu derrotado em sua tentativa. E o pior de tudo é que nos derrotam ao nos dominar com o prazer mais extremo. Claro, há palavrinhas, fingimentos e poses, mas no fundo apostam na carne, arrasando o ventre desnudo.

O Duque adotou um ar triunfal e a encarou:

– Espere aí, Istar: você, que parece saber tudo do amor e do sexo, me diga: por acaso o prazer extremo não rende qualquer mulher?

Istar olhou-o com ódio. Quis dizer muitas coisas que não pôde. Seus olhos lançavam setas, e ela rangia os dentes, fazendo aparecer músculos na face.

— Viram? — Armandito se dirigiu à sala. — Essa mulher veio por razões de promoção ou publicidade, ou apenas para nos insultar, como disse o Duque, mas fica claro que não veio por nada bom. Seu silêncio, sua falta de argumentos a denuncia. Não precisamos dessa comédia — garantiu, e continuou instigando o público com argumentos fulgurantes.

Suas palavras começaram a ganhar aderentes, que o aplaudiam. Os leais a Istar não ficaram quietos e armaram um bafafá maior que o primeiro. A reunião voltava a mergulhar na desordem. As vozes se transformavam em puro barulho. Istar respirava profundamente para se acalmar, mas os receios de não poder continuar com sua exposição a assaltaram. Queria falar, sim, mas talvez pela primeira vez em sua vida não queria renunciar a dizer toda a verdade que trazia, sem concessões. Dom Juan levantou a mão trêmula e pediu o microfone a Elmer:

— Eu também me sinto ofendido, companheiros! — disse com voz calma, e uma ovação cerrada o aclamou. Esse era o dom Juan que esperavam! Esse era da sua turma, o inquebrantável líder da masculinidade.

O ancião, tirando forças de onde não tinha, ergueu o indicador diante do olhar crítico de Elizabeth.

— Me sinto ofendido, sim. Mas não estou mais ofendido que as muitas damas que ofendemos durantes esses dias do congresso, nas histórias que foram contadas. Sem mencionar as muitas que ofendemos em tantas outras circunstâncias íntimas. Assim que, por favor, companheiros, não sejam grossos e tenham uma compostura varonil! Que a dama continue falando! Em frente, senhorita, por favor.

Os ânimos se aquietaram diante de sua autoridade, e Istar brindou dom Juan com um grande sorriso.

— Obrigada, dom Juan. E não vou continuar insultando vocês, porque bastante insultados estão pelas atitudes que têm, pela solidão em que vivem, pela incapacidade de dar. E aquele que não sabe dar tampouco sabe receber. Essa é a solidão, na minha opinião. E continuando com o que vim lhes dizer, que não é fácil dizer e também não é fácil de aceitar, é que a época do homem acabou, chegou ao seu fim. Por muitos séculos nós, mulheres, guardamos um obrigatório silêncio, por muito tempo ruminamos ternura enquanto costurávamos, cozinhávamos ou nos submetíamos. Mas as coisas mudaram e não têm mais volta. Se vocês vêem a nós, mulheres, juntas nos bares, nos restaurantes, ou falando nas ruas, se darão conta de que, embora estejamos nos queixando de vocês, mimando nossos filhos, fazendo fofoca, admirando rendas ou falando do trabalho, estamos conspirando para acabar com o poder de vocês, homens, e fazemos isso pelo bem de todos, da natureza, dos animais e da humanidade, enfim, de tudo o que vocês destruíram.

Apareceram sorrisos sarcásticos, zombeteiros. Ela os aceitou com gentileza e continuou:

— Vejam bem, é verdade o que digo! Nós já estamos nos encarregando do mundo no lugar de vocês, e é para sempre. Mas, enfim, para não espichar esta conversa, a história que quero lhes contar é uma história de dois homens e uma mulher. Pode ser situada em qualquer tempo e lugar. Pode ser contada como de cavaleiros com armadura, de condes franceses ou de *yuppies* modernos. É uma história de sempre, uma história, como disse, de dois homens e uma mulher. Eu prefiro contá-la situada entre as guerras após a Independência, nas guerras federais como chamam, que é como me contaram. Bem, nessa época das guerras federais, o marido e senhor, um generalzinho, partia da fazenda para lutar contra seus inimigos e ia até os confins mais distantes da pátria. Quando o homem voltava, depois de meses, vinha rodeado pelos demônios do ciúme, esses malvados que estavam plantados em sua alma e que surgiam cada vez que pensava na mulher, e que tinham crescido nas noites de campanha, entre a escuridão e a chuva, e cresciam até quando fugia ensangüentado, ou enquanto queimava casas ou estuprava. O homem, então, voltava endurecido, certo de que a mulher tinha adornado os cornos dele e havia fugido com outro. Voltava querendo sair na mesma hora para caçá-la na mata como um animal. Em sua imaginação, enquanto cavalgava, enxergava-a nua, acariciada por um peão índio ou por um vendedor de remédios ou de anáguas, e matava os dois nessa cabana da cordilheira, onde havia divisado suas mulas cansadas. Mas matava a mulher com mais crueldade. As insistentes imagens lhe enchiam a mente de sangue, e a adrenalina circulava com mais força do que quando a morte, durante os combates, o roçava com sua mão de fome e areia seca. E enquanto cavalgava, lamentava não ter obrigado a mulher a pôr um cinto de castidade, embora, como prevenção, tivesse deixado seu irmão mais novo, sangue do seu sangue, para vigiá-la. Claro, pensava ele, ela, muito matreira, certamente não prestaria atenção ao rapaz e escaparia, zombando dele e de sua antiquada estirpe.

"Este jovem irmão não era jovem em vão. Mais que um guardião da bela cunhada, era um ardente admirador. Potro, com os hormônios circulando a mil, sonhava com ela, com sua esplêndida figura, desejava enlaçar sua cintura estreita, uma plácida promessa de fogo, sem pensar nas conseqüências. Importunava e adulava, perseguia e se insinuava. Ela, em troca, o tinha como a um filho e cuidava dele com dedicação quando ele adoecia, cozinhava as coisas preferidas dele e o despachava elegantíssimo e engomado para as festas das fazendas vizinhas ou para a vila, para que se desafogasse com as mulheres. Mas o rapaz só se importava com ela, e ela, quando farejava nele o macho, escapava ou, se era necessário, o espantava com firmeza. O verdadeiro cinto de castidade que ela tinha não era o de metal e couro com que o marido queria atá-la, mas os olhos incendiados dele cravados em sua carne como marca de gado.

"E por isso, quando ele voltava cavalgando, diante de uma longa esteira de pó, com a dor da traição incrustada nos olhos e preparado para caçá-la, ela continuava ali, como quando ele havia partido, de pé em frente da casa, esperando-o, banhada e disposta. Ao vê-la, algo parecido com uma decepção lhe ganhava a alma e, para não demonstrar nada, esporeava o cavalo e o fazia dar voltas em torno dela, acossando-a com o porte monumental e a pele suada do bicho. Desmontava e, sem nem cumprimentá-la, se internava na casa. Ia diretamente ao quarto onde ela lhe tirava as botas com humildade e ele, sabendo do fedor de peste que tinha cultivado durante as jornadas, deitava-a e a cobria selvagemente com seu corpo cheio de cicatrizes. Cobria-a muitas vezes, como se vingando, como tentando lhe dizer coisas que sentia e que, no entanto, ele mesmo não compreendia. Cobria-a do mesmo modo como estuprava as mulheres de seus inimigos, ou pior, como se ela fosse seu verdadeiro e único inimigo.

Ela sentia na pele dele o cheiro das casas incendiadas, a textura das ruínas, o lamento dos vencidos, e mesmo achando-se má, cheia de baixeza porque o desejo ganhava da aflição, o adorava e lhe dava prazer, tanto que, como uma cadela, a duras penas podia se separar quando tinham terminado. Porque é certo o que o Duque, com tanta crueza, disse: o prazer extremo nos acorrenta. Mas o que o Duque e vocês não sabem é que a carne de uma mulher se acende, sua entrada e sua clave se submetem, não porque o exaltado membro que, ereto, é tão engraçado, e dormindo, tão desamparado, nos embriague, ou porque a fornicação nos enobreça, não. O caminho que nos precipita no vulcão que nos dilui a luz é o caminho dos sentimentos. É a ternura de depois, são as carícias que virão, os olhos que admiram, o útero castigado de vida e também a visita permanente da morte. É tudo. É o amor. E era o amor, um amor esquisito mas verdadeiro o que a atava dessa maneira tão poderosa àquele homem, ainda que o tivesse por poucos dias, pequenos oásis, antes que ele voltasse a fugir para novas guerras. Ela amava todas as coisas que ele imaginava. Impressionava-se e estremecia com suas histórias, corretas ou não. Sentia-se cativada por seu ímpeto e suas poses toscas. Com verdadeiro cuidado, ela beijava suas cicatrizes e, em cada uma, enquanto ele dormia, depositava uma lágrima. Mas o que mais amava nele era sua ingenuidade, essa paixão irracional, sua injustificada desconfiança. Isso era para ela a ternura dele.

"Quando ele ia embora de novo, o jovem cunhado voltava a cercá-la. E tudo se repetia. Assim durante anos, até que um dia, talvez derrotado definitivamente ou extenuado, o homem decidiu não partir mais de casa. O irmão mais novo não suportou sua presença. Passado um tempo e vendo-o gasto, incapaz de honrar a beleza da mulher, decidiu retomar suas incursões sobre ela, e o fez a cada dia com mais desfaçatez. De maneira cotidiana lhe sussurrava coisas ao ouvido, e com esse descaramento achava que por fim ela cederia. Enquanto isso o homem chegava cansado do trabalho no campo, ou inútil pelas bebedeiras, e não reparava nela. Claro, já não a imaginava traidora, infiel. Sua mente já não fabricava o estímulo potente, o desejo vestido de vingança. Passou um longo tempo dessa maneira.

"Uma madrugada, talvez uma noite, ela fugiu de casa, deixando duas cartas. Cada uma sobre a mesa-de-cabeceira de cada um desses homens.

"A do cunhado, que era a mais curta, dizia assim, na maneira de falar daquela época: 'Teu desamparo me fazia protegê-lo, mas querias minha carne, não minha pele. Agora teus olhos se tornaram um alimento intolerável'.

"A carta para o marido era mais longa. Dizia assim: 'Tuas ausências me faziam sonhar-te e eu teria te esperado fiel e ansiosa durante séculos. Teus regressos me mostravam a solidez de meu corpo, as constelações em minha carne. Mas agora que ancoraste, sedentário, te tornaste demasiada realidade de homem. Não te sonho, meus poros não fervem e tampouco és companhia. Por isso vou embora. Vou para me encontrar, porque... *Sabes o que eu quero, quando quero? Quero escurecimento, esclarecimento, transfiguração. Quero o máximo relevo da alma alheia e da minha. Quero palavras que nunca escutei, que nunca mais dirás. Quero o inaudito. Quero o monstruoso. O milagroso**. Enquanto te escrevo, já estou vivendo entre o pranto e o horizonte, esse abismo desconhecido para mim. Mas tenho sede, muita sede de saber por que te ias, porque ficar já não é para mim um mistério, nem é fogo, nem tampouco é paz. Adeus.'"

Istar olhou para todos e todos a olharam, para lá de desconcertados. Dom Juan já tinha se aproximado da saída. Aproveitou o "adeus" de Istar e a breve pausa para partir. Tinha pedido a Cocolo que se despedisse por ele dos participantes. Estava realmente cansado. Ninguém se deu conta de sua ausência, quando Istar terminou sua fala com estas palavras:

— Ao descobrir a carta, o homem mandou os peões procurá-la entre as montanhas, achando que esse era o abismo a que ela se referia e que tinha ido se suicidar lá. Mas não a encontraram. Ficou nervoso, gritou, mastigou o ar desejando arrebentar as mandíbulas, se desfez por dentro, e dessa colheita apareceu sua energia perdida. Iria caçar a mulher sem piedade. Seu irmão também estava abatido e mostrava uma fúria cruel. Tem que matá-la, tem que matá-la! Ofendeu você! Quem é essa puta pra nos ofender?!

---

* Tsvietáieva, Marina. *Carta a la Amazona y otros escritos franceses*. Ed. Hiperión, 1991.

O homem mandou o irmão, que parecia um inquisidor alucinado, com um grupo para a serra, e ele mesmo, montando seu alazão, foi caçá-la por matas e vales. Ia em fogo. Empurrava as enormes distâncias com o peito. Enxergava a infiel com qualquer um que tivesse o membro ereto, desfrutando de prazeres proibidos. Eram visões horrorosas. Já não sentia sono. Quando a encontrasse, a despacharia com um tiro depois de estuprá-la e de mandar seus homens estuprá-la. Não só como castigo mas porque necessitava ultrajá-la antes de matá-la e ver como a ultrajavam. Queria lambê-la, chupá-la, cheirá-la, abraçá-la toda. Sentir que submergia no inferno que era ela a gozar com seu suor, sentir-se elevado a um céu de estrelas e cores, e explodir. Como nunca, desta vez a queria mais, muito mais, desejava de maneira insana, com loucura. Não parou de procurá-la com empenho, perguntou em todo lugar, ofereceu recompensas, mas nem seu irmão, nem ele, jamais a encontraram.

"Muito obrigado" – Istar concluiu.

Atirou um beijo, como se polinizasse, e como se polinizasse com mais beijos recolheu seu manto de mendigo e se encaminhou para a porta. Olhou para todos, como assediando-os, sorriu e fugiu às pressas.

Acompanhado por Elmer, dom Juan caminhava pelo saguão do hotel. Sentia uma forte opressão no peito, uma fadiga vizinha do desmaio. De repente, Istar os alcançou. Chegou correndo, ainda descalça. Seu fascinante esplendor colocou Elmer em poses absurdas. O velho, em troca, nem reparou nela. O cansaço o tinha adormecido.

– Quero lhe agradecer, dom Juan, pelo apoio. Foi muito importante para mim – disse Istar com simplicidade e olhos encantadores. – Também quero dizer que ouvi falar muito do senhor e gostaria, um dia desses, de visitá-lo para conversarmos. Agora, se me desculpa, tenho de ir.

Dom Juan balbuciou umas poucas palavras de cortesia, mas Istar já não estava mais ali. Quase no mesmo instante a horda persecutória saiu do salão. Era constituída por Armandito, pelo Duque e uns poucos aderentes, já que os demais tinham caído de novo sob o poder do feitiço da mulher.

– Viram Istar? – perguntou Armandito com voz entrecortada.

Os aderentes o secundaram:

— Como pôde sair assim?! Que falta de respeito! Quem pensa que somos para fugir dessa maneira?! Acha que pode nos ridicularizar?

Dom Juan e Elmer negaram com a cabeça e seguiram em frente.

Os perseguidores a procuraram no bar, desceram ao estacionamento e saíram para a rua para olhar por cima dos transeuntes. Alfredo, visivelmente temperado pelos licores, também a procurava. Desfraldava a barba postiça de Istar, um caro fetiche que ganhara brigando como um verdadeiro fã.

— Onde está, coração?! — cantava aos gritos o peruano. — Quero seu autógrafo e roubar um beijo, porque sua barba já é minha.

Álvaro e Elizabeth, como muitos outros, tinham ficado na sala, e, exatamente como era sua função, deram ao público as últimas opiniões sobre o evento.

— Que coisa estranha — disse o colombiano —, os sexos se juntam brigando. Talvez nisso aja esse primitivo e poderosíssimo impulso do qual somos simples emuladores, apesar da civilização e da tecnologia. Vejam: os espermatozóides correm como tolos para um óvulo que, como se fosse gente, não escolhe o primeiro que chega, mas aquele de quem mais gosta, ou aquele que o faz sofrer mais, ou aquele que fica mais tempo esperando na porta de entrada. E isso, sem dúvida, enfurece os outros espermatozóides. Aí está o princípio da inveja. Entre homem e mulher sempre há uma encrenca, uma queda-de-braço, um verdadeiro mistério. Agora, ver os sedutores assim, furiosos pelo desaforo, confusos, em dissolução, também me estranha. Por acaso um sedutor não é alguém que vive com o ser em dissolução, por acaso não vive confundido? É sua natureza. E como o desejo erótico é uma forma da tragédia, deveriam estar acostumados, não?

— É que, como disse Istar, estamos numa época de transições muito profundas em matéria de gênero — comentou Elizabeth. — E ninguém estranhe se estivermos vivendo o mais maravilhoso momento de virada da história. Como diz Álvaro, talvez estejamos testemunhando o combate mais antigo, o mais básico, o confronto entre os opostos mais velhos: entre os sexos, e que isso esteja anunciando o começo do domínio da mulher, já vaticinado por Istar. Mas não há nada a temer — sorriu. — Se esse é o destino, não o marca nossa voz ou nossas pequenas intenções, mas a poderosa inércia da história. De qualquer maneira, se é assim, eu posso garantir que nada de muito terrível vai acontecer com os homens, nada que já não tenha acontecido com suas mães.

De repente soaram as notas do hino do encontro, Leporello cantando as sacanagens de seu senhor:

Madamina, il catalogo è questo
delle belle che amò il padron mio...

E essa música, colocada por Cocolo no volume máximo, atraiu de volta à sala, como o flautista Hamelin, os participantes que perseguiam Istar. Quando acabou o hino, houve uma rápida e protocolar sessão de encerramento, entre fúrias e alegrias.

Como a sessão tinha sido curta, Maya ainda não teria chegado ao apartamento. Por isso dom Juan ordenou ao motorista que se dirigisse a Obrajes, para a casa de sua irmã Cristina. Tomava o chá que ela havia preparado para ele com a devoção de sempre, quando repentinamente teve uma crise. Respirava como um cachorro engasgado, tinha o braço esquerdo inchado e a pulsação alta. Decidiram interná-lo no hospital. Nessa noite, não iria ao encontro com Maya. Os médicos reconheceram imediatamente um pré-infarto. Fizeram injeções para afinar o sangue e o enviaram à CTI, numa sala asséptica e solitária como um necrotério.

Não pôde dormir. A todo momento despertava sobressaltado pelo compasso eletrônico do aparelho que media seu débil pulso. Numa dessas vezes, sob o marco da porta, viu sua mãe – viu-a com a clareza que, nos momentos-limites, somente o secreto ofício da memória proporciona. Ela se vestia como no dia em que a viu no pedágio, na estrada. Dom Juan sorriu várias vezes para que ela visse seu dente-de-leite caído. A mãe piscou com ternura e assentiu.

Esteve três dias na CTI. Mal saiu de lá, e logo o mandaram desenganado para casa. A ciência já não podia fazer nada. Chegou com tubo de oxigênio e diretamente para a cama. Ao entrar, não reparou em várias cartas sob a porta, que anunciavam as incessantes visitas de Maya. Elmer decidiu não lhe comunicar nada e, dali para a frente, bloqueou os telefonemas da jovem dizendo que dom Juan a lembrava com freqüência, mas que se encontrava em estado muito delicado e não podia receber visitas. A verdade era que, ainda no hospital, dom Juan a tinha esquecido completamente.

As intermitências de seu sono se acentuaram e dom Juan passava todo o dia dormitando, e a noite também. Ia se aproximando da margem. Num entardecer escuro – pois Elmer tinha transformado a casa numa cripta, fechando as cortinas para que a luz não incomodasse o ancião –, dom Juan abriu as pálpebras e, com o olhar cego, perguntou:

– Que sentido tem a vida?

Enquanto Elmer lhe dava desesperadas opiniões otimistas, dom Juan encontrou a resposta, mas não conseguiu retê-la. Voltou a mergulhar em sua quieta lacuna. Passou vários dias vendo a morte de perto, pediu a ela uma trégua, negociou, quis brincar com ela como tinha feito tantas vezes, mas ela já não estava apaixonada por ele, embora tenha tido alguma consideração em nome dos velhos galanteios.

Num meio-dia, enquanto via a televisão como um caleidoscópio de luzes, sem entender nada, a campainha tocou. Elmer levantou para atender. Dom Juan escutou uma voz melodiosa pedindo para entrar e Elmer opondo-se com a usual tenacidade de capataz.

– Deixe entrar, seu grosso – disse com a voz por um fio, fazendo-a crescer até se fazer ouvir.

Elmer ligou as luzes da sala e fez uma mulher entrar. Era Istar. Estava vestida menos espetacularmente e vinha fazer a visita anunciada. Dom Juan olhou-a desde o umbral da consciência, desde o lado insuportavelmente luminoso, e não lembrou quem era. No entanto, a desconhecida desprendia estrelas enquanto caminhava e exalava um recôndito perfume. Istar se aproximou para cumprimentá-lo. O ancião sentiu o calor dela. O rosto oval ligeiramente comprido, de beleza tranqüila, lembrou-lhe um rosto profundamente amado; seu porte imperial fez com que desejasse se apoiar nela; e seu cabelo, seu belo cabelo, levou-o a desejar se cobrir com ele. Essa mulher resumia tudo o que ele desejava da vida, o porto onde queria atracar antes do estaleiro. Soube, sem que coubesse a menor dúvida, que ela era o elo que se rompeu na parte mais tenra de sua infância. Sorriu com insistência para lhe mostrar os dentes. Às perguntas e comentários dela, ele respondeu com monossílabos, pois não encontrava, em sua cabeça de sucata, argumentos hipnóticos que a retivessem para sempre a seu lado. Só atinou dizer:

— Quero que volte amanhã, porque vou mostrar para você uma coisa que nunca mostrei a ninguém. O que vou mostrar vai tornar você rica e famosa — balbuciou, pensando em sua certidão de nascimento guardada nas profundezas do cofre.

Istar sorriu de soslaio. A proposta não a interessava. Talvez a interessasse se tivesse sido feita por outro homem que queria encurralar, ou alguém com quem quisesse estar ligada pelo sexo ou pelo casamento. Mas nenhum era dom Juan. Ele representava outra coisa que Istar soube que a faria voltar mil e uma vezes. E, enquanto dom Juan misturava táticas com estratégias para encontrar a fórmula de roubar um beijo, Istar estava convencida de que daria todos os beijos sem que ele os solicitasse. Porque a esse extraordinário ancião a ligava algo mais profundo, um amor atávico, indissolúvel, a amarra inexplicável dos tempos. Nele, Istar encontrava uma fonte absoluta de serenidade e de ternura, um vazio que devia preencher ou algo pleno a que devia corresponder, talvez um pai desconhecido ou um pai perdido que costumava penteá-la e a suas bonecas, que a empanturrou de sorvetes, cuidou de seus passos e a balançou sob um sol morno durante os primeiros anos de ver o mundo.

— Sim, dom Juan — respondeu ela com uma incontrolável alegria. — Voltarei amanhã.

Elmer, aliviado, deu um sorriso para o céu e abriu as cortinas para que entrasse a luz do dia.

FIM

Glossário

Achachilas. Bisavô, em aimará. Ancestrais, totem do lugar, deus das montanhas.

Atatau. Interjeição de dor aimará.

Camba. Grupo indígena, existente também no Brasil, ligado aos guaranis. Pessoa do sul do país: Santa Cruz, Beni e Pando. Às vezes a palavra é usada pejorativamente.

Chapaco. Pessoa da região de Tarija, no sul da Bolívia. É conhecida pela falta de pressa; por extensão, qualquer pessoa lenta.

Colla. Pessoa do noroeste da Bolívia (Collasuyu: Cochabamba, La Paz, Sucre, Potosí e Oruro).

Imilla. Menina, em aimará. Mas o sentido se expandiu, designando as jovens em geral. Ou mais, designando as empregadas domésticas, porque a palavra aparece seguidamente em frases que começam com "minha imilla". Há ainda a expressão "imilla insolente" semelhante à brasileira "nega bodosa".

K'ateras. Explicação do autor: "*K'ato* é uma palavra quéchua que significa 'mercado'. Em teoria *k'atera* deveria ser apenas a mulher que vende no mercado, mas na linguagem coloquial, como neste caso, é a vendedora que discute e é grosseira, com personalidade forte."

K'epicito. Espécie de manta, quadrada, muito colorida, que as mulheres usam para carregar os filhos nas costas ou seus pertences.

Khara ou k'ara. Europeu e descendentes. Também pessoa da classe média alta.

Pajpaku. Camelô.

Wawa. Criança em aimará. O *w* é pronunciado como *u*.

ATA DO JÚRI DO PRÊMIO NACIONAL DE ROMANCE, EDIÇÃO 2003

Na cidade de La Paz, no Salão de Reuniões do Vice-ministério da Cultura, às 20 horas de segunda-feira, 16 de março de 2004, o Júri do VI Prêmio Nacional de Romance, presidido por Raquel Montenegro e composto por Guillermo Mariaca, Rubén Vargas, Maria Soledad Quiroga, Gary Daher, Jaime Iturri Salmón e Alvaro Cuéllar, decidiu por maioria dar o Prêmio Nacional de Romance 2003 à obra *A Gula do Beija-flor*, cujo autor utilizou o pseudônimo de *D'Artagnan*.

Valorizou-se, na obra premiada, sua estrutura narrativa, que apresenta suficiente coerência e consistência para as várias histórias que a integram e os diversos registros de linguagem que o autor utiliza eficazmente. *A Gula do Beija-flor* propõe a "sedução" como o motivo que guia as histórias do romance, como uma metáfora da vida social e, ao mesmo tempo, em seus melhores momentos, como uma visão e reflexão sobre o amor.

Da mesma forma, o júri determinou, também por maioria, dar Menção Honrosa ao romance *Periférica Blvd*, apresentado pelo autor sob o pseudônimo Sarah T. W.

La Paz, 16 de março de 2004.

Raquel Montenegro
Presidente

Maria Soledad Quiroga

Guillermo Mariaca

Jaime Iturri Salmón

Rubén Vargas

Alvaro Cuéllar

Gary Daher

Adendo
Ata do Prêmio Nacional de Romance 2003

Quando se abriram os envelopes numa coletiva à imprensa, no dia 18 do presente, às 10h15min, no Salão do Vice-ministério da Cultura, revelou-se o nome do vencedor do Prêmio Nacional de Romance 2003, cujo nome é Juan Claudio Lechín Weise, com CI 334751 LP. Do mesmo modo se procedeu a abertura do envelope da menção honrosa Prêmio Nacional de Romance 2003, cujo nome corresponde a Adolfo Cárdenas Franco, com CI 377705 LP.

Ocorreu na cidade no Salão de Reuniões do Vice-ministério da Cultura

La Paz, 18 de março de 2004.

Raquel Montenegro
Presidente

Maria Soledad Quiroga

Guillermo Mariaca

Jaime Iturri Salmón

Rubén Vargas

Alvaro Cuéllar

Gary Daher

Impresso no Brasil pelo
Sistema Cameron da Divisão Gráfica da
DISTRIBUIDORA RECORD DE SERVIÇOS DE IMPRENSA S.A.
Rua Argentina 171 – Rio de Janeiro, RJ – 20921-380 – Tel.: 2585-2000